KB094366

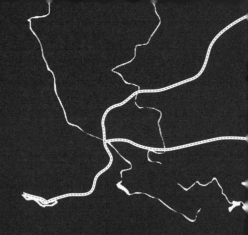

《사조영웅전》시대 연표

아리마 ● ● 익리

합밀력

서요

토번

라사 ●

필파성 ●

천축

사
조
영
웅
전
8

사조영웅전 8 – 화산논검대회

1판 1쇄 발행   2003. 12. 24.
1판 23쇄 발행 2020. 1. 28.
2판 1쇄 발행 2020. 7. 8.
2판 4쇄 발행 2024. 5. 10.

지은이 김용
옮긴이 김용소설번역연구회
발행인 박강휘
편집 이한경 디자인 조명이 마케팅 김용환 홍보 반재서
발행처 김영사
등록 1979년 5월 17일(제406-2003-036호)
주소 경기도 파주시 문발로 197(문발동) 우편번호 10881
전화 마케팅부 031)955-3100, 편집부 031)955-3200 | 팩스 031)955-3111

값은 뒤표지에 있습니다.
ISBN 978-89-349-9186-1 04820
        978-89-349-9168-7 (세트)

홈페이지 www.gimmyoung.com   블로그 blog.naver.com/gybook
인스타그램 instagram.com/gimmyoung   이메일 bestbook@gimmyoung.com

좋은 독자가 좋은 책을 만듭니다.
김영사는 독자 여러분의 의견에 항상 귀 기울이고 있습니다.

이 도서의 국립중앙도서관 출판예정도서목록(CIP)은 서지정보유통지원시스템 홈페이지
(http://seoji.nl.go.kr)와 국가자료종합목록 구축시스템(http://kolis-net.nl.go.kr)에서
이용하실 수 있습니다.(CIP제어번호 : CIP2020022996)

김용 대하역사무협

김용소설번역연구회 옮김

사조영웅전

射鵰英雄傳

화산논검대회

8

곽정 郭靖

곽소천의 아들로 몽고에서 태어났다. 그곳에서 테무친과 깊은 관계를 맺고 그의 딸 화쟁과 혼약한다. 타고난 두뇌와 자질은 별로지만, 천성이 순박하고 정직해 모든 것을 꾸준히 연마한다. 그 결과 제2차 화산논검대회에서는 동사, 서독, 남제, 북개 등 당대 최절정 고수들과 어깨를 나란히 할 정도로 성장한다.

황용 黃蓉

도화도의 주인 동사 황약사의 딸. 아버지와 싸우고 가출했다가 우연히 곽정을 만나 사랑에 빠진다. 곽정과 함께 강호를 돌아다니다가 홍칠공에게 타구봉법을 배우고 개방의 방주 자리를 물려받는다.

가진악 柯鎭抑

강남칠괴의 우두머리. 매초풍과 진현풍 부부에게 당해 앞을 보지 못한다. 그러나 청각만큼은 일반인에 비해 몇 배나 예민하다. 구처기와의 약속을 지키기 위해 곽정을 몽고에서 찾아 영웅으로 키워낸다. 쇠지팡이를 주 무기로 사용한다.

완안홍열 完顔洪烈

금나라의 여섯 번째 왕자로 조왕에 봉해졌다. 양강의 양아버지.

양강 楊康

완안홍열의 아들로 성장하지만 훗날 양철심의 아들로 밝혀진다. 갖은 악행을 저지르다가 스스로 가련한 신세로 전락하고 만다.

목염자 穆念慈

양철심의 양딸. 비무초친比武招親을 하다 양강을 만난다. 철장봉에서 양강과 밤을 지새우고 연을 맺지만 양강이 부귀영화를 포기하지 않자 그의 곁을 떠난다.

단황야 段皇爺

본명은 단지흥, 법호는 일등대사一燈大師이며 사람들은 그를 흔히 남제南帝라고 부른다. 대리국의 황제였지만 속세와 인연을 끊고 출가했다.

홍칠공 洪七公

개방 제18대 방주로 북개北丐라고도 부른다. 별호는 구지신개이며, 곽정과 황용의 스승이다. 도화도를 나오다가 구양봉에게 당해 무공을 잃게 된다.

왕중양 王重陽

전진교의 창시자로 중신통中神通으로 불린다. 화산논검대회에서 황약사, 구양봉, 홍칠공을 물리치고 천하제일의 명성을 얻고 〈구음진경〉도 손에 넣었다.

황약사 黃藥師

동해 도화도의 도주로 천하오절 중 한 명. 성격이 괴팍하고 종잡을 수 없어 사람들은 그를 동사東邪라 부른다. 무공은 물론 천문지리, 의술, 역학, 기문오행 등에도 조예가 깊다.

구양봉 歐陽鋒

속칭 서독西毒이라고 부르는 서역 백타산의 주인. 수단 방법을 가리지 않고 자신의 목적을 이루는 음험한 악당이다. 합마공이라는 독보적인 무공을 지녔다.

주백통 周伯通

원래는 전진교 문하였으나 도사가 되지는 못했다. 공명권, 쌍수호박술 등 기상천외한 무공을 만들기도 했다.

구처기 邱處機

전진칠자의 한 사람으로 도호는 장춘자長春子이다. 우가촌에서 곽소천과 양철심을 만나 곽정과 양강의 이름을 지어주었다. 한때 양강의 스승이었다.

사통천 沙通天

황하방 방주로 귀문용왕鬼門龍王이라 불린다. 후통해와 함께 완안홍열에게 투신해 온갖 악행을 저지르지만 번번이 곽정과 황용에게 저지당한다.

후통해 侯通海

머리에 혹이 세 개나 있다고 해서 별호가 삼두교三頭蛟이다. 사통천의 사제로 나쁜 짓만 골라서 하는 악한이다. 머리가 아둔해 줄곧 황용에게 골탕만 당한다.

양자옹 梁子翁

장백산 일대를 호령하는 인물로 삼선노괴參仙老怪라 불린다. 사통천 등과 함께 완안홍열의 사주를 받아 온갖 나쁜 짓을 일삼는다. 곽정이 그가 아끼는 뱀 피를 먹는 바람에 곽정만 보면 피를 빨아 먹으려고 한다.

팽련호 彭連虎

천수인도千手人屠로 불리는 완안홍열의 수족이다. 하북과 산서 일대를 주름잡는 도적인 그는 눈 하나 깜짝하지 않고 사람을 죽이는 인물이다.

영지상인 靈智上人

서장 밀종의 대고수로 별호는 대수인大手印이다. 그의 장력은 철각선 왕처일에 버금갈 정도로 세지만 사람이 워낙 아둔하고 안하무인이라 구양봉, 황약사, 곽정 등에게 번번이 당하고 만다. 완안홍열의 수족이다.

구천인 裘千仞

호남 철장방 방주로 철장수상표鐵掌水上漂로 불린다. 철장방은 한때 의로운 집단이었으나 그가 방주로 오르자 간적과 도적의 소굴로 변했다. 무공은 동사, 서독, 남제, 북개, 중신통과 엇비슷하다고 알려져 있다.

영고 瑛姑

원래는 단황야의 비였다. 주백통과의 연분으로 낳은 아들이 구천인에게 죽임을 당한다. 그 뒤 초야에 은둔하며 복수의 날만을 기다린다.

노유각 魯有脚

개방의 장로이며 오의파의 우두머리다. '다리가 있다'라는 뜻의 이름처럼 다리를 이용한 무공이 뛰어나다.

테무친 鐵木眞

몽고 부락의 수령으로 훗날 몽고를 통일해 칭기즈칸으로 불렸다. 그 뒤 금과 서역 정벌에 이어 남송 정벌을 시작해 곽정과 갈등을 겪게 된다.

화쟁 華箏

테무친의 딸로 곽정을 열렬히 사랑한다. 곽정과 결혼하길 원했으나 마침내 그의 곁을 떠나게 된다.

철별 哲別

몽고어로 철별은 '신궁神弓'이란 뜻이다. 테무친 군사에 쫓기다 곽정의 도움으로 목숨을 구한 뒤 그에게 궁술을 가르쳐준다. 후에 테무친의 휘하로 들어가 전장에서 많은 공적을 세운다.

타뢰 拖雷

테무친의 넷째 아들. 곽정과 함께 어린 시절을 몽고에서 보내며 의형제를 맺었다. 남송 침공 문제로 곽정과 테무친이 갈등을 일으키자 곽정을 몰래 탈출시켜 목숨을 구해준다.

▲ 〈칭기즈칸상〉

그림 속 칭기즈칸은 용맹한 장수라기보다는 온화한 선비 모습을 하고 있다. 대만 고궁박물관 소장.

▶ 〈오고타이(와활태)상〉

성정이 너그러운 셋째 아들 와활태가 칭기즈칸의 후계자로 등극했다. 대만 고궁박물관 소장.

▲ 〈칭기즈칸의 청도도聽道圖〉

어쩌면 칭기즈칸이 구처기에게 장생지
도長生之道를 듣고 있는지도 모르겠다.
페르시아 화가의 작품.

▶ 4대 제국 비교

1. 칭기즈칸의 몽고 제국.
2. 알렉산더 제국.
3. 로마 제국.
4. 나폴레옹 제국.

칭기즈칸의 몽고 제국은 그가 생전에
정복한 땅만 표시했다. 세계 최대 제국
을 건설한 칭기즈칸의 업적을 엿볼 수
있다.

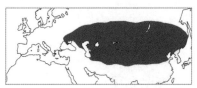

▲ **칭기즈칸이 사용한 나무 그릇**

현재 만달고비 부근에 있는 어느 라마교 사찰에 소장되어 있다.

▲ **러시아인이 만든 몽고식 투구**

러시아는 400년 동안이나 몽고의 통치를 받아서 몽고 유물이 많이 남아 있다. 모스크바 크렘린박물관 소장.

◀ 〈**칸의 향연**〉(위)

페르시아 지역을 정복한 칭기즈칸 모습. 페르시아 화가 작품. 이란 황궁도서관 소장.

◀ 〈**칭기즈칸 벌금도**伐金圖〉(아래)

금을 정벌하는 내용이다. 페르시아 화가의 작품으로 대영박물관에 소장되어 있다.

▲ 〈칭기즈칸의 치훈도致訓圖〉

칭기즈칸이 회교 사원에서 훈시하고 있는 모습.
페르시아 화가의 작품.

◀ 〈몽고병에게 붙잡힌 페르시아인〉

페르시아 화가의 작품.

▲ 〈칭기즈칸의 말등자〉

칭기즈칸이 죽은 뒤 사위에게 물려주었다. 사위가 다시 그
의 후손에게 전해주었다.

◀ 〈몽고 무사도〉

15세기 이탈리아 화가 피사넬로의 작품. 파리박물관 소장.

► 일러두기

1. 이 책은 김용의 2쇄 판본(1976년 출간)을 원 텍스트로 번역했으며 3쇄 (2003년 출간) 판본을 수정 반영한 것이다. 2002년부터 시작한 2쇄본의 번역이 끝나갈 무렵인 2003년 말, 새롭게 출간된 3쇄본을 홍콩 명하출판유한공사로부터 제공받아 핵심 수정 사항인 여문환呂文煥이 양양襄陽을 지키는 부분을 이전李全 부부가 청주靑州를 지키는 부분으로 수정 반영했다.
2. 원문에 충실하게 번역하되, 불필요한 상투어들은 오늘의 독자들에게 맞게 최대한 현대화해 다시 가다듬었다.
3. 본 책의 장 구분은 원서를 참조해 국내 편집 체제에 맞게 다시 나누었다.
4. 본문의 삽화는 홍콩의 이지청李志清 화백이 그린 삽화를 저작권 계약해 사용했다.

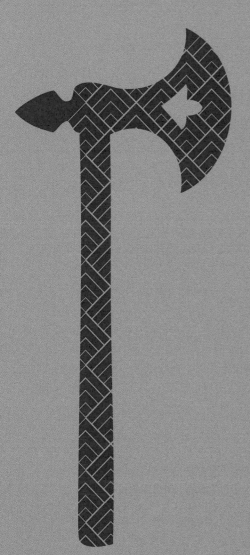

8권

화산논검대회

전쟁의 불길은 아직 꺼지지 않고
폐허가 된 마을에는 몇 집만 남았구나.
새벽을 맞는 이 없이
이지러진 달빛만이 싸늘한 사막을 비추네.

兵火有餘燼 貧村纔數家
無人爭曉渡 殘月下寒沙

강남오괴를 죽인 진짜 범인

황용이 놀라 소리치자 가진악은 철창을 슬그머니 거두었다. 사람들의 말소리가 점점 가까워졌지만 분명하게 들리지는 않았다. 잠시 뒤, 발소리가 멀리서 들려왔다. 족히 30~40명은 되는 듯했다. 가진악은 이 사당의 앞뜰이며 후원을 제 손바닥처럼 훤히 알고 있어 소리를 낮추어 나지막이 말했다.

"노독물 등이 까마귀 탑을 보면 틀림없이 이리로 올 것이다. 먼저 숨어야 해."

"네."

황용은 아까 몸을 눕혔던 방석을 발로 차서 치워버렸다. 가진악은 황용의 손을 끌고 후원 쪽으로 간 뒤 후원으로 통하는 문을 밀었다. 그러나 문은 잠겨 있었다.

"망할 관군 놈들!"

가진악은 관군 두 명이 어둠을 틈타 도망치면서 황용에게 발각될까 봐 문을 잠근 것이 틀림없다고 생각했다. 그러나 창으로 문을 내리치기에는 너무 늦었다. 정문을 열고 누군가 들어오는 소리가 들렸다. 대전에는 숨을 곳이 없다고 생각한 가진악은 다시 나지막이 말했다.

"신상 뒤로 가자."

두 사람이 신상 뒤에 앉자 10여 명의 사람이 앞뜰에 들어왔다. 뒤이어 화락, 하는 소리가 났다. 가진악은 유황 냄새를 맡고 이들이 횃불을 밝혔을 거라고 짐작했다.

"조왕야, 오늘 연우루의 공격은 비록 성과가 없었지만 적의 기를 크게 꺾어놓았습니다."

구양봉의 목소리였다. 완안홍열이 웃으며 말했다.

"모두 선생께서 대국을 주도해주신 덕이오."

구양봉은 웃음을 터뜨리고는 말했다.

"소왕야의 절묘한 계책 덕이지요. 가흥부의 관병을 모아 화살을 퍼부으면 그 일당을 일망타진할 수 있으리라 생각했는데, 하필 짙은 안개가 끼는 바람에 놓치고 말았지 뭡니까?"

"구양 선생과 구 방주 두 분이 나서주셨으니 그 간적 놈들을 반드시 하나하나 죽일 수 있을 것입니다. 이 후배가 한발 늦게 도착하는 바람에 구양 선생의 신공을 구경하지 못해 애석할 따름입니다."

젊은 사람의 목소리였다. 가진악은 이 목소리의 주인공이 양강이라는 것을 알아차리고는 가슴속에 분노가 이글거렸다. 다시 양자옹, 팽련호, 사통천 등이 앞다투어 아첨하기 시작했다. 구양봉이 어떻게 혼자서 전진파와 맞서 그들을 혼내주었는지 등을 이야기하며 구양봉을 치켜세우느라 정신이 없었다. 그러나 구천인만은 입을 다물고 있었다.

가진악은 많은 고수가 한꺼번에 이곳에 모이자 숨도 크게 내쉬지 못했다. 방금 전까지만 해도 황용과 함께 생을 마감하려고 했는데, 어찌 된 영문인지 지금은 적에게 발각되어 목숨을 잃을까 두려웠다. 완안홍열의 하인이 침상을 깔고 완안홍열, 구양봉, 양강에게 잠자리를 청하는 소리가 들렸다. 양강은 크게 한숨을 쉬며 말했다.

"구양 선생님, 조카분께서는 무공도 높고 인품도 훌륭하시어 후배와는 참으로 뜻이 잘 맞아 좋은 벗이 되기를 바랐는데 전진교의 잡놈들에게 죽임을 당하다니 참으로 애석합니다. 후배, 이 일을 생각할 때마다 너무나 슬픕니다. 제 손으로 직접 전진교의 사악한 도사들을 하나하나 죽여서 구양 형의 영혼을 달래겠습니다. 그저 후배의 무공이 미천해 마음만 앞설 뿐 실력이 따라가지 못하니 안타까울 따름입니다."

구양봉은 한참을 묵묵히 있다가 천천히 말했다.

"난 조카가 비참한 최후를 맞은 것은 곽정이란 놈이 독수를 썼기 때문이라 생각했다. 그런데 네가 구처기에게 전하는 말을 들은 뒤에야 전진교의 사악한 도사들이 한 짓이라는 것을 알게 되었지. 백타산에는 이제 계승자가 없으니 내 너를 제자로 거두겠다."

양강은 큰 소리로 외쳤다.

"사부님, 제자의 절을 받으십시오."

기뻐 어쩔 줄 모르는 목소리였다. 뒤이어 털썩하는 소리가 연이어 들리니 아마 땅에 엎드려 구양봉에게 절을 하는 듯했다. 가진악은 양강이 개과천선한 줄 알고 있었는데, 도적놈을 아버지라 모시고, 게다가 악인을 사부로 모시며 점점 악의 구렁텅이로 빠져드는 것을 보고 이제 더 이상 되돌릴 길이 없음을 알았다. 가슴속의 분노가 점점 커졌다. 잠시 뒤 완안홍열의 목소리가 들렸다.

"객지인지라 사부를 모시는 예가 소홀했소이다. 후에 다시 사의를 표시하겠소."

"금은보화는 백타산에도 있습니다. 이 아이가 총명해 내 평생의 무공을 전수할 사람이 생겼으니 그것으로 되었습니다."

"과인이 실언을 했소. 너무 마음에 담아두지 마시오."

양자옹 등은 앞다퉈 세 사람에게 축하를 했다. 왁자지껄하고 있는 동안 누군가 소리쳤다.

"배가 고파요. 배고파 죽겠어요. 왜 먹을 걸 안 주는 거예요?"

가진악은 바보 소녀의 목소리를 듣고 깜짝 놀랐다. 왜 저 아이가 완안홍열, 구양봉 등과 함께 있는지 알 수가 없었다. 곧이어 양강이 웃으며 하는 소리가 들렸다.

"그래, 얼른 먹을 것을 낭자에게 주어라. 배고프게 하면 안 되지."

잠시 뒤, 바보 소녀가 게걸스럽게 먹는 소리가 들렸다. 바보 소녀는 음식을 먹으면서 말했다.

"착한 오빠, 내가 착하게 말을 잘 들으면 집에 보내준다고 했잖아? 근데 왜 아직도 집이 아니에요?"

"내일이면 도착할 거야. 배불리 먹고 잘 자라."

또 잠시 뒤 바보 소녀가 말했다.

"착한 오빠, 보탑寶塔에서 사락사락 소리가 나요. 무슨 소리예요?"

"새 아니면 쥐일 거야."

"무서워요."

"바보, 무섭긴 뭐가 무서워?"

"귀신이 무서워요."

"여기 이렇게 사람이 많으니 귀신도 감히 못 올 거야."

양강이 웃으며 응대했다.

"난 그 키 작고 뚱뚱한 귀신이 무서워요."

양강이 억지로 웃으며 말했다.

"헛소리하지 마. 무슨 키 작고 뚱뚱한 귀신이 있다고 그래?"

"흥! 난 알아요. 키 작고 뚱뚱한 귀신은 아줌마 무덤 속에서 죽어 있어요. 아줌마 귀신이 키 작고 뚱뚱한 귀신을 쫓아낼 거예요. 무덤에 있지 못하게 할 거라고요. 그럼 오빠를 찾아와서 목숨을 내놓으라고 할 거예요."

"그만 입 닥쳐. 자꾸 그러면 그 할아버지가 너를 다시 도화도로 잡아갈 거야."

바보 소녀는 감히 말을 하지 못했다. 그때 사통천이 호통쳤다.

"어이, 왜 남의 발을 밟고 난리냐? 그만 돌아다니고 얌전히 앉아 있지 못할까?"

바보 소녀가 귀신이 무서워 여기저기 사람들 사이를 헤집고 다니는 것 같았다. 가진악은 그들이 나누는 이야기를 듣고 강한 의혹이 생겼다. 바보 소녀가 말한 키 작고 뚱뚱한 귀신은 셋째 아우인 한보구를 말하는 것인데, 그는 분명 황약사에게 도화도에서 살해되었다. 그런데 왜 그의 귀신이 양강에게 목숨을 내놓으라고 하는 것일까? 바보 소녀는 백치이긴 하지만 그 말에는 분명 이유가 있을 것이다. 그러나 적들이 앞에 있으니 나가서 캐묻지 못함이 아쉬울 따름이었다. 가진악은 돌연 이런 생각이 들었다.

'황약사는 연우루에서 '나 황약사가 누군데 당신 같은 사람을 상대하겠는가?'라고 했지. 그는 나를 죽일 가치도 못 느꼈어. 그렇다면 어째서 다섯 아우를 죽인 것일까? 만약 황약사의 짓이 아니라면 넷째 아우는 왜 그가 둘째 아우와 일곱째 누이를 죽였다고 말했을까?'

이런 생각을 골똘히 하고 있는데 갑자기 황용이 자신의 왼손을 잡고 손바닥에 글씨를 썼다.

'부탁이 있어요.'

가진악도 황용의 손바닥에 글씨를 썼다.

'무슨 일?'

'누가 나를 죽였는지 우리 아버지에게 말해주세요.'

가진악은 멍하니 영문을 알 수 없어 손바닥에 다시 글씨를 써서 물으려고 하는데, 갑자기 옆에서 가벼운 바람이 일었다. 황용이 이미 밖으로 나간 것이다.

"구양 아저씨, 안녕하세요?"

모두들 신상 뒤에 사람이 숨어 있으리라고는 생각지도 못한 터라 즉시 병기를 뽑아 들고 그녀를 에워쌌다.

"누구냐?"

"자객이다!"

"웬 놈이냐?"

황용이 웃으며 말했다.

"아버지께서 나더러 여기서 구양 아저씨를 기다렸다가 욕을 해주라고 했거든요. 뭘 그리 놀라세요?"

구양봉이 말했다.

"영존께서 내가 여기에 오는 것을 어떻게 알았느냐?"

"아버지는 의술, 점, 별자리에 통달하신 분이세요. 문왕선천신과文王
先天神課의 점을 쳐보면 다 알게 되죠."

구양봉은 그 말을 믿지 않았지만 더 물어봤자 말하지 않을 것 같아
그냥 웃고 말았다. 사통천 등이 사당 밖을 한 바퀴 돌아봤지만 아무도
발견하지 못하자 다시 돌아와 완안홍열의 옆을 엄호하고 섰다. 황용은
방석에 앉아 헤헤거리며 말했다.

"구양 아저씨, 왜 우리 아버지를 괴롭혀요?"

구양봉은 미소만 머금고 대답하지 않았다. 그는 황용이 비록 나이
는 어리지만 기지가 뛰어나서 한번 잘못 대답하면 덜미를 잡혀 조롱
당하게 되고 여러 사람 앞에서 우스운 꼴을 당하리란 것을 아는지라,
조용히 황용의 이야기를 다 듣고 대책을 세우려고 했다.

"구양 아저씨, 아버지는 신승진新塍鎭 소봉래小鋒萊에서 전진교의 도
사들에게 포위당했어요. 아저씨가 구해주지 않으면 빠져나오기 힘들
거예요."

구양봉은 미소를 짓고 말했다.

"그럴 리가 있나?"

"참 쉽게도 말씀하시네요! 사내대장부가 자신이 한 일은 자신이 책
임져야지요. 분명히 아저씨가 전진교의 담처단을 죽였잖아요? 그런데
왜 그 도사 놈들이 우리 아버지를 못살게 구는 거예요? 게다가 노완동
주백통 아저씨가 중간에서 난리를 치는 바람에 아버지는 변명조차 하
려 하지 않는다고요. 이제 어떡해요?"

구양봉은 속으로 고소를 금치 못했다.

"네 아버지는 무공이 대단하시니 전진교의 잡놈쯤에게 어찌 되시겠

느냐?"

"전진교 도사 놈에다 주백통까지 합세하면 아버지도 버티기 힘들죠. 아버지는 또 7일 밤낮으로 고심한 끝에 한 문장의 뜻을 알아냈다고 말하랬어요."

"무슨 문장?"

"사리생斯里生, 앙의납득昻依納得, 사열확허斯熱確虛, 합호문발영哈虎文鉢英."

이 문장은 가진악과 완안홍열 등에게는 도무지 알아들을 수 없는 이상한 말이었지만, 구양봉에게만은 똑똑히 들렸다. 그는 순간 크게 놀랐다.

'이것은 바로 〈구음진경〉 상권 제일 마지막 편에 있는 이상한 말이 아니던가? 그렇다면 황약사가 이를 풀어냈단 말인가?'

가슴이 뛰었지만 겉으로는 아무 내색도 하지 않고 태연자약하게 말했다.

"이 계집, 거짓말을 밥 먹듯 하는 네년의 말을 누가 믿겠느냐?"

"아버지는 그 이상한 글자들을 처음부터 끝까지 다 해석했어요. 내가 직접 보았는데 왜 속이겠어요?"

구양봉은 황약사의 능력에 대해 항상 탄복하고 있었다. 천하에 이 이상한 글자를 풀이할 사람은 황약사밖에 없을 것이라 생각하고 담담하게 말했다.

"네 아버지에게 축하를 드려야겠구나."

황용은 그가 여전히 반신반의하고 있다고 짐작했다.

"지금 몇 구절 기억하고 있는데, 괜찮다면 들어보실래요?"

강남오괴를 죽인 진짜 범인

곧 구절을 읊조리기 시작했다.

"몸이 근질근질하거나 무언가에 눌린 것처럼 무겁거나, 하늘을 날 듯이 가볍거나, 무언가에 묶인 것 같거나, 갑자기 추워지다가 뜨거워진다거나, 너무 기뻐서 쉴 새 없이 뛰어다니게 되거나, 나쁜 물건을 만져서 온몸에 털이 곤두서거나, 너무 즐거워 기절할 것 같은 때가 있다. 이런 현상이 나타날 때 이 방법을 쓰면 신통한 경지에 이르게 된다."

이 구절을 듣자, 구양봉은 귀가 솔깃해졌다. 황용이 읊은 것은 바로 일등대사가 풀어준 〈구음진경〉 총론의 한 부분이었던 것이다. 이런 이상한 현상은 상승 무공을 연마하는 사람들이 늘 겪는 일이었다. 수련할 때 이런 현상이 나타나면 주화입마를 피하기 위해 그저 전전긍긍하면서 억지로 마음을 가라앉히는 수밖에 없었다. 그런데 오히려 이런 현상을 신통한 경지로 변화시킬 수 있는 묘책이 있다니, 그 말이 사실이라면 실로 귀하디귀한 방책이 아닐 수 없었다. 황용이 읊은 것은 멋대로 지어낸 것이 아니라 정말로 〈구음진경〉의 경문이었다. 구양봉은 내공이 깊어 한번 들으면 그 진위를 쉽게 가려낼 수 있었다. 이제 황용에 대한 의구심은 완전히 사라졌다.

"그다음은 무엇이냐?"

"그다음은 거의 잊어버렸어요. 그저 무슨 '온몸의 무공이 열려 심안心眼으로 육신의 서른여섯 가지 물체를 볼 수 있게 되어 크게 즐거워지며 안정되고 편안해진다'라고 한 것 같아요."

황용이 읊은 것 중 앞부분은 이상한 경지이고, 뒷부분은 수련 후에 얻는 오묘한 경지였다. 일부러 수련하는 방법만 쏙 빼놓고 말한 것이다.

구양봉은 묵묵히 생각에 잠겼다. 황용같이 똑똑한 아이가 잊어버렸을 리는 없고 고의로 빠뜨린 것이 분명한데, 그렇다면 왜 자신을 찾아와 이런 말을 하는지 그 의도를 짐작할 수 없었다.

　"아버지가 구양 아저씨께 5천 자를 얻고 싶은지, 3천 자를 얻고 싶은지 여쭤보라고 하셨어요."

　"자세히 말해보아라."

　"만약 아버지를 도와서 두 분이 힘을 합쳐 전진교를 말살한다면 〈구음진경〉 신공의 5천 자 경문을 들려드릴 거예요."

　"만약 안 간다면?"

　"아버지의 원수를 갚고, 주백통과 전진육자를 죽인다면 제가 3천 자를 드리지요."

　구양봉이 웃으며 물었다.

　"네 아버지와 나는 그리 친한 사이도 아닌데 어째서 나를 이토록 생각해주는 거냐?"

　"첫째, 아저씨의 조카를 죽인 자는 바로 전진교의 적파嫡派 사람이기 때문이죠. 아저씨는 분명 복수를 할 것이고……."

　이 말을 듣자 양강은 온몸이 부르르 떨려왔다. 자신이 바로 구처기의 제자이니 이 말은 분명 자신을 두고 한 말이었다. 그때 바보 소녀가 옆에 서 있다가 물었다.

　"착한 오빠, 추워요?"

　양강은 대충 그렇다고 얼버무렸다.

　"둘째, 아버지는 경문을 해석하신 뒤 바로 전진교 도사들과 싸우시느라 나한테 설명할 시간이 부족했어요. 이런 기서는 세상에 다시 나오기 힘들 텐데 아버지와 함께 영원히 땅속에 묻혀버리기에는 아깝다고 생각하신 거죠. 지금으로서는 아저씨만 아버지와 뜻이 잘 통하잖아요. 아저씨는 예전에 도화도에 친히 왕림하셔서 저희와 사돈을 맺으시려고까지 하셨어요. 불행히 조카분께서 전진파 문하의 사람에게 죽임을 당했지만 말이에요. 아버지는 아직도 조카분을 그리워하는 아저씨의 마음을 헤아리셔서 아저씨가 〈구음진경〉의 신공을 수련한 후 저에게 전수해달라고 부탁하신 거예요."

황용의 말을 듣고 구양봉은 마음이 아려왔다.

'이 말은 사실인 것 같다. 고수가 직접 지도해주지 않으면 저 어린 계집이 제아무리 〈구음진경〉을 통째로 외우더라도 아무 소용이 없을 것이다.'

"네가 외우는 것이 사실인지 아닌지 어찌 믿을 수 있겠느냐?"

"곽정 그 바보 녀석이 벌써 경문을 아저씨한테 줬잖아요. 제가 범어로 된 문장의 중요한 부분만 읊을 테니까 한번 대조해보세요. 그럼 알 수 있잖아요."

"네 말이 맞다. 잠시 기운을 차리고 내일 네 아버지를 구하러 가마."

"시간을 다투는 일인데, 어떻게 내일까지 기다리란 말이에요?"

황용이 다급해서 소리치자, 구양봉이 웃으며 말했다.

"그럼 나중에 내가 네 아비의 복수를 갚아주면 될 일이다."

그는 이미 마음속으로 다른 생각을 품고 있었다. 경문은 이미 자신의 손에 있으니 황용에게 경문의 핵심 내용을 말하게 하면 전체 경문의 뜻을 파악할 수 있게 될 터였다. 또 황약사와 전진교가 서로 다투다가 모두 죽게 되면 이보다 더 좋은 일은 없을 것이다.

가진악은 신상 뒤에서 줄곧 〈구음진경〉에서 벗어나지 않는 두 사람의 대화를 듣고 황용이 왜 자신의 손바닥에 '누가 나를 죽였는지 우리 아버지에게 말해주세요'라고 적었을까 곰곰이 생각했다.

"그럼 내일 아침 일찍 가요."

"당연하지. 너도 좀 쉬거라."

황용이 방석을 끌어다 바보 소녀 옆에 앉더니 이렇게 말하는 소리가 들렸다.

"착한 낭자, 할아버지가 너를 도화도로 데려갔는데 어떻게 여기에 있니?"

"할아버지랑 같이 있는 거 싫어. 집에 갈 거야."

"성이 양씨인 착한 오빠가 도화도에 가서 너를 배에 태우고 함께 왔구나. 그렇지?"

"응, 나한테 참 잘해줘."

'양강이 언제 도화도에 갔지?'

가진악이 이런 생각을 하고 있는데, 다시 황용의 목소리가 들렸다.

"할아버지는 어디로 가셨니?"

"내가 도망갔다고 말하면 안 돼. 그럼 할아버지가 날 때릴 거야."

바보 소녀의 말에 황용이 웃었다.

"말 안 할게. 그러니 내가 묻는 말에 잘 대답해야 해."

"할아버지한테 이르면 안 돼. 그럼 날 잡아갈 거야. 잡아가서 글자를 배우라고 할 거야."

"말 안 한다니까. 근데 할아버지가 네게 글자를 가르쳐주셨니?"

"응, 그날 할아버지가 나한테 글자를 가르쳐주셨어. 우리 아버지 성이 곡曲씨니까 내 성도 곡씨라나? 할아버지가 곡 자를 써놓고선 나보고 기억하라고 했어. 아버지 이름이 무슨 곡풍曲風이랬는데, 기억이 안나. 할아버지는 만날 야단만 쳐. 내가 기억 못 한다고 막 화냈어. 난 바보니까 모르는 게 당연한데……."

황용이 미소를 지었다.

"그래, 바보 소녀니까 당연히 기억 못 하지. 할아버지가 참 나쁘구나. 널 야단치다니!"

바보 소녀는 황용이 자기편을 들어주자 기분이 좋아졌다.

"그래서 어떻게 됐는데?"

"내가 집에 돌아가겠다고 했더니 할아버지가 더 화를 냈어. 근데 갑자기 벙어리가 들어오더니 손짓 발짓 해가며 뭐라고 하는 거야. 그랬더니 할아버지가 '난 손님을 만나지 않으니 돌아가라고 해!' 하면서 소리를 질렀어. 조금 있으니까 벙어리가 종이를 한 장 가져왔어. 할아버지가 그 종이를 보고 책상 위에 두더니 나더러 벙어리를 따라가서 손님을 맞으라는 거야. 히히…… 그 난쟁이 같은 뚱뚱보, 진짜 웃기게 생겼어. 내가 눈을 크게 뜨고 노려봤더니 그 사람들도 나를 노려보는 거야."

가진악은 당시의 상황이 떠올랐다. 바보 소녀가 말한 대로였다. 황약사는 처음 만나기를 청했을 때는 거절을 했다가 주총이 쓴 편지를 건네자 바보 소녀가 나와서 자신들을 맞아주었다. 그런데 지금 이미 형제들은 모두 이 세상에 없고 자기 홀로 남았다고 생각하니 문득 서러움이 북받쳤다.

"할아버지가 그 사람들을 만났니?"

황용이 또 물었다.

"할아버지가 나더러 그 사람들하고 밥 먹고 있으라 하고, 자기는 가버렸어. 난 그 뚱뚱보가 싫어서 몰래 빠져나왔지. 할아버지는 바위 위에 앉아서 바다를 바라보고 있었어. 나도 바다를 봤지. 멀리서 배 한 척이 섬을 향해 오고 있었어. 배 위에는 도사道士들이 앉아 있었어."

'도사들이 탄 배가 왔다고? 그날 우리는 전진파가 복수를 하기 위해 도화도로 몰려 온다는 소식을 듣고 미리 알려주려고 황약사를 찾아갔지. 강남육괴가 모든 사실을 해명할 테니 우선 잠시 피하라고 할 참이었어. 그런데 그날, 전진파는 결국 나타나지 않았는데……'

"할아버지가 어떻게 했지?"

"할아버지가 나한테 손짓을 했어. 난 깜짝 놀랐지. 내가 몰래 빠져나와서 놀고 있는 걸 할아버진 알고 계셨던 거야. 난 할아버지가 때릴까 봐 가까이 가지 않았어. 근데 할아버지가 때리지 않을 테니 가까이 오라고 해서 갔지. 할아버지가 자기는 배 타고 낚시하러 갈 테니 도사들이 올라오면 나보고 그 사람들을 안내해 안으로 데리고 가서 뚱뚱보네 일행이랑 함께 밥을 먹으라고 했어. 나도 낚시하러 간다고 졸랐지만 할아버지는 허락하지 않으셨어. 나보고 도사들을 데리고 섬으로 들어가라고 했어. 그 사람들은 길을 모른다고……."

"그래서?"

"할아버지는 큰 바위 뒤로 가더니 배를 탔어. 그 도사들이 너무 못생겨서 보기 싫었던 거야."

"그러게, 네 말이 맞다. 할아버지는 언제 돌아오셨는데?"

"돌아오다니? 할아버지는 안 돌아오셨어."

바보 소녀의 말에 가진악은 움찔했다.

"분명히 기억하고 있는 거야? 그래서 어떻게 됐는데?"

황용의 목소리도 떨리고 있었다.

"할아버지가 막 배를 몰려고 하는데 어디서 큰 새가 날아왔어. 네가 데리고 다니는 그 새들 말이야. 할아버지가 새를 보고 인사하니까 새들이 내려앉았어. 새 다리에 뭐가 감겨 있었어. 뭔지 보려고 내가 달라고 그랬지. 이리 줘봐요, 이리 줘봐요."

바보 소녀는 마치 정말 말하는 것처럼 소리쳤다. 그때 양강이 소리를 질렀다.

"시끄러워! 모두들 자잖아."

"바보 소녀, 계속 이야기해봐."

"살살 이야기할게. 할아버지는 날 쳐다보지도 않고 입고 있던 옷자락을 찢어 새 다리에 묶고서는 새를 날려보냈어."

"음…… 전진파를 피하시려 했구나. 그러니 와와어를 잡으러 갈 시간이 없었겠지. 그런데 수리 발의 화살은 누가 쏜 걸까?"

황용은 마치 혼잣말이라도 하듯 중얼거렸다.

"누가 수리에게 화살을 쏘았을까?"

"화살? 그런 거 없었는데."

바보 소녀는 멍한 표정을 지었다.

"알았어. 계속해 봐."

"할아버지는 웃옷을 벗어서 나에게 건네주고는 새 옷을 한 벌 가져오라고 하셨어. 근데 새 옷을 가지고 와봤더니 할아버지가 안 계시는 거야. 도사들이 타고 있던 배도 안 보이고, 할아버지가 벗은 웃옷만 땅바닥에 놓여 있었어."

황용은 더 이상 묻지 않고 생각에 잠겼다가 한참이 지나서야 다시 입을 열었다.

"그 사람들이 다 어딜 갔을까?"

"내가 다 봤지. 내가 할아버지를 막 불렀는데, 소리가 들리지 않아서 큰 나무 위로 올라가서 사방을 살펴보았지. 할아버지가 탄 작은 배가 저 멀리 보였어. 도사들이 탄 배가 뒤를 따르고 있더라고. 그러다 천천히 멀어지는 바람에 마침내 보이지 않게 되었어. 난 그 뚱뚱보가 싫어서 돌아가지 않고 그냥 해변가에서 놀고 있었어. 저녁에 어두워져서야 할아버지랑 다른 사람들을 돌아가시도록 했지."

"그 할아버지는 아까 너한테 글씨를 외우라고 야단쳤던 그 할아버지가 아니지?"

"응. 히히…… 이 할아버지가 좋아. 글씨를 외우라고 하지도 않고, 맛있는 떡도 주셨어."

"구양 아저씨, 그 떡을 아직도 가지고 계시죠? 조금 더 주시죠."

"있고말고."

가진악은 깜짝 놀라 심장이 튀어나올 것만 같았다.

'아니? 그럼 그날, 구양봉도 도화도에 있었단 말인가?'

"아야!"

바보 소녀가 비명을 지르는 듯했다.

누군가 서로 다투는 소리도 들렸다.

황용이 소리쳤다.

"그녀를 죽여 입을 봉하려는 거예요?"

"다른 사람은 속일 수 있을지 모르나, 너희 아버지를 속일 수는 없지. 내가 이 바보를 죽여 뭐 하겠나? 궁금한 게 있으면 얼마든지 더 물어봐라."

그러나 바보 소녀는 계속해서 신음을 해대면서 아무런 말도 하지 못했다. 틀림없이 구양봉에게 맞아 다친 모양이었다.

"묻지 않아도 알아요. 단지 바보 소녀가 직접 말하도록 하려 했을 뿐이에요."

"어린 계집이 영리하군. 어떻게 알았지?"

"도화도에서 벌어진 상황을 처음 봤을 때 나도 아버지가 강남오괴를 죽였다고 생각했어요. 그러나 나중에 다시 자세히 생각해보니 그게 아니라는 것을 알았죠. 아버지가 그런 장정들의 시신을 엄마 무덤 곁에 방치해뒀을 리가 있겠어요? 게다가 엄마 묘의 문도 열린 상태였는데, 아버지였다면 분명히 문을 닫았을 거예요."

구양봉이 무릎을 쳤다.

"아하! 그렇군. 강아, 우리가 그걸 미처 몰랐구나."

가진악은 너무 놀라 가슴이 찢어질 듯했다. 황용은 강남오괴를 죽인 사람이 구양봉과 양강이라는 사실을 알고 자기 목숨을 버려가며 아버지의 결백을 증명하려 했던 것이다. 그녀는 지금 그들 앞에 모습을 드러내면 틀림없이 위험하리라는 것을 알고 있었기 때문에 가진악에게 자기를 죽인 사람이 누군지 황약사에게 알리라고 한 것이다. 가진악은 괴로움과 후회로 몸을 떨었다.

'그냥 살인범이 누군지 말만 해줬으면 되었을 것…… 왜 이렇게 위험한 짓을 했을까? 하긴 내 눈이 먼 것까지 저들 부녀에게 뒤집어씌우며 흉폭하게 굴었는데, 나에게 말한다고 한들 믿지도 않았겠지. 아, 얼마나 어리석은가…… 어리석은 봉사 같으니…… 착한 황용을 죽게 만들다니!'

가진악은 스스로가 너무나 원망스러웠다.

구양봉이 물었다.

"왜 내가 죽였다고 생각한 거지?"

"지금 무림에 구음백골조를 할 줄 아는 사람은 거의 없어요. 그래도 처음엔 다른 사람을 생각했어요. 남희인이 죽기 전에 땅에다가 '범인은 십十……'이라고 썼어요. 마지막 글자는 쓰다 말았는데, 당신 이름은 십十으로 시작하지 않잖아요? 그래서 구천인이 아닌가 했지요."

구양봉이 하하, 웃었다.

"남희인이 오래 버텼군. 네가 올 때까지 살아 있었다니."

"죽기 직전의 모습으로 보아 무언가 이상한 독에 중독된 것 같았어요. 구천인이 독장술을 한다는 말을 들어서 그의 짓일 거라고 생각했지요."

"구천인은 무공이 대단하기는 하지만 장掌에 독은 없어. 다만 독물을 장에 스며들게 해 장력을 발할 때 독 기운이 나오도록 하는 거지. 남희인이 죽을 때 신음을 하면서도 말도 못 하고, 얼굴엔 도리어 미소를 띠었을 거야. 그렇지?"

"맞아요. 대체 무슨 독을 쓴 거죠?"

구양봉은 황용의 말에 대답하지 않고 또 물었다.

"몸을 꼬며 땅바닥을 구르는데도 그 힘이 대단해 보였을 거야. 그렇지?"

"그래요. 나는 그렇게 강한 독을 쓰는 사람이라면 철장방밖에 없을 거라고 생각했어요."

황용은 구양봉을 자극하려고 일부러 철장방을 거론했다. 구양봉은 황용의 속셈을 뻔히 알고 있었지만 그래도 참을 수가 없었다.

"내 별명이 괜히 노독물이겠나?"

구양봉은 지팡이로 바닥을 내리쳤다.

"이 지팡이의 뱀이 한 짓이다. 그의 혀를 물게 했지. 그러니 몸에 상처가 없을 수밖에."

가진악은 피가 거꾸로 솟구치는 것 같았다. 황용은 신상 뒤에서 인기척이 들리자 일부러 기침을 크게 해댔다.

"당시 강남오괴는 모두 당신 손에 죽었고, 겨우 살아남은 가진악은 눈이 멀었으니 누가 죽였는지 알 길이 없겠군요?"

가진악은 이 말을 듣고 아차 싶었다.

'날 일깨우려는 거군. 경거망동해서 둘 다 죽으면 아무도 진상을 알릴 수가 없지 않은가?'

"그 장님이 내게서 도망갈 수 있겠어? 내가 일부러 놓아준 거지."

"아하! 가진악으로 하여금 우리 아버지가 죽인 것처럼 오해하게 만들어서 무림에 이 소식이 알려지면 천하의 영웅들이 함께 우리 아버지와 대적할 테니, 이 점을 노린 거군요?"

"뭐, 내가 생각해낸 건 아니고 강이가 생각해낸 방법이지. 그렇지, 강아?"

구양봉은 간사한 웃음을 지으며 양강을 돌아다보았다. 양강은 무안한 듯 슬쩍 대답을 피했다.

"정말 묘책이네요. 대단해요."

"말을 다른 데로 돌리지 말고, 어떻게 내가 한 짓이라는 걸 알았지?"

"도화도에 가기 전에 형호남로에서 구천인과 싸운 적이 있어요. 아무리 빨라도 홍마보다 빠르지는 않을 텐데, 나보다 빨리 도화도에 도착한다는 것은 불가능한 일이에요. 문득 주총이 편지 뒤에 쓴 구절이 생각났어요. 모두들 조심하라면서 마지막 글자를 끝까지 쓰지 못했죠. 마지막 글자는 3획밖에 안 썼는데 가로 한 줄, 세로 한 줄, 다시 가로 한 줄이었어요. 동사의 동東 자도 해당되고, 서독의 서西 자도 해당되죠. 그렇다면 동사 아니면 서독이겠지요. 도화도에 있을 때 이미 이렇게 생각했지만, 미심쩍은 부분이 많았어요."

구양봉이 탄복했다.

"아! 모든 것을 완벽하게 했다고 생각했는데 이렇게 많은 흔적을 남기다니, 주총이란 자도 참 동작이 빠르군. 난 그가 글씨 쓰는 걸 못 봤는데."

"별명이 묘수서생이잖아요? 그러니 손놀림을 들킬 리가 없죠. 나는 남희인이 쓰다 만 십十 자가 대체 무슨 글자를 쓰려던 것일까, 곰곰이 생각해봤어요. 양강은 무공이 보잘것없으니 설마 양강이 강남오괴를 죽였으리라고는 생각도 못 했죠."

"흥!"

양강이 콧방귀를 뀌었다.

"그날 홀로 도화도에 남아 자다 깨다를 반복하며 골똘히 생각했어요. 꿈에서 여러 사람을 봤는데, 그중에 목염자 언니도 있었죠. 언니가 연경에서 비무초친하던 모습이 보였어요. 전 갑자기 깨어나면서 소리쳤어요. 아, 양강이구나!"

양강은 날카롭고 떨리는 황용의 음성을 듣고 자기도 모르게 식은땀이 흘렀다. 양강은 억지웃음을 지어 보이며 말했다.

"목염자가 꿈에 나타나 네게 알려주기라도 했단 말이냐?"

"그래요. 이 꿈이 아니었다면 내가 당신 생각을 떠올리기나 했겠어요? 신발을 어디다 두었죠?"

양강은 깜짝 놀라며 날카로운 목소리로 물었다.

"네가 그걸 어떻게 알지? 목염자가 꿈에 그것도 이야기하던가?"

황용이 냉소를 지었다.

"흥! 당신들은 주총을 죽이고 엄마 무덤에서 보석들을 꺼내어 주총의 품에 넣어두었지요. 누군가 보면 보물을 훔치려고 무덤을 파헤치다 아버지에게 들켜 죽은 것처럼 하려고요. 좋은 계책이긴 한데, 당신들이 잊은 게 있어요. 주총의 별명이 묘수서생이라는 점이죠."

구양봉은 호기심이 일었다.

"별명이 묘수서생이어서 뭐 어쩼다는 거냐?"

"그의 품에 보물을 넣어둘 생각은 했어도, 그의 품에서 가져갈 생각은 못 했다는 거죠."

구양봉은 여전히 무슨 말인지 이해가 가지 않았다.

"보물을 가져가다니?"

"주총이 비록 무공은 당신만 못하지만 손놀림에서는 아무도 그를 따라갈 수가 없죠. 죽기 전에 양강이 가지고 있던 물건을 슬쩍 빼돌려 손에 쥐고 있었는데, 당신들이 발견하지 못한 거예요. 이 물건이 아니었다면 설마 양강이 도화도에 왔으리라고는 전혀 상상도 못 했을 거예요."

"재미있군. 묘수서생, 정말 대단한걸. 죽으면서 많은 단서를 남겼군 그래. 그가 빼돌린 게 무슨 비취 신발인 모양이지?"

"그래요. 엄마 무덤 속의 보물은 어려서부터 많이 봤기 때문에 잘 알아요. 그런데 이 비취 신발은 한 번도 본 적이 없는 거예요. 주총이 이걸 손에 꼭 쥔 채 죽었다면 무언가 이유가 있으리라고 생각했어요. 그런데 이 신발 밑바닥에 비比 자와 초招 자가 쓰여 있더군요. 처음엔 아무리 생각해도 무슨 뜻인지 알 수가 없었는데, 꿈에 비무초친이라는 깃발을 보고 모든 것을 한꺼번에 깨달은 거예요."

"흠, 그런 사연이 있었군."

구양봉은 매우 흥미로운 듯 연신 웃어댔다. 그러나 가진악은 들을수록 분노와 증오가 치밀었다. 사실 가진악은 비무초친 사건을 잘 모르기 때문에 황용의 말을 들어도 무슨 뜻인지 완전히 이해가 가지는 않았다. 황용은 가진악이 잘 모르리라는 생각에 구양봉에게 말하는 척하며 가진악에게 설명을 해주었다.

"그날 목염자 언니가 연경에서 비무초친했을 때 양강이 나서서 무공을 선보였지요. 나도 그때 그 자리에 있었거든요. 목염자 언니와 겨루던 양강이 나중에 언니가 신고 있던 신발을 빼앗아 이긴 셈이 됐었죠. 비무초친 이야기를 꺼내면 사연이 참 많네요."

사실 비무초친 이후 너무나 많은 일이 생겼다. 당시 양자옹, 사통천 등도 옆에 있었기 때문에 이 사연을 잘 알고 있었다. 나중에 완안홍열이 아내를 잃은 일이며, 양강이 친아버지를 만나게 된 일 등 모든 일이 그날을 계기로 일어난 것이다. 듣고 있던 사람들은 모두 만감이 교차하는 듯했다.

"꿈에서 깨고 나자 모든 것이 분명해지는 것 같았어요. 양강과 목염자 언니가 나중에 정혼을 하면서 정표로 주고받은 물건이 바로 이 신발이었던 거지요. 아마 신발 한 쌍을 나누어 가진 모양이니 다른 한 짝에는 무武 자와 친親 자가 쓰여 있겠지요. 양강, 내 말이 맞지요?"

양강은 아무 말도 하지 않았다.

"생각이 이에 미치자 나머지는 쉽게 풀렸어요. 한보구는 구음백골조에 당했죠. 세상에서 이 무공을 할 줄 아는 사람은 원래 흑풍쌍살뿐인데 이 둘은 이미 죽었으니 사람들은 그들의 사부인 아버지밖에 없으리라고 생각하겠지만, 아버진 〈구음진경〉에 있는 그 어떤 무공도 익힌 적이 없어요. 철시 매초풍은 생전에 한 명의 제자를 두었죠. 그게 바로 이 양강이고요. 남희인이 쓰려던 글자는 바로 양楊 자였던 거죠. 흥! 곽정은 남희인이 쓰려던 글자가 황黃 자였다고 믿었죠."

황용의 표정이 어두워졌다. 구양봉이 껄껄껄 웃어댔다.

"아하, 그래서 곽정 녀석이 연우루에서 그렇게 목숨 걸고 황약사에게 달려들었구먼."

황용이 한숨을 내쉬었다.

"당신들의 계책이 뛰어났던 거죠. 울분에 찬 곽정이 당신들의 계책을 꿰뚫어볼 수 있었겠어요? 난 당신들이 도화도의 벙어리 하인을 위협해 길을 안내하도록 한 모양이라고 생각했는데, 이제 보니 바보 소녀가 당신들을 안내한 것이로군요. 틀림없이 양강이 길을 알려주면 우가촌으로 데려다주겠다고 약속하니 아무것도 모르는 바보 소녀가 시키는 대로 했겠지요. 아하! 당신들이 바보 소녀를 시켜 강남육괴를 엄마의 묘로 안내하도록 하고, 당신들은 먼저 묘 안에 들어가 숨어 있었던 거군요? 그러니 강남육괴가 독 안에 든 쥐가 될 수밖에 없었겠군."

가진악은 황용의 말을 듣자 그날의 상황이 선명하게 떠올랐다.

"당신은 해변에서 주운 아버지의 옷을 입고 있었던 거예요. 어둠 속에서 갑자기 적을 맞이하게 된 강남육괴가 상대가 누군지 자세히 살필 겨를이 있었겠어요? 남희인은 당신을 우리 아버지로 착각하고 가진악에게 황약사라고 말한 거죠. 결국 주총과 전금발은 당신에게 당하고, 한보구는 양강에게 당하고, 한소영은 혀를 깨물어 자결하고, 가진악과 남희인만 겨우 무덤 속에서 빠져나온 뒤 또 한차례 당신들과 싸웠지요. 당신은 일부러 가진악을 도망가게 내버려두었고요. 나중에 남희인이 상대가 양강이라는 걸 발견했을 때는 이미 온몸에 독이 퍼진 뒤였겠죠."

구양봉은 감탄을 금치 못했다.

"정말 영리하구나! 마치 본 것처럼 말하는군. 사실 모든 게 우연이었지. 강남육괴는 그렇게 죽을 운명이었던 거야. 나와 양강이 도화도에 갈 때까지만 해도 강남육괴가 그곳에 있는 줄 몰랐다."

"그래요. 사실 강남육괴가 강호에 이름을 떨치고 있기는 하나, 워낙 의협심이 강해서일 뿐이지 무공을 따진다면 당신의 상대가 될 리 없는데 당신이 일부러 그들을 죽일 필요는 없잖아요. 틀림없이 다른 목적이 있었겠죠."

"역시 총명해. 속이려 해도 속일 수가 없겠구나."

"제가 한번 추측해볼 테니 혹시 틀려도 비웃지 마세요. 아마도 도화도에 오실 때는 전진파와 아버지가 싸워 둘 다 다치거나 기력이 쇠해 있기를 기대하고 왔겠지요. 그럼 손쉽게 둘을 해치울 수 있으니 일거 양득 아니겠어요? 그런데 웬걸, 도화도에 와봤더니 아버지와 전진파 는 이미 떠나고 없었죠. 대신 바보 소녀를 통해 강남육괴가 와 있다는 걸 알았죠. 그래, 이 기회에 강남육괴를 죽이고 그것을 아버지에게 뒤 집어씌우기로 한 거죠. 그렇게 되면 홍칠공, 단황야 등도 모두 아버지 와 적이 될 테니까요. 혹 아버지가 돌아와 모든 증거를 없애버리기 전 에 강호에 소식이 전해지도록 가진악을 살려 보낸 거고요. 눈은 안 보 이지만 말은 할 수 있으니, 황약사가 다섯 명을 죽였다고 소문내고 다 닐 것 아니에요?"

황용의 말에 가진악은 화가 나기도 하고 부끄럽기도 해 어찌할 바 를 몰랐다. 갑자기 구양봉이 탄식을 했다.

"황약사에게 이런 영특한 딸이 있다니 정말 부럽군. 이 복잡한 전말 을 마치 처음부터 끝까지 보기라도 한 듯 이렇게 자세히 추측해내다 니, 정말 대단해. 넌 정말 영리한 아이구나!"

황용을 구하라

칭찬을 들은 황용의 얼굴은 매우 우울해 보였다.

"절 너무 칭찬해주시는군요. 휴! 곽정 오빠는 당신들의 계략에 빠져 아버지를 원수로 알고 있으니……. 일이 이렇게 된 바에야 만일 조카 분이 살아 계시면 아저씨가 아버지를 구해주신 뒤 혼사 문제를 의논해볼 수도 있었을 것을……."

구양봉은 이상한 생각이 들었다.

'왜 갑자기 조카 이야기를 꺼내는 걸까?'

"바보 소녀, 이 오빠가 너한테 참 잘해주지?"

"응, 날 집에 데려다준다고 했어. 난 섬에 있기 싫어. 집에 갈 거야."

"집에 가서 뭐 할래? 너희 집에서 사람이 죽었잖아. 귀신이 있을걸?"

"뭐? 귀신? 집에 귀신이 있어? 그럼 안 갈래."

바보 소녀는 금세 겁에 질린 표정이 되었다.

"그 사람을 누가 죽였지?"

"내가 봤어. 착한 오빠가……."

핑, 하는 소리와 함께 두 개의 암기가 바닥에 떨어졌다.

"소왕야 양강 님, 그냥 말하게 내버려두지 왜 갑자기 암기를 쓰시는 거죠?"

양강이 버럭 화를 냈다.

"쓸데없는 소리 좀 그만하시오!"

"바보 소녀, 누가 죽었는지 이 할아버지한테 알려드리렴."

"싫어. 오빠가 말하지 말라고 했어."

양강이 말했다.

"옳지. 어서 누워 자. 한마디만 더 하면 귀신을 시켜서 널 잡아먹게 할 테다."

바보 소녀는 정말 겁에 질린 듯 얼른 자리에 누웠다.

"알았어요, 알았어요."

부스럭거리는 소리가 들렸다. 바보 소녀가 옷을 머리 위로 뒤집어 쓴 것이다.

"바보 소녀, 내 말에 대답하지 않으면 할아버지더러 널 그 섬으로 데려가라고 할 거야."

"싫어, 안 가."

"그러니까 어서 말해. 착한 오빠가 너희 집에서 사람을 죽였다면서? 그 사람이 누구지?"

듣고 있던 사람들은 황용이 갑자기 양강이 사람을 죽인 이야기를 꺼내어 집요하게 질문하자 이상한 생각이 들었다. 한편, 양강은 가슴이 쿵쿵 뛰었다. 만약 바보 소녀가 우가촌에서 자기가 저지른 소행을 폭로하면 정말 큰일이었다.

'여차하면 저 바보 년을 죽여버려야지.'

양강은 오른손에 기를 모았다.

'내가 구양극을 죽인 걸 아는 사람은 목염자, 정요가, 육관영 세 사람뿐인데…… 설마 소문이 새어나갔단 말인가? 음, 틀림없이 그때 이 바보도 거기에 있었는데 내가 제대로 못 본 모양이군.'

순간, 절 안은 정적에 휩싸였다. 모두들 바보 소녀가 입을 열기만 기다리고 있었다. 더욱이 가진악은 숨조차 쉴 수가 없었다. 한참이 지나도 바보 소녀는 입을 열지 않았다. 잠시 후, 새근새근 콧소리가 들렸다. 바보 소녀가 옷을 뒤집어쓴 채 그만 잠들어버린 것이었다. 양강은 겨우 한시름 놓을 수 있었다. 온몸이 땀으로 흠뻑 젖어 있었다.

'저 바보를 살려두면 큰 화근이 될 거야. 어떻게든 없애버려야지.'

양강은 얼른 구양봉의 눈치를 살폈다. 달빛이 비스듬히 그의 얼굴을 비추었다. 구양봉은 눈을 꼭 감은 채 앉아 있었다. 전혀 눈치를 채지 못한 것 같았다.

모두들 바보 소녀가 이미 잠들어버렸으니 더 이상 물어볼 수도 없고, 그저 황용이 쓸데없는 짓을 한 것이려니 생각하며 하나둘 자리에 누워 잠을 청했다. 얼마나 지났을까, 갑자기 바보 소녀의 비명 소리가 들렸다.

"아야! 꼬집지 마. 아프단 말이야."

"귀신, 귀신, 다리 잘린 귀신이다! 바보 소녀, 네가 바로 그 다리 잘린 공자를 죽였지?"

어둠 속에서 울리는 황용의 날카로운 목소리는 그야말로 소름 끼치도록 공포스럽게 들렸다.

"아니야, 내가 죽인 게 아니야. 착한 오빠가 죽였……."

말이 끝나기도 전에 휙, 탁, 악, 하는 소리가 연이어 들렸다. 양강이 벌떡 일어나 바보 소녀에게 다가가 구음백골조로 그녀의 정수리를 찍으려다가 황용의 타구봉에 맞아 나가떨어진 것이다. 모두들 벌떡 일어났다. 사통천 등이 황용을 에워쌌다. 황용은 아랑곳하지 않고 왼손으로 절 문을 가리키며 소리를 질렀다.

"다리 잘린 귀신님, 어서 오세요. 당신을 죽인 바보 소녀 여기 있어요."

바보 소녀는 겁에 질려 문 쪽을 바라보았다. 어두컴컴하기만 할 뿐 아무것도 보이지 않았다. 그러나 귀신을 매우 무서워하는 바보 소녀는 벌벌 떨며 황용의 옷자락을 잡아당겼다.

"내가 죽인 게 아니야, 착한 오빠가 철창으로 죽였어. 내가 부엌에서 다 봤어. 착한 오빠가 죽였어!"

구양봉은 사랑하는 조카를 양강이 죽였다니 믿을 수 없었다. 그러나 다른 사람이라면 몰라도 바보 소녀가 거짓말을 할 리 없었다. 너무 놀란 구양봉은 도리어 웃음이 나왔다.

"소왕야, 네놈이 내 조카를 죽였다고? 하하! 잘 죽였군, 잘 죽였어."

음산하고 처량하면서도 내공이 실린 목소리였다. 듣는 이들의 귀가 웅웅 울렸다. 마치 수없이 많은 실바늘이 귓속을 찌르는 것 같았다. 모두들 몸을 부들부들 떨며 이를 악물었다. 까마귀 떼가 시끄럽게 울어대며 푸드덕 날아올랐다. 까마귀들 역시 구양봉의 엄청난 웃음소리에 놀라 잠에서 깨어난 것이다.

'이제 난 죽었구나.'

양강은 두려운 마음에 도망갈 길을 찾으려 했다. 곁에 있던 완안홍열 역시 놀라움을 감추지 못했다. 까마귀 소리가 가라앉자 완안홍열이 나서서 사태를 진정시키려 했다.

"바보 같은 여자아이의 말을 믿으시면 됩니까? 소왕야가 조카분을 청해 모셔왔는데, 설마 이유 없이 해칠 리가 있겠어요?"

구양봉은 발에 살짝 힘을 주었다. 그리고 일어나는가 싶더니 몸은 벌써 바보 소녀 곁에 가 있었다. 구양봉은 왼손으로 그녀의 팔을 꽉 잡았다.

"왜 내 조카를 죽였느냐? 어서 말해!"

바보 소녀는 깜짝 놀랐다.

"내가 죽인 게 아니에요. 놓아줘요, 놓아줘요."

바보 소녀는 몸부림을 쳐보았지만 구양봉의 손에서 벗어날 수 없었다. 바보 소녀는 놀랍고 두려운 나머지 그만 울음을 터뜨리고 말았다.

"엄마야! 엉엉……!"

구양봉이 재차 다그치자 바보 소녀는 더 이상 울지도 못하고 멍하니 넋이 나가고 말았다. 황용이 부드러운 목소리로 달랬다.

"바보 소녀야, 무서워하지 마. 이 할아버지가 너한테 떡을 주실 거야."

구양봉은 황용의 뜻을 알아차렸다. 윽박지를수록 바보 소녀는 겁에 질려 아무 말도 하지 못할 것이란 사실을 깨달은 것이다. 구양봉은 바보 소녀의 팔을 풀어주고 품속에서 만두를 꺼내어 소녀의 손에 쥐여주었다.

"그래, 착하지? 이 만두를 먹으렴."

바보 소녀는 만두를 받아 들긴 했으나 여전히 두려움이 가시지 않은 듯했다.

"아파. 또 아프게 하면 싫어."

"그래, 그래. 다시는 아프게 하지 않을게."

황용이 물었다.

"그날 다리 잘린 남자가 어떤 여자를 안고 있었잖아? 그 여자, 예뻤어?"

"응, 참 예뻤어. 그 여잔 어디 있어?"

"그 여자가 누구인지 알아? 네가 모르는 여자였지?"

바보 소녀는 의기양양한 표정으로 박수를 치며 웃었다.

"히히…… 아니, 난 그 여자가 누군지 알아. 착한 오빠의 마누라야. 히히…….."

이 말을 듣자 구양봉은 더 이상 의심할 여지가 없다는 생각이 들었다. 그는 자기 조카의 품행을 잘 알고 있었다. 틀림없이 목염자를 함부로 건드렸다가 양강의 손에 죽은 모양이었다. 그러나 구양극이 다리를 잃었다고는 하나 그의 무공이 양강보다 훨씬 강한데, 양강이 어떻게 구양극을 죽였는지 의아할 뿐이었다. 구양봉은 양강을 보며 물었다.

"내 조카가 무례하게 소왕야의 왕비를 범했군. 죽어 마땅하오."

"제, 제, 제가 죽인 게 아, 아닙니다."

구양봉의 목소리가 날카롭게 변했다.

"그럼 누가 죽였단 말이냐?"

양강은 온몸의 맥이 탁 풀리며 땀이 비 오듯 흘러내렸다. 평소 총명하고 영특한 모습은 어디론가 사라지고 머릿속이 멍해지면서 아무 말도 할 수가 없었다. 황용이 탄식했다.

"아저씨, 이 일은 소왕야를 탓할 일도, 조카분을 탓할 일도 아니에요. 이게 다 아저씨의 무공이 너무 강하기 때문이죠."

구양봉이 이상하다는 듯 물었다.

"무슨 말이냐?"

"저도 잘은 몰라요. 그저 그날 우가촌에서 어떤 남녀가 벽 저쪽에서 이야기하는 소리를 들었는데, 참 이해가 가지 않더라고요."

구양봉은 전혀 이해할 수 없는 황용의 말에 더욱 오리무중에 빠지는 듯했다.

"그들이 뭐라고 했는데?"

"제가 토씨 하나 바꾸지 않고 그대로 들려드릴게요. 아저씨가 무슨 뜻인지 해석해보세요. 전 두 사람의 얼굴은 보지 못했으니까 그들이 누구인지는 물론 모르죠. 그 남자가 '구양극을 죽인 일이 알려지면 큰일인걸'이라고 말하자 여자가 '사내대장부가 되어가지고 그렇게 담이 작아서야. 그럴 거면 처음부터 죽이지 말았어야죠. 구양극의 숙부가 비록 대단한 사람이기는 하나 멀리 도망가버리면 우릴 찾지 못할 거예요' 하더군요."

구양봉이 황용의 말을 끊고 끼어들었다.

"남자는 무어라 하던가?"

양강은 두 사람의 대화를 들으며 사시나무 떨 듯 떨고 있었다. 달빛이 비스듬히 실내를 비추었다. 양강은 달빛을 피해 천천히 황용의 뒤로 다가갔다.

"그 남자가 이렇게 말하더군요. '내게 좋은 생각이 있어. 구양극의 숙부는 무공이 대단하지. 난 전부터 그를 사부로 모시고 싶었소. 그러나 그들 집안은 대대로 딱 한 사람에게만 무공을 전수하는 규율이 있소. 이제 그의 조카가 죽었으니 그의 숙부가 나를 제자로 삼아주지 않겠소?'"

황용은 그 남자가 누구인지 전혀 언급하지 않았지만 교묘하게 양강의 말투를 그대로 흉내 내고 있었다. 양강은 어려서부터 중도中都에서 자랐지만 어머니 포석약이 임안 사람이기 때문에 말투에 남쪽 방언과 북쪽 방언이 섞여 있었다. 비교적 특색 있는 말투이기 때문에 황용의 말투를 듣자 누구나 다 그 남자가 양강이라는 것을 알 수 있었다. 구양봉은 양강에게 눈길 한 번 주지 않고 냉소를 띤 채 황용의 말을 듣고 있었다. 그때 갑자기 누군가의 비명 소리가 들렸다.

"아악!"

모두들 돌아보니 양강이 오른손에 피를 뚝뚝 흘리며 창백한 얼굴로 서 있었다. 양강은 황용이 자기의 비밀을 폭로하자 황용을 죽이려고 황용에게 다가갔다. 황용은 양강의 말투를 흉내 내며 한창 이야기를 하면서도 양강이 공격해올지도 모른다는 생각에 경계를 늦추지 않았다. 황용의 무공이 양강보다 훨씬 강했기 때문에 양강이 황용을 몰래 습격한다는 것은 애초부터 쉽지 않은 일이었다.

양강이 황용의 머리를 내리찍으려 하자, 황용은 이미 바람 소리로 공격 방향을 알아채고 몸을 옆으로 피했다. 양강의 손이 황용의 어깨를 내리찍었다. 양강이 구음백골조를 써서 전력을 다해 내리치자 두 손이 그만 황용의 연위갑에 꽂혀버리고 말았던 것이다. 어찌나 아픈지 양강은 기절할 것만 같았다.

다른 사람들은 실내가 어두워 상황을 자세히 보지 못했다. 황용에게 당한 것인지, 구양봉이 손을 쓴 것인지 알 수가 없었다. 모두들 구양봉의 무공이 얼마나 대단한지 잘 알고 있었기 때문에 감히 찍소리도 못 하고 바라만 보고 있었다. 완안홍열이 나서서 양강을 부축했다.

"강아, 괜찮니? 많이 다쳤느냐?"

완안홍열은 허리에 차고 있던 검을 빼어 양강의 손에 쥐여주었다. 어차피 구양봉이 순순히 넘어갈 리는 없을 테고, 그렇다면 맞서 싸우는 수밖에 없을 것 같았다. 양강이 고통을 참으며 대답했다.

"괜찮습니다."

그러나 양강은 검을 건네받자마자 웬일인지 손이 말을 듣지 않아 검을 놓치고 말았다. 급히 허리를 굽혀 주우려 했으나 팔이 마비되어 움직일 수가 없었다. 깜짝 놀라 왼손으로 오른쪽 어깨를 세게 꼬집어 보았지만 전혀 감각이 없었다. 양강은 공포에 질린 얼굴로 황용을 바라보았다.

"독! 독이다!"

팽련호 등은 모두 구양봉의 눈치를 보느라 선뜻 나서지 못하고 있었다. 그러나 완안홍열은 금의 왕이고, 양강은 그의 아들이었다. 구양봉의 원한은 어떻게든 풀릴 테지만, 양강이 독에 당한 것은 경우가 달랐다. 양강이 이런 위기에 처한 것을 보고 전혀 모른 척할 수만은 없었다. 일부는 양강에게 다가가 묻기도 하고, 일부는 황용에게 몰려가기도 했다.

"어서 해독약을 내놓아라."

그러면서도 모두들 가능하면 구양봉에게서 멀리 떨어지려 애쓰는 눈치였다. 황용은 여전히 태연하게 말을 받았다.

"내 연위갑에는 독이 없어요. 여기 양강을 죽일 사람이 있는데, 무엇

하러 내가 손을 쓰겠어요?"

"움, 움, 움직일 수가 없어요!"

양강이 처절하게 비명을 지르더니 온몸에 힘이 빠지는 듯 천천히 쓰러지면서 마치 짐승 같은 신음 소리를 냈다. 황용도 영문을 알 수가 없어 구양봉을 바라보았다. 그러나 구양봉 역시 놀란 표정이었다. 양강은 엄청난 신음 소리를 내면서도 얼굴엔 희색이 감돌았다. 희미한 달빛 아래 드러난 양강의 표정은 그야말로 소름 끼치게 끔찍했다. 황용은 문득 짚이는 바가 있었다.

"구양 아저씨가 독을 쓰셨군요?"

그러나 구양봉 역시 의아한 표정이었다.

"글쎄, 나 역시 저자에게 내 독사의 맛을 보여주리라 생각하긴 했다 마는…… 네가 나 대신 손을 써주다니 고맙구나. 그러나 이 독은 천하에 나밖에 가지고 있는 사람이 없을 터인데, 대체 넌 어디서 이 독을 구했니?"

"제게 독사가 어디 있어요? 아저씨가 해놓고도 모르고 계시는 거 아니에요?"

"그게 말이 되는 소리냐?"

"전에 아저씨가 노완동과 내기를 할 때 독사의 위력을 설명해주신 적이 있죠? 전 그때 그 자리에 없었지만 나중에 전해들었어요. 그 독사에게 물린 상어를 다른 상어들이 먹으면 그 상어들까지 다 죽게 되고, 그 상어들을 또 다른 상어가 먹으면 그 상어도 죽게 된다고…… 그렇게 해서 모든 상어가 다 죽는다고요. 그렇죠?"

"그렇지. 그러기에 내가 서독 아니냐?"

"같은 원리예요. 남희인이 첫 번째 상어였던 셈이지요."

양강은 이제 미친 듯이 바닥을 뒹굴기 시작했다. 양자옹은 양강을 안아 부축하고 싶어도 구양봉의 눈치를 살피느라 그렇게 할 수가 없었다. 구양봉은 눈살을 찌푸리며 황용의 말을 되새겨봤지만 여전히 알수가 없었다.

"자세히 말해보아라."

"아저씨가 독사를 이용해서 남희인을 죽였지요. 그날 제가 도화도에 갔을 때 남희인이 저를 공격하다가 주먹으로 제 어깨를 쳤거든요. 물론 연위갑에 맞아 피를 많이 흘렸지요. 제 연위갑에는 여전히 그의 피가 묻어 있을 거 아니에요? 그러니 제 연위갑이 두 번째 상어가 된 셈이지요."

그녀의 말은 논리 정연했다.

"방금 양강이 제 어깨를 쳤어요. 마침 연위갑을 제대로 쳤으니 남희인의 피가 그의 핏속에 섞인 거지요. 흥! 양강이 세 번째 상어가 된 셈이군요."

모두들 구양봉이 거느린 독사의 위력에 몸서리를 쳤다. 또 양강이 잔인한 간계로 강남오괴를 죽였는데, 결국 남희인의 피에 의해 자기 자신이 죽게 되었으니 이 기묘한 인과응보에 등골이 싸늘해지지 않을 수 없었다. 갑자기 완안홍열이 구양봉 앞에 무릎을 꿇었다.

"구양 선생, 이 아이를 살려주시오. 은혜는 잊지 않겠소이다."

"하하하! 당신 아들의 목숨만 중하고, 내 조카의 목숨은 아무것도 아니란 말이오?"

구양봉이 팽련호 등의 얼굴을 하나하나 훑어보더니 음험한 목소리로 말했다.

"불만 있는 사람 있으면 나와 보아라!"

그러나 이 자리에서 구양봉에게 대적할 사람은 아무도 없었다. 그때 갑자기 양강이 훌쩍 뛰어 일어나더니 양자옹을 쳤다. 완안홍열이 일어나며 고함을 쳤다.

"어서 소왕야를 임안으로 모셔가 명의를 청해 치료받도록 하시오!"

구양봉이 비웃듯 말했다.

"노독물의 독을 고칠 수 있는 의사는 없다. 설령 있다 한들 누가 감히 내 일을 그르치겠나?"

완안홍열은 구양봉을 상대하지 않고, 밖에 있는 장수들을 향해 명령했다.

"어서 소왕야를 모셔가거라."

양강이 또 벌떡 일어나더니 완안홍열을 가리키며 소리를 질렀다.

"당신은 내 아버지가 아니야! 어머니를 해치더니 이제 나까지 해치려고?"

완안홍열은 급히 뒤로 물러나다가 하마터면 넘어질 뻔했다. 사통천이 급히 나서서 양강의 팔을 잡고 말렸다.

"소왕야, 정신 차리시지요."

그런데 갑자기 양강이 팔을 뒤로 휘두르더니 사통천의 손목을 꼭 쥐고 왼손으로 어깨를 힘주어 찍었다. 사통천이 비명을 지르며 양강의 팔을 뿌리쳤다. 그러나 곧 팔이 마비되는 것을 느꼈다. 황용이 차가운 목소리로 말했다.

"네 번째 상어로군."

사통천과 사이가 좋은 팽련호는 어떻게든 손을 써야겠다는 생각에 급한 나머지 칼을 빼 들고 사통천의 팔을 잘라버렸다. 그러나 후통해는 팽련호의 의도를 깨닫지 못하고 깜짝 놀라며 팽련호를 향해 달려들었다.

"팽련호, 감히 우리 사형을 해치다니!"

사통천이 이를 악문 채 후통해를 물리쳤다.

"바보 같으니, 물러가거라! 다 나를 위해서야."

양강은 점점 정신이 혼미해지며 아무나 차고 때리기 시작했다. 사통천의 팔이 잘리는 모습을 본 사람들은 감히 더 이상 양강을 상대하지 못하고 비명을 지르며 밖으로 뛰어나갔다. 이 요란한 소리에 까마귀들도 잠에서 깨어 푸드덕 날아오르며 울어댔다. 절 마당에는 달빛에 비친 까마귀들의 그림자가 어지러이 돌아다녔다. 까마귀 울음소리에 양강의 비명 소리까지 섞여 처참한 분위기를 자아냈다. 완안홍열도 밖으로 나와 양강을 불렀다.

"강아, 강아!"

양강이 눈물을 흘리며 완안홍열을 향해 달려왔다.

"아버지, 아버지!"

완안홍열은 팔을 벌리며 양강을 받아주었다.

"강아, 괜찮으냐?"

그런데 갑자기 양강의 표정이 섬뜩하게 변하더니 흰 이빨을 드러내며 완안홍열의 어깨를 물려고 덤벼들었다. 완안홍열은 깜짝 놀라 양강을 힘껏 밀어냈다. 양강은 힘없이 쓰러지더니 다시는 일어나지 못했다. 완안홍열은 두렵고 끔찍한 마음에 뒤도 돌아보지 않고 절 밖으로 나가 말에 올랐다. 곧 수하의 장수들과 부하들도 함께 말에 올라 순식간에 멀어지고 말았다.

구양봉과 황용은 땅바닥을 구르며 신음하는 양강을 바라보며 묵묵히 서 있었다. 잠시 후, 양강은 전신을 부르르 떨더니 다시는 움직이지 않았다.

"날이 곧 밝겠군. 너희 아버지에게 가자꾸나."

구양봉의 차가운 목소리가 침묵을 깼다.

"아버진 이미 도화도로 돌아가셨는데요."

구양봉은 잠시 놀란 듯했으나 이내 냉소를 지었다.

"어린 계집애의 속임수에 속아 넘어갔구나."

"처음에 한 말은 물론 거짓말이죠. 아버지가 어떤 분인데 전진교 따위에게 잡히겠어요? 〈구음진경〉 이야기를 꺼내지 않았다면 아저씨가 바보 소녀에게 이것저것 캐묻지도 않았을 것 아니에요?"

가진악은 황용의 기지에 탄복하면서도 걱정이 되어 견딜 수가 없었다. 황용이 어서 빨리 꾀를 내어 구양봉의 손에서 벗어나야 한다는 생각에 마음이 조마조마했다.

"영리하게도 거짓말과 참말을 교묘히 섞어 이야기했으니 내가 속아 넘어갈 수밖에. 자, 이제 네 아버지가 풀었다는 〈구음진경〉의 뜻을 한번 읊어보아라. 한마디도 빠뜨려서는 안 된다."

"기억을 못 하면 어쩌죠?"

"기억을 해야지. 너처럼 예쁜 아이가 내 독사에게 물리면 매우 안타까운 일이잖니."

황용은 신상 뒤에서 뛰쳐나올 때 이미 죽을 각오가 되어 있었다. 그러나 양강이 처참하게 죽는 모습을 보자 두려운 생각이 들지 않을 수 없었다.

'설사 일등대사께서 전수해주신 경문을 들려준다 해도 날 놓아줄 리가 없어. 어떻게 해야 이 위기를 모면할 수 있을까?'

어찌해야 좋을지 묘책이 떠오르지 않았다. 황용은 일단 되는대로 시간을 끌기로 했다.

"전 경문의 원본을 본 적이 있으니 해석할 수 있을지도 몰라요. 아저씨가 한 구절 한 구절 읊어보세요. 제가 한번 해석해볼게요."

"무슨 말인지 모를 경문의 내용을 어찌 외운단 말이야? 얼렁뚱땅 넘어갈 생각은 하지도 말아라."

황용은 구양봉이 외우지 못하는 것을 보고 좋은 생각이 떠올랐다.

'어차피 못 외운다면 내게도 생각이 있지.'

"좋아요. 그럼 경전을 꺼내어 읽어보세요."

구양봉은 황용의 해석을 들으려는 생각에 품속에서 곽정이 써준 경문을 꺼냈다. 경문은 세 겹의 기름종이로 싸여 있었다. 황용은 웃음이 나오는 걸 애써 참았다.

'곽정 오빠가 마음대로 써준 것을 무슨 보물인 양 여기는구나.'

구양봉은 신대神臺에서 타다 남은 초를 가져다가 불을 밝히고 촛불에 의지해 경문을 읽기 시작했다.

"홀부이忽不爾, 긍성다덕肯星多德, 사근육보斯槿六補……."

"관상觀相을 잘 이용하고, 열두 가지 호흡을 이용하면……."

구양봉은 뛸 듯이 기뻐 급히 다음 구절을 읽었다.

"길이문화사吉爾文花思, 합호哈虎……."

"온갖 질병을 치료할 수 있으며, 신통神通한 경지에 이를 수 있다."

"취달별사토取達別思吐, 은니구恩尼區……."

황용은 한참 생각하는 척하다가 고개를 저었다.

"틀렸어요. 잘못 읽으셨을 거예요."

"틀림없이 이렇게 쓰여 있어."

"뭔가 이상한데요? 전혀 해석이 되지 않아요."

황용은 왼손으로 턱을 만지며 깊이 생각에 잠긴 척했다. 구양봉은 황용이 생각해낼 수 있기를 바라며 초조한 마음으로 황용을 바라보았다. 한참이 지난 후, 황용이 입을 열었다.

"아, 알았어요. 틀림없이 곽정, 이 바보가 잘못 써준 거예요. 제가 한 번 볼게요."

구양봉은 황용에게 경문을 건네주었다. 황용은 오른손으로는 경문을, 왼손으로는 초를 건네받았다. 한참 자세히 들여다보는 척하다가 갑자기 발을 확 굴러 훌쩍 뛰더니 저만큼 도망가기 시작했다. 그리고 황용은 경문을 촛불 바로 위에 갖다 대었다.

"구양 아저씨, 이 경문은 가짜예요. 제가 태워버릴게요."

구양봉은 깜짝 놀랐다.

"왜, 왜 이러는 거냐? 어서 이리 줘."

황용은 여유 있는 웃음을 지었다.

"경문을 가질래요, 내 목숨을 가질래요?"

"네 목숨을 가져서 뭐 하게? 어서 돌려줘."

행여 황용이 정말 태워버리지나 않을까, 구양봉의 목소리는 조바심으로 떨렸다. 그가 금방이라도 달려들어 빼앗을 기세를 취하자, 황용은 경문을 촛불 쪽으로 더 바짝 갖다 댔다.

"가까이 오지 마세요. 한 발짝 가까이 올 때마다 조금씩 태워버릴 거예요. 평생 후회하게 되실걸요."

구양봉은 황용의 말이 맞다는 생각이 들었다.

"내가 졌다. 어서 경문을 내려놓고 네 갈 길을 가거라."

"당대 종사宗師께서 설마 식언을 하시지는 않겠지요?"

구양봉이 정색을 하며 말했다.

"어서 경문을 내려놓고, 네 갈 길로 가라는데 그러는구나."

구양봉은 무림에서 상당히 명성 있는 사람이었다. 비록 성정이 잔인하고 교활하기는 하나, 결코 어린 여자아이를 상대로 거짓말할 사람은 아니었다. 황용은 경문과 초를 바닥에 내려놓고 웃으며 말했다.

"구양 아저씨, 미안해요."

황용은 타구봉을 집어 들고 절을 나섰다. 구양봉은 고개도 돌아보지 않고 갑자기 뛰어오르더니 손을 돌려 출장出掌해 신상을 내리쳤다.

"가진악, 이리 나오시오!"

황용은 깜짝 놀라 돌아보았다. 가진악이 신상 뒤에서 뛰어나와 철창을 휘두르고 있었다.

'노독물의 무공이 얼마나 강한데…… 신상 뒤에 사람이 숨어 있다는 걸 모를 리가 없었겠지. 가진악을 워낙에 하찮게 여기기 때문에 지금까지 그냥 내버려둔 거야.'

황용은 몸을 돌려 가진악에게 다가갔다.

"구양 아저씨, 저 안 갈래요. 이분을 보내주세요."

가진악이 소리치듯 말했다.

"아니다. 넌 어서 가거라! 가서 정이를 찾아 나 대신 형제들을 위해 복수해달라고 전해라."

"곽정 오빠가 제 말을 믿을 것 같아요? 첫째 사부님이 가지 않으면 저와 아버지의 누명을 벗겨줄 사람이 없어요. 가서 곽정 오빠에게 모든 사실을 전해주세요. 그리고 전 오빠를 원망하지 않으니 너무 슬퍼하지 말라고 전해주세요."

가진악은 자기 대신 황용을 죽게 만들 수 없었다. 두 사람은 한참 동안 실랑이를 벌였다. 구양봉은 짜증이 나기 시작했다.

"가라면 갈 것이지, 어린것이 어딜 다시 돌아와서 시끄럽게 구는 것이냐?"

"가기 싫어요. 구양 아저씨, 이 귀찮은 장님을 보내주시면 제가 아저씨 곁에서 시중 잘 들어드릴게요. 저분을 보내주세요."

'이 계집애를 잡아두는 게 더 좋겠지. 저 장님 따위 죽든 말든 무슨 상관이람.'

구양봉은 성큼성큼 가진악을 향해 다가가 가진악의 멱살을 잡으려 했다. 가진악은 가슴 앞으로 철창을 휘둘러 막으려 했다. 그러나 구양봉이 팔로 한 번 내리치자 철창은 허공으로 붕 떠 지붕을 뚫고 나갔다. 가진악은 양팔이 마비되는 것 같고 숨이 막혀 견딜 수가 없었다. 그는 급히 뒤로 뛰어 물러났다. 그러나 몸이 허공에 떠 아직 내려앉기도 전에 그만 구양봉에게 뒷덜미를 잡히고 말았다.

가진악은 경험이 많은 사람이었기 때문에 이런 위기의 순간에도 당황하지 않았다. 그는 품속에서 독릉을 꺼내 구양봉의 얼굴을 향해 날렸다. 구양봉은 가진악이 이 위기의 순간에 암기를 발하리라고는 생각지도 못했고, 더군다나 거리가 워낙 가까워 미처 피할 수가 없었다. 구양봉은 하는 수 없이 가진악을 던지며 상반신을 뒤로 젖혔다. 가진악의 몸이 절의 문 쪽을 향해 날아갔다.

가진악은 신상 뒤에서 나올 때부터 얼굴을 절의 문 쪽으로 향하고 있어서 구양봉이 가진악을 던져버리자 바로 문을 통과해 밖으로 나가 떨어졌다. 그런데 구양봉의 힘이 어찌나 대단한지 가진악은 자신이 던진 독룡보다 더 빨리 날아갔다. 결국 독룡은 가진악의 뒤통수를 향해 날아왔다. 이를 본 황용이 비명을 질렀다.

"안 돼요!"

다행히 가진악은 공중에서 몸을 살짝 틀며 오른손을 뻗어 독룡을 가볍게 받아냈다.

"제법이군. 가진악, 그만 가보시오."

가진악은 망설이지 않을 수 없었다.

"아저씨, 구양 아저씨는 저를 스승으로 삼고 〈구음진경〉을 배우실 생각이신가 봐요. 아저씨도 절 스승으로 삼으실 생각이신가요? 어서 가지 않고 뭐 하세요?"

가진악은 황용이 비록 태연자약하게 웃으며 말하고 있지만, 속으로는 무서워하고 있다는 걸 잘 알고 있었다. 그는 문 앞에 선 채 차마 떠날 수가 없었다. 구양봉이 고개를 들어 하늘을 바라보았다.

"날이 완전히 밝았군. 어서 가자!"

구양봉은 황용의 손을 잡고 절 문을 나섰다.

"가진악 아저씨, 제가 아저씨 손바닥에 쓴 말 절대로 잊으시면 안 돼요."

두 사람은 순식간에 멀어졌다. 가진악은 한참 동안 멍하게 서 있었다. 문득 까마귀 울음소리가 들리더니 까마귀가 한 마리 두 마리 몰려들어 시체를 파먹기 시작했다. 갑자기 외로움과 처량함이 밀려들었다. 사랑하는 형제들은 모두 죽고 없으니 이제 천지 세상에 누굴 의지해야 할지, 어디로 가야 할지 막막하기만 했다.

까마귀 몇 마리가 괴성을 지르며 날개를 퍼덕거렸다. 양강의 시체를 먹고 중독이 된 것이었다. 가진악은 그 소리를 듣고 긴 한숨을 내뱉고는 철창을 손에 들고 천천히 북쪽을 향해 걸음을 옮겼다.

3일째 되는 날, 어디선가 수리 울음소리가 들렸다. 가진악은 곽정이 근처에 있을지도 모른다는 생각이 들었다. 그는 황량한 광야에 서서 고함을 질렀다.

"정아, 정아!"

얼마 지나지 않아 말발굽 소리가 들리더니 과연 곽정이 홍마를 타고 다가왔다. 곽정은 정신없이 싸우던 중 가진악과 헤어졌다가 이곳에서 뜻밖에 다시 만나니 반갑기 그지없었다. 곽정은 말이 멈추기도 전에 말 등에서 뛰어내려 가진악을 향해 달려갔다.

"사부님!"

그런데 가진악은 다짜고짜 곽정의 뺨을 후려쳤다. 곽정은 감히 피하지도 못하고 맞을 수밖에 없었다. 가진악은 몇 차례 곽정을 때리더니 이윽고 자기 뺨을 때리기 시작했다. 곽정은 더욱 놀라지 않을 수 없었다.

"사부님, 왜 그러세요?"

"이 멍청한 놈, 멍청한 사부에 멍청한 제자 같으니!"

가진악은 10여 차례 자기 뺨을 때리고 나서야 겨우 손을 멈췄다. 두 사람 모두 뺨이 퉁퉁 부어올랐다. 가진악은 한참 동안 자신과 곽정을 향해 욕을 퍼부은 뒤 겨우 마음을 가라앉히고 철창묘에서 있었던 일을 모두 이야기했다. 곽정은 입이 딱 벌어졌다. 놀라움과 기쁨, 고통과 후회가 한꺼번에 밀려왔다.

　'그랬구나. 그것도 모르고 용이에게 그렇게 심하게 대했으니……'

　가진악이 흐느끼듯 말했다.

　"그러니 우리가 얼마나 큰 잘못을 저질렀느냐?"

　"모두 제 탓입니다. 사부님은 앞을 보실 수 없으니 어쩔 수 없었다 치고, 모두 제 탓입니다. 저를 탓해주십시오."

　가진악이 버럭 화를 냈다.

　"나도 마찬가지다, 이놈아! 눈이 어둡다고 마음까지 어두워서야 되겠느냐?"

　"어떻게든 용이를 구해야지요."

　"황약사는 어디 있느냐?"

　"황 도주께서는 홍 사부님을 모시고 도화도로 가셨습니다. 사부님, 구양봉이 용이를 어디로 데려갔을까요?"

　가진악은 한참 동안 아무 말도 하지 않다가 이윽고 입을 열었다.

　"구양봉이 용이를 데려갔으니 설사 죽이지는 않는다 해도 얼마나 괴롭힐는지……. 정아, 넌 어서 가서 용이를 구하거라. 난 목숨을 끊어 용이의 은혜에 보답해야겠다."

　"안 돼요! 그런 생각은 하지도 마세요."

　곽정은 가진악의 성정을 익히 아는 터라 매우 걱정이 되었다.

"사부님, 어서 도화도에 가서 황 도주에게 이 사실을 알리세요. 저 혼자 힘으로는 구양봉을 물리칠 수 없지 않습니까?"

생각해보니 그 말도 일리가 있었다. 가진악은 철창을 들고 급히 길을 나섰다. 곽정은 마음이 놓이지 않아 한참 동안 뒤를 따랐다.

"어서 가지 못해! 용이를 구하지 못하면 넌 내 손에 죽게 될 테니, 그리 알아라."

가진악의 호통에 곽정은 하는 수 없이 걸음을 멈추고 멀어져가는 그의 뒷모습을 바라보았다. 가진악과 헤어진 곽정은 어디로 가서 용이를 찾아야 할지 한동안 고민하다가 홍마와 수리를 이끌고 철창묘로 갔다. 절 안에는 사방에 뼈가 허옇게 드러난 사람의 시체와 죽은 까마귀 시체가 널려 있었다.

곽정은 양강 때문에 돌아가신 사부님들을 생각하면 지금도 이가 갈리지만, 어차피 양강이 죽었으니 증오의 마음도 잊어야겠다는 생각이 들었다. 곽정은 의형제를 맺은 옛정을 생각해 양강의 시체를 수습해 절 후원에 장사 지내 주었다.

"양강, 오늘 내가 너의 시체를 장사 지내준 은혜를 생각해서 용이를 찾을 수 있도록 도와다오. 그럼, 살아생전에 네가 저지른 모든 잘못을 용서해주마."

절을 나선 곽정은 발길 닿는 대로 여기저기, 방방곡곡 물어가며 황용을 찾아 헤매기 시작했다.

또 한 번의 약속

어느덧 여섯 달이 지났다. 가을이 가고 겨울이 지나 다시 봄이 되었다. 곽정은 홍마와 수리를 데리고 하염없이 황용을 찾아다녔다. 개방과 전진교 등 무림의 모든 방파를 돌아다녔지만, 어디에서도 황용의 소식을 들을 수 없었다.

곽정은 황용이 얼마나 많은 고초를 겪고 있을까 생각하면 마음이 찢어지는 것만 같았다. 죽는 한이 있어도 반드시 용이를 찾아내리라 몇 번이고 다짐했다. 곽정은 연경에도 가보고 변량에도 가보았다. 그러나 완안홍열조차도 구양봉과 황용의 행방을 알지 못했다. 개방의 무리들은 방주가 행방불명되었다는 소식을 듣고 황용을 찾기 위해 전국을 돌아다녔다.

어느 날, 곽정은 귀운장을 찾아갔다. 그런데 뜻밖에도 귀운장이 있던 자리는 잿더미로 변해버렸고 육승풍, 육관영 부자는 무슨 변고를 당했는지 행방을 알 수가 없었다.

곽정은 산동으로 향했다. 그런데 이상하게도 인가 열 곳 중 아홉 곳은 비어 있고, 길에서 만나는 사람들도 어디론가 피난을 가는 듯한 모습이었다. 알고 보니 몽고와 금이 전쟁을 벌인 끝에 금이 크게 패해 남으로 후퇴하면서 도둑질, 방화, 강간, 살인 등 온갖 만행을 저지르고 있었던 것이다. 곽정은 계속해서 북쪽을 향해 나아갔다. 도탄에 빠진 백성들의 모습을 보며 비장함을 누를 길이 없었다.

'결국 희생당하는 건 백성들이군.'

어느 날, 곽정은 제수濟水 옆의 산속 마을에 도착했다. 묵을 곳을 찾아 말에게 물과 여물을 먹이고 자신도 뭘 좀 먹으려는데 어디선가 시끌벅적한 소리가 들렸다. 고함 소리, 말 울음소리가 요란하게 들리더니 수십 명의 금국 병사가 마을로 쳐들어왔다. 병사들은 집집마다 불을 질러 마을 사람들을 모두 나오게 만든 뒤, 젊은 여자들은 밧줄로 묶고, 나머지는 남녀노소를 불문하고 무조건 칼로 베어 죽여버렸다.

곽정은 이 꼴을 보고 너무나 분노해 훌쩍 말에 올라 병사들을 향해 돌진했다. 먼저 한 관군의 손에서 창을 빼앗고 그 관군의 태양혈을 힘껏 때렸다. 황용을 찾아 헤매는 여섯 달 동안 곽정은 아침저녁으로 무공을 연마했기 때문에 내공이 매우 강해졌다.

곽정에게 태양혈을 얻어맞은 관군은 결국 두 눈이 튀어나오며 그 자리에서 죽고 말았다. 금의 병사들은 이 모습을 보고 함성을 지르며 곽정을 향해 달려들었다. 그러나 곽정은 병사들 사이를 종횡무진으로 누비며 많은 병사를 해치웠다.

패잔병들은 그러잖아도 지치고 사기가 꺾여 있던 차에 무서운 기세로 누비는 곽정을 보자 더 이상 싸울 의지가 생기지 않았다. 병사들은 하나둘 도망가기 시작했다. 그런데 갑자기 맞은편에서 큰 깃발이 보이더니 안개 속에서 한 부대의 몽고 병사들이 급히 다가왔다. 금의 패잔병들은 몽고군을 보자 혼비백산해 뿔뿔이 흩어져 도망가기에 바빴다.

곽정은 금병이 마을 주민들을 함부로 해친 것만 생각하면 분을 참을 수 없었다. 결국 말을 몰아 마을을 벗어나 산 입구에서 도망 나오는 금군을 기다렸다. 10여 명의 병사가 도망쳐 나오다 곽정의 칼에 맞아 쓰러졌다. 나머지 병사들은 결국 진퇴양난에 빠져 온통 아수라장이 되었다.

몽고군은 뜻밖에 누군가가 나서서 자신들을 도와주자 더욱 용기백배해 금병들을 죽이기 시작했다. 몽고군을 이끌던 백부장白夫長이 곽정의 내력을 알아보려는데 병사들 중 누군가가 곽정을 알아보고 소리쳤다.

"금도부마이십니다!"

병사들은 일제히 엎드려 절을 했다. 백부장 역시 대칸의 부마라는 말을 듣고 급히 말에서 내려 예를 갖추었다. 곽정은 몽고군에 명을 내려 마을 곳곳에 붙은 불을 끄게 했다. 마을 주민들은 서로를 부축한 채 하나둘 돌아와 허리를 굽히며 감사를 표했다.

어지러운 가운데 마을 밖 멀리서 말발굽 소리가 들려왔다. 마을 주민들은 깜짝 놀라 두려운 표정으로 서로 얼굴만 마주볼 뿐이었다. 말 한 필이 무리들 앞을 달려 쏜살같이 다가왔다. 말 위에는 한 소년 장군이 앉아 있었다.

"곽정이 어디 있느냐?"

소년 장군은 바로 타뢰였다. 곽정은 기쁨과 반가움을 뭐라 표현할 길이 없었다.

"타뢰!"

두 사람은 서로 힘껏 포옹하며 반가움을 나누었다. 수리도 타뢰를 알아보고 가까이 날아와 몸을 비벼댔다. 타뢰는 천부장에게 명하여 금병을 계속 추격하도록 하고, 산 중턱에 진영을 설치하도록 한 뒤 곽정과 함께 그간의 이야기를 나누었다.

타뢰의 말에 따르면, 최근 몇 년 동안 테무친은 대대적으로 동정서벌東征西伐을 추진하여 끊임없이 영토를 넓혔다. 출적, 찰합태, 와활태, 타뢰, 목화려, 박이출, 박이홀, 적노온 등이 모두 혁혁한 공을 세웠다.

현재 타뢰와 목화려는 군대를 이끌고 금국을 공격하는 중인데, 얼마 전 산동 지역에서 수차례의 전투 끝에 금을 크게 물리쳤다. 금의 패잔병들은 동관潼關으로 후퇴해 방어만 할 뿐, 감히 산동으로 나와 전투에 임하지 못했다.

곽정은 타뢰의 진영에서 며칠을 머물렀다. 어느 날, 테무친이 모든 장수를 막북漠北으로 소집한다는 소식이 전해졌다. 타뢰와 목화려는 곧 영기令旗를 부장에게 건네주고 막북을 향해 떠났다. 곽정은 오랫동안 뵙지 못한 어머니를 뵈려고 타뢰를 따라나섰다.

출발한 날, 일행은 알난하斡難河 근처에 도착했다. 고개를 들어 멀리 바라보니, 끝없이 펼쳐진 초원 위에 수없이 많은 파오가 줄지어 있었고, 각 파오 앞에는 여러 마리의 말이 매여 있었다. 수천수만의 창이 땅에 꽂혀 있었으며, 창끝이 햇빛에 반사되어 빛을 발하고 있었다. 그 수많은 회색빛 파오 중 유독 눈에 띄는 황금색 파오 하나가 있었다. 파오의 끝은 황금으로 만들어져 있었고, 파오 앞에는 큰 깃발이 높이 걸려 있었다.

곽정은 모래언덕에 서서 이 장엄한 광경을 내려다보았다. 테무친이 파오 안에서 명령을 내리면 순식간에 여러 연락병을 거쳐 천 리 밖, 만 리 밖에 있는 왕자와 장수들에게까지 전해질 것을 상상하니 참으로 대단하다는 생각이 들었다. 곽정은 말에 앉은 채 생각에 잠겼다.

'대칸은 이렇게 광활한 영토와 이렇게 많은 백성을 소유해서 무얼 하려는 걸까?'

그때 저쪽에서 먼지가 자욱하게 일더니 한 무리의 기병이 말을 몰고 다가와 일행을 맞이했다. 타뢰, 목화려, 곽정 세 사람은 금 파오로 들어가 대칸을 알현했다. 모든 왕자와 장군들이 이미 파오에 모여 항렬에 따라 양쪽으로 줄지어 앉아 있었다. 테무친은 세 사람을 보자 크게 기뻐했다. 타뢰와 목화려가 그간의 군정軍情을 보고했다. 곽정은 대칸 앞에 무릎을 꿇고 사죄를 드렸다.

"대칸께서 금국 완안홍열의 목을 베어오라 명하셨는데, 여러 차례 기회가 있었으나 결국 놓치고 말았습니다. 신을 벌해주십시오."

테무친이 웃으며 말했다.

"어린 매가 자라면 언젠가는 여우를 잡게 되는 법. 내 왜 너를 벌하겠느냐? 잘 왔다. 보고 싶었구나."

파오 안에서는 금을 토벌할 계책을 논의하는 중이었다. 목화려가 진언進言했다.

"금의 정예 부대가 동관을 굳게 지키고 있어 더 이상 남하하기는 어려운 실정입니다. 송宋과 연합해 협공하는 것이 좋을 듯합니다."

"좋소, 그렇게 하도록 합시다!"

테무친은 서신을 써 남쪽으로 보내도록 명을 내렸다. 회의는 밤이 되어서야 끝났다. 곽정은 금빛 파오에서 물러나와 어머니가 계시는 파오를 찾아 나섰다. 그런데 갑자기 누군가가 뒤에서 곽정의 눈을 가렸다. 곽정의 무공은 이미 상당한 수준에 이르렀기 때문에 누군가 뒤에서 습격한다는 것은 결코 쉽지 않은 일이었다. 곽정은 막 반격을 가하려 했으나, 문득 향기로운 냄새가 났다. 곽정은 급히 손을 거두었다.

"화쟁!"

화쟁이 수줍게 미소를 띤 채 서 있었다. 오랜만에 본 화쟁은 더욱 키가 자라 있었고, 사막에 핀 꽃처럼 예뻐 보였다.

"화쟁!"

곽정은 반가운 나머지 또 한 번 화쟁의 이름을 불렀다. 화쟁은 곽정을 만난 기쁨에 그만 눈물을 흘리고 말았다.

"돌아왔군요."

곽정은 화쟁의 눈물을 보자 마음이 뭉클해졌다. 일순간 두 사람은 무슨 말을 해야 할지 생각이 나지 않아 그저 말없이 서로를 바라보았다. 한참 후, 화쟁이 입을 열었다.

"어머니를 뵙고 오세요. 살아 돌아와서 정말 기뻐요. 휴…… 내가 더 기쁠까요, 오빠의 어머님이 더 기쁘실까요?"

"그야 물론 어머니겠지."

"그럼 전 그만큼 기뻐하지 않는단 말씀이세요?"

몽고인은 성격이 직설적이어서 자기 생각을 있는 대로 말하곤 했다. 곽정은 오랫동안 남방 사람들과 함께 있다가 오랜만에 북방인 특유의 직설적인 말투를 들으니 반갑고 친근한 느낌이 들었다. 두 사람은 손을 잡고 어머니 이평의 파오로 향했다. 이평은 곽정을 보고 얼마나 반갑고 기쁜지 넋이 나갈 정도였다.

며칠이 지나 테무친이 곽정을 불렀다.

"타뢰에게 모두 들었다. 신의를 중히 여기는 네가 마음에 든다. 며칠 후 너와 화쟁의 혼례를 치를 계획인데, 어떠냐?"

곽정은 깜짝 놀랐다.

'용이의 생사를 몰라 애태우고 있는 지금, 화쟁과 결혼을 하라고?'

그러나 테무친의 엄숙하고 위엄 있는 표정을 보니 차마 거절할 수 없었다. 테무친은 소박하고 조용한 곽정의 성격을 잘 알고 있기 때문에 곽정이 너무 기뻐 아무 말도 하지 못하는 것이라 생각했다. 테무친은 곽정에게 혼례 선물로 1천 명의 노예와 100근의 황금, 500마리의 소, 2천 마리의 양을 하사하고 혼례 준비를 명했다.

테무친의 하나뿐인 딸인 화쟁은 어려서부터 총애를 한 몸에 받고 자랐다. 몽고의 국운이 융성해 점차 영토를 확장해가고, 모든 전투에서 승승장구하고 있던 때라 각 족장들은 테무친의 딸이 시집간다는 말에 연일 사절단과 선물을 보내 축하의 뜻을 전했다. 화쟁 공주는 너무 기뻐 희색이 만면했다. 그러나 곽정의 표정은 어둡기만 했다.

혼례일이 점점 다가오고 있었다. 곽정은 어찌해야 할지 알 수가 없었다. 이평은 아들의 안색이 심상치 않음을 보고 아들을 불렀다. 곽정은 그동안 있었던 일이며 황용의 처지를 모두 털어놓았다. 이평은 아들의 말을 듣고 한참 동안 아무 말도 하지 못했다.

"어머니, 어떻게 해야 할까요?"

"대칸의 은혜가 태산과 같은데 어찌 그분의 뜻을 거스를 수 있겠느냐? 그러나 용이를 생각하면…… 휴! 비록 그 아이를 만나본 적은 없으나 어쩐지 참 친밀하게 느껴지는구나. 틀림없이 사랑스러운 아이일 테지……."

"어머니, 만약 아버지가 이 같은 상황에 처했다면 어떻게 하셨을까요?"

이평은 갑작스러운 질문에 잠시 생각에 잠겼다. 그러나 남편의 강직한 성격을 떠올리니 답이 분명해졌다.

"네 아버지는 평생 동안 어떤 어려움이 있더라도 은혜를 저버리는 짓은 하지 않았다."

곽정은 어머니 말을 듣고 무언가 결심이 선 듯 비장한 표정으로 일어났다.

"어머니, 제가 비록 아버님을 만나뵌 적은 없으나 아버님의 사람됨을 배워야 한다고 생각합니다. 만약 용이가 아무 일 없이 무사하다면 반드시 약속대로 화쟁과 결혼을 하겠습니다. 그러나 만약 용이에게 무슨 일이 생겼다면 평생 누구와도 결혼하지 않겠습니다."

아들의 말에 이평은 또 근심에 싸였다.

'그렇게 되면 곽씨 가문의 대가 끊기는 것 아닌가? 그러나 정이의 성정도 제 아비를 닮았으니 한번 결정한 이상 그 뜻을 꺾지는 못할 거야.'

"대칸께는 무어라 말씀드릴 작정이냐?"

"대칸께도 똑같이 말씀드려야죠."

"그래, 더 이상 미뤄서는 안 된다. 지금 당장 가서 대칸께 말씀 올리거라. 그런 다음 너와 난 내일 남쪽으로 떠나자꾸나."

곽정은 고개를 끄덕였다. 곽정 모자는 그날 밤 짐을 꾸렸다. 간단한

옷가지와 은전 몇 냥을 제외하고 대칸이 하사한 모든 물건은 고스란히 남겨두었다.

"가서 화쟁과 작별 인사를 하고 올게요."

"그런 말을 한다는 게 그 아이에게 더 큰 상처가 되지 않겠니? 그냥 조용히 떠나는 게 나을 듯싶구나."

"아니에요. 그래도 인사는 하고 떠나야죠."

곽정은 화쟁이 기거하는 파오로 갔다. 화쟁 공주는 어머니와 한 파오에 기거하고 있었다. 요 며칠 그녀는 결혼 준비를 하느라 한창 들떠 있었다. 화쟁은 갑자기 곽정이 부르는 소리를 듣고 얼굴이 붉어졌다.

어머니가 웃으며 말했다.

"며칠 있으면 부부가 될 터인데 밤중에 또 무슨 일로 찾아온 걸까? 어서 나가 보아라."

화쟁이 미소를 지었다.

"오빠!"

"화쟁, 할 말이 있어."

곽정은 화쟁을 데리고 파오를 나섰다. 곽정과 화쟁은 파오에서 몇 리 정도 떨어진 풀밭에 앉았다. 화쟁이 곽정에게 살짝 기대며 작은 목소리로 속삭였다.

"오빠, 나도 마침 할 말이 있었어요."

곽정은 깜짝 놀랐다.

"너, 알고 있었니?"

곽정은 차라리 화쟁이 모든 것을 알고 있으면 좋겠다는 생각이 들었다.

"뭘요? 전 앞으로는 제가 대칸의 딸이 아니라는 말을 하려고 했는데요."

"그게 무슨 뜻이니?"

화쟁은 고개를 들어 하늘에 걸린 초승달을 바라보았다.

"오빠에게 시집간 뒤부터는 전 대칸의 딸이 아니라는 말이에요. 전 그저 곽정의 아내일 뿐이에요. 오빠가 절 욕하든 때리든 모두 오빠 뜻에 달렸어요. 제가 대칸의 딸이라고 해서 절대 어려워하지 마시라는 뜻이에요."

곽정은 가슴이 뭉클해졌다.

"화쟁, 넌 정말 좋은 여자야. 그렇지만…… 내가 너무 부족하구나."

"부족하다니요? 오빤 이 세상에서 가장 멋진 사람이에요. 아버지를 제외하면 누구도 오빠를 따를 수 없어요. 저희 친오빠들 역시 곽정 오빠의 절반에도 못 미치는걸요."

곽정은 어찌할 바를 몰랐다. 천진난만한 화쟁의 얼굴을 바라보니 내일 이곳을 떠난다는 말이 쉽게 나오지 않았다.

"요즘 너무 신나요. 오빠가 죽었다는 소식을 들었을 때는 나도 따라 죽으려 했는데, 지금 생각하면 타뢰 오빠가 제 손에서 칼을 빼앗아준 게 얼마나 다행인지 몰라요. 그러지 않았으면 오빠에게 시집갈 수도 없었을 것 아니에요? 오빠, 전 정말 오빠에게 시집갈 수 없다면 더 이상 살고 싶지 않아요."

'용이와 화쟁, 둘 다 내게 너무 잘해주는구나.'

황용을 떠올리자 곽정은 자신도 모르게 긴 한숨이 새어나왔다.

"왜 그러세요?"

곽정은 한동안 망설이다 대답했다.

"아무것도 아니야……."

"아, 큰오빠와 둘째 오빠가 오빠를 좋아하지 않아서 그래요? 그래도 셋째 오빠와 넷째 오빠는 오빠를 참 좋아하잖아요. 내가 아버지께 큰오빠와 둘째 오빠 흉을 좀 보고, 셋째 오빠와 넷째 오빠를 많이 칭찬해 줄게요. 아무 문제없어요."

"아무 문제없다니?"

"어머니가 그러시는데요, 아버지도 이제 나이가 있으시잖아요. 머지 않아 태자를 세워야 할 텐데, 누굴 세우실 것 같아요?"

"글쎄, 당연히 큰형님이신 출적 형님을 세우시겠지. 나이도 가장 많고 나라를 위해 공도 많이 세웠잖아."

화쟁이 고개를 저었다.

"틀렸어요. 아마 셋째 오빠 아니면 넷째 오빠가 태자가 될 거예요."

테무친의 장자 출적은 영리하고 능력 있는 사람이었고, 차남 찰합태는 용감하고 전쟁에 능한 사람이었다. 둘 다 재능이 뛰어나다 보니 항상 경쟁이 치열했다. 셋째 와활태는 술과 사냥을 좋아하고, 성정이 너그러웠다. 그는 부왕이 돌아가시면 제위를 물려받을 사람은 큰형님 아니면 둘째 형님이라는 사실을 잘 알고 있었다. 게다가 막내 타뢰는 대칸의 가장 큰 총애를 받았다. 그러니 제위가 셋째에게 돌아올 가능성은 거의 없었다. 그리고 와활태는 전혀 경쟁심이 없었기 때문에 세 형제와 모두 사이가 좋았다. 곽정은 화쟁의 말이 이해가 가지 않았다.

"설마 대칸께서 네 말을 듣고 태자를 세우신단 말이니?"

"아뇨, 그저 제 추측일 뿐이에요. 하지만 걱정하지 말아요. 만약 오빠들이 곽정 오빠에게 함부로 하면 제가 가만두지 않을 거예요."

화쟁은 어려서부터 온 가족의 사랑을 한 몸에 받으며 자랐기 때문에 오빠들도 항상 이 막내 여동생에게 무조건 양보하는 편이었다. 곽정은 화쟁의 말을 듣고 미소를 지었다.

"그럴 필요 없어."

"그래요. 만약 오빠들이 정말 우릴 싫어하면 우리가 남쪽으로 떠나면 그만이죠."

"그러잖아도 남쪽으로 가려고, 그 이야기를 하러 온 거야."

화쟁은 잠시 이해가 가지 않는 듯 아무 말도 하지 못했다.

"그렇지만…… 내가 정말 떠난다면 어머니와 아버지가 너무 서운해하실 텐데요."

"나 혼자 가는……."

"알았어요. 오빠 말대로 할게요. 오빠가 남쪽으로 가신다면 나도 따라가야죠. 아버지가 못 가게 하면 우리 몰래 떠나요."

곽정은 더 이상 참을 수 없어서 벌떡 일어나며 말했다.

"나와 어머니, 두 사람만 가는 거야."

곽정은 선 채로, 화쟁은 앉은 채로 눈이 마주쳤다. 두 사람 모두 마치 석고상이 된 것처럼 꼼짝도 하지 않았다. 화쟁은 여전히 이해할 수 없는 듯한 표정을 하고 있었다.

"화쟁, 너한테 너무 미안하다. 그렇지만 너랑 결혼할 수 없어."

"제, 제가 뭘 잘못했나요? 그때 오빠가 죽었다고 생각했으면서도 자살하지 않아서 화가 나신 거예요?"

"아냐, 아냐, 네 잘못이 아니야. 글쎄, 결국은 모든 게 내 잘못이지."

곽정은 화쟁에게 황용이 처한 상황을 털어놓았다. 황용이 구양봉에게 잡혀간 뒤 여섯 달 동안 애타게 찾아다녔지만 아직도 행방을 모른다는 이야기를 듣자 화쟁은 자신도 모르게 눈물을 흘렸다.

"화쟁, 그냥 날 잊어줘. 난 아무래도 용이를 찾으러 가야 할 것 같아."

"찾은 다음에는요? 다시 돌아오실 건가요?"

"만약 용이가 아무 일 없이 무사하면 반드시 돌아올게. 네가 날 싫다고 하지만 않으면 그때 우리 혼례를 올리자."

"전 영원히 오빠를 기다릴 거예요. 그녀를 찾으러 가세요. 10년이 걸리든 20년이 걸리든 제가 살아 있는 한 이 초원에서 오빠를 기다릴게요."

곽정은 마음이 너무 아팠다.

"그래, 10년이 걸리든 20년이 걸리든 용이를 반드시 찾아야겠지만, 10년이든 20년이든 항상 네가 여기서 날 기다리고 있다는 걸 잊지 않을게."

화쟁은 곽정의 품에 안겨 울음을 터뜨렸다. 화쟁을 품에 안은 곽정의 눈에도 눈물이 고였다. 두 사람은 서로 꼭 껴안은 채 아무 말도 하지 않았다. 지금 이별을 앞둔 두 사람에게는 어떤 말도 소용이 없었다. 오히려 슬픔만 더해질 뿐이었다.

얼마나 지났을까, 갑자기 서쪽에서 네 마리의 말이 급히 달려와 두 사람을 지나쳐 테무친이 있는 금빛 파오로 다가갔다. 그중 한 마리가 금빛 파오에서 수십 장 떨어진 곳에서 갑자기 넘어지더니 다시는 일어나지 못했다. 극도로 피곤한 나머지 숨진 것 같았다. 말에 타고 있던 사람은 벌떡 일어나 죽은 말은 거들떠보지도 않고 곧장 금빛 파오를 향해 달려갔다.

잠시 후, 금빛 파오에서 열 명의 호각수號角手가 나오더니 각각 동서남북을 향해 나팔을 불어댔다. 긴급 상황이 발생할 때 테무친이 장군들을 소집하기 위해 부는 나팔 소리였다. 아무리 테무친이 총애하는 장수라 할지라도 만약 열 손가락을 셀 동안 도착하지 않으면 참수하도록 되어 있었다.

곽정은 화쟁을 남겨두고 급히 금빛 파오로 달려갔다. 순식간에 사방에서 말 달리는 소리가 들려왔다.

곽정이 도착했을 때 테무친은 막 세 번째 손가락을 세고 있었다. 여덟 번째 손가락을 셀 때쯤 되자 모든 왕자와 장군들이 도착했다. 대칸은 웬일인지 분노에 차 있었다.

"그 개 같은 무함마드에게 이렇게 용맹스러운 왕자들과 장수들이 있다 하더냐?"

"없습니다."

모두들 한목소리로 대답했다. 테무친은 분통이 터지는 듯 가슴을 치며 역정을 냈다.

"봐라. 내가 호라즘*에 파견한 사신들이다. 그놈들이 내 충성스러운 부하들을 어찌 만들었는지 보아라."

모두들 테무친이 가리키는 곳을 바라보았다. 몽고 병사 몇이 서 있

---

* 호라즘은 회교 국가로, 국경은 오늘날 러시아 남부와 아프가니스탄, 이란 일대에 이르렀다. 사마르칸트성은 우즈베키스탄공화국 내에 있었다. 《원사元史》의 기록에 따르면 테무친이 호라즘의 옛 도읍을 공격할 때 석유로 불을 질러 성을 함락했다고 한다.

는데, 하나같이 얼굴은 퉁퉁 부어 있고 수염은 불에 타서 형편없이 그을려 있었다. 몽고인에게 수염은 용맹과 존엄을 상징했다. 일반적으로 수염을 잘못 건드리기만 해도 매우 모욕적인 행동으로 받아들이는데, 수염을 불태웠다는 것은 더 말할 것도 없이 엄청난 치욕이었다. 모두들 이 광경을 보고 분노를 참을 수 없었다.

"호라즘이 비록 대국이기는 하나, 우리가 그들을 두려워하겠나? 그동안 금을 치느라 소홀했을 뿐인 것을. 출적! 무함마드가 내가 보낸 사신들을 어떻게 대했는지 말해보아라."**

출적이 앞으로 나섰다.

"그해 부왕의 명을 받들어 메르키트(멸아걸)를 토벌하고 승리를 거두었습니다. 당시 무함마드가 대군을 보내 메르키트를 협공했습니다. 제가 사자를 보내 부왕께서 호라즘과 우호 관계를 맺기 원하신다 전했습니다. 그런데 그놈이 하는 말이 '대칸은 그대들에게 우리와 친하게 지내라 명했을지는 몰라도, 우리 주군께서는 그대들을 치라 명하셨다' 하는 것이었습니다. 곧이어 한바탕 큰 전투가 벌어졌고, 저희가 크게 승리를 거두었습니다. 그러나 적의 병력이 우리보다 열 배는 많았기 때문에 우리 군은 밤을 틈타 후퇴했습니다."

박이홀이 말을 받았다.

** 1215년, 몽고는 금을 쳐서 그 수도인 중도(현재의 베이징)를 점령했다. 한편 칭기즈칸(테무친)은 서아시아의 이슬람 세계에 군림하고 있던 이란계의 호라즘 왕국과 교역하려고 생각했다. 그래서 호라즘 왕국으로 사절단을 보냈는데, 그 사절단이 피살되고 말았다. 여기에 분노해 1219년 서쪽으로 정벌을 떠났다. 그가 이끄는 군대는 부하라와 발흐를 점령하고, 1221년에는 인더스강 근처에서 호라즘 왕국의 국왕 무함마드(재위 1200~1220년)의 왕자가 이끄는 군대를 격파했다. 또한 별군은 무함마드를 카스피해에 있는 작은 섬으로 몰았고, 결국 무함마드는 그곳에서 죽고 말았다.

"그럼에도 대칸께서는 예를 갖추어 호라즘을 대하셨습니다. 지난번 우리가 상인들을 보냈을 때, 그들은 물건을 모두 빼앗고 상인들을 죽였습니다. 이번에 사절단을 보내 화친을 청했는데도, 그 더러운 무함마드왕은 완안홍열의 사주를 받아 사절단을 죽이고 호위병들의 수염을 불태워 되돌려 보냈습니다."

곽정은 완안홍열의 이름을 듣고 깜짝 놀랐다.

"완안홍열이 호라즘에 있습니까?"

수염이 불에 타버린 한 병사가 말했다.

"제가 그놈을 압니다. 분명히 무함마드왕 옆에 앉아서 끊임없이 말을 건네고 있었습니다."

테무친이 언성을 높여 말했다.

"듣자 하니 금이 호라즘과 연합해 우리 몽고를 협공하려 한다는데, 우리가 두려워할 줄 알았단 말이냐? 무함마드와 완안홍열을 잡아 오너라!"

"천하에 대칸을 대적할 적은 없습니다. 명령만 내려주십시오. 그들의 성과 마을을 불태우고, 장정들을 죽이고 부녀자를 잡아오겠습니다."

장군들은 모두 힘찬 목소리로 대답했다. 파오 안에 켜둔 촛불이 고함 소리에 흔들흔들 춤을 추었다. 테무친은 칼을 뽑아 들고 파오에서 나와 말에 올랐다. 장군들도 말에 올라 뒤를 따랐다. 테무친은 말을 몰아 순식간에 수 리를 달려 작은 언덕 위에 올라섰다. 장군들은 대칸이 홀로 생각할 시간을 가지려 한다는 것을 알고 언덕 밑에서 기다렸다. 테무친이 곽정을 불렀다.

"이리 오너라."

곽정은 말을 몰아 언덕 위로 올라갔다. 테무친은 초원 위 무수히 많은 파오에 켜진 불빛을 바라보며 채찍을 휘둘렀다.

"정아, 상곤과 찰목합에게 포위되었을 때 내가 네게 했던 말을 아직 기억하고 있느냐?"

"기억하고 있습니다. 몽고인 중에 용맹한 사람이 이리 많으니 우리가 서로에게 창칼을 들이대지만 않는다면 전 세계를 정복할 수 있다 하셨습니다."

테무친은 허공을 향해 채찍을 몇 차례 휘둘렀다.

"맞다. 지금이 바로 우리 몽고인이 뭉칠 때로구나. 자, 완안홍열을 잡으러 가자꾸나."

곽정은 원래 다음 날 남쪽으로 떠날 생각이었으나, 갑작스레 이런 일을 맞닥뜨리게 되니 계획을 바꾸지 않을 수 없었다. 완안홍열을 죽여 아버지의 원수를 갚는 일도 중요했고, 대칸의 은혜에 보답하는 일도 미룰 수 없었다. 지금이야말로 대칸을 위해 공을 세울 때였다.

"이번에는 반드시 완안홍열을 잡고야 말겠습니다."

"호라즘은 100만의 정예병을 자랑한다 하는데, 100만은 아니라 하더라도 60만에서 70만은 될 것이다. 그러나 우리 병력은 20만 명뿐인 데다 그 중 일부는 금을 치기 위해 남겨두어야 하니…… 15만 병력으로 70만을 싸워 이길 수 있다고 생각하느냐?"

곽정은 전쟁에 대해서는 전혀 아는 바가 없었다. 그러나 대칸의 질문을 받자 젊은 혈기가 끓어올랐다. 게다가 평소 어려움에 굴복하는 성격이 아닌지라 용맹하게 대답했다.

"반드시 이길 수 있습니다."

"물론 반드시 이긴다. 내가 너를 친아들처럼 대하겠다고 한 말, 기억하고 있겠지? 우리 함께 가서 무함마드와 완안홍열을 잡고 다시 돌아와서 화쟁과 혼례를 올리도록 하자."

곽정의 뜻에 딱 맞는 말이었다. 테무친은 말을 마치자 말을 몰아 언덕을 내려왔다.

"대오를 정비하라!"

친병이 나팔을 불었다. 병사들과 말이 분주히 움직일 뿐 사람의 말소리는 전혀 들리지 않았다. 테무친이 금빛 파오 앞으로 돌아오니 세 개의 만인대가 이미 질서 정연하게 초원 위에 정렬해 있었다. 병사들이 들고 있는 수천수만의 장도長刀가 달빛을 받아 매섭게 반짝거렸다.

테무친은 금빛 파오에 들어서자 서기를 불러 출전서出戰書를 쓰라고 명했다. 서기는 커다란 양피에 긴 전서를 쓴 후, 무릎을 꿇고 낭독했다.

"하늘이 짐朕을 대칸으로 세우신 뒤, 짐은 영토를 크게 확장해 많은 적국을 멸했다. 국운의 융성함이 그 어느 때보다 더하니 짐의 공격을 여汝가 어찌 당하겠는가? 여국汝國의 존망이 오늘에 달려 있으니 신중히 생각하라. 만약 항복하지 않으면 몽고의 대군이……."

테무친의 안색이 점점 노여움을 띠더니 결국 서기를 발로 차버리고 말았다.

"나 테무친이 개 같은 놈들을 친다는데 무슨 말이 그렇게 많이 필요하단 말이냐?"

테무친은 서기를 향해 채찍을 휘둘렀다.

"부르는 대로 써라."

서기는 벌벌 떨며 일어나 새 양피를 들고 땅바닥에 꿇어앉았다. 테무친은 파오 문을 열고 초원에 정렬해 있는 3만 군사를 바라보았다.

"쓸 말은 여덟 글자뿐이다!"

테무친은 목소리를 높였다.

"원한다면 싸워주마!"

서기는 전혀 격식도 갖추지 않고 체통도 서지 않는 대칸의 말에 깜짝 놀랐다. 그러나 감히 거역할 수 없어서 시키는 대로 썼다.

"금인金印을 찍어 보내라."

목화려는 옥쇄를 찍은 뒤, 천부장을 시켜 전서를 보냈다. 뭇 장군들은 대칸의 말을 듣고 용기백배하여 함성을 질렀다. 함성 소리, 말발굽 소리가 초원을 뒤덮었다.

"원한다면 싸워주마!"

"와! 와!"

이는 몽고 기병이 전쟁에 임할 때 외치는 고함 소리였다. 초원은 하늘을 찌를 듯한 함성 소리로 마치 전쟁이 벌어지기라도 한 것 같았다.

얼굴 없는 조언자

테무친은 장군들과 병사들을 일단 해산시키고 홀로 황금 의자에 앉아 생각에 잠겼다. 이 의자는 금국의 중도를 무너뜨리고 얻은 노획물이었다. 등받이에 구슬을 문 용이 새겨져 있고, 양쪽 팔걸이에는 각기 용맹스러운 범의 형상이 새겨져 있었다. 원래 금국 황제의 옥좌였던 것이다.

테무친은 손으로 턱을 받친 채 깊은 생각에 잠겼다. 수없이 많은 고초와 환난을 겪은 젊은 시절을 회상하고, 어머니와 아내, 자식들과 수많은 애첩, 그리고 백전백승의 군대와 끝없이 넓은 제국, 그리고 이제 눈앞에 닥친 전투에 대해 생각했다.

테무친은 비록 나이가 꽤 들었지만 귀가 굉장히 밝았다. 한참 생각에 잠겨 있던 중 문득 멀리서 말 울음소리가 몇 차례 들리더니 갑자기 끊겼다. 일반적으로 말이 나이가 들어 불치병에 걸리면 너무 고생하지 않도록 주인이 칼로 말을 죽이는 것이 관례였다. 테무친도 이를 잘 알고 있었다. 문득 갑자기 떠오르는 생각이 있었다.

'나도 이제 늙었는데 이번 출정에 나서면 살아 돌아올는지 알 수 없지. 만약 내가 전장에서 목숨을 잃으면 네 아들이 대칸이 되기 위해 서로 다투겠지? 그래, 나라고 영원히 살 수 없는 것 아닌가.'

비록 테무친이 백전백승의 영웅이라 할지라도 나이가 들고 정력이 쇠하여 죽음을 생각하니 두려운 마음이 들지 않을 수 없었다.

'남쪽엔 도사道士라는 사람들이 있다지? 신선이 되는 법, 불로장생하는 법을 가르쳐준다는데 그게 정말일까?'

테무친은 손바닥으로 의자를 두어 차례 내리쳐 궁사弓士를 불러 곽정을 찾아오라 명했다. 잠시 뒤, 곽정이 들어왔다. 테무친은 방금 자기가 한 생각이 사실인지 물었다.

"불로장생하는 법을 가르치는지는 저도 알 수 없으나, 도사들처럼 기氣를 수련하면 장수할 수 있다는 것은 확실합니다."

테무친은 곽정의 말을 듣고 크게 기뻐했다.

"기를 수련하는 법을 아는 사람을 알고 있느냐? 어서 가서 불러 오너라."

"도사들께서는 누가 부른다고 쉽게 오시지 않습니다."

"맞다. 대관을 보내어 예를 갖추어 모셔와야겠구나. 네가 보기에 누굴 모셔오는 것이 좋겠느냐?"

'천하의 현문 정종이라면 당연히 전진파를 들 수 있지. 전진육자 중에서 구 도장의 무공이 가장 높고 성격이 적극적이시니, 혹시 그분이라면 초대에 응할는지도 몰라.'

곽정은 그렇게 생각하며 구처기를 소개했다. 테무친은 크게 기뻐하며 당장 서기를 불러들여 조서를 쓰게 했다. 서기는 호되게 야단을 맞은 터라 신중하게 조서를 써 내려갔다.

"짐이 그대를 볼 일이 있으니 속히 오라."

조금 전의 일을 고려해 간단하게 명령체로 쓴 것이었다. 서기는 이번에는 별일 없겠지 하고 생각했다. 그러나 테무친은 크게 역정을 내며 채찍을 휘둘렀다.

"도사를 청하는데 이렇게 무례하게 써서야 되겠느냐? 멍청한 놈 같으니…… 길게, 예의 바르게 다시 써와!"

서기는 울상을 지으며 다시 조서를 썼다.

"중원의 사치함이 극에 달해 하늘이 그것을 경계하고자 북쪽 벌판에 짐을 내렸다. 짐은 순박함을 사랑해 사치를 멀리하고 검소한 생활을 추구하고 있다. 옷 한 벌, 밥 한 끼도 마소를 먹이는 목동들과 함께하고, 백성을 자식처럼 아끼고 선비를 형제처럼 대하며, 평화를 사랑하고 덕을 쌓기에 힘쓰고자 한다. 백성에게 솔선수범하는 모습을 보이고 전장에 나가 나 자신을 돌본 바가 없으니, 7년 만에 대업을 이루었다. 이는 짐이 덕이 많아서가 아니라 금의 악정이 극에 달하니 하늘이 내게 은혜를 내린 것이다. 남으로 송宋나라, 북으로 회흘回紇(위구르), 동하서이東夏西夷가 조공을 바치고 있다. 선우국單于國(흉노) 역사 이래 국운의 융성함이 이와 같은 때가 없었다. 그러나 군주의 임무가 막중하니 천하를 다스리는 데 부족함이 있지 않을까 항상 염려해오던 바이다. 더군다나 지금은 금을 쳐 백성을 도탄에서 구하려는 중요한 때이기에 더욱 그러하다. 이에 현자賢者를 청해 치국에 도움을 구할까 하노라. 짐이 제위에 오른 뒤 섭정에 전념했으되 가까이에 진정한 현자를 보지 못했다. 듣건대, 그대는 진리를 따르고 원칙을 지키며, 학문을 깊이 연구해 박학다식하고 후덕하며, 군자의 기풍을 지녔음에도 산중에 은거하고 있다고 들었다. 그대를 좇아 천하의 도道를 구하는 사람의 수는 헤아릴 수 없으리라 생각한다. 그대가 아직 산동에 기거한다 하니, 짐이 그대의 이름을 심히 흠모해 만나보기를 청하노라."

서기는 여기까지 쓰고 고개를 들고 물었다.

"이 정도면 되겠습니까?"

"좋다. 내 한인漢人 출신의 대관 유중록劉仲祿을 보내 그를 모셔오게 할 터이니 꼭 오시라고 써라."

서기는 계속해서 써 내려갔다.

"짐이 유비의 삼고초려를 모를 리 없으나, 산천이 너무 멀어 실례를 범할 뿐이니 널리 헤아려주기를 바라노라. 내 유중록을 보내어 그대를 청하고자 하니 길이 멀다 하여 거절하지 말고 나라와 백성을 위해, 또한 짐의 국정을 돕기 위해 꼭 와주기를 바란다. 그대가 어찌 도를 구하는 짐의 성의를 무시하고, 중생의 뜻을 저버릴 수 있겠는가? 그대에게 가르침을 받을 수 있기를 간절히 바라노라. 이에 짐의 이러한 뜻을 담아 조서를 보낸다."

"좋다. 그 정도면 됐다."

테무친은 서기에게 상을 내린 다음 곽정을 시켜 구처기에게 보내는 편지를 쓰도록 했다. 그날 유중록은 조서와 편지를 들고 남으로 향했다.*

다음 날, 테무친은 장군들을 소집해 서정西征 계획을 논의했다. 테무

---

* 테무친이 구처기를 청하기 위해 내린 조서의 원문은 실제로 역사책에 기록되어 있다.

친은 이 자리에서 곽정을 나안那顔에 봉하고 군사 1만을 통솔하도록 했다. 나안은 몽고 최고의 관직으로 대칸이 총애하는 자가 아니면 꿈도 꿀 수 없는 자리였다.

곽정은 무공이 크게 정진하긴 했으나 군대 통솔이나 전쟁에 대해서는 전혀 아는 바가 없었다. 비록 철별과 속불태速不台에게 도움을 청하기는 했으나, 본디 우둔한 사람이어서 전략을 세우고 진지를 지휘하는 일 등을 민첩하게 처리하지 못했다. 장군들은 병력을 정비하고 군량을 점검하느라 정신없이 바빴다. 15만 대군이 혹한의 불모지로 정벌을 나서려니 그 준비 작업이 만만치 않았다. 그러나 곽정은 자신이 아는 바가 없기 때문에 수하 열 명의 천부장에게 각기 분담해 처리하도록 명을 내렸다. 철별과 타뢰도 수시로 도와주었다.

한 달 남짓 지나는 동안 곽정은 자기가 1만 군의 수장이 된다는 게 매우 합당하지 못하다는 생각이 갈수록 강하게 들었다. 자기의 명령 한마디만 잘못되어도 전 군이 위험에 빠지게 될 뿐 아니라 대칸의 위엄과 명성에도 해를 끼치게 될 터였다.

어느 날 곽정은 아무래도 대칸을 찾아가 나안의 직책을 내놓아야겠다고 생각했다. 차라리 일반 사병으로 적을 맞아 싸우는 게 마음이 더 편할 것 같았다. 그때 병사 한 명이 들어오더니 밖에 1천여 명의 한인이 만나기를 청한다고 보고했다. 곽정은 구 도장이 온 줄 알고 크게 기뻐했다.

'빨리도 오셨구나.'

급히 나가보니 뜻밖에도 초원에 거지 복장을 한 사람들이 서 있었다. 그중 세 사람이 앞으로 나와 허리를 굽혀 예를 갖추었다. 인사를 하고 보니 바로 개방의 노유각과 간 장로, 양 장로였다.

"그래, 황용의 소식은 들었습니까?"

"백방으로 알아보았으나 여전히 방주의 소식을 알 길이 없었습니다. 그러던 중 이번 서정에 참여하신다는 소식을 듣고 저희도 도우러 왔습니다."

"아니, 어떻게 아셨습니까?"

"대칸께서 사람을 보내어 구 도장을 청하셨더군요. 전진파에게서 소식을 들었지요."

곽정은 먼 하늘에 유유히 흐르는 구름을 바라보며 생각에 잠겼다.

'개방은 온 천하를 유랑하고 다니는데 그들마저 용이의 소식을 모른다니 이제 어찌해야 한단 말인가?'

갑자기 눈시울이 뜨거워졌다. 곽정은 병사들에게 그들의 거처를 마련하라 이르고 대칸에게 보고했다.

"좋다. 모두 너희 부대로 소속시키면 되겠구나."

곽정은 나안의 직책을 맡을 수 없다는 말을 했으나 대칸의 노여움만 사고 말았다.

"누구는 태어나면서부터 전쟁을 할 줄 알았다더냐? 몇 번 싸우다 보면 다 배우게 되는 것을. 어려서부터 내 밑에서 자란 네가 이렇게 두려워하다니, 대칸의 사위가 전쟁을 할 줄 모른다는 게 말이 되느냐?"

곽정은 감히 더 이상 고집을 부리지 못하고 자기 파오로 돌아왔다. 노유각이 몇 마디 위로의 말을 건넸으나 여전히 부담감을 떨쳐버릴 수 없었다. 해 질 무렵, 노유각이 다시 들어왔다.

"진즉 알았더라면 《손자병법》이나 《태공도략太公韜略》을 가져올걸

그랬군요."

이 말을 듣자, 곽정은 문득 자기에게 〈무목유서〉가 있다는 것을 생각해냈다. 이것이야말로 병법의 요결을 적어둔 책인데 어찌 잊고 있었단 말인가? 곽정은 당장 그 책을 꺼내어 밤새워 읽고 또 읽었다. 곽정은 다음 날 정오가 되어서야 책을 놓고 휴식을 취했다.

책에는 군사전략, 공격법, 방어법, 군사훈련, 포진법布陣法, 야전법野戰法 등이 자세하게 적혀 있었다. 원강에서 배 위에 앉아 이 책을 보았을 때는 그다지 주의 깊게 보지 않았는데, 이제 자세히 읽어보니 한 구절 한 구절이 모두 주옥같은 명언이었다. 책을 읽다 모르는 부분이 있으면 즉시 노유각을 불러 물어보았다.

"저도 잘 모르겠습니다. 잠시 연구해보고 알려드리겠습니다."

노유각은 곽정이 물어볼 때마다 우선 물러가 혼자서 연구하고 금세 돌아와 알기 쉽게 설명해주었다. 곽정은 크게 의지가 되어 계속해서 의심스러운 부분을 물어보았다. 희한하게도 그 자리에서는 항상 모른다던 노유각은 나갔다가 되돌아오기만 하면 분명하게 설명해주곤 했다. 곽정은 처음에는 이를 의식하지 못하다가 며칠 동안 계속 이런 일이 되풀이되자 문득 이상한 생각이 들었다.

이날 밤, 곽정은 책을 읽다 모르는 글자가 있어서 노유각에게 물었다. 노유각은 이번에도 역시 잘 모르겠다며 나가서 연구해오겠다고 대답했다.

'이상하군. 이해가 안 가는 구절이 있을 때야 연구해보면 그 뜻을 알 수도 있겠지만, 원래 모르는 글자를 연구한다고 해서 어찌 쉽게 알 수 있단 말인가?'

곽정은 장군이라고는 하지만 아직 젊은지라 장난기가 발동했다. 곽정은 노유각을 내보내고 몰래 뒤를 밟았다. 노유각은 어느 작은 파오로 들어가더니 잠시 후 다시 나왔다. 곽정은 서둘러 자기 파오로 돌아와 시치미를 떼고 책을 보고 있었다.

"생각해냈습니다."

노유각은 그 글자의 음과 뜻을 알려주었다. 곽정은 빙그레 미소를 지었다.

"노 장로, 노 장로께서도 따로 사부님이 계시는 모양인데 이리 모셔 오시지요."

노유각은 깜짝 놀랐다.

"아닙니다."

"함께 가보십시다."

곽정은 노유각의 손을 잡고 아까 노유각이 들어간 작은 파오로 향했다. 파오 앞에서 보초를 서던 두 명의 거지가 곽정을 보자 동시에 기침을 했다. 곽정은 기침 소리를 듣고 노유각의 표정을 살피더니 쏜살같이 파오 안으로 들어갔다. 그러나 파오 문을 젖히고 들어가니 아무도 없었다. 파오의 뒷문이 흔들리고 있는 것으로 보아 금방 누군가 나간 게 틀림없었다.

곽정은 급히 뒷문을 열고 밖으로 나갔으나 역시 아무도 없었다. 곽정은 한참 동안 멍하니 그 자리에 서 있었다. 곽정은 자기 파오로 돌아와 노유각에게 누구인지 캐물었다. 그러나 노유각은 여전히 파오 안에 아무도 없었다고 대답할 뿐이었다. 곽정은 하는 수 없이 일단 그 일을 묻어두고 공부를 계속했다. 곽정은 여전히 의심나는 점이 있으면 노유각을 찾았다. 그러나 이제는 바로 대답해주지 않고 다음 날에야 대답해주었다.

곽정은 누구인지는 알 수 없으나 악의가 있는 건 아닌 듯싶어 신경 쓰지 않기로 했다. 아마도 무림의 어느 고수인데, 신분을 밝히기를 꺼리는 것이려니 생각했다.

곽정은 밤에는 병서를 연구하고, 낮에는 병서에 쓰인 대로 군사를 훈련시켰다. 몽고의 기병들은 야전을 많이 치르기 때문에 진영을 갖추어 싸우는 것에 익숙하지 않았다. 그러나 장군의 명령인지라 감히 어기지 못하고 명령에 따라 훈련하는 데 힘썼다.

또 한 달이 지나자 테무친이 다시 한번 병력을 점검했다. 곽정의 부대는 그동안 이미 천복天覆, 지재地載, 풍양風揚, 운수雲垂, 용비龍飛, 호익虎翼, 조상鳥翔, 사반蛇蟠 등 여덟 가지 진법陣法을 숙련되게 익혔다. 이 팔진은 원래 제갈공명이 고안해낸 것인데, 악비의 손을 거치면서 더욱 다양한 변화가 가미되었다.

악비는 소년 시절에 야전만 좋아했다. 상사上司인 종택宗澤이 "그대는 용맹하고 재주가 많아 뭇 장수들이 그대를 따르겠으나 야전만을 좋아해서는 명장이 되기에 부족하다"고 하여 포진법을 가르쳤다.

악비는 "진을 갖추어 전쟁을 하는 것은 흔히 볼 수 있는 병법이되, 운용의 묘妙는 사람에게 달려 있다"고 했다. 종택도 악비의 말에 수긍했다. 후에 악비는 많은 전쟁을 치렀는데, 장군과 병사들에게 진법을 가르쳐 전장에서 크게 승리를 거두었다. 이 모든 과정이 〈무목유서〉에 자세히 기록되어 있었다.

맑고 청명한 날씨였다. 하늘은 높고 푸르렀다. 몽고의 15만 군사는 초원에 정렬해 있었다. 테무친은 하늘에 제사를 지내고 출사出師의 뜻을 고했다. 테무친은 장군들을 향해 말했다.

"사람은 언젠가는 죽게 마련인 법, 이제 나도 많이 늙어서 이번 출정에 나서면 살아 돌아올지 알 수 없다. 하여, 오늘 태자를 세워 대업을 계승토록 하겠다."

자리에 모인 장군들은 개국 이래 테무친을 따라 동정서토東征西討의 대업을 이룬 백전노장들이었다. 이제 대칸이 후계자를 세운다는 말을 듣자 다들 크게 기뻐했다. 모두들 대칸의 얼굴을 주목한 채 대칸이 누구를 후계자로 세울지 조용히 귀 기울였다.

"출적, 넌 내 장자長子다. 누구를 후계자로 삼는 것이 좋을지 네가 말해보아라."

출적은 가슴이 뛰었다. 그는 총명하고 능력 있는 사람이었으며, 나라를 위해 많은 공을 세웠다. 게다가 장자이니 아버지가 돌아가시면 제위는 당연히 자기에게 돌아올 것이라 여기고 있었다. 그러나 대칸이 갑자기 물어오자, 순간 뭐라 답해야 할지 당황하지 않을 수 없었다. 둘째 찰합태는 성정이 불같았으며, 장자 출적과는 항상 사이가 좋지 않았다. 출적이 망설이는 사이 찰합태가 나섰다.

"출적에게 물어 무엇 합니까? 개 같은 메르키트 부족에게 제위를 넘겨주시려는 겁니까?"

사실 테무친은 초기에 병력이 아직 약했을 때 아내를 메르키트족에게 약탈당한 적이 있었다. 나중에 아내를 되찾았는데, 아내는 그사이 출적을 낳은 것이다. 테무친은 이 일을 마음에 두지 않고 친자식처럼 길렀다. 출적은 동생에게서 이 같은 모욕을 당하자 참을 수가 없었다.

출적은 찰합태에게 다가가 멱살을 쥐었다.

"아버지께서 나를 친아들로 생각하시는데, 왜 네가 날 모욕하는 거냐? 네가 나보다 나은 점이 무엇이냐? 거만한 녀석 같으니, 나가서 겨뤄보자. 만약 무술을 겨루어 내가 네게 진다면 그 자리에서 목숨을 끊을 것이다."

출적은 고개를 돌려 테무친을 바라보았다.

"아버지, 허락해주십시오."

형제는 서로 멱살을 잡은 채 금방이라도 싸울 것만 같았다. 장군들이 두 사람을 말렸다. 박이출은 출적의 손을, 목화려는 찰합태의 손을 잡아당겼다. 테무친은 젊은 시절 적에게 쫓겨 아내를 지켜주지 못해 결국 오늘날까지 분쟁의 화근을 만든 것을 생각하니 마음이 매우 아팠다. 장군들은 과거지사를 꺼내어 부자의 마음을 상하게 한 찰합태를 나무랐다. 테무친이 입을 열었다.

"둘 다 그만두어라. 출적은 내 장자다. 한 번도 출적을 내 아들이 아니라 생각해본 적이 없으니 앞으로 다시는 이 일을 꺼내지 말라."

찰합태가 출적의 멱살을 잡고 있던 손을 놓으며 말했다.

"출적의 무술이 뛰어나다는 것은 우리 모두가 알고 있습니다. 그러나 그는 셋째 와활태에 비해 인자한 성품이 없어 성군이 될 수 없습니다. 와활태를 후계자로 삼으심이 마땅합니다."

"출적, 넌 어떻게 생각하느냐?"

출적은 보아하니 자기가 제위를 이을 가망은 이제 없는 것 같고, 그렇다면 셋째 와활태와는 항상 사이좋게 지내왔으니 차라리 그가 후계자가 되는 것이 낫겠다는 생각이 들었다.

"좋습니다."

넷째 타뢰는 더군다나 반대할 이유가 없었다. 와활태는 한사코 사양했다.

"사양할 필요 없다. 무술로 보아 첫째와 둘째를 따를 수 없으나, 사람됨이 인자하고 후덕하니 앞으로 뭇 장군들을 통솔할 때 분쟁을 일으키지 않고 평화롭게 다스릴 수 있을 것이다. 우리 몽고인은 서로 대적하지만 않으면 전 세계를 정복할 수 있는데, 뭐가 걱정이냐?"

이날 밤, 테무친은 연회를 베풀어 태자 책봉을 축하했다. 모두들 술을 마시며 잔치를 즐기다 밤이 늦어서야 흩어졌다. 곽정도 약간 취한 채 자기 파오로 돌아왔다. 막 옷을 벗고 잠자리에 들려는데 한 병사가 급히 뛰어 들어왔다.

"부마님, 큰일 났습니다. 첫째 왕자님과 둘째 왕자님께서 술에 취하셔서 각기 자기 병력을 이끌고 서로 싸우려 하십니다."

곽정은 깜짝 놀랐다.

"어서 대칸께 보고해라."

"대칸께서도 술에 취하셔서 일어나시지를 않습니다."

출적과 찰합태는 수하에 용맹스러운 병사와 장군이 많았다. 양쪽 다 정예부대인지라 만약 서로 싸우게 되면 몽고군의 병력과 사기는 크게 떨어질 터였다. 그러나 두 사람이 낮에 대칸 앞에서 크게 다툰 데다 현재 술에 취한 상태이기 때문에 자기가 나선다 해도 말을 들을 리 없었다.

곽정은 좋은 방책이 떠오르지 않아 파오 안을 초조하게 왔다 갔다 했다. 곽정은 자기 머리를 치며 혼잣말을 했다.

"이럴 때 용이가 있으면 틀림없이 좋은 생각을 해낼 텐데."

멀리서 고함 소리, 말발굽 소리가 들렸다. 결국 싸움이 시작된 모양이었다. 곽정은 더욱 초조해 어찌할 바를 몰랐다. 그때 노유각이 뛰어들어와 종이 한 장을 건넸다. 거기에는 이렇게 쓰여 있었다.

'사반진蛇蟠陣으로 양군을 갈라놓고 호익진虎翼陣으로 굴복하지 않는 자를 포위하라.'

며칠 동안 곽정은 〈무목유서〉를 열심히 연구해왔기 때문에 이 글을 보자 크게 깨닫는 바가 있었다.

"난 어쩜 이리도 멍청할까? 병서를 그렇게 수없이 읽었으면서 이 생각을 못 하다니."

곽정은 병사들에게 명령을 내렸다. 몽고군은 군령이 매우 엄해 비록 병사들이 대부분 취한 상태이기는 했으나, 일단 군령이 떨어지자 즉시 갑옷을 입고 말에 올라 정렬했다.

곽정은 병사들에게 북이 세 번 울리고 호각 소리가 나면 함성을 지르며 동북쪽으로 전진하도록 명령했다. 출적과 찰합태의 군대는 이미 둥글게 대진해서 치열한 싸움을 벌이고 있었다. 함성 소리가 들려왔다. 곽정은 마음이 급해졌다.

'너무 늦어 화를 막지 못하는 것은 아닐까?'

곽정은 손을 휘저으며 군대를 지휘하느라 바빴다. 우선 부대의 우측 후천축后天軸은 앞으로 전진하도록 하고, 우측 후지축后地軸은 후방을 지키도록 했다. 우측 후천충后天沖, 서북풍西北風, 동북풍東北風은 각각 오른쪽에 진을 치고, 좌군左軍은 그에 상응해 왼쪽에 진을 쳤다. 정렬을 마친 군대는 곽정의 지휘에 따라 사반진으로 포진해 전진했다.

출적과 찰합태 수하에는 각기 2만여 병력이 있었다. 서로 장도를 휘두르며 접전하던 차에 갑자기 곽정의 사반진이 중간을 뚫고 들어오자 모두 깜짝 놀라며 대열이 흐트러졌다. 찰합태가 소리를 높였다.

"게 누구냐? 나를 도우려는 거냐, 아니면 출적 저 잡종 놈을 도우려는 거냐?"

곽정은 상대하지 않고 영기슈旗를 휘둘렀다. 곽정의 부대는 지휘에 따라 선회했다. 사반진이 순식간에 호익진으로 바뀌었다. 곽정의 부대는 각각 출적의 부대와 찰합태의 부대를 좌우에서 포위하기 시작했다. 찰합태는 곽정의 깃발을 발견하고 크게 노하여 소리를 질렀다.

"내 전부터 네놈이 눈에 거슬렸다!"

찰합태는 곽정의 부대를 사살하라고 명령을 내렸다. 그러나 호익진의 변화가 기묘하고도 치밀해 뚫기가 쉽지 않았다. 이 호익진은 옛날 한신韓信이 항우項羽를 맞아 싸울 때 만들어낸 것이었다. 병법에는 "열十로 하나를 포위한다"라고 적혀 있어 원래는 적보다 열 배의 병력이 필요한 전술이지만, 호익진의 변화가 워낙 다양하고 기묘해 소수로 다수를 포위할 수 있었다.

찰합태의 군대는 곽정의 부대가 종횡으로 오가며 진세를 바꾸자, 도대체 군사 수가 얼마나 되는지도 가늠하기가 어려웠다. 순식간에 찰합태의 부대는 곽정의 부대에 의해 반으로 나뉘고 말았다. 사실, 병사들 입장에서는 애초부터 전투 의지가 그다지 높지 않았다. 같은 민족으로 평소 서로 잘 알고 지내던 사이이고, 게다가 이 사건이 대칸의 귀에 들어가면 어떻게 될지 뻔히 알고 있었기 때문에 사력을 다해 싸울 생각이 없었다. 그런 데다 지금 곽정의 군대에 포위를 당하고 보니 투지가 완전히 사라지고 말았다.

"우리는 모두 같은 몽고의 형제들이다. 서로에게 창을 들이대서는 안 된다. 어서 무기를 버려라! 대칸께서 아시면 사형을 면치 못할 것이다."

곽정의 병사들이 끊임없이 외쳐대는 소리를 듣자 출적과 찰합태의 병사들이 모두 동요하기 시작했다. 그들은 하나둘 무기를 버리고 말에서 내려왔다.

찰합태는 1천여 명의 측근 병사를 데리고 곽정을 향해 돌진했다. 그러나 갑자기 나팔 소리가 세 번 들리더니 곽정의 군대가 여덟 조로 나뉘어 팔방에서 포위해 들어오면서 땅에 밧줄을 쳤다. 말들은 순식간에 밧줄에 걸려 넘어지고, 또 서로에게 걸려 넘어지기 시작했다. 곽정의 군사 여덟 명은 찰합태의 병사 한 명을 에워싸고 팔을 뒤로 돌려 밧줄로 묶었다.

출적은 곽정의 군대가 찰합태 군대를 무너뜨리자 놀랍고도 반가웠다. 막 한마디 하려는데 갑자기 호각 소리가 들리더니 이번에는 곽정의 전진 부대와 후진 부대가 신속하게 위치를 바꾸고 사방에서 출적의 부대를 포위해 들어왔다. 출적도 출장 경험이 만만치 않았지만 이런 신묘하고 예측하기 어려운 포진법은 처음이었다.

곽정의 1만 부대는 열두 개의 소부대로 나뉘어 수시로 진열을 바꾸어가며 종횡무진, 좌충우돌 공격을 해왔다. 얼마 지나지 않아 출적의 부대도 완패하고 말았다.

출적은 처음 곽정을 만났을 때 채찍으로 호되게 때린 기억이 났다. 찰합태 역시 개를 시켜 곽정을 물게 한 적이 있었기 때문에 언젠가 곽정이 복수하지 않을까 항상 경계하던 차였다. 그런데 지금 곽정에게 대패하니 술이 확 깨면서 정신이 번쩍 들었다. 술이 깨고 나니 대칸이 알게 될까 봐 전전긍긍하며 크게 후회하기 시작했다.

곽정은 일단 두 사람을 잡긴 했으나 어쨌든 자신은 결국 이방인이기 때문에 이것이 과연 잘한 짓인지 확신이 서지 않았다. 막 와활태와 타뢰를 찾아 상의하려는데 갑자기 나팔 소리가 크게 울리고 밝은 빛이 사방을 비추더니 대칸의 기가 멀리서 다가오는 것이 보였다.

테무친은 술이 조금 깬 뒤, 두 아들이 서로 싸우고 있다는 보고를 받았다. 그는 깜짝 놀라 의복을 갖춰입을 새도 없이 머리를 풀어 헤친 채 달려 나왔다. 가까이 다가가니 양쪽 병사들은 줄 맞추어 땅바닥에 앉아 있고, 곽정의 군대가 곁에서 감시하고 서 있는 모습이 보였다. 두 아들은 비록 말 위에 앉아 있기는 하나 양옆에 여덟 명의 병사에게 둘러싸여 있었다.

곽정이 땅바닥에 엎드린 채 사건의 전말을 보고했다. 테무친은 자칫하면 형제간의 불상사로 크게 번질 뻔한 일을 곽정이 막았다는 말을 듣고 매우 기뻐했다. 그는 말을 몰아 싸움터로 달려오면서 양쪽 부대가 모두 정예 병사들이니 어쩌면 지금쯤 두 아들 중 누구 하나는 죽었을지도 모른다고 생각했다. 테무친은 모든 장군을 소집한 자리에서 출적과 찰합태에게 중징계를 내리고 곽정에게는 싸움을 막은 공을 치하하며 큰 상을 내렸다.

"그래도 전쟁을 할 줄 모른다고 우길 테냐? 이번 일로 금을 쳐서 이긴 것보다 더 큰 공을 세웠다. 적군을 치는 것이야 오늘 승리하지 못하면 내일 다시 공격하면 되지만, 만약 내 아들과 내 사랑하는 병사들이 죽는다면 다시 살려내지 못할 것이 아니냐?"

곽정은 상으로 받은 금은보화와 가축들을 모두 병사들에게 나누어 주었다. 병사들은 크게 기뻐했고, 군대의 사기가 크게 진작되었다. 각 장군들도 곽정이 큰 공을 세웠다는 소식을 듣고 하나둘 와서 축하의 인사를 전했다.

곽정은 손님을 배웅하고 혼자 남게 되자 노유각이 가져다준 종이쪽지를 자세히 들여다보았다. 글씨체가 아주 악필이었다. 아마 노유각이 직접 쓴 것인 듯했으나 여전히 의심을 떨쳐버릴 수가 없었다.

'사반, 호익 두 진법은 내가 최근 날마다 병사들을 훈련시킬 때 쓴 포진법이기는 하나 노 장로에게 진법의 이름을 말한 적은 한 번도 없는데……. 게다가 내가 이 진법에 대해서는 노 장로에게 질문한 적도 없고……. 노유각이 이 두 진법을 어떻게 알았을까? 설마 내 병서를 몰래 가져다가 읽기라도 했다는 말인가?'

곽정은 노유각을 파오로 불렀다.

"노 장로, 내 병서를 보고 싶다면 제게 빌려달라 말씀하십시오."

"저같이 가난한 거지가 장군이 될 리도 없고 거지 몇 명 데리고 다니는데, 병법을 알아야 할 이유도 없습니다. 제가 병서를 봐서 무엇에 쓰겠습니까?"

곽정이 종이쪽지를 가리키며 물었다.

"그럼 사반진과 호익진을 어찌 아셨소?"

"전에 말씀하신 적이 있지 않으십니까? 제가 기억하고 있었습지요."

그의 말이 거짓말이라는 것은 너무나 뻔했다. 그러나 대관절 왜 그가 숨기려 드는지 알 수가 없었다.

다음 날, 테무친이 장군들을 불렀다. 찰합태와 와활태의 부대가 전방에서 선봉을 맡기로 하고 좌군은 출적이, 우군은 곽정이 통솔하도록 했다. 전, 좌, 우 삼군에는 각기 1만 부대를 배치했다. 테무친은 타뢰와 함께 주군主軍 6만을 이끌고 지원하도록 했다. 각 병사들은 여러 필의 말을 가지고 번갈아가며 타도록 했다. 전쟁터에서 말의 힘을 아끼는 것은 매우 중요한 일이었다. 장군들은 더욱 많은 말을 가지고 있었다. 병사의 수는 15만인데 말의 수는 100만에 달했다.

출장을 알리는 호각 소리가 길게 울려 퍼지자 북소리가 천지를 진동했다. 3만의 선봉 부대가 기세등등하게 서쪽을 향해 진군했다. 몽고군은 파죽지세로 호라즘을 공격해 들어갔다. 무함마드의 병력이 비록 많기는 하나 몽고군의 적수가 될 수는 없었다. 이 전쟁에서 곽정은 많은 적을 무찔러 큰 공을 세웠다.

함정에 빠진 구양봉

　이날, 곽정의 군사는 나밀하那密河 기슭에 주둔했다. 저녁에 파오 안에서 병서를 읽고 있자니 갑자기 밖에서 뭔가 바스락거리는 소리가 어렴풋이 들렸다. 누군가 파오 문을 들치고 들어오려 했다. 친위병이 막아섰지만 그가 가볍게 손을 놀리자 하나씩 쓰러졌다. 촛불 아래 밝게 드러난 그 얼굴은 바로 서독 구양봉이었다. 중원에서 수만 리 떨어진 이국땅에서 그를 만나다니, 놀라우면서도 반갑기까지 한 마음에 곽정은 몸을 벌떡 일으켰다.

　"황 낭자는 어디 있습니까?"

　구양봉이 묘한 웃음을 지었다.

　"내가 너에게 묻고 싶던 말이다. 그 계집애는 어디 있느냐? 어서 내놓지 못하겠느냐?"

　구양봉의 말에 곽정은 내심 기쁨을 감출 수가 없었다.

　'그렇다면 용이는 아직 살아 있고, 저자의 손에서 벗어난 모양이구나.'

구양봉의 목소리가 한층 높아졌다.

"계집애는 어디 있냐니까!"

"강남에서 구양 선배님을 따라가지 않았습니까? 그 후에는 어찌 되었나요? 아…… 잘 지내고 있습니까? 그녀를 죽이지 않으셨다니, 정말 감사드립니다. 참으로 감사합니다."

고개 숙인 곽정의 눈에서 기쁨의 눈물이 흘러나왔다. 구양봉은 곽정이 거짓말을 못 하는 성품인 것을 알고 있었다. 그러나 여러 정황을 보건대, 황용은 곽정의 군영에 있는 것이 분명했다. 그런데 곽정은 아무것도 모르고 있다니, 도무지 어찌 된 일인지 종잡을 수가 없어 바닥에 놓인 방석에 털썩 주저앉았다.

곽정은 눈물을 훔치고 친위병들의 혈도를 풀어준 뒤 마유주馬乳酒와 차를 내오도록 했다. 구양봉은 마유주 한 그릇을 단숨에 비우고 입을 열었다.

"너에게는 사실대로 말해도 무방할 것 같군. 내 가흥부의 철창묘에서 고 계집애를 단단히 붙잡았지. 그런데 며칠 되지도 않아서 도망을 쳐버렸단 말이야."

곽정은 속으로 쾌재를 불렀다.

"워낙 똑똑하고 영리하니 달아나려고 마음만 먹으면 언제든 달아날 사람이지요. 그런데 어떻게 도망을 간 겁니까?"

구양봉은 아쉽다는 듯 한숨을 쉬었다.

"태호 변 귀운장에서…… 쳇! 말해 뭣 하겠나? 어쨌든 도망쳐버렸어."

구양봉은 대단히 자부심이 강한 인물이었다. 그런 그가 자신의 실수를 제 입으로 말할 리 없었다. 곽정도 그 점을 잘 알고 있는 터라 더 이상 묻지 않고 입을 다물었다. 황용이 무사하다는 것을 안 것만으로도 기쁘기 그지없었다.

"잘되었군, 잘되었어!"

곽정의 말에 구양봉이 벌컥 성을 냈다.

"잘되긴 뭐가 잘됐다는 거냐! 그 계집애가 도망친 후 나는 계속 뒤를 쫓았지. 거의 잡을 뻔한 적도 몇 번 있었어. 그런데 요리조리 약아빠진 토끼처럼 잘도 빠져나가더군. 그나마 내가 워낙 바짝 쫓았기 때문에 도화도로 도망갈 틈은 없었지. 그렇게 쫓고 쫓기며 몽고 변경까지 왔는데, 갑자기 고것이 종적을 감춰버린 거야. 틀림없이 네 군영으로 숨어든 것 같아서 수주대토守株待兔 계책으로 아예 여기서 진을 치고 기다리기로 했지."

곽정은 황용이 몽고에 왔다는 말에 기쁜 나머지 마음이 급해졌다.

"그녀를 보았습니까?"

"봤다면 내가 이러고 있겠나? 밤낮으로 네 군영을 엿보고 있었는데도 고 계집애 모습은 그림자도 볼 수가 없었어. 네 이 녀석, 무슨 수작을 부리고 있는 게 아니냐?"

구양봉은 생각할수록 화가 치미는 모양이었다. 그러나 곽정은 또 다른 궁금증이 생겼다.

"밤낮으로 이곳을 엿보고 있었다고요? 저는 왜 전혀 모르고 있었을까요?"

구양봉은 의기양양하게 웃음을 지었다.

"나는 네 천전부대天前部隊 소속의 서역 병졸이다. 너야 지휘관인데 어찌 졸개까지 알아볼 수 있겠나?"

몽고의 군중에는 포로로 잡힌 적군이 많았다. 구양봉은 원래 서역인이므로 군중에 섞여 있으면 눈에 띌 리가 없었다. 곽정은 그의 말을 듣고 새삼 등골에 식은땀이 흘렀다.

'나를 죽이려고 했다면 나는 벌써 그의 손에 죽었겠구나.'

"그런데 용이가 제 군영에 있다는 것은 무슨 말씀이십니까?"

"네가 대칸의 두 아들 싸움을 막고 또 성을 공격해 적을 섬멸하지 않았느냐? 그 계집애가 도와준 것이 아니라면 네 재주로 그것이 가능한 일이겠느냐? 그러면서도 그 계집애는 시종 모습을 숨기고 있으니 그것도 참으로 이상한 일이지. 이제 나는 네가 내놓기만 기다리는 수밖에 없다."

"용이가 나타나준다면야 더없이 기쁜 일이겠지요. 하지만 그렇다 해도 제가 용이를 선배님께 내놓겠습니까?"

"네가 내놓지 않는다면 내게도 생각이 있다. 네가 대군을 거느릴 지휘권을 가졌다고는 하나, 나 구양봉 눈에는 이곳도 무인지경이나 다름 없다. 오고 싶으면 올 것이고, 가고 싶으면 갈 거야. 누가 나를 막을 수 있겠느냐?"

곽정은 고개를 끄덕이며 말이 없었다.

"이봐! 우리, 약속을 하는 것이 어떻겠나?"

"무슨 약속을요?"

"고것이 있는 장소를 가르쳐주면 내 절대 털끝 하나 건드리지 않겠다. 그러나 네가 끝까지 말을 하지 않으면 시간이 걸리더라도 나 혼자서 찾아내고 말 것이다. 그땐 흥! 좋은 꼴 보기 힘들 거다."

구양봉의 능력은 곽정도 인정하는 바였다. 황용이 도화도에 숨어 있지 않는 한 언젠가는 구양봉에게 덜미를 잡히고 말 것이다. 구양봉의 말은 결코 그저 위협하는 말이 아니었다. 곽정은 잠시 생각에 잠겼다.

"좋아요. 약속하지요. 하지만 선배님 말씀대로는 안 됩니다."

"그럼 어떻게 하자는 거냐?"

"구양 선배님, 선배님의 무공은 저보다 훨씬 뛰어나십니다. 하지만 저는 아직 나이가 어립니다. 언젠가 선배님께서 나이가 들어 기운이 떨어지면 저를 이기실 수 없겠지요."

구양봉은 자신이 나이가 들고 기운이 쇠약해지는 것에 대해 한 번도 생각해본 적이 없었다. 그런데 곽정이 그런 이야기를 꺼내자 순간 가슴이 서늘해졌다.

'이 바보 녀석이 제법이군.'

"그래서 어떻다는 거냐?"

"선배님은 제 사부님들을 해쳤습니다. 저도 그 원수를 갚지 않을 수 없습니다. 선배님께서 하늘 끝까지 가신다고 해도 끝까지 쫓아가 찾아낼 겁니다."

구양봉은 고개를 쳐들고 웃음을 터뜨렸다.

"내 늙어 기운이 떨어지기 전에 너를 없애야겠구나!"

말이 떨어지기가 무섭게 두 다리를 벌리는가 싶더니 이미 몸을 솟구쳐 엄청난 기세로 쌍장을 들이밀었다. 곽정은 이미 〈구음진경〉의 역근단골편을 익힌 데다 일등대사에게 한어漢語로 옮긴 〈구음진경〉 내용을 전수받은 터라 내공의 깊이가 예전과 크게 달라져 있었다. 그는 몸을 옆으로 틀어 공격을 피하고 현룡재전으로 맞섰다.

구양봉은 다시 손을 뻗어 곽정의 장력을 받았다. 그 역시 항룡십팔장에 대해서는 훤히 꿰뚫고 있었다. 또한 곽정이 홍칠공에게 직접 전수받아 장력이 대단하다는 것도 알고 있었다. 그러나 정작 정면으로 힘이 전해지니 뜻밖에 몸이 흔들릴 정도로 충격을 받았다. 고수의 힘이 서로 부딪칠 때는 그 진기眞氣가 조금만 역류해도 중상을 입게 된다. 조금만 방심했더라면 곽정에게 당할 뻔했다는 생각에 구양봉은 크게 놀랐다.

'내가 늙어 기운이 떨어지기를 기다릴 것도 없이 그 전에 이 녀석에게 따라잡히겠구나.'

구양봉은 곧장 왼손으로 공격해 들어갔다. 곽정은 다시 몸을 틀어 피하며 장을 뻗어 받아쳤다. 구양봉도 더 이상 정면으로 막으려 하지 않고 팔을 꺾어 곽정의 장력을 풀어버렸다. 곽정은 장력을 운용하는 오묘한 이치를 잘 모르고, 단순히 구양봉이 자신의 장력을 피하며 사라지게 한 것으로 생각했다.

그런데 뜻밖에 구양봉은 수세를 공세로 바꾸며 엄청난 힘을 되돌려 보냈다. 곽정은 강력한 힘이 얼굴을 덮치는 것을 느꼈으나 미처 피하지 못하고 오른손을 들어 막았다.

두 사람의 공력을 비교한다면 곽정이 조금 처지는 편이었다. 현재의 상황은 과거 임안 황궁의 폭포 동굴에서 벌인 대결과 비슷했다. 곽정이 당시보다 오랫동안 버틸 수는 있겠지만, 시간이 길어지면 결국에는 죽거나 크게 다칠 판이었다.

구양봉은 지난번과 마찬가지로 곽정을 유인해 그가 속임수에 걸려들자 속으로 크게 기뻐했다. 불현듯 곽정의 오른손이 조금 움츠러들면서 힘이 약해지는 것을 느낀 구양봉은 즉시 팔에 힘을 주어 공격했다. 그러나 곽정은 오른손을 살짝 미끄러뜨리며 공격을 피했다. 구양봉은 크게 일갈하며 질풍처럼 거듭 공격해왔다.

'오늘이 네 제삿날이다!'

손가락 끝이 곽정의 앞가슴에 닿으려는 순간, 곽정은 왼손으로 가슴을 가로막고 오른손 식지를 뻗어 구양봉의 태양혈을 찍으려 했다. 이것은 그가 일등대사에게서 본 일양지였다. 그러나 일등대사가 가르쳐준 것은 아니었다. 곽정이 그 모양새를 보고 변화의 이치를 다 이해하지 못한 채 위급한 상황에서 저도 모르게 쌍수호박술로 사용한 것이었다. 일양지는 합마공의 천적이어서 구양봉은 곽정의 손놀림에 놀라지 않을 수 없었다. 그는 얼른 뒤로 물러나며 버럭 고함을 질렀다.

"단지흥, 이 늙은이마저 나를 귀찮게 하는구나!"

사실, 곽정이 쓴 것은 진정한 일양지가 아니었으니 어찌 합마공을 깰 수 있겠는가. 구양봉은 놀란 나머지 자세히 살펴보지도 않고 뒤로 물러나버렸다. 그러나 일양지는 그 뒤의 초식이 무궁무진한 무공이건만 곽정은 한 번 찌르고는 그대로 손을 거두었다. 구양봉은 그제야 곽정이 완전히 배우지 못했음을 알아챘다. 구양봉은 곽정의 대답은 기다리지도 않고 두 손을 위아래로 하나는 뻗고 하나는 거두며 맹렬한 기세로 공격해 들어왔다. 이 공격이 워낙 전광석화 같은지라 곽정은 생각할 겨를도 없이 몸을 솟구쳐 피했다.

와당탕, 요란한 소리와 함께 파오 안에 있던 탁자가 서독의 쌍장에 산산조각이 났다. 구양봉은 다시 우위를 점하며 재차 공격을 퍼부었다. 이때 갑자기 등 뒤에서 바람 소리가 들리는 듯하더니 누군가 구양봉을 기습해왔다. 그는 즉시 몸을 돌리며 왼쪽 다리로 뒤쪽을 향해 발길질했다. 뒤에 있던 사람도 발로 걸어차니 두 사람의 다리가 서로 엇갈리며 부딪쳤다. 뒤에 있던 자가 넘어지는 소리가 요란하게 들렸으나 그의 다리뼈는 부러지지 않은 듯했다. 이는 구양봉이 예상치 못한 결과였다.

몸을 돌려보니 파오 문에 늙은 거지 셋이 서 있었다. 바로 개방의 노, 간, 양 장로였다. 노유각은 몸을 날려 두 팔로 간, 양 장로의 팔을 서로 붙잡았다. 이것은 개방에서 약세인 상태에서 강한 적과 겨룰 때 쓰는 방법이었다. 과거 군산 대회에서 방주를 뽑을 때 개방 사람들이 이 무공으로 인간 벽을 만들어 몰아대는 통에 곽정과 황용은 속수무책으로 당한 적이 있었다.

구양봉은 이 세 사람과 대적해본 적은 없었지만, 아까 부딪쳤던 다리의 힘으로 노유각의 내공이 범상치 않음을 느낄 수 있었다. 보아하니 나머지 두 거지도 비슷할 것 같았다. 곽정과 둘이서만 겨룬다면 승산이 있을 것이나, 냄새나는 거지 떼까지 합세한다면 자신에게 불리할 것은 뻔한 이치였다. 구양봉은 짐짓 소리내 웃어 보였다.

"애송아, 무공이 많이 늘었구나!"

그는 두 다리를 구부려 방석 위에 앉았다. 그리고 노유각 등 개방 사람에게는 전혀 눈길조차 주지 않고 말을 이었다.

"아까 약속하자던 것이 무엇인지 들어볼까?"

"선배님께서 황 낭자에게 〈구음진경〉을 해석해달라고 하신다면, 해석을 하고 말고는 그녀가 결정할 일이니 그녀를 다치게 해서는 안 됩니다."

구양봉은 피식 웃음을 지었다.

"그녀가 말만 한다면 나도 다치게 할 생각이 없다. 황 노사가 가만있을 리도 없고. 그러나 그녀가 끝내 입을 열지 않는다면 나도 가만있을 수는 없지 않느냐?"

"안 됩니다."

곽정이 고개를 가로저었다.

"내가 그렇게 하겠다면 넌 무엇을 해주겠느냐?"

"앞으로 세 번, 선배님이 제 수중에 걸리더라도 목숨을 살려드리겠습니다."

구양봉은 자리에서 벌떡 일어나 웃음을 터뜨렸다. 귀가 찢어질 듯한 날카로운 웃음소리가 멀리까지 퍼졌다. 초원에 있던 말들이 그 소리에 놀라 우는 소리가 한동안 끊이지 않고 이어졌다. 곽정은 가만히 구양봉을 응시하며 낮은 목소리로 말을 이었다.

"웃으실 것 없습니다. 언젠가 제 수중에 떨어질 날이 있을 거라는 건 선배님도 잘 알고 계실 테니까요."

겉으로는 비록 웃고 있었지만 구양봉은 왠지 등골이 오싹해졌다.

'이 애송이가 〈구음진경〉의 비밀을 풀고 나면 무공이 높은 경지에 이를 것이니 마냥 무시할 수만은 없을 것이다.'

구양봉은 웃음을 그치지 않은 채 마음속으로 결정을 내렸다.

"내가 너의 용서를 구한다, 이 말이냐? 좋다, 어디 두고 보자."

곽정이 손을 내밀었다.

"남아일언중천금입니다."

"두말하면 잔소리!"

둘은 손바닥을 세 번 마주쳤다. 이렇게 손바닥을 세 번 마주치며 약속하는 것은 송나라에서 맹세할 때 치르는 의식으로, 만일 약속을 어기면 평생 사람들의 웃음거리가 되었다. 손바닥을 세 번 마주치고 나서 구양봉이 거지들에게 황용의 종적을 물으려는 순간, 파오 틈새로 누군가 나는 듯 지나가는 것이 보였다. 몸놀림이 재빠른 것이 보통 사람은 아니었다. 구양봉은 번뜩 이상한 예감이 들어 얼른 파오를 젖히고 따라가보았다. 그러나 이미 사람은 그림자도 보이지 않았다. 구양봉은 다시 곽정 쪽으로 고개를 돌렸다.

"열흘 안에 너를 다시 찾아오겠다. 네가 나에게 용서를 구할지, 내가 너에게 용서를 구할지, 어디 그때 보자꾸나."

구양봉은 말을 마치고 크게 웃음을 터뜨리며 몸을 돌렸다. 어느새 사람은 보이지 않고 웃음소리만 저 멀리서 울려 퍼졌다. 노, 간, 양 장로는 크게 놀란 듯 서로 얼굴만 마주 보고 있었다.

'정말 보기 드문 무공이구나. 그러기에 홍 방주님과 어깨를 나란히 할 수 있는 것이겠지.'

곽정은 구양봉이 찾아온 이유를 세 사람에게 이야기해주었다. 이야기를 듣고 있던 노유각이 입을 열었다.

"황 방주님이 우리 군영에 있다니 얼토당토않은 소리입니다. 만일 황 방주님이 여기 계신다면 우리가 어찌 모르겠습니까? 그리고……."

곽정은 자리에 앉아 한 손으로 턱을 받치고 천천히 이야기했다.

"나는 구양봉의 말이 오히려 일리가 있다고 생각합니다. 어쩐지 용이가 제 곁에 있는 것 같은 느낌이 들어요. 뭔가 풀리지 않는 문제에 부딪힐 때마다 나에게 묘안을 제시해주거든요. 단지, 아무리 보고 싶어 해도 만날 수 없을 뿐이지요."

이야기를 하는 곽정의 눈시울이 어느덧 붉게 물들어 있었다. 보다 못한 노유각이 곽정을 위로했다.

"너무 괴로워 마십시오. 이별은 잠깐이니 언젠가는 다시 만날 수 있을 겁니다."

"제가 용이에게 죄를 지어 다시는 저를 안 보려고 할까 두렵습니다. 어떻게 해야 속죄를 하고 용서를 받을 수 있을지요?"

세 장로는 서로 바라만 볼 뿐 말이 없었다.

"그녀가 저와 이야기하지 않는다고 해도 한 번 볼 수만 있다면 이 그리운 마음을 조금이나마 달랠 수 있을 것 같습니다."

"피곤하신 것 같으니 그만 쉬십시오. 내일 저희가 구양봉을 막을 계책을 강구해보도록 하겠습니다."

간 장로가 말을 끊고 자리에서 일어섰다.

다음 날 대군은 서쪽으로 향했다. 해가 저물자, 노유각이 곽정의 파오로 들어왔다.

"소인이 일전에 강남에서 그림 한 폭을 얻었는데, 제 재주로는 그림 속에 숨어 있는 뜻을 도저히 알 길이 없습니다. 군영에만 계시자면 심심하실 테니 천천히 감상하십시오."

노유각이 탁자에 내려놓은 그림을 펼쳐 든 곽정은 깜짝 놀라 돌처럼 굳었다. 그림 속에는 한 소녀가 베틀 앞에 앉아 명주를 짜고 있는데, 그 얼굴이 황용을 꼭 빼다 박았다. 다만 얼굴이 야위고 표정에 그늘이 져 초췌해 보이는 것이 다를 뿐이었다. 곽정은 넋이 나간 듯 한참을 뚫어지게 바라보다 그림 옆에 짧은 시가 두 수 적혀 있는 것을 발견했다.

봄누에는 죽을 때까지 실을 뽑아내지만,
비단을 짜는 것이 결코 쉬운 일은 아니네.
무심코 원앙 봉황을 잘라내니, 나누어 양쪽 옷을 지을 수밖에.

春蠶吐盡一生絲 莫教容易裁羅綺

無端剪破 仙鸞彩鳳 分作兩邊衣

두 마리 새가 제각기 날아 두 가지에 앉네.
박정하면 자고로 헤어짐도 많은 법.
처음부터 끝까지 마음을 한데 모아 단단히 한 가닥 실을 짜노라.

雙飛雙葉又雙枝 薄情自古多離別

從斗到底 將心縈繫 穿過一條絲

이 시는 영고의 시를 모방한 작품이었다. 그러나 괴로운 마음을 읊은 표현이라든지, 운율을 맞춘 방식이 오히려 영고보다 나은 것 같았다. 곽정은 완전히 해석하기는 어려웠지만 뜻이 쉬운 구절은 알아볼 수 있었다. 한참 시를 읽으며 뜻을 음미하던 곽정은 확신이 들었다.
'이 그림은 용이가 그린 것이 틀림없다. 노 장로는 어디서 이것을 구했을까?'
고개를 들어보니 노유각은 어느새 나가고 없었다. 곽정은 친위병을 시켜 노유각을 불러오게 했다. 그러나 노유각은 입을 꼭 다문 채 그저 강남의 책방에서 산 것이라고 우길 뿐이었다.

곽정이 아무리 미련하다고 해도 노유각이 사실대로 털어놓지 않고 있다는 것쯤은 눈치 챌수 있었다. 노유각처럼 거칠고 가리는 것 없는 사내가 책이나 그림을 살 리가 없었다. 누가 준다고 해도 틀림없이 아무렇게나 버릴 사람이었다. 또 강남의 책방에서 샀다는 그림 속의 여자가 어떻게 황용을 닮을 수 있단 말인가? 그러나 노유각이 사실대로 털어놓지 않고 버티고 있으니 곽정도 어쩔 도리가 없었다. 그때 간 장로가 들어와 곽정의 귀에 대고 속삭였다.

"제가 방금 동북쪽에서 누군가가 스쳐 지나가는 것을 보았습니다. 눈 깜짝할 새에 사라져 정확히 보지는 못했지만, 아무래도 구양봉이 오늘 밤을 노리는 것이 아닌가 싶습니다."

곽정이 고개를 끄덕였다.

"그래요, 우리 네 사람이 여기서 힘을 합쳐 잡아버립시다."

"제게 계책이 있는데, 어떤지 들어보시겠습니까?"

"어디 한번 말씀해보시지요."

간 장로가 천천히 입을 열었다.

"이 계책은 실은 아주 평범합니다. 우리가 이곳에 깊은 구덩이를 파고 병사 20명에게 각자 모래 자루를 들려주는 것입니다. 구양봉이 안 오면 그만이지만, 만일 다시 온다면 이번에는 돌려보내지 않는 것이지요."

곽정은 크게 기뻐했다. 구양봉은 워낙 오만한 사람이라 언제나 다른 사람을 무시했다. 이 계책은 사실 새로운 것은 아니지만 구양봉을 상대하기에는 오히려 나을 듯싶었다. 세 장로는 병사들을 시켜 파오 안에 깊은 구덩이를 팠다. 구덩이 위는 담요로 덮고 가벼운 의자를 몇 개 올려놓았다. 그리고 건장한 병사 20명이 모래 자루를 들고 파오 밖에 숨었다.

사막에서 행군할 때는 원래 구덩이를 파서 물을 확보하기 때문에 이렇게 파오 안에 구덩이를 판다고 해도 별로 눈에 띄는 일은 아니었다.

준비가 끝나자 곽정은 혼자서 촛불을 밝힌 채 기다렸다. 그러나 그날 밤 구양봉은 나타나지 않았다. 다음 날도 세 장로가 곽정의 파오 안에 함정을 팠지만 역시 별다른 움직임이 없었다.

나흘째 되던 날 저녁, 군영 여기저기서 솥 두드리는 소리가 울렸다. 곽정은 가슴이 뛰기 시작했다. 이때 갑자기 파오 밖에서 나뭇잎 떨어지는 듯한 소리가 들리더니 구양봉이 긴 웃음소리와 함께 불쑥 들어와서는 곧장 의자 쪽으로 향했다. 와당탕, 의자에 앉는가 싶더니 구양봉은 그만 의자와 함께 깊은 구덩이 속으로 빠지고 말았다. 이 함정은 깊이가 7~8장 정도로 길고 좁은 형태였다. 그러니 구양봉의 무공이 아무리 높다고 해도 쉽게 올라올 수는 없었다. 그새 20명의 병사가 달려들어 40개의 큰 모래 자루를 함정에 부어 넣으니 구양봉은 꼼짝없이 모래 밑에 깔리고 말았다. 노유각은 껄껄 웃으며 흡족한 듯 입을 열었다.

"역시 황 방주님의 계책은 귀신 같아."

간 장로가 눈을 부라리자, 노유각은 얼른 입을 다물었다.

"황 방주라니요?"

곽정이 묻자, 노유각은 우물쭈물 얼버무렸다.

"말이 잘못 나왔군요. 저는 홍 방주님 이야기를 하려던 것입니다. 홍 방주님께서 여기 계셨다면 좋아하셨을 거라고요."

곽정이 뭔가 좀 더 물어보려는데, 갑자기 밖에서 친위병들의 고함소리가 들렸다. 곽정과 세 장로가 밖으로 나가보니 친위병들이 땅바닥을 가리키며 소란을 떨고 있었다. 곽정이 다가가 살펴보니 땅바닥의 한 부분이 점점 위로 올라오며 모래 더미가 솟아오르고 있었다. 마치 뭔가 바닥에서 솟구쳐 올라오는 듯했다.

'구양봉의 무공이 정말 대단하구나! 저 바닥을 뚫고 올라오다니.'

곽정이 명령을 내리자 10여 명의 기병이 말에 올라타 그곳을 짓밟기 시작했다. 기병들이 말을 탄 채 올라갔으니 그 무게만도 이미 상당할 텐데, 맹렬한 기세로 이리저리 뛰어다니기까지 하니 아무리 구양봉의 무공이 대단하다 해도 견딜 수 없을 듯했다. 모래 더미가 조금씩 내려앉더니 다른 곳이 솟아오르기 시작했다. 기병들은 모래 더미가 움직이는 곳이 있으면 즉시 그쪽으로 말을 몰아 집중적으로 밟아댔다.

얼마 후, 모래 더미는 더 이상 움직이지 않았다. 구양봉도 견디지 못하고 숨이 막혀 죽은 모양이었다. 곽정은 기병에게 말에서 내려 시체를 꺼내라고 명령했다. 때는 이미 자시를 넘고 있었다. 위병들이 손에 횃불을 밝혀 들고 구덩이 주위에 둥글게 서 있고, 10여 명의 병사가 삽을 들고 모래를 팠다.

한참을 파 내려가니 모래 속에 선 채 뻣뻣하게 굳어 있는 구양봉이 나타났다. 그곳은 파오의 함정에서 수 장이 떨어진 곳이었다. 모래가 성기고 가볍기는 했지만, 맨손으로 숨을 참은 채 땅 밑을 파며 두더지처럼 이곳까지 오다니, 정말 아무리 생각해도 대단한 내공이었다. 병사들은 탄복을 금치 못하며 그를 끌어 올려 바닥에 눕혔다.

노유각이 살펴보니 숨을 쉬지 않고 있지만 가슴에는 아직 온기가 남아 있었다. 혹 그가 정신을 차려 일을 망칠까 봐 일단 사람을 시켜 쇠사슬로 그를 묶도록 명했다. 과연 구양봉은 모래 속에서 기어 올라오다가 기마병들에게 짓밟혀 뚫고 올라갈 길이 없자 죽은 체하고 있던 참이었다. 일단 올라간 뒤 기회를 봐서 도망가려는 속셈이었다. 숨을 죽이고 있다가 이제야 몰래 숨을 좀 쉬려는데, 옆에 선 노유각이 쇠사슬을 가지고 오라고 명령을 내리자 갑자기 벌떡 일어나 대갈일성하며 노유각의 오른손 맥문을 틀어쥐었다.

너무나 갑자기 일어난 일이라 죽은 시체가 살아난 줄 알고 사람들은 크게 놀라 물러섰다. 그러나 곽정은 재빨리 왼손을 뻗어 구양봉의 등에 있는 도도혈陶道穴을 찍으며 동시에 오른손으로는 허리 부분의 척중혈脊中穴을 찍었다. 이 두 혈도는 인체의 뒷부분에 있는 주요한 혈이었다. 모래 속에 밟혀 초주검이 된 상태가 아니었다면 결코 쉽게 찍힐 혈이 아니었다. 그는 깜짝 놀라 팔을 돌려 공격을 막으려 했지만 그의 몸은 이미 혈도 부분부터 천천히 마비되고 있었다. 곽정이 힘을 남겨둔 채 지그시 찍었기에 망정이지, 만일 그가 장력이라도 썼다면 구양봉의 오장육부는 터져버리고 말았을 것이다. 게다가 지금은 손발이 여기저기 쑤시고 아파 혈도를 찍히지 않았다고 해도 곽정과 맞설 수 없는 상태였다. 구양봉도 이런 점을 알기 때문에 할 수 없이 노유각의 팔을 풀어주었다.

"구양 선배님, 황 낭자를 보았습니까?"

"그 옆모습을 보았기에 찾으러 온 것이 아니냐?"

"확실합니까?"

"그 망할 계집이 여기 있지 않다면 누가 이런 함정을 팔 생각을 해내겠나?”

구양봉이 벌컥 화를 내자, 곽정은 잠시 멍하니 생각에 잠겼다.

“가십시오. 이번에는 용서해드리지요.”

곽정은 오른손을 뻗어 구양봉을 멀찍이 밀어냈다. 상대가 구양봉이고 보니 그냥 풀어줄 경우, 갑자기 반격을 해올까 두려웠던 것이다. 구양봉은 몸을 돌려 차갑게 말했다.

“내 후배와 싸우면서 병기를 써본 일이 없지만 그 계집이 몰래 너를 도와 계략을 꾸민다면, 이번에는 예외로 할 수밖에 없다. 열흘 안에 내 뱀 지팡이를 가지고 다시 오겠다. 지팡이의 독사는 너도 본 적이 있지? 조심하거라.”

말을 마치고 몸을 돌리는가 싶더니 표연히 사라졌다. 곽정은 어둠 속으로 순식간에 사라지는 구양봉의 뒷모습을 바라보았다. 한차례 삭풍이 지나가자 오싹 한기가 느껴졌다. 구양봉의 지팡이에 있던 뱀의 맹독과 구양봉의 장법을 떠올리니 온몸에 소름이 끼쳤다.

곽정도 강남육괴에게 여러 가지 병기 쓰는 법을 배우기는 했지만 상승의 무공은 아니었다. 맨손으로 독사를 상대한다는 것은 절대 안 될 일이지만, 그렇다고 자신이 잘 다루는 병기가 있는 것도 아니니 걱정이 태산 같았다. 아무리 생각해도 대책이 서지 않아 고개를 들고 하늘을 올려다보았다. 어둠 속에서 하얀 눈이 날리기 시작했다.

파오로 돌아왔지만 한기는 한층 깊이 스며들었다. 친위병들이 숯불을 피우고 말들을 파오 안으로 몰아넣었다. 개방 사람들은 대부분 가죽옷을 가지고 있지 않아 갑자기 닥친 혹한을 내공으로 견딜 수밖에 없었다. 곽정은 병사에게 양을 죽여 가죽을 벗기게 했다. 이를 바느질

할 여유도 없어 일단 피만 씻어내고 몸에 걸치고 다니도록 했다.

다음 날은 추위가 더 심해져 땅에 쌓인 눈이 아예 얼어붙었다. 호라즘군이 추위를 틈타 공격해왔지만, 이에 미리 대비한 곽정은 용비진을 써 크게 승리를 거두고 밤을 낮 삼아 북상했다. 겨울바람에 맞서며 서쪽 정벌에 나서는 괴로움은 옛사람도 잘 알고 있었던 듯, 이를 읊은 시가 지금까지도 전하고 있다.

> 장군의 금 갑옷은 밤에도 벗지 않네.
> 깊은 밤 행군에 창이 서로 부딪치며
> 매서운 바람은 칼날에 몸을 맡긴 듯하네.
> 말의 털에 붙은 눈이 땀에 증발되어
> 마구馬具에 어리었다가 물이 되어 사막의 풀에 맺히네.

또 다른 시도 있다.

> 변방의 병사는 구름과 함께 머물고
> 전장의 백골은 풀뿌리와 함께하네.
> 칼 같은 강바람은 구름을 흩뜨리고,
> 얼어붙은 모래와 바위는 말발굽에 흩어진다.

사막 생활을 오래 한 곽정은 추위에 길들어 그다지 힘들지 않았다. 그러나 만일 황용이 정말 군영에 있다면 강남에서 자란 그녀가 어떻게 이 추위를 견딜지 곽정은 마음이 무거웠다. 다음 날 밤에는 곽정이 직접 나서 소리 없이 돌아다니며 모든 파오를 돌아보았다. 하나하나 찾아보았지만 어디에도 황용의 모습은 보이지 않았다. 자신의 파오에 돌아와보니 노유각이 병사들을 이끌고 구덩이를 파고 있었다.

"구양봉이 얼마나 교활한 사람인데, 한 번 속은 계책에 또 속겠습니까?"

"상대도 우리가 다른 계책을 쓸 거라고 생각하겠지요. 이렇게 똑같은 방법을 쓸 거라고 생각이나 하겠습니까? 허虛가 실實이고, 실이 허라…… 허허실실이라는 것입니다."

곽정은 빙글빙글 웃는 노유각을 바라보았다.

'거지들을 데리고 다니면 병법은 알 필요도 없다더니, 병서에 있는 말을 잘도 기억하고 있군.'

노유각이 계속 떠들어댔다.

"하지만 또 모래 자루를 쓰면 상대도 방법이 있을 테니 이번에는 다른 방법을 쓸까 합니다. 모래가 아니라 끓는 물을 붓는 거지요."

곽정이 보니 수십 명의 친병이 파오 밖에 20여 개의 무쇠솥을 걸어놓고 얼어붙은 눈을 도끼로 깨 솥 안에 던져 넣고 있었다.

"그러면 산 채로 삶아지지 않겠습니까?"

곽정의 물음에 노유각은 청산유수로 대답했다.

"수중에 걸리면 세 번까지 용서해주겠다고 하셨지요? 하지만 이렇게 끓는 물에 당하게 된다면 수중에 걸렸다 할 수 없을 테니, 용서를 해주려 해도 그럴 수가 없는 것이지요. 당연히 약속을 어긴 것도 아니고요."

얼마 후, 깊은 구덩이가 완성되었다. 전과 마찬가지로 구덩이 위에 담요를 깔고 나무 의자를 올려놓았다. 파오 밖에 있던 위병들은 이미 솥 아래에 장작불을 피워 얼음을 끓이고 있었다. 워낙 날이 차가운 탓에 몇몇 솥은 장작불 열기에 조금 데워지기만 할 뿐, 솥 표면에는 잠깐새에 얼음이 꼈다. 노유각은 마음이 급한 듯 계속 재촉해댔다.

"빨리 끓어라, 빨리 끓어!"

갑자기 눈밭에 사람의 모습이 나타나더니 구양봉이 지팡이로 파오를 들쳤다.

"애송아! 또 함정을 파놓았어도 나리는 조금도 무섭지 않다!"

구양봉은 몸을 날려 천천히 나무 의자에 앉았다.

노, 간, 양 장로는 구양봉이 이렇게 빨리 올 줄은 생각지 못했다. 솥 안에 얼음이 이제 녹으려는 참이니 끓여 죽이기는커녕 그냥 목욕을 하기에도 너무 차가운 물이었다. 그런데 눈앞에 구양봉이 나타나 의자에 앉으니 기회를 놓칠까 발을 동동 굴렀다.

그새 우당탕, 소리가 들려왔다. 구양봉은 욕지거리를 퍼부으며 의자와 함께 함정으로 굴러떨어졌다. 이번에는 모래 자루도 미처 준비하지 않았으니 구양봉의 무공이라면 이 정도 함정을 빠져나오는 것은 손바닥 뒤집기보다 쉬울 것이었다. 세 장로는 곽정이 다칠까 걱정하면서도 속수무책이었다. 다급해진 노유각이 곽정에게 말했다.

"어서 밖으로 피하십시오!"

온통 혼란스러운 가운데 누군가 뒤에서 나직이 외치는 소리가 들렸다.

"물을 부어요!"

노유각은 이 목소리를 듣고 더 생각할 것도 없이 즉시 외쳤다.

"물을 부어라!"

위병들은 솥을 들어 함정으로 물을 들이부었다. 막 함정에서 솟구치려던 구양봉은 갑자기 머리 위에서 물이 쏟아지자 깜짝 놀란 나머지 온몸에 주었던 힘이 탁 풀리며 아래로 떨어지고 말았다. 그는 뱀 지팡이로 몸을 지탱하며 다시 한번 기합을 주었다. 이번에는 마음의 준비를 하고 있어 차가운 물이 머리 위로 쏟아지는 중에도 바닥으로 떨어지지는 않았다.

그러나 혹한의 날씨였다. 물은 솥에서 나오자마자 곧장 얼어붙어버렸다. 구양봉이 함정에서 빠져나오려는 사이, 그의 머리와 다리 부분을 적신 물은 이미 얼어 있었다. 그의 몸놀림이 빠르고 힘이 넘치기는 했지만, 쇠처럼 단단한 얼음 때문에 힘을 쓸 수가 없었다. 일단 내려가 다시 힘을 모아 뛰어오르려 했지만, 두 발이 이미 얼음 속에 단단히 박혀 꼼짝도 할 수가 없었다. 구양봉은 당황하기 시작했다. 일단 기합 소리와 함께 힘을 주어 발을 빼기는 했지만 이번에는 상반신이 얼음 속에 갇혀버렸다.

위병들은 물을 붓는 방법을 사전에 충분히 연습했다. 네 사람이 솥을 들고 물을 붓고 옆으로 물러나면 다른 네 사람이 즉시 앞으로 나와 또 쏟아부었다. 이렇게 교대로 하면 마치 물레방아처럼 신속하게 물을 부을 수 있었다. 끓인 물을 부을 때 델까 봐 위병들은 손과 얼굴에 천을 묶어 가리고 있었다. 이렇게 준비를 했는데 미처 끓이지도 못하고 오히려 찬물로 적을 붙잡으리라고는 모두들 생각지도 못했다. 잠시 후, 20여 개 솥에 담겼던 물을 모두 함정에 부어 길이 4~5장, 지름 7척 정도의 커다란 얼음 기둥이 생겼다.

급한 김에 써본 방법으로 일거에 성공을 거두고 보니 모두들 기쁘면서도 어안이 벙벙했다. 세 장로는 위병들을 거느리고 얼음 기둥 주변의 진흙을 파낸 뒤 단단한 밧줄로 묶고 스물네 필의 말을 동원해 끌어당겼다. 그렇게 하니 곧 얼음 기둥이 지상에 모습을 드러냈다. 군사들은 힘을 모아 이 얼음 기둥을 똑바로 세웠다. 얼음 기둥 안에는 두 눈을 부릅뜨고 이를 드러낸 채 팔다리를 번쩍 처들고 있는 구양봉이 들어 있었다. 환한 횃불 아래 그 모습을 본 군사들은 하늘이 떠나갈 듯 환호성을 올렸다.

노유각은 구양봉이 내공으로 얼음을 녹이고 뛰쳐나올까 봐 위병에게 계속 물을 부으라고 명령했다. 얼음 기둥을 더 두껍게 얼리려는 생각이었다.

"나는 이미 그를 세 번 살려주기로 약속했습니다. 얼음을 깨고 놓아주도록 하지요."

곽정의 명령에 세 장로는 영 아쉬운 표정이었다. 그러나 영웅호걸은 신의를 지켜야 한다는 것을 알기에 별다른 말은 없었다. 노유각은 망치를 들어 얼음 기둥을 내리쳤다.

"잠깐!"

간 장로가 노유각을 말리며 곽정을 돌아보았다.

"구양봉의 공력이라면 얼음 기둥 안에서 얼마나 버틸 수 있을까요?"

"한 시진 정도는 버티겠지만, 그 이상이면 목숨을 부지하기 어렵겠지요."

"알겠습니다. 그럼 한 시진 후에 놓아주기로 하지요. 목숨을 살려주는데 고생이라도 좀 시켜야 할 것 아니겠습니까?"

곽정도 사부들을 죽인 원한을 떠올리며 고개를 끄덕였다. 이 신기한 소문을 듣고 다른 군영에 있던 군사들도 몰려와 구경을 했다. 이 모습을 보고 곽정은 세 장로를 불렀다.

"옛말에 이르기를, 선비를 죽일 수는 있지만 그에게 모욕을 줄 수는 없다고 했습니다. 그가 간악한 자이기는 하지만 엄연히 무학의 종사입니다. 어찌 웃음거리를 만들 수 있겠습니까?"

말을 마치고는 병사들에게 명령을 내려 천을 가져다 얼음 기둥을 가리고 파수를 세워 함부로 구경하지 못하도록 했다. 한 시진 후, 세 장로가 얼음 기둥을 깨고 구양봉을 꺼냈다. 구양봉은 땅에 반듯하게 앉아 한참 동안 운공을 하고 검붉은 피를 세 번 토하고서야 사라졌다.

곽정과 세 장로는 그가 얼음 속에 한 시진이나 갇혀 있어 평상시처럼 날래지는 않았지만, 그래도 살아 움직이는 것을 보고는 대단하다는 생각을 했다.

그 한 시진 동안 곽정은 마음이 산란했다. 구양봉이 갇혀 있어 불안한 것이라고 여겼는데, 그를 놓아주고 파오로 돌아와서도 마음이 안정되지 않았다. 그래서 자리에 앉아 내공을 조절하기 시작했다. 잠시 후, 모든 상념이 사라지고 마음이 차분해지는가 싶더니 불현듯 자신이 불안해하는 원인이 무엇인지 알았다. 노유각이 물을 부으라고 명령할 때 곽정은 분명히 누군가의 목소리를 들었다. 이상하리만큼 귀에 익은 목소리였다. 다시 곰곰이 생각해보니 틀림없이 황용의 목소리였다. 그때는 상황이 급박했기 때문에 마음 쓸 겨를이 없었지만, 그 목소리가 계속 귓가에 울리며 마음을 혼란스럽게 한 것이었다. 곽정은 벌떡 몸을 일으키며 외쳤다.

"용이가 정말 군영에 있었구나! 장수와 군졸들을 모두 모아 빠짐없이 살펴본다면 설마 못 찾아내겠는가!"

하지만 곧 생각이 달라졌다.

'그녀가 나를 보려 하지 않는다면 굳이 그럴 필요가 있을까?'

곽정은 노유각이 준 그림을 펼쳐놓고 오랫동안 바라보았다. 마음속에는 온갖 상념이 난마처럼 얽혀 있었다.

고요한 밤이었다. 갑자기 멀리서 말발굽 소리가 들리더니 친위병이 영令을 외치는 소리가 났다. 잠시 후, 사자가 파오로 들어와 테무친의 군령을 전달했다. 그간 몽고의 대군은 각자 나뉘어 진군하며 연전연승하는 전과를 올렸다. 이렇게 계속 서쪽으로 진군하면 호라즘의 사마르칸트성에 닿을 터였다.

테무친은 척후병을 통해 이 도시가 호라즘의 새 수도라는 것을 알았다. 이곳은 정예부대 10만여 대군이 집결해 있고 군량이 충분히 비축되어 있는 난공불락의 요새로 알려졌다. 그래서 테무친은 너무 성급히 몰아치면 실패할 것이니 네 갈래로 군마를 나누어 일시에 공격하자고 각 부대로 전갈을 보냈다.

다음 날 새벽, 곽정은 군대를 지휘해 나밀하를 따라 남쪽으로 내려갔다. 10일을 행군해 사마르칸트성 아래에 도착했다. 성에 있던 군대는 곽정의 병력이 많지 않은 것을 보고 전군이 공격에 나섰다. 그러나 곽정은 풍양, 운수 두 가지 진법을 써 반나절 만에 적 5천 명을 살상했다. 호라즘군은 이 전투에서 크게 사기가 꺾여 성으로 들어가 숨었다.

3일째 되는 날, 테무친이 이끄는 대군이 도착하고 출적과 찰합태의 군대도 속속 도착했다. 10만여 대군이 사방에서 둘러싸고 공격했지만, 사마르칸트성은 철통같은 방비로 수일간의 공격에도 함락되지 않았다. 몽고군은 이 전투에서 적지 않은 병사를 잃었다.

또 하루가 지났다. 찰합태의 큰아들, 막도莫圖가 공을 세우겠다는 욕심이 앞서 성을 공격하다가 성에서 날아온 화살에 머리를 맞고 전사하고 말았다. 총애하던 손자를 잃은 테무친의 슬픔은 극에 달했다. 친위병들이 왕손의 시신을 옮겨오자 테무친은 굵은 눈물을 흘리며 손자를 품에 안고 머리에 박힌 화살을 힘껏 뽑았다. 화살에는 새의 깃털이 달려 있고, 살대는 도금되어 '대금조왕大金趙王' 넉 자가 새겨져 있었다. 금나라 글을 아는 신하들이 이를 아뢰자, 테무친은 이를 부드득 갈았다.

"아, 완안홍열의 짓이구나!"

테무친은 훌쩍 말에 올라타며 큰 소리로 영을 내렸다.

"대소 장수들은 듣거라! 누구든 선봉에서 성을 깨고 완안홍열을 잡아다 왕손의 복수를 하는 자에게는 성안에 있는 여자와 보물을 모두 상으로 내리겠노라!"

100명의 친위병이 말에 올라타 대칸의 명령을 입 모아 따라 했다. 삼군에 이 명령이 전해지자, 군사들은 용기백배해 공격에 나섰다. 일시에 화살이 비 오듯 쏟아졌고, 여기저기서 비명이 끊이지 않았다. 흙을 쌓아 성을 오르는 병사, 사다리를 대는 병사, 밧줄을 던져 갈고리를 거는 병사, 거목을 구해 성문을 부수려는 병사 등 모두가 성을 함락시키기 위해 있는 힘을 다했다.

그러나 성에서 방어하는 군사들도 결사적인지라 저녁까지 공격이 계속되었어도 몽고군만 4천 명의 병사를 잃었을 뿐, 우뚝 선 성은 그대로였다. 테무친이 군사를 이끌고 호라즘을 친 이래 이런 대패는 처음이었다. 그날 밤, 파오에서는 손자를 잃은 슬픔에 패배의 치욕까지 당한 테무친이 불같이 화를 내고 있었다.

곽정은 파오로 돌아와 〈무목유서〉를 넘겨보며 성을 깰 방도를 찾아보려 했다. 그러나 사마르칸트성은 중국의 성과 달라 〈무목유서〉에 쓰인 내용은 별 쓸모가 없었다.

곽정은 노유각을 불러 이 문제를 상의했다. 그리고 그가 틀림없이 황용에게 물어볼 것이라는 생각에 그가 나가고 나서 뒤를 밟았다. 그러나 노유각은 주변에 개방 사람들을 배치해놓고 곽정이 나타나면 큰 소리로 인사하도록 해놓았다.

'이는 물론 용이의 생각이겠지. 아, 언제나 나를 피할 방도를 생각해두다니…… 나의 일거수일투족은 모두 용이의 손안에 있구나.'

한 시진 정도가 지나고 노유각이 돌아와 보고를 올렸다.

"이 성은 성급히 공격해서는 안 됩니다. 소인도 별다른 묘책은 없으니 며칠 더 지켜보면서 적군에 무슨 틈이 생기는지 기다린 후에 다시 생각해보시지요."

곽정은 말없이 고개를 끄덕였다. 곽정이 애초에 몽고를 떠나 남하할 때는 아무것도 모르는 순박한 소년이었다. 그러나 1년 동안 여러 가지 우환을 겪고 각종 어려움을 헤쳐오면서 견식도 많이 넓어졌다. 파오에 앉아 그림에 적혀 있던 시 두 수의 의미를 천천히 곱씹어보니 그리운 마음이 견딜 수 없이 용솟음쳤다.

'용이가 나를 아주 잊은 것은 아닐 것이다. 틀림없이 내가 사죄하기를 기다리고 있을 거야. 다만 내가 우둔해서 어떻게 해야 그녀의 마음

을 돌릴 수 있을지 모르는 거지.'

생각이 여기에 미치자 괴로운 마음을 누를 길이 없었다. 그날 밤, 곽정은 파오에 누웠지만 쉽게 잠을 이루지 못했다. 3경이 지나서야 설핏 잠이 들었는데, 꿈에 황용을 본 것 같았다. 곽정이 어떻게 하면 사과를 받을 것인지를 묻자, 황용이 귓가에 뭐라고 속삭여주었다. 곽정은 뛸 듯이 기뻐하며 번쩍 잠에서 깼다. 그런데 황용이 뭐라고 했는지 도무지 생각나지 않았다. 아무리 떠올려보려 해도 한마디도 생각이 나지 않았다. 다시 잠이 들면 황용을 만날 수 있으려나 하는 마음에 자리에 누웠지만 더 이상 잠도 오지 않았다. 조급하고 답답한 마음에 제 머리를 손으로 때리다 문득 다른 생각이 들었다.

'생각이 나지 않으면 다시 물어보면 되는 것 아니겠는가?'

곽정은 파오 밖 위병에게 외쳤다.

"어서 노 장로를 모시고 오너라."

노유각은 무슨 급한 일이 생긴 줄 알고 양가죽만 걸치고 맨발로 달려왔다.

"노 장로, 내일 밤 무슨 일이 있어도 황 낭자를 봐야겠습니다. 스스로 생각하셔도 좋고, 다른 사람과 상의해봐도 좋습니다. 내일 오시午時 전까지 황 낭자를 만날 수 있는 계책을 내놓으십시오."

노유각은 화들짝 놀랐다.

"황 방주님은 여기 계시지도 않는데, 어찌 만나시겠다는 말입니까?"

"꾀가 많으시니 반드시 계책을 생각해내시겠지요. 내일 오시까지 생각해내지 못하시면 군법으로 다스릴 수밖에요!"

제가 말을 해놓고도 너무나 억지스러운지라 곽정은 몰래 피식 웃었다. 노유각이 뭐라 항변하려 했지만 곽정은 고개를 돌리고 친위병에게 지시를 내렸다.

"내일 오시에 도부수 100명을 대기시켜라!"

위병의 대답이 떨어지자 노유각은 얼굴을 잔뜩 찌푸린 채 파오를 나갔다.

다음 날은 아침부터 큰눈이 내렸다. 쌓인 눈이 얼어붙은 성벽은 마치 기름을 칠해놓은 것처럼 미끄러워 기어 올라갈 수가 없었다. 테무친은 일단 군사를 거두었다. 이제 겨울로 들어섰으니 앞으로 계속 추워질 테고 내년 2~3월이 되어야만 날이 풀릴 것이다. 성을 버리고 가자니 퇴로가 차단될 염려가 있을 뿐만 아니라 역습의 위험까지 있었다. 또 그렇다고 성을 치자니 적의 원군이 온다면 아군은 중과부적으로 몰살당할 수도 있었다. 그는 뒷짐을 쥐고 파오 안을 오락가락하며 어찌할 바를 모르고 있었다. 테무친은 눈을 들어 성벽 옆에 우뚝 서 있는 설봉雪峯을 바라보며 눈살을 찌푸렸다. 설봉은 매우 이상한 모양을 하고 있었다. 평지에서 갑자기 솟아 고독하게 사막 한가운데 우뚝 서 있는 모양이 마치 가지도 잎도 없는 거목 같았다. 그래서 현지 사람들은 이 봉우리를 독목봉禿木峯이라 불렀다.

사마르칸트성은 이 봉우리를 의지하고 쌓은 성이었다. 봉우리 한 면이 바로 성의 서쪽 벽인 셈이었다. 이로써 성벽을 쌓는 비용을 줄였을 뿐만 아니라 성의 방비도 훨씬 견고하게 할 수 있었다. 테무친은 여전히 생각에 잠겨 있었다.

'내 살면서 크고 작은 전투를 수백 번 치렀건만 오늘과 같은 어려움에 처하기는 처음이다. 이것으로 내 운은 다한 것일까?'

흩날리는 눈발에 낙타, 말, 군영 할 것 없이 온통 추위에 떨고 있는데 성에서는 모락모락 연기가 피어오르고 있었다. 그 모습을 보고 테무친의 마음은 한층 더 우울해졌다.

달빛 아래 영롱하게 빛나는 사람

곽정은 다른 일로 근심에 싸였다. 자신이 억지를 부려가며 생각해
낸 계책을 황용이 무시할까 걱정이었고, 또 노유각이 끝내 입을 열지
않아 그의 머리를 벨 수밖에 없는 상황이 될까 두려웠다. 오시가 가까
워올 무렵, 곽정은 침울한 얼굴로 파오 안에 앉아 있었다. 양옆으로 도
부수들이 각자 큰 칼을 들고 기립해 있었다. 군영에서 호각 소리가 울
리며 오시가 되자 노유각이 파오로 들어왔다.

"소인이 계책을 생각해왔는데 그대로 하실 수 있겠는지요?"

곽정은 기쁜 마음에 벌떡 일어났다.

"어서 말씀해보십시오. 제 목숨이라도 바칠 판인데 뭐가 어렵겠습
니까?"

노유각은 손을 들어 독목봉 꼭대기를 가리켰다.

"오늘 밤 자시에 황 방주께서 저곳 꼭대기에서 기다리겠다고 하셨
습니다."

곽정은 어이가 없었다.

"그녀는 어떻게 올라간답니까? 저를 속이는 것 아닙니까?"

"제가 어려울 수도 있다고 말씀드리지 않았습니까? 계책을 생각해 드려도 소용이 없군요."

노유각은 그대로 허리를 굽혀 예를 올리고는 나가려 했다.

'역시 용이의 한마디에 속수무책이 되는구나. 독목봉은 철장산 중지 봉보다 몇 배는 높고, 몽고의 절벽과도 비교가 되지 않는다. 설마하니 봉우리 위에 신선이 있어 밧줄이라도 내려준단 말인가?'

답답한 마음에 곽정은 도부수를 돌려보내고 홀로 말을 몰아 독목봉 으로 갔다. 봉우리는 위아래 둘레가 똑같았고, 주변에는 두꺼운 얼음 이 수정처럼 빛을 내고 있었다. 아무리 생각해봐도 새가 아니고 사람 이나 짐승이라면 절대 올라갈 수 없을 듯했다. 곽정이 꼭대기를 보려 고개를 들자 쓰고 있던 가죽 모자가 눈 위로 떨어졌다. 순간, 곽정은 마음을 다잡았다.

'용이를 만나지 못한다면 살아도 죽는 것만 못하다. 이 봉우리가 위 험하기는 하지만, 목숨 걸고 올라가보리라. 발을 헛디뎌 죽는다고 해 도, 그것이 용이에 대한 내 마음이니……'

이렇게 결심하고 나니 답답하던 마음이 한결 가벼워졌다.

그날 저녁, 곽정은 저녁 식사를 든든히 먹었다. 일단 남은 일들을 처 리해놓고 허리에 비수를 찬 뒤 긴 밧줄을 짊어지고 파오를 나섰다. 아 직 해가 지지 않아 어스름한 저녁이었다. 파오를 나서고 보니 세 장로 가 밖에서 곽정을 기다리고 있었다.

"저희가 모시고 오르겠습니다."

곽정은 뜻밖의 말에 깜짝 놀랐다.

"저와 함께 가신다고요?"

"그렇습니다. 황 방주님과 만나기 위해 봉우리 꼭대기에 오르시려는 것 아닙니까?"

노유각의 대답에 곽정은 아무래도 이상한 생각이 들었다.

'용이가 나를 속이려는 것이 아니란 말인가?'

놀라우면서도 기쁜 마음으로 곽정은 세 장로와 함께 독목봉 아래로 갔다. 봉우리 아래에는 수십 명의 친위병이 역시 수십 마리의 양을 몰고 와 기다리고 있었다.

"잡아라!"

노 장로의 외침에 한 친위병이 칼을 들어 양의 뒷다리를 썩둑 잘랐다. 그리고 피가 식기 전에 봉우리에 갔다 누르자 순식간에 피가 얼어붙으며 양 다리가 봉우리 벽에 단단히 붙었다.

곽정은 뭐 하는 짓인지 알 수 없어 보고만 있었다. 또 다른 위병이 양 다리를 하나 더 잘라 마찬가지로 봉우리 벽에 붙였다. 이번에는 앞서 붙인 곳보다 4척 정도 높은 곳에 붙여놓았다. 곽정은 그제야 얼굴이 환하게 펴졌다. 그들은 양 다리로 계단을 만드는 것이었다.

노유각이 뛰어올라 두 번째 붙인 양 다리에 섰다. 간 장로는 양 다리를 하나 잘라 위로 던져주었고, 노유각은 이를 받아 또 봉우리에 붙였다. 얼마 지나지 않아 양 다리 계단이 10여 장 높이까지 올라갔다. 이제는 아래에서 다리를 잘라 던져주면 미처 닿기도 전에 얼어붙어버렸다.

곽정과 세 장로는 밧줄을 아래로 늘어뜨려 살아 있는 양을 끌어 올리고 그 자리에서 다리를 잘라 붙였다. 계단 중턱까지 오르자 불어오는 바람이 지상보다 훨씬 매서웠다. 다행히 네 사람 모두 무공의 고수였기 때문에 몸이 조금 흔들리기만 할 뿐, 양 다리 계단 위에 잘 버티고 서 있었다. 그래도 혹시 미끄러져 떨어질까 봐 네 사람은 밧줄로 허리를 묶어 서로의 몸을 이었다. 그들은 깊은 밤이 되어서야 꼭대기에 닿을 수 있었다. 세 장로는 기진맥진했고, 곽정도 땀으로 온몸이 푹 젖었다. 노유각은 숨을 헐떡거리며 웃었다.

"이제 저를 용서하시겠습니까?"

"어떻게 세 분께 보답해야 좋을지 모르겠습니다."

고마우면서도 송구스러운 마음에 곽정은 몸 둘 바를 몰랐다.

"이는 방주님의 명령이니 아무리 어려운 일이라도 따라야지요. 이렇게 엉뚱한 괴짜 방주님을 모시게 될 줄 누가 알았답니까?"

노유각의 말에 세 장로가 모두 웃음을 터뜨리며 천천히 다시 내려가기 시작했다. 곽정은 세 장로가 한 걸음 한 걸음 조심스레 내려가는 모습을 한참 동안 바라보다가 몸을 돌렸다. 봉우리 위의 경치는 아름답기 그지없었다. 만년설이 얼어 유리 세상을 만들어놓은 듯했다. 고목이나 꽃과 같은 모양의 얼음이 있는가 하면, 괴상한 동물이나 새 모양을 한 얼음도 있었다. 또 바위나 나뭇가지 모양도 있었다.

곽정은 볼수록 신기해 연신 감탄사를 내뱉었다. 곧 황용이 계단을 타고 올라올 것을 생각하니 갑자기 피가 끓어오르는 듯 얼굴이 붉어졌다. 그가 그렇게 넋이 빠져 있는 사이, 갑자기 등 뒤에서 깔깔대며 웃는 소리가 들렸다. 웃음소리를 들은 곽정은 일순 번개를 맞은 듯 몸이 굳었다. 얼른 몸을 돌려보니 달빛 아래 한 소녀가 웃는 듯 마는 듯한 표정으로 그를 바라보고 있었다. 바로 그렇게도 그리던 황용이었다.

곽정은 황용을 다시 만날 수 있다고 굳게 믿었지만, 정작 이렇게 만나고 보니 놀라움 반, 기쁨 반으로 꿈을 꾸고 있는 것만 같았다. 두 사람은 잠시 서로를 바라보다가 서로를 향해 뛰기 시작했다. 봉우리 꼭대기는 온통 얼음이라 굉장히 미끄러웠지만 두 사람은 전혀 신경 쓰지 않았다. 결국 두 사람은 동시에 미끄러져 바닥에 쓰러졌다.

곽정은 그 와중에도 황용이 다칠까 봐 그녀가 떨어지기도 전에 공력을 써서 받아 안았다. 오랫동안 떨어져 지내며 서로를 미칠 듯이 그리워한 두 사람이었다. 끝내 다시 만나 서로 껴안은 두 사람은 한동안 좀처럼 떨어질 생각을 하지 못했다. 한참이 지나, 황용이 가볍게 곽정의 품에서 나와 돌 의자처럼 평평한 얼음 위에 앉았다.

"그렇게 저를 보고 싶어 하지 않았다면 만나지 않았을 거예요."

곽정은 그녀를 멀거니 바라만 볼 뿐, 아무 말도 할 수 없었다. 한참이 지나서야 곽정이 겨우 입을 뗐다.

"용아!"

황용이 그냥 "네" 하고 대답하자 곽정은 기쁨으로 가슴이 벅차 다시 한번 이름을 불러보았다.

"용아!"

황용이 미소를 지었다.

"그렇게 부르고도 부족하세요? 요 며칠 오빠 곁에는 없었지만 저를 수천 번도 더 부르지 않으셨어요?"

"그걸 어떻게 알아?"

"오빠는 저를 못 봤어도 저는 오빠를 자주 봤거든요."

"계속 우리 군영에 있었으면서 왜 나를 안 만나준 거야?"

"어떻게 그런 걸 물을 수 있어요? 나에게 별일 없는 것을 알면 오빠는 화쟁 공주와 결혼할 거잖아요? 그러면 차라리 내가 어떤지 모르는 게 낫지 않겠어요? 내가 바보인 줄 알아요?"

곽정은 황용이 화쟁 이야기를 하자 기쁜 마음이 사그라지고 조금씩 우울해지기 시작했다. 황용은 주위를 둘러보더니 곽정을 끌었다.

"수정궁이 정말 아름답죠? 우리, 안에 들어가서 이야기해요."

곽정이 고개를 들어 황용의 시선을 따라가자 큰 얼음 덩어리 중간에 동굴이 하나 뚫려 있는 것이 보였다. 달빛 아래 영롱하게 빛나는 모습이 정말 큰 수정으로 깎은 궁전 같았다. 두 사람은 손을 잡고 나란히 동굴로 걸어 들어가 서로의 몸을 기대고 앉았다.

"도화도에서 오빠가 제게 어떻게 했는지 생각해보세요. 제가 오빠를 용서해야 할까요?"

황용의 말에 곽정은 몸을 벌떡 일으켰다.

"용아, 내가 백번이라도 절을 올리고 용서를 빌게."

곽정의 표정은 진지했다. 그는 정말 무릎을 꿇더니 정중히 고개를 숙여 절을 올렸다. 황용은 가만히 미소 지으며 손을 내밀어 그를 일으켰다.

"됐어요. 만일 오빠를 용서하지 않았다면 오빠가 노유각의 머리를 백 번 벤다고 해도 여기까지 올라오지 않았을 거예요."

그제야 곽정의 얼굴이 환하게 밝아졌다.

"용아, 고마워."

"그럴 것 뭐 있어요? 그때는 오빠가 사부님들의 복수를 하겠다는 일념으로 나 같은 것은 안중에도 없었으니 화가 날 수밖에요. 나중에 오

빠가 나를 위해 구양봉을 세 번 살려주겠다고 약속하는 것을 보고는
그래도 내 생각을 하나 보다 여겼죠."

곽정은 고개를 저었다.

"그럼 이제야 내 마음을 알았단 말이야?"

황용이 입을 삐죽 내밀며 웃었다.

"내가 뭘 입었나 보세요."

황용의 얼굴을 바라보느라 여념이 없던 곽정은 그제야 그녀의 옷을
살펴보았다. 그녀는 검은 담비 가죽옷을 입고 있었다. 바로 두 사람이
장가구에서 처음 만났을 때 곽정이 준 옷이었다. 곽정은 황용의 손을
덥석 잡았다. 두 사람은 잠시 서로에게 기댄 채 앉아 있었다.

"용아, 철창묘에서 구양봉에게 붙잡혀갔다고 대사부님께서 그러시
던데 어떻게 그자 손에서 빠져나온 거야?"

"육 사형의 귀운장이 아깝게 됐죠, 뭐. 노독물이 그날 저에게 〈구음
진경〉을 설명해달라고 조르기에, 제가 설명해주는 것은 어렵지 않지
만 조용하고 깨끗한 곳으로 가야 한다고 조건을 달았어요. 노독물은
그러면 조용한 곳에 있는 사원으로 가자고 하더군요. 사원은 중들이
싫고 음식도 별로여서 좋아하지 않는다고 했더니, 그러면 어쩌자는 거
냐고 짜증을 내더라고요. 그래서 얼른 태호 옆에 귀운장이라는 곳이
있는데, 풍경도 아름답고 음식도 그만이지만 그 주인이 제 친구라 아
저씨가 믿을 수 있을지 모르겠다고 슬쩍 떠봤죠."

"그래, 당연히 가지 않으려고 했겠지."

"웬걸요! 그렇게 잘난 체하는 자가 어디 다른 사람이 눈에 들어오기
나 하겠어요? 내가 그렇게 말하니까 오히려 자꾸 가겠다는 거예요. 그

곳에 친구가 얼마나 있는지는 모르겠지만, 노독물이 다 상대해주겠다고 하더군요. 귀운장에 도착해보니 육 사형 부자는 마침 집을 비우고 없었어요. 강북 보응의 정 낭자 집에 인사를 갔다더군요. 귀운장이 우리 아버지의 오행팔괘술에 따라 지어진 것은 오빠도 알고 있죠? 노독물은 귀운장에 들어서자마자 뭔가 심상치 않다는 것을 눈치챈 것 같더군요. 그러더니 저를 끌고 나가려고 했어요. 그래서 저는 이리저리 도망을 다니다가 감쪽같이 숨어버렸죠. 그자는 저를 찾다 찾다 결국은 못 찾고는 불같이 화를 내더니 귀운장에 불을 질러버렸어요."

곽정이 고개를 끄덕이며 끼어들었다.

"나도 너를 찾으러 귀운장에 가봤거든. 그런데 온통 부서진 기와며 돌덩이뿐이었어. 그게 노독물이 저지른 짓일 줄이야……."

"저도 그자가 불을 지를지도 모른다는 생각이 들어 미리 사람들을 대피시켰죠. 노독물은 정말 독한 자예요. 도화도로 가는 길목에서 저를 기다리고 있는 통에 몇 차례나 그자와 마주칠 뻔했는걸요. 나중에는 아예 생각을 바꿔 몽고 쪽으로 오는데도 그자가 따라오는 거예요. 오빠, 오빠가 어리숙하기에 망정이지 오빠도 노독물처럼 똑똑해서 앞뒤에서 저를 둘러쌌다면 저는 숨을 곳도 찾지 못하고 잡혔을 거예요."

곽정은 빙그레 미소를 지었다.

"그래도 결국은 오빠가 똑똑했어요. 노유각을 위협할 생각을 다 하고……."

"네가 가르쳐준 거야."

"제가 가르쳐줬다고요?"

"꿈에서 네가 가르쳐줬어."

곽정은 꿈에서 본 것을 황용에게 자세히 말해주었다. 황용은 이번에는 웃지도 않고 크게 감동을 받은 눈치였다.

"옛사람들의 말이 정말 옳아요. 지성이면 감천이라더니, 그렇게 저를 그리워하는 줄 알았다면 진작 만나는 건데요…….."

"용아, 앞으로 영원히 내 곁을 떠나지 마. 알았지?"

황용은 봉우리를 휘감은 운해를 하염없이 바라보았다.

"오빠, 나 추워요."

곽정은 얼른 옷을 벗어 황용에게 입혀주었다.

"우리, 내려가자."

"그래요. 내일 저녁에 우리 다시 이곳에 와요. 제가 〈구음진경〉을 상세하게 설명해줄게요."

갑자기 무슨 소리인지 곽정은 영문을 알 수가 없었다.

"뭐라고?"

황용이 잡고 있던 곽정의 왼손을 꽉 움켜쥐었다.

"우리 아버지가 〈구음진경〉의 마지막 부분에 있던 이상한 말들을 해석했어요. 내일 저녁에 들려드릴게요."

'그 부분은 일등대사께서 해석하셨는데, 왜 아버지가 했다는 거지?'

곽정은 고개를 갸웃거리며 황용에게 다시 물어보려는데, 황용이 또 손에 힘을 주었다. 곽정은 속으로 뭔가 이유가 있을 것이라 짐작하고 일단 알았다고 대답하고 함께 봉우리를 내려왔다. 파오로 돌아오는 길에 황용이 곽정의 귀에 대고 속삭였다.

"구양봉도 독목봉에 왔었어요. 우리가 이야기할 때 뒤에 숨어서 훔쳐 듣고 있었어요."

곽정은 깜짝 놀랐다.

"아, 나는 전혀 몰랐는걸?"

"얼음 바위 뒤에 숨어 있었어요. 노독물, 그 교활한 자가 이번에는 얼음이 투명하다는 사실을 잊어버린 거죠. 저도 달빛이 비칠 때에야 희미한 사람 그림자를 보고 알아챘어요."

"〈구음진경〉 이야기를 꺼낸 게 노독물 들으라고 한 거였구나."

"네, 그를 속여 봉우리 꼭대기로 유인하고 우리가 양 다리를 치우는 거예요. 평생 그 꼭대기에서 무공이나 닦으며 신선으로 살라죠."

곽정은 크게 즐거워하며 박장대소했다.

다음 날, 테무친은 또다시 성을 공격하다 1천여 명의 정예병을 잃었다. 성을 지키던 적군은 몽고군을 비웃으며 욕을 퍼부었다. 이에 불같이 분노를 토하던 테무친은 문득 얼어 죽은 몽고의 말과 시체들을 보며 가슴이 서늘해지는 것을 느꼈다.

이날 밤, 곽정과 황용은 개방의 세 장로와 함께 만반의 준비를 갖추고 구양봉이 올라가기만 하면 계단을 없애려고 기다리고 있었다. 그러나 구양봉은 워낙 교활한지라 혹시 그런 계략이 있을까 봐 멀리서 동정만 살피며 곽정과 황용이 올라갈 때까지 나타나지 않았다.

황용은 깊이 생각에 잠겼다가 또 다른 방도를 생각해냈다. 그리고 긴 밧줄을 준비해 석유에 잘 적셔놓으라고 지시했다. 호라즘은 여기저기 석유가 많이 매장되어 있는 곳이었다. 천여 년 전, 호라즘 사람들은 물을 얻기 위해 우물을 파다가 석유를 얻기도 했다. 그리고 이것이 불에 잘 탄다는 것을 알고는 밥을 짓는 데 연료로 쓰기 시작했다. 몽고군 역시 호라즘 사람들에게 석유를 빼앗아 연료로 쓰고 있었다.

곽정과 황용은 석유를 적신 밧줄을 지고 봉우리로 올라가 밧줄을 바위 뒤에 숨겼다. 그리고 수정궁에 앉아 이야기를 나누었다. 얼마 후, 구양봉의 그림자가 얼음 뒤로 어른어른 비쳤다. 그의 경공술은 이미 최고 경지에 올라 있었다. 그래서인지 봉우리의 얼음을 밟으면서도 전혀 소리를 내지 않았다.

황용은 갑자기 경문 몇 구절을 이야기하며 서로 토론하는 척했다. 토론은 거짓이었으나 이야기하는 경문의 뜻은 모두가 진짜였다. 구양봉이 들어보니 구절구절마다 이치가 무궁무진한지라, 그간의 고생도 씻은 듯 사라지는 것 같았다. 만일 저 계집을 계속 윽박질렀다면 할 수 없이 이야기해줄 수도 있겠지만, 이렇게 상세한 설명을 듣지는 못했을 것이다. 몰래 듣고 있자니 형언할 수 없는 뿌듯한 기분이 들었다.

황용은 천천히 설명을 하고, 곽정은 거짓으로 이것저것 질문을 던졌다. 구양봉은 슬슬 마음이 급해졌다.

'이런 간단한 이치도 모르고 질문을 하다니……, 정말 멍청하기 짝이 없는 놈이로군.'

갑자기 봉우리 아래에서 급한 호각 소리가 울렸다. 소리가 울리자마자 곽정이 벌떡 일어섰다.

"대칸이 장수들을 부르는 소리야. 내려가야겠어."

사실, 호각 소리는 그가 미리 지시를 해둔 것이었다.

"그럼 내일 다시 와서 이야기하죠."

"이곳은 오르내리는 데 너무 힘들잖아. 그냥 막사에서 이야기하면 안 될까?"

"안 돼요. 구양봉 그 늙은이가 저를 찾아다니잖아요. 그자가 얼마나 교활한지 도대체 숨을 곳이 없다니까요. 하지만 그자가 아무리 교활해도 우리가 이 봉우리 꼭대기까지 올라오는 줄은 절대 모를 거예요."

"그러면 여기서 기다리고 있어. 반 시진 안에 꼭 돌아올게."

황용이 고개를 끄덕이자, 곽정은 그대로 봉우리를 내려왔다. 황용만 혼자 남겨두고 오자니 마음이 영 불안했지만, 구양봉이 〈구음진경〉의 내용을 훔쳐 듣기 위해 황용을 해치지는 않을 것이라는 생각이 들었다. 잠시 후, 황용이 자리에서 일어나 혼잣말을 했다.

"오빠는 왜 이렇게 안 온다지? 이 봉우리에 귀신이 있지는 않을까? 갑자기 죽은 양강과 구양극 생각이 나니까 정말 무섭네. 잠깐 내려갔다가 오빠랑 같이 올라와야겠다."

구양봉은 그녀에게 들킬까 봐 얼음 뒤에 잔뜩 웅크린 채 꼼짝도 하지 않았다. 그사이 황용은 봉우리 아래로 내려갔다.

곽정과 세 장로는 봉우리 아래에서 기다리고 있다가 황용이 내려오는 것을 보고 즉시 밧줄에 불을 당겼다. 곽정이 내려올 때 석유에 적신 밧줄을 얼어붙은 양의 다리에 하나하나 묶어둔 것이다. 밧줄이 위로 타오르며 양 다리가 뜨겁게 익자, 봉우리에 얼어붙어 있던 피도 녹아 양 다리가 하나씩 떨어져 내리기 시작했다. 어둠 속에서 불타는 밧줄이 얼음 빛을 받으며 뱀처럼 위로 기어오르는 듯한 광경은 참으로 장관이었다. 황용은 손뼉을 치며 기뻐했다.

"오빠, 이번에도 용서해줄 건가요?"

"이번이 세 번째야. 약속을 어길 수는 없잖아."

"우리, 약속을 어기지 않으면서 저 영감을 죽여 사부님들의 원수를 갚을 방법을 생각해봐요."

곽정은 얼굴이 활짝 펴졌다.

"용아, 너는 정말 꾀주머니인가 봐. 그런 방법이 있어?"

황용은 빙긋 미소를 지었다.

"조금도 어려울 것 없어요. 노독물이 꼭대기에서 열흘 밤낮을 보내게 내버려두는 거예요. 아무것도 못 먹고 있다 보면 춥기도 하고 배도 고파 정신이 없을걸요. 그런 다음 양 다리를 붙여 계단을 만들어 구해주는 거죠. 그러면 세 번째로 그를 살려주는 것이 돼요. 그렇죠?"

"그렇지."

"그럼 이미 그렇게 세 번을 살려주었으니까 더 이상 봐주지 않아도 되는 거잖아요? 그자의 발이 땅에 닿자마자 혼을 내주는 거예요. 세 장로님도 힘을 보탠다면 우리 다섯 명이 죽다 살아난 기운 없는 영감 하나를 못 당하겠어요?"

"당연히 우리가 이길 수 있지. 하지만 그건 떳떳하지 못한 것 같아."

"쳇, 저런 악독하고 교활한 자한테 무슨 무학의 떳떳함이 필요해요? 다섯 사부님을 죽일 때 저자가 그런 것에 신경이나 썼을까요?"

사부님의 피 맺힌 원한을 생각하니 곽정도 피가 거꾸로 솟는 듯했다. 구양봉의 무공과 재주를 볼 때 지금 놓아준다면 앞으로는 복수할 기회가 오지 않을 수도 있다는 생각이 들어 이를 꽉 깨물었다.

"그래, 그렇게 하자."

둘은 파오로 돌아와 마음 놓고 〈구음진경〉 중의 무공에 대해 이야기를 나누었다. 그리고 서로 1년간 무공이 크게 늘었음을 확인하고 즐거워했다.

"간적 완안홍열이 성안에 멀쩡히 살아 있는 것을 두 눈 뜨고 바라보고만 있자니 어쩔 줄 모르겠어. 성을 깨뜨릴 방법이 없을까?"

"요 며칠간 저도 계속 생각했어요. 계책을 열 개도 넘게 짜봤고요. 하지만 정말 쓸 만한 것은 없더군요."

"개방 사람들 중에도 경신술이 훌륭한 사람들이 있을 테지. 그들과 함께 용이와 내가 합세해서 성을 타고 올라가보면 어떨까?"

황용은 고개를 저었다.

"이 성벽은 1장마다 10여 명의 강궁수強弓手가 지키고 있어요. 또 성벽을 타기가 어려운 것은 둘째 치고, 우리 몇 사람이 성으로 들어간다고 해도 10만이 넘는 병사가 우리를 가로막을 텐데 어떻게 성문을 부술 수 있겠어요?"

둘은 이야기로 긴 밤을 지새우며 한숨도 자지 못했다.

다음 날 아침, 테무친이 또다시 성을 공격하라고 명령을 내렸다. 1만의 몽고군이 투석기를 앞세워 공격을 개시했다. 공격이 시작되자 돌이 빗발치듯 성안으로 날아들었다. 그러나 방어군은 여기저기 보루에 몸을 숨겨 공격을 피했다. 결국 투석기를 이용한 공격은 민가만 파괴했을 뿐, 적군에게 입힌 피해는 미미했다. 3일 동안 몽고군은 온갖 방법으로 공격하고도 아무런 성과를 거두지 못했다. 나흘째 되던 날, 또 눈이 내리기 시작했다. 곽정은 문득 고개를 들어 독목봉을 바라보았다.

"열흘을 기다릴 것도 없이 구양봉은 얼어 죽겠구나."

"내공이 대단하니까 열흘은 버틸 수 있을 거예요."

황용의 말이 떨어지자마자 봉우리를 바라보던 두 사람은 깜짝 놀라 외마디 비명을 질렀다. 봉우리에서 뭔가가 떨어지는데, 아무래도 구양봉 같았다.

"노독물이 견디다 못해 죽기로 작정했구나!"

황용은 손뼉을 치며 즐거워하다 조금씩 표정이 바뀌었다.

"응? 이상하네? 어떻게 저럴 수가……."

지켜보고 있자니 구양봉의 몸이 수직으로 떨어져 내리는 것이 아니라 공중에서 천천히 흔들리며 연처럼 내려오고 있었다. 곽정과 황용은 어찌 된 영문인지 알 수가 없었다. 저 높은 봉우리에서 떨어진다면 곧장 떨어져 가루가 되어야 하는데, 어찌 저자는 저렇게 천천히 내려온단 말인가? 설마 노독물이 무슨 요괴의 마법이라도 쓸 줄 안단 말인가? 잠깐 사이, 구양봉은 조금 더 내려와 있었다. 그제야 두 사람은 구양봉의 모습을 똑똑히 확인할 수 있었다. 구양봉은 옷을 홀딱 벗고 머리 위로 큰 공 같은 것을 두 개 달고 있었다. 황용은 어찌 된 일인지 깨닫고는 한탄을 내뱉었다.

"아깝다!"

꼼짝없이 독목봉 꼭대기에 간힌 구양봉은 제아무리 무공이 높다고 해도 우뚝 선 고봉에서 그냥 내려갈 수는 없었다. 그렇게 며칠을 쫄쫄 굶으며 지내다 보니 한 가지 꾀가 생겼다. 그는 일단 바지를 벗어 양쪽 발목 부분을 단단히 묶어 매듭을 만들었다. 그리고 바지로는 부족할까 봐 저고리도 벗어 바지에 묶었다. 그리고 두 손으로 바지의 허리춤을 잡고는 이를 악물고 훌쩍 뛰어내린 것이다. 대단한 모험이기는 했지만 죽을 고비에서 목숨을 부지하자면 이 외에는 다른 방법이 없었다. 바지 안으로 공기가 부풀어오르면서 떨어지는 속도를 크게 줄여 준 것이다. 옷을 입지 않은 채 떨어지는 탓에 온몸은 거의 얼어붙을 지경이었다. 그래도 그는 뛰어난 내공을 운행시켜 가까스로 버티며 추위와 싸우고 있었다.

황용은 화가 나면서도 재미있었다. 무슨 방법을 써야겠는데 문득 떠오르는 게 없었다. 성 안팎의 병사들도 이 광경을 바라보고 있었다. 수십만 병사가 일제히 고개를 쳐들고 하늘을 나는 사람을 올려다보고 있었다. 어떤 병사들은 신선이 내려왔다며 땅에 무릎을 꿇고 절을 올리기도 했다.

곽정은 구양봉이 떨어지는 방향을 가늠하며 틀림없이 성안으로 떨어질 것이라고 예상했다. 그가 수십 장 정도까지 다가올 때를 기다렸다가 한 병사가 가지고 있던 철태궁鐵胎弓을 건네받아 화살을 몇 발 연달아 날렸다. 구양봉을 향해 활을 쏘되, 그가 공중에 있어 자유롭게 피하지 못할 것을 감안해 허벅지 등 생명과는 관계없는 부위를 조준했다. 세 번 살려주기로 한 약속을 지키려는 생각이었다. 구양봉은 공중에 있어 사방을 잘 볼 수 있었다. 그는 화살이 날아오는 것을 보고 허리를 숙이고 몸을 구부리며 두 발을 휘둘러 곽정이 쏜 화살을 내쳤다.

양쪽 군이 시끌벅적한 가운데 이미 곽정의 보고를 받은 테무친은 병사에게 화살을 쏘라고 명령했다. 순식간에 수만 개의 활시위가 당겨지고 화살이 메뚜기 떼처럼 하늘을 뒤덮으며 구양봉을 향해 날아갔다.

구양봉의 팔다리가 수만 개 있다고 해도 다 막을 도리가 없을 터였다. 게다가 그는 벌거벗고 있는 처지여서 어떻게 해볼 도리가 없었다. 이대로 가다가는 고슴도치처럼 온몸에 화살이 박힐 참이었다. 상황이 위급해지자 구양봉은 갑자기 손을 놓고 거꾸로 곤두박질쳤다. 수십만 병사가 일제히 환호성을 질렀다. 하늘이 놀라고 땅이 울릴 기세였다.

그러나 구양봉은 허공에서 허리를 꺾더니 성에 꽂힌 커다란 깃발쪽으로 떨어졌다. 마침 북서풍이 불어 깃발이 서쪽에서 동쪽으로 힘차게 펄럭이고 있었다. 구양봉은 왼손을 뻗어 깃발의 모서리를 움켜쥐었다. 그러자 팽팽하던 깃발은 작은 힘에도 소리를 내며 둘로 찢겼다. 구양봉은 물구나무를 서며 두 발로 깃대를 감고 주르륵 미끄러져 내려와 성벽 뒤로 사라졌다.

양쪽 병사들 모두 이런 기이한 광경은 처음이라 놀라지 않는 사람이 없었다. 갑자기 서로 싸우던 것도 잊은 듯 자기가 본 것에 대해 이야기하느라 야단법석이었다.

'이번에는 용서해주었다고 할 수 없으니, 다음번에 또 용서를 해주어야 하나? 틀림없이 용이가 싫어할 텐데……'

곽정이 이런 생각을 하며 고개를 돌려보니, 눈앞에는 어느새 황용이 미소를 띤 채 그를 바라보고 있었다.

"용아, 뭐가 그렇게 즐거워?"

황용은 손뼉을 마주치며 계속 웃고 있었다.

"오빠에게 큰 선물 하나 드릴까요?"

"무슨 선물?"

"사마르칸트성!"

곽정은 황용이 무슨 이야기를 하는지 어안이 벙벙할 뿐이었다.

"노독물이 성을 깨뜨릴 방법을 가르쳐주었어요. 가서 군사들을 준비시키세요. 오늘 밤 공격하면 성공할 수 있어요."

황용이 곽정의 귀에 대고 몇 마디 소곤거리자 곽정은 손뼉을 치며 뛸 듯이 기뻐했다.

한 가지 소원

이날 미시未時, 곽정은 밀령을 내려 부하들에게 군막을 찢어 우산을 만들고 아랫부분은 가죽으로 단단하게 묶도록 했다. 한 시진 반 만에 우산 1만 개가 만들어졌다. 장수와 병사들 모두 불안한 마음이었다. 이렇게 군막을 찢었으니 이 엄동설한에 어찌 버틸 것인지 걱정이 이만저만이 아니었다. 그러나 지휘관의 명령이라 그대로 따를 수밖에 없었다.

곽정은 군영에서 식용으로 키우는 소와 양을 끌고 설봉 아래에서 기다리라고 지시했다. 그리고 만인대에 명령해 북문 밖에 천복, 지재, 풍양, 운수 네 가지 진을 치고 대기하도록 했다. 또 다른 만인대에는 북문의 양쪽 측면으로 용비, 호익, 조상, 사반 네 가지 진을 치고 있다가 적군을 천지풍운天地風雲 네 가지 진으로 몰아넣으라고 명령을 내렸다. 그리고 세 번째 만인대에는 가벼운 옷차림으로 대기하도록 했다.

그날 밤, 군사들을 든든히 먹이고 만인대 두 조를 북쪽으로 보냈다. 그리고 해시亥時가 다 되어갈 때 친병을 대칸에게 보내 적의 성을 곧

깰 수 있을 것으로 보이니 군사를 움직여 성을 포위해달라는 보고를 올렸다. 테무친은 보고를 접하고 반신반의하며 곽정에게 직접 파오로 와 설명하라고 했다. 그러나 한 병사가 이렇게 보고했다.

"금도부마는 이미 군사를 이끌고 공격에 나섰으니, 대칸께서 그냥 요청을 받아주시면 되겠습니다."

곽정이 진중陣中에서 호각을 불자 1천여 명의 군사가 소와 말을 죽여 그 고깃덩어리를 봉우리에 붙였다. 개방에는 움직임이 날랜 사람이 상당히 많아 이들이 번갈아가며 고기를 주고받자 순식간에 수십 개의 계단이 만들어졌다.

곽정이 명령을 내리고는 앞장서서 계단을 타고 올라갔다. 1만 명의 군사가 긴 밧줄로 허리를 서로 묶고 천천히 기어 올라갔다. 군령이 엄격해서 병사들은 숨소리도 제대로 내지 못했다. 어둠 속에 드러난 그들의 모습은 마치 수십 마리의 거대한 용이 꿈틀꿈틀 올라가는 것 같은 형상이었다.

이 봉우리 꼭대기는 그다지 넓지 않아 1만 명이 서 있기에는 비좁았다. 나중에 올라온 사람들은 거의 발을 붙일 수도 없었다. 곽정은 병사들에게 허리에 우산을 묶고 무장을 한 채 성으로 들어가 남문을 공격하라고 명령을 내렸다.

말을 마친 곽정은 손뼉을 한 번 치더니 그대로 뛰어내렸다. 수백 명의 개방 사람들이 그 뒤를 따라 뛰어내렸다. 이런 높은 곳에서 떨어진다는 것은 굉장히 위험한 일이었다. 그러나 몽고 병사는 원래 용맹하기로 이름이 높았다. 게다가 구양봉이 봉우리에서 내려오는 모습도 이미 보았던 터라 각자 만든 우산을 쓴다면 바지로 임시변통한 것보다

곽정과 1만 명의 병사는 목숨을 걸고 산꼭대기에서 성안으로 뛰어내렸다.

훨씬 안전할 것이라는 자신이 있었다. 그리고 이미 자기들의 지휘관도 몸소 뛰어내렸기에 병사들은 용기를 내어 하나씩 앞으로 나섰다. 순식간에 밤하늘은 온갖 꽃이 피어난 듯 우산이 하나씩 펼쳐졌다. 황용은 봉우리 꼭대기의 얼음 바위에 앉아 그 모습을 바라보며 마음이 흐뭇했다.

'테무친이 성을 깨든 말든 나와는 관계없는 일이지. 하지만 오빠가 내 말을 들어준다면 큰일 하나는 마무리한 셈이지.'

곽정은 땅에 발이 닿자 즉시 지고 있던 우산을 잘라 버리고 큰 칼을 휘두르며 적군을 베기 시작했다. 성안에 있던 적들 중 몇몇은 정신을 차리고 있었으나, 그래도 순식간에 수천수만의 적군이 하늘에서 내려오니 너무 당황해 맞서 싸울 의지조차 잃고 말았다.

곽정 뒤를 이어 내려선 이들은 개방 사람들이었다. 그들은 모두 무예가 뛰어난 사람들로, 잠시 맞서 싸우니 곧 성문까지 다가갈 수 있었다. 그리고 몽고군이 잇따라 땅에 내려섰다. 수백 명의 병사가 우산이 부서져 목숨을 잃기는 했지만 열에 아홉은 무사히 도착했다. 그중 절반가량은 성안 다른 곳에 떨어지는 바람에 호라즘군에 둘러싸여 잡히거나 죽기도 했다.

곽정은 반은 적을 막고, 반은 성문을 열라고 명령했다. 테무친은 곽정의 군대가 하늘을 날아 성에 들어가자 놀라우면서도 기쁨으로 얼굴이 환해졌다. 그가 삼군을 모두 몰아 성을 향해 달려가는데, 남문이 활짝 열려 있는 것이 보였다. 수백 명의 몽고군이 창을 들어 이 문을 지켰다. 뒤이어 천인대 몇 조가 밀려 들어왔다. 이렇게 안팎에서 호응하며 적들을 수도 없이 베어 쓰러뜨렸다.

10만여 명의 호라즘군은 놀라 우왕좌왕하며 적이 도대체 어디서 오는지조차 모른 채 허둥거렸다. 몽고군은 적을 베고 석유를 뿌려 불을 질렀다. 불길이 하늘까지 치솟는 가운데 성안은 아수라장이 되었고, 호라즘 군사들은 혼란에 빠져버렸다.

날이 밝기도 전에 호라즘군은 완전히 무너졌다. 호라즘 국왕 무함마드는 북문에 적군이 없다는 보고를 받고 북쪽으로 내달렸다. 그러나 곽정이 미리 준비시킨 만인대가 양쪽에서 기다리고 있었으니, 그들의 맹렬한 공격으로 호라즘군은 또 수가 크게 줄어들었다. 무함마드는 전의를 완전히 상실하고 말았다. 그는 완안홍열에게 뒤를 부탁하고 자신은 친위병의 호위를 받으며 달아나고 말았다.

곽정은 완안홍열을 잡겠다는 일념으로 혼란 속에서도 그의 금 투구를 찾아내고 추격하기 시작했다. 호라즘군은 비록 지기는 했지만 워낙 대군인 데다 궁지에 몰리자 모두가 죽을 각오로 대항하고 있었다. 적은 군사로는 이들을 막아낼 수가 없었다. 잠시 후 척후병이 다가와 적군이 포위를 뚫을 것 같다고 보고해왔다. 곽정은 병법에 적힌 글귀가 떠올랐다.

'유인하는 미끼를 덥석 물지 말 것이며, 귀향하는 군사를 막지 말라. 포위된 군사는 도망갈 길을 터주고, 궁지에 몰린 적을 압박하지 말라.'

그는 즉시 진을 바꾸라는 명령을 내렸다. 영기가 펄럭이며 천지풍운 네 진이 길을 터주자 수만 호라즘군이 질풍처럼 이 사이를 지나갔다. 다시 영기가 오르고 포성이 울리니 네 진은 또다시 합쳐졌다. 이제 뒤에 남은 적군은 1만여 명에 불과했다. 모두 정예병이기는 했지만, 패잔병이고 보니 투지가 있을 리 만무했다. 이들은 모두 곽정의 부대에 사로잡혔다. 곽정은 이 포로들을 하나하나 확인했지만 완안홍열은 보이지 않았다. 전투에서는 이겼으나 곽정은 조금도 기쁘지 않았다.

날이 밝자 성에 남은 패잔병을 모조리 베어버리고 테무친은 왕궁으로 장군들을 소집했다. 곽정은 군사들을 점검하며 다치거나 전사한 병사들을 살피던 참이었는데, 대칸의 소집 나팔 소리가 울리자 즉시 달려갔다. 왕궁 앞에 이르자 궁궐 문 옆에 한 무리의 군사가 서 있는 것이 눈에 들어왔다. 황용과 노유각 등 세 장로도 거기에 끼어 있었다. 황용이 손뼉을 치자 두 병사가 큰 자루를 짊어지고 앞으로 나왔다.

"이게 뭔지 아시겠어요?"

황용은 웃는 얼굴로 곽정을 바라보았다.

"성안에 온갖 것이 다 있었을 텐데 이게 뭔지 어떻게 맞힌담?"

"오빠께 드리는 거예요. 틀림없이 좋아할걸요?"

곽정은 갑자기 황용이 자기를 놀리는 것이 아닌가 하는 생각이 들었다. 그래서 일단 고개를 저었다.

"필요 없어."

"정말 필요 없어요? 보고 나서 딴소리하지 마세요."

황용이 자루를 열자, 안에서 사람이 나왔다. 그러나 그 사람은 머리를 산발하고 얼굴이 온통 피범벅이었다. 호라즘 병사의 복장을 하고 있었는데, 얼굴을 자세히 보니 금국 조왕 완안홍열이었다. 곽정은 기쁜 마음에 입이 절로 벌어졌다.

"대단한걸? 어디서 잡았어?"

"패잔병들이 북문으로 나오는데, 한 무리의 병사가 조왕의 깃발을 들고 동쪽으로 도망가는 게 보이더라고요. 완안홍열이 얼마나 교활한

자인데 전투에서 지고 공공연히 조왕의 깃발을 들고 도망을 가겠어요? 틀림없이 다른 속셈이 있을 거라는 생각이 들었어요. 깃발은 동쪽으로 들려 보내고 자기는 서쪽으로 도망가고 있을 것 같더군요. 그래서 노 장로와 함께 서쪽으로 가 매복하고 있다가 이렇게 잡았죠."

곽정은 황용을 향해 깊숙이 허리를 숙였다.

"용아, 네가 부모님의 원수를 갚아주었으니 어떻게 감사를 해야 할지 모르겠다."

황용은 입을 삐죽이며 웃었다.

"그냥 운이 좋았던 것뿐이에요. 오빠가 이렇게 공을 세웠으니 대칸이 큰 상을 내리겠지요. 그것으로 족해요."

"나는 아무것도 바라지 않는걸."

황용은 옆으로 물러나며 낮게 속삭였다.

"잠깐 이리 와보세요."

곽정이 따라가자 황용이 곽정을 똑바로 쳐다보며 물었다.

"정말 바라는 게 아무것도 없어요?"

곽정은 잠시 어리둥절했다.

"내가 바라는 건 용이와 영원히 헤어지지 않는 것뿐이야."

그 말에 황용도 미소를 지었다.

"오늘 오빠가 이렇게 큰 공을 세웠으니 무슨 이야기를 해도 대칸은 절대 화를 내지 않을 거예요."

"음."

대답을 하면서도 곽정은 여전히 무슨 이야기를 하려는 건지 종잡을 수가 없었다.

"예를 들어 오빠가 관작을 달라면 분명히 주실 거예요. 거꾸로 오빠가 아무런 관작도 받지 않겠다고 해도 역시 거절하지 못할 테고요. 중요한 것은 대칸이 먼저 오빠가 무엇을 요구하든 다 들어주겠다고 직접 말하도록 하는 것이죠."

"그렇지!"

곽정이 시원스레 대답하고 더 이상 말이 없는 것을 보며 황용은 고개를 절레절레 흔들었다.

"오빠, 금도부마 자리가 참 좋지요?"

그 말에 곽정은 번쩍 정신이 들었다.

"아, 알았어. 대칸에게 혼사를 물러달라 부탁하라는 거지? 무슨 부탁이든 들어주겠다는 약속을 받아낸 다음에 말이야."

"그야 오빠에게 달렸지요. 혹시 부마 나리가 되고 싶은 건 아닌가요?"

"용아, 화쟁이 나를 진심으로 대해준 것은 사실이야. 하지만 내게 그녀는 친누이와 같아. 애초에 신의 때문에 혼약을 어길 수 없었던 거야. 만일 대칸께서 명령을 거두어주신다면 그게 모두에게 좋은 일이야."

황용은 기쁨으로 가슴이 벅차 미소를 지으며 곽정을 바라보았다. 곽정이 더 말하려는 순간, 왕궁 쪽에서 두 번째 나팔 소리가 울렸다. 곽정은 황용의 손을 움켜잡았다.

"용아, 좋은 소식 기다리고 있어."

곽정은 완안홍열을 끌고 왕궁으로 들어섰다. 테무친은 곽정이 들어오는 것을 보고는 흡족한 마음에 옥좌에서 일어나 친히 그를 맞이했다. 그리고 곽정의 손을 잡고 상석으로 이끌며 좌우에 명을 내려 비단 의자를 가지고 오게 하고 그를 자신의 옆에 앉혔다. 완안홍열을 잡아왔다는 곽정의 보고에 테무친은 더더욱 기쁨이 커졌다. 나가보니 과연 완안홍열이 바닥에 엎드려 있는지라, 테무친은 발을 들어 그의 머리를 밟고 웃음을 터뜨렸다.

"네가 몽고에 와 허세를 떨치면서 오늘 같은 날이 있으리라 생각이나 했겠느냐?"

완안홍열은 이제 남은 것은 죽음뿐이라는 생각에 고개를 꼿꼿이 들었다.

"그때는 금국의 병력이 강성했다. 너희 몽고를 먼저 섬멸해 후환을 없애지 못한 것이 한스러울 뿐이다!"

테무친은 크게 웃으며 친위병에게 완안홍열을 끌고 가 참수하라고 명령했다. 곽정은 아버지의 원수를 드디어 갚았다는 생각에 기쁘면서도 온갖 회한의 눈물이 흘러내렸다.

"내 이 성을 깨뜨리고 완안홍열을 잡아오는 자에게 이 성안의 여자와 보물을 모두 주겠다고 약속했다. 병사들을 불러 네 마음대로 가져가려무나."

테무친의 말에 곽정은 고개를 가로저었다.

"저희 모자, 대칸의 은혜로 입고 먹음에 부족함이 없으니 더 무엇을 바라겠습니까?"

"그래, 그것이 바로 영웅의 모습이로다. 그럼 너는 무엇이 필요하냐? 뭐든 원하는 대로 들어주겠다."

곽정은 자리에서 일어나 허리를 깊숙이 숙이며 입을 열었다.

"한 가지 소원이 있으니 노여워하지 마시기 바랍니다."

"말해보거라."

곽정이 막 혼사에 대해 말하려는 찰나, 멀리서 사람들의 울부짖음과 비명이 들려왔다. 너무나 처절해 소름이 끼칠 정도였다. 왕궁에 있던 제장들이 칼을 뽑으며 우르르 뛰어나왔다. 사마르칸트성의 병사와 주민이 반발하여 일어난 줄 알고 이를 진압하기 위해 나선 것이었다. 테무친은 그 모습을 보고 태연자약하게 미소를 지었다.

"아무것도 아니다. 이 더러운 성, 천명을 모르고 나의 병사와 장수, 그리고 사랑하는 손자의 목숨까지 앗아가지 않았느냐? 이것들을 아주 깨끗이 쓸어버리려는 것이니 모두들 가서 구경이나 하도록 하자."

그는 자리에서 일어나 성큼성큼 걸어 나갔다. 그 뒤를 장수들이 우르르 따랐다. 일행은 왕궁을 나가 말에 올라타고 서쪽 성을 향해 바람처럼 내달렸다. 사람들이 울부짖는 소리는 점점 높아만 갔다. 성문을 벗어나자 수십만 백성이 이리저리 뛰어다니며 비명을 내질렀다. 서로 밀고 구르며 온통 난리법석이었다. 몽고군은 말에 올라탄 채 휘젓고 다니며 긴 칼로 마음껏 이들을 베고 있었다.

몽고군은 성 주민들에게 한 사람도 빠짐없이 모두 성밖으로 나오라고 지시했다. 사람들은 혹시 적이 숨어 있을까 봐 몽고군이 호구를 조사하려는 걸로 생각했다. 그러나 몽고군은 일단 주민들이 가진 무기를 모두 거둔 뒤 기술자와 장인을 골라냈다. 그리고 얼굴이 예쁜 젊은 부녀자들을 끌어내 밧줄로 묶었다. 사람들은 그제야 엄청난 재앙이 닥쳤음을 직감했다. 이에 일부는 저항하다 그 자리에서 목숨을 잃었다.

몽고군의 천인대 10여 명이 고함을 치며 사람들을 향해 돌진했다. 손에 긴 칼을 든 그들은 남녀노소 할 것 없이 함부로 칼을 휘둘러댔다. 학살의 광경은 차마 눈뜨고 볼 수 없을 지경이었다. 백발이 성성한 노인부터 아직 엄마 젖도 떼지 못한 아이까지 몽고군의 칼을 피할 수 있는 사람은 아무도 없었다. 테무친이 장수들을 이끌고 도착했을 때는 이미 10만여 명이 목숨을 잃은 뒤였다. 사방에 살점과 피가 튀어 있고, 몽고 말의 말발굽은 쓰러진 시신을 짓밟으며 또 다른 학살을 자행하고 있었다.

"하하하……!"

테무친이 통쾌하다는 듯 웃음을 터뜨렸다.

"잘하고 있구나, 잘하고 있어. 저들에게 내 힘을 보여주어라!"

곽정은 이 모습을 보고 더 이상 참을 수가 없었다. 그는 말에서 내려 테무친의 말 앞에 엎드렸다.

"대칸, 이들을 용서해주십시오."

"하나도 남김없이 죽여 없애야 한다!"

테무친이 손을 휘저으며 단칼에 거절하니 곽정도 더 이상 입을 뗄 수가 없었다. 그때 일고여덟 살쯤 되어 보이는 여자아이가 인파 속에서 빠져나와 말에 차여 쓰러진 여자 위로 엎어졌다.

"엄마!"

그 모습을 본 몽고 병사가 질풍처럼 달려와 긴 칼을 휘둘러 두 모녀를 네 동강을 내놓고 말았다. 여자아이의 두 팔은 여전히 제 엄마를 꼭 껴안고 있었다. 곽정은 가슴속에 뜨거운 피가 솟구치는 것을 느꼈다.

"대칸, 이 성안의 모든 여자와 보물은 제 것이라고 하셨지요? 그런데 어찌 이들을 다 죽이라 명하셨습니까?"

테무친은 잠시 어리둥절한 듯하더니 다시 미소를 찾았다.

"네가 싫다지 않았느냐."

"어떤 소원이든 들어주신다고 하셨습니다. 그렇지요?"

테무친은 여전히 웃으며 고개를 끄덕였다.

"대칸의 말씀은 태산과도 같으십니다. 소인, 대칸께서 이 수십만 백성의 목숨을 살려주시기를 소원합니다."

테무친의 얼굴에서 미소가 가셨다. 곽정이 이런 일을 부탁하리라고는 전혀 생각지 못한 것이다. 그러나 이미 허락한 일이니 번복할 수는 없었다. 마음속으로 화가 치밀어 올라 두 눈을 부릅뜨고 곽정을 쏘아보았다. 불이라도 뿜어나올 듯 형형한 눈빛이었다. 테무친은 손을 칼자루에 대며 외쳤다.

"네 이놈, 진정으로 하는 말이냐?"

제장들은 대칸의 분노한 모습을 보고는 잔뜩 움츠러들었다. 테무친 양옆으로 늘어선 장수들은 하나같이 경험이 풍부한 백전의 용사들이었다. 세상에 거칠 것 없이 죽음도 두려워 않는 그들도 주군의 분노 앞에서는 등골이 오싹해졌다. 곽정은 테무친이 이처럼 무서운 표정을 짓는 것을 본 적이 없었으므로 덜컥 겁이 났다. 저도 모르게 몸이 부들부들 떨렸지만 꾹 참으며 입을 열었다.

"대칸께서 이들의 목숨을 살려주시기를 바랍니다."

"후회하지 않겠느냐?"

테무친의 목소리는 깊이 잠겨 있었다. 곽정은 혼사를 취소하라던 황용의 말이 떠올랐다. 지금 이 좋은 기회를 놓치면 대칸의 환심을 잃는 것은 물론이요, 황용과의 인연도 물거품이 될 터였다. 그러나 눈앞에서 수십만 백성이 비명에 죽어가는데 그냥 보고만 있을 수는 없었다. 다시 마음을 수습했다.

"후회하지 않습니다."

테무친도 곽정의 목소리가 떨리고 있음을 느꼈다.

'이 녀석 속으로는 잔뜩 겁을 먹고 있으면서도 용기를 내서 애원하는 것이리라.'

테무친은 젊은 곽정의 굽힘 없는 의지에 내심 감탄하며 검을 뽑아 들었다.

"군사를 거두어라!"

친위병이 호각을 불었다. 몽고 기병들과 그들이 탄 말은 온통 피투성이였다. 그들은 말을 몰아 백성들 사이에서 천천히 빠져나와 가지런히 정렬하고 섰다.

테무친이 대칸이 된 이후로 그의 뜻을 거스르는 사람은 한 명도 없었다. 그런데 곽정이 성안 주민을 모조리 죽이라는 자신의 명령에 정면으로 맞선 것이다. 그는 부글부글 끓어오르는 화를 간신히 참으며 버럭 고함을 치더니 검을 땅에 힘껏 던지고 말 머리를 돌렸다.

장수들은 모두 곽정을 흘겨보았다. 화가 난 대칸에게 누가 당할지 모른다는 생각에 원망스러운 표정이었다. 성을 함락했으니 며칠간 마음껏 약탈하고 학살하려고 했는데, 성을 정복한 즐거움은 아예 날아가버린 것이다. 곽정은 그들의 불만을 알면서도 모르는 척 외면했다. 그는 홍마에 올라타 천천히 외진 곳으로 향했다. 전투가 막 끝난 때라 성 안팎의 수천수만 인가가 불에 타고 있었다. 도처에 시신이 뒹굴고 눈 쌓인 평야는 온통 붉게 물들어 있었다.

'전쟁의 처참함이 이런 것이구나. 아버지의 원수를 갚기 위해 이 많은 사람을 죽였구나. 대칸은 천하를 얻기 위해 더 많은 사람을 죽일 것이다. 도대체 이 많은 병사와 백성이 무슨 죄를 지었기에 이런 지옥 같은 곳에 시체가 되어 쓰러져 있단 말인가?'

혼자서 말을 타고 황야를 헤매며 이런저런 상념에 잠겼다. 그는 날이 어두워져서야 군영으로 돌아왔다. 파오에 도착하니 대칸의 친위병 두 명이 문밖에서 그를 기다리고 있다가 앞으로 나서며 예를 올렸다.

"대칸께서 부마 나리를 부르셔서 소인, 오랜 시간 기다렸습니다. 어서 가시지요."

'낮에 대칸의 명령에 맞섰으니 나를 참수할지도 모를 일이다. 이왕이리 되었으니 상황을 봐가며 결정할 수밖에⋯⋯.'

곽정은 자신의 친위병을 가까이 불러 귀엣말로 노유각에게 이 일을 알리라고 지시를 내린 후 혼자서 대칸의 파오로 들어갔다. 불안했지만 숨을 몰아쉬며 마음을 정했다.

'대칸이 진노해서 위협을 해도 백성들을 살려달라는 부탁을 거두지는 않는다. 그도 대칸이니 식언을 하지는 않겠지.'

그는 테무친이 크게 화를 낼 것이라고 생각했다. 그런데 문을 들어서는 순간, 대칸의 호탕한 웃음소리가 들려왔다. 곽정은 어찌 된 일인가 싶어 걸음을 재촉해 대전에 들어섰다. 고개를 들어보니 테무친 옆에 한 사람이 앉아 있고 발치에 한 소녀가 대칸의 무릎에 기대어 앉아 있었다. 옆에 앉은 사람은 동안의 백발 장춘자 구처기였고,* 발치에 앉은 소녀는 바로 화쟁 공주였다.

---

* 역사 기록에 따르면, 구처기는 테무친과 세 차례 편지를 주고받은 후 제자 열여덟 명과 함께 곤륜崑崙을 넘어 몽고까지 와서 그를 직접 만났다고 한다. 제자 이지상李志常이 《장춘진인서유기長春眞人西遊記》를 저술해 여정 중의 경험을 기록했고, 이 책은 지금까지 전해지고 있다.

곽정은 반가운 마음에 얼른 다가가 인사를 올렸다. 테무친은 시종의 손에서 긴 창을 빼앗아 들더니 이를 거꾸로 잡고 곽정의 머리를 냅다 찔렀다. 곽정이 깜짝 놀라 옆으로 피하니, 창은 그의 왼쪽 어깨를 때리며 두 동강이 나고 말았다. 테무친이 껄껄 웃음을 터뜨렸다.

"이 녀석, 이걸로 됐다! 구 도장과 딸아이만 아니라면 내 오늘 너를 끝장냈을 거다."

화쟁이 벌떡 일어나 끼어들었다.

"아버지, 제가 여기 없었다면 우리 오빠를 괴롭히려고 하셨죠?"

테무친이 부러진 창의 반 토막을 바닥에 내동댕이쳤다.

"누가 그러더냐?"

"제 눈으로 봤는데도 발뺌하시는 거예요? 그러기에 걱정이 되어서 구 도장님을 모시고 여기로 왔는걸요."

테무친은 한 손에는 딸을, 또 다른 손에는 곽정을 잡고 너털웃음을 터뜨렸다.

"자, 그만 싸우고 자리에 앉자꾸나. 구 도장님의 말씀을 들어야지."

구처기는 연우루 대결에서 주백통이 무사한 것을 확인했다. 그리고 담처단을 죽인 사람이 구양봉이라는 사실을 알았고, 마옥 등과 함께 황약사에게 정중히 사죄했다.

전진육자는 이후 가진악을 만나 자세한 소식을 듣고 탄식을 금치 못했다. 구처기는 특히 제자를 거둘 때 신중치 못했던 것을 크게 후회했다. 그리고 양강에게 무공만 가르쳤을 뿐, 왕부에서 데리고 나오지 않은 탓에 양강이 어려서부터 부귀에 눈이 어두워 스스로 자제하지 못하고 결국 그런 지경에까지 이른 것에 대해 자책했다.

그는 테무친과 곽정이 보낸 편지를 받았다. 이제 몽고가 중국을 삼키는 것은 이미 기정사실이 되었으므로 테무친을 직접 만나보고 싶었다. 그에게 진언하여 테무친의 선한 마음을 일깨우고 천하의 백성을 재난으로부터 구해낼 수 있다면 이 역시 큰 공덕이라는 생각이 들었던 것이다. 또 곽정도 어찌 지내는지 걱정이 되던 터라 즉시 10여 명의 제자와 함께 추위를 무릅쓰고 몽고로 향한 것이다. 구처기는 곽정이 고난을 겪으면서도 얼굴은 거뭇하게 광택이 나고, 몸이 더욱 건장해진 것을 보고 마음이 흐뭇했다. 곽정이 오기 전에 그는 마침 테무친과 여정 중에 보고 들은 바에 대해 이야기를 나누고 있었다. 또 색다른 관습과 풍물에 대해 이야기하며 시를 몇 수 짓기도 했다.

"10년의 전화는 만민의 근심이니 천만 백성 중 남은 자 몇 안 되네. 지난해 부름을 받아 올봄에 추위를 무릅쓰고 길을 나섰네. 3천 리 여정을 마다 않으면서도 산동의 여러 고을이 그리우니, 조급한 마음에 남은 걸음을 재촉한 것은 백성을 살릴 이야기를 나누고자 함일세."

통역을 하던 문관은 시의 의미를 몽고어로 바꾸어 대칸에게 전했다. 테무친은 가만히 들으며 고개만 끄덕였다. 구처기가 곽정에게 고개를 돌렸다.

"내 너의 일곱 사부와 취선루에서 맞선 일이 있다. 네 둘째 사부가 내 품속에서 아직 다 짓지 못한 시를 꺼내었지. 이제 이곳에 와 그 일곱 분을 생각하자니, 그 시가 완성되는구나."

그는 다시 목소리를 가다듬고 시를 읊어 내려갔다.

"예로부터 중추절 달이 가장 밝고 바람이 시기에 맞추어 맑아지니, 하루의 날씨는 깊어가고 사해의 물고기는 맑은 물을 자랑하네. 이 네 구절은 네 둘째 사부도 본 부분이다. 다음 네 구절은 이제 지었으니 보지 못하셨지. 오吳, 월越의 누각에 노랫소리 가득하고 연燕, 진秦에 술과 음식이 넘쳐나네. 주군은 임하臨河에 머무시니, 무기를 내려놓고 천하가 태평하기만을 바랄 뿐이네."

곽정은 강남칠괴의 모습이 떠오르자 뺨으로 눈물이 하염없이 흘러내렸다. 테무친이 구처기에게 넌지시 질문을 던졌다.

"구 도장께서 오시는 길에 우리 몽고군의 위세를 보셨으리라 생각합니다. 혹 시로써 그 위용을 나타내주실 수 있을지?"

"오는 길에 대칸의 군대가 성을 함락하고 약탈하는 위용을 보았습니다. 나름대로 느끼는 바가 있어 시를 두 수 지었지요. 첫 번째 시는 이렇습니다. 푸른 하늘이 굽어보고 있음에도 어찌 만백성의 고통을 구하지 않는가. 백성들이 밤낮으로 고통받으나, 그 원망도 죽은 후면 사라지네. 하늘에 대고 외쳐도 대답이 없고 미물은 흔적도 없이 사라질 뿐이니, 세상이 혼란으로 가득 차나 조물주는 왜 이를 보지 못하는가."

통역을 하던 문관은 이 시를 그대로 옮기면 틀림없이 대칸이 불쾌해할 것이라 생각되어 잠시 우물쭈물 입을 떼지 못했다. 구처기는 이에 아랑곳하지 않고 계속해서 시를 읊었다.

"두 번째 시는 또 이렇습니다. 천지는 넓기도 하구나. 중생이 천만억을 헤아리네. 잔혹한 침략이 그치지 않으니 그 고통은 언제쯤 끝이 날꼬? 하늘에도 땅에도 신령이 있다는데, 이를 보면서 구하지 않는 것은 무슨 연유인가. 세상에 태어나 복은 누리지 못하고 슬픔뿐이니, 세월을 보내는 것이 어이 이리 힘든가."

이 시는 그다지 다듬지 않은 것으로 세상을 원망하는 마음이 그대로 드러나 있었다. 곽정은 낮에 학살의 참혹한 모습을 본 터라 더욱 비분강개하는 마음이 들었다.

"도장님의 시라면 무척 좋을 듯한데, 무슨 뜻인지 어서 통역을 해보아라."

테무친이 통역문관을 재촉하자 그는 고개를 들었다.

'일전에 대칸께 무고한 백성을 너무 죽이지 말아달라고 진언한 적이 있건만 대칸은 아랑곳하지 않았지. 마침 이런 시를 짓는 것을 보니 이 도장님은 자비심이 깊은 듯하다. 이 시로 대칸의 마음을 움직일 수 있기를 바라는 수밖에 없겠다.'

마음을 정한 그는 있는 그대로 통역을 했다. 테무친은 시를 듣고 나서 심히 불쾌한 표정이 되어 화제를 돌렸다.

"듣자 하니 중화에는 불로장생법이 있다고 하더이다. 도장께서 가르쳐줄 수 있을는지요?"

"불로장생법은 없습니다. 그저 도가에 기를 다스리는 법이 있는데, 병을 물리치고 수명을 연장해주는 정도이지요."

"기를 다스리려면 어찌해야 합니까?"

"하늘의 도는 공평한 법. 선한 사람에게 자비를 베풀어야지요."

"무엇이 선입니까?"

"성인聖人은 정해진 마음이 있는 것이 아니라, 백성의 마음을 자신의 마음으로 삼습니다."

테무친은 아무런 말이 없었다. 구처기가 계속 말을 이었다.

"중화에는 성서聖書가 한 권 있는데,《도덕경道德經》이라는 책입니다. 도가에서는 이 책을 보물처럼 받들고 있지요. 아까 말씀드린 '하늘의 도는 공평한 법'이라든지, '성인은 정해진 마음이 있는 것이 아니라'는 등의 말씀이 모두 이 책에 있는 내용입니다. 또 이 책에서는 '병기란 상서로운 물건이 아니니 군자의 것이 아니다. 부득이 병기를 쓸 때는 담담한 마음으로 쓰는 것이 가장 낫다. 이를 미화하는 자는 살인을 즐거움으로 삼는 자이다. 무릇 살인을 즐기는 자는 천하에 뜻을 펼 수가 없다'라고도 했지요."

구처기는 몽고로 오는 동안 전화의 참상을 너무나 생생히 보았다. 그래서 마음속에 느끼는 바가 있던 터라 테무친이 불로장생법을 묻자 이를 기회로 백성을 위해야 한다는 충고를 올린 것이었다.

테무친은 그간 오랜 전쟁을 치르며 심신이 지쳐 있었다. 그는 불로장생법을 배우고 싶어 구처기가 오자 크게 반긴 것이다. 불로장생법이 안 되면 수명을 연장할 방법이라도 배워볼까 했는데, 구처기는 자꾸만 군사를 적게 쓰고 사람을 죽이지 말라는 말만 하니 도무지 흥이 나지 않았다. 그는 기분이 언짢아져 곽정을 돌아보며 지시했다.

"도장님을 모시고 가 쉬도록 해라."

곽정은 구처기를 모시고 그들 문하의 여덟 제자인 이지상李志常, 윤지평尹志平, 하지성夏志誠, 우지가于志可, 장지소張志素, 왕지명王志明, 송덕방宋德方 등과 작별을 나누었다. 문밖에 당도하자 황용이 개방 세 장로와 수천 명의 개방 방중을 거느리고 말을 탄 채 기다리고 있었다. 곽정이 궁을 나서자 황용이 말을 몰아 달려 나와서는 웃으며 환대했다.

"괜찮아요?"

"운이 좋았어. 마침 구 도장께서 오셔서 대칸의 기분이 풀리셨어."

황용은 구처기에게 예를 올리고 다시 곽정을 보았다.

"전 대칸이 대로해서 오빠를 죽일까 봐 사람들을 이끌고 여기서 기다리고 있었어요. 대칸이 뭐래요? 혼인을 거절해도 괜찮대요?"

곽정은 잠시 우물쭈물하다가 입을 열었다.

"아직 말씀을 못 드렸어."

황용은 순간 어리둥절했다.

"왜요?"

"용아, 제발 화내지 마. 왜냐하면……."

이때 화쟁 공주가 궁에서 뛰어나와 큰 소리로 곽정을 불렀다.

"오빠!"

황용은 화쟁을 보자 낯빛이 흐려지더니 바로 말에서 내려 옆으로 휙 돌아섰다. 곽정이 황용에게 설명하려는 순간 화쟁이 덥석 손을 잡았다.

"제가 올지 몰랐죠? 절 보니 기쁘지 않아요?"

곽정은 건성으로 고개를 끄덕이고 황용을 찾으러 고개를 이리저리 돌려보았다. 그러나 그녀의 모습은 어디에도 보이지 않았다. 화쟁은 온통 곽정에게 마음이 가 있어 황용을 보지 못한 듯했다. 그녀는 곽정의 손을 맞잡고 조잘대며 오랜만에 만난 기쁨을 마음껏 누렸다.

'용이는 분명 내가 화쟁 누이를 보고 생각이 바뀌어서 대칸에게 말하지 않은 거라고 생각할 거야.'

곽정은 황용 걱정에 화쟁이 하는 말은 한마디도 귀에 들어오지 않았다. 화쟁은 넋이 나가 있는 곽정의 표정을 보고 소리쳤다

"왜 그래요? 이렇게 멀리서 오빠를 보러 왔는데, 모른 척하기예요?"

"누이, 지금 급한 일 때문에 먼저 가봐야겠어. 돌아와서 다시 이야기

하자."

곽정은 친위병에게 구처기를 모시라고 지시하고, 황용을 찾으러 군영으로 돌아갔다. 한 친위병이 말했다.

"황 낭자께서 그림 한 폭을 가지고 동문으로 나가셨습니다."

"무슨 그림이냐?"

"부마께서 자주 보시던 그 그림입니다."

곽정은 더욱 놀랐다.

'그 그림을 가져간 것은 나와의 이별을 뜻하는 것인가? 아무것도 생각하지 말고 용이를 따라 남쪽으로 내려가야겠다.'

곽정은 서둘러 구처기에게 서신을 남기고 홍마에 올라 성을 빠져나갔다. 그는 황용을 찾지 못할까 봐 초조한 마음에 쉴 새 없이 말을 재촉했다. 사람과 말 사이를 뚫고 사방에 해골들이 널린 변방을 지나 수십 리 밖에 도달하니 보이는 것이라고는 온통 하얀 눈밖에 없었다. 그 흰 눈 위에 동쪽으로 난 말발굽 자국이 희미하게 보였다.

'홍마가 빠르기로는 천하에 둘째가라면 서러우니, 잠시 뒤면 용이를 따라잡겠구나. 그럼 함께 어머니를 모시고 남쪽으로 귀향해야지. 화쟁 누이가 나를 탓하겠지만, 그건 어쩔 수 없는 일이다.'

다시 10여 리를 달리니 말발굽 자국이 다시 동쪽으로 꺾여 있고, 그 옆에 사람 발자국이 하나 더 찍혀 있었다. 이 발자국은 특이하게도 두 발 사이의 가격이 4척밖에 되지 않고 발 사이의 간격은 상당히 넓었으며, 몸이 가벼운 듯 겨우 수 촌 정도밖에 파이지 않았다.

'이 사람은 경공이 아주 상당하구나.'

곽정은 처음엔 놀랐으나 곧 이런 생각이 머리를 스쳤다.

황용은 온통 새하얀 눈벌판을 홀로 걸었다. 이제 다시는 곽정을 보지 못하는 걸까?

'구양봉을 제외하고는 세상에 이런 무공을 사람은 없다. 그럼 그놈이 용이를 따라가고 있단 말인가?'

생각이 여기에 미치자 매서운 삭풍에도 불구하고 온몸에 땀이 뭉쳤다. 홍마는 영특하게도 주인이 말발굽 자국을 쫓는 것을 알고 곽정의 지시 없이도 그것을 따라 내달렸다. 그렇게 몇 리를 더 가자 갑자기 서쪽으로 꺾이더니 다시 남쪽으로 꺾이며 자국이 어지러이 흩어져 있었다.

'구양봉이 뒤쫓고 있다는 것을 알고 일부러 길을 돌아간 거야. 그러나 눈 위라 발자국이 선명하게 남아서 추적하기가 쉬울 텐데……. 노독물, 그놈이 놓쳤을 리가 없어.'

다시 10리 길을 내달리니 말발굽 자국과 사람 발자국 옆에 또 다른 말발굽 자국과 사람 발자국이 어지러이 교차하고 있었다. 말에서 내려 자세히 살펴보니, 하나는 먼저 난 것이고, 또 다른 하나는 나중에 난 것이었다. 눈 위에 멀리까지 쭉 뻗은 두 길의 발자국들을 보자 돌연 깨닫는 바가 있었다.

'용이는 아버지의 기문술수를 써서 일부러 이리저리 돌면서 구양봉을 교란하고 있구나. 그래서 한 바퀴 빙 돌아서 다시 제자리로 돌아오도록 만든 거야.'

곽정은 다시 말 위에 올라타면서 기쁨과 걱정이 교차했다. 구양봉이 황용을 잡지 못할 것이라 생각하니 기쁜 반면, 발자국이 너무 어지러이 나 있어 자신도 찾지 못할까 봐 걱정스러웠다. 곽정은 잠시 그렇게 눈 위에 망연히 서 있었다.

'용이는 이리저리 돌아서 결국은 동쪽으로 갈 거야. 난 그저 동쪽으

로만 가면 돼.'

곽정은 말에 올라 방향을 살펴보고 곧장 동쪽으로 향했다. 한참을 달리니 과연 발자국이 다시 나타났고, 저 멀리 푸른 하늘과 흰 눈이 만나는 곳에 사람 그림자가 보였다. 곽정은 말을 몰아 달려갔다. 멀리서 보이는 사람은 바로 구양봉이었다. 구양봉은 이미 곽정을 알아보고 소리쳤다.

어둠 속의 고수들

"어서 와! 황 낭자가 모래 구덩이에 빠졌어."

곽정이 크게 놀라 말의 허리춤을 두 발로 차자, 홍마는 쏜살같이 앞으로 내달렸다. 구양봉에게서 10장쯤 떨어진 곳까지 다가가자 갑자기 말이 휘청거리기 시작했다. 단단한 땅이 아니라 흰 눈 아래 늪이 있는 것 같았다. 홍마도 큰일 났다 싶었는지 급히 발을 빼고 근처를 맴돌았다. 구양봉은 작은 나무 주위를 잠시도 쉬지 않고 돌고 있었다. 곽정은 기이한 생각이 들었다.

'대체 무슨 술수를 부리는 거야?'

고삐를 잡아서 말을 멈추려고 했으나 홍마는 멈추지 않고 여전히 미친 듯이 제자리를 맴돌기만 했다. 그제야 곽정은 깨달았다.

'아, 이 아래는 늪이라서 멈추면 바로 빠지는구나.'

그러다 황용 생각이 나자 마음이 철렁했다.

'그럼 용이가 여기까지 온 거야?'

"용이는 어디 있소?"

구양봉은 여전히 발을 멈추지 않고 이리저리 뛰면서 소리쳤다.

"나도 황용의 말 발자국을 보고 계속 쫓아온 거다. 그런데 여기에서 갑자기 발자국이 없어졌어. 봐라!"

구양봉은 작은 나무 위를 손가락으로 가리켰다. 말을 몰아 달려가니 나뭇가지에 황금빛이 번쩍이는 고리가 걸려 있었다. 홍마가 나무 옆으로 스쳐 지날 때 손을 뻗어 그 고리를 낚아챘다. 바로 황용의 머리 장식인 금환이었다.

곽정은 심장이 터질 것 같았다. 말 머리를 돌려 동쪽으로 내달렸다. 몇 리를 갔을까, 눈밭에 뭔가가 번쩍하고 빛을 발했다. 곽정은 말에 탄 채 몸을 굽혀 팔로 그 물건을 낚아챘다. 바로 황용이 항상 옷깃에 꽂고 다니던 옥을 박아 넣은 금꽃 장식이었다. 곽정은 속이 바짝 탔다.

"용아, 용아! 어디 있어?"

사방을 바라보았으나 온통 하얀 눈밭만 아득히 펼쳐져 있을 뿐 움직이는 것이라고는 아무것도 없었다. 다시 몇 리를 내달렸다. 왼편 눈밭에 검은 담비 가죽옷이 있었다. 장가구에서 처음 만났을 때 자신이 준 것이었다. 곽정은 홍마를 몰아 담비 가죽옷 주위를 미친 듯이 돌며 소리쳤다.

"용아!"

그의 목소리가 하얀 눈 위를 지나 멀리멀리 퍼져 나갔다. 근처에 산봉우리가 없어서 메아리조차 대답이 없었다. 곽정은 너무나 초조해 울음이 터져 나올 것 같았다. 잠시 뒤, 구양봉도 그를 따라왔다.

"나도 좀 태워다오. 한숨 돌리고 함께 황 낭자를 찾아보자꾸나."

곽정은 분노를 참을 수 없어 소리쳤다.

"당신이 쫓아오지 않았다면 용이가 왜 늪까지 왔겠소?"

구양봉은 대로하며 몸을 날리더니 이미 홍마의 뒤까지 날아와서 손을 뻗어 말꼬리를 잡으려 했다. 곽정은 그가 이렇게 빨리 올 줄은 생각지도 못한 터라 다급한 김에 신룡파미 초식으로 오른손 장을 뻗어 뒤로 쳤다. 구양봉의 손바닥과 마주 닿자 두 사람은 온몸의 힘을 손바닥에 실었다. 그러나 곧 곽정이 구양봉의 장력에 밀려 안장에서 떨어져 획 날아갔다. 다행히 홍마가 질풍같이 앞으로 내달려온 덕에 오른손을 뻗어 말 볼기를 짚고 다시 말등에 올라탈 수 있었다.

반면, 구양봉은 곽정의 힘에 밀려 뒤로 2보 물러나면서 왼발이 무릎까지 깊게 늪에 빠지고 말았다. 구양봉은 놀라 어쩔 줄 몰랐다. 늪에 왼발이 빠졌으니 빼내려고 힘을 주면 오른발도 빠지게 될 것이었다. 이렇게 점점 깊이 빠지면 제아무리 천하제일의 무공을 지녔다 하더라도 빠져나올 수 없을 것이다. 다급한 가운데에서도 옆으로 누워 땅을 이리저리 구르면서 오른발을 힘껏 공중으로 찼다. 바로 연환원앙퇴였다. 오른발을 차는 힘으로 왼발도 따라서 위로 차니 모래가 사방으로 흩뿌려지면서 늪에서 몸을 뺄 수 있었다. 구양봉이 몸을 날려 일어서자 곽정의 소리가 들렸다.

"용아! 용아!"

곽정은 이미 수 리 밖에 있었고 멀리 힘차게 내달리는 홍마의 모습이 보였다. 이들은 이미 늪을 벗어난 것 같았다. 구양봉은 다시 말발굽을 따라 앞으로 질주했다. 그러나 달릴수록 발이 푹푹 빠졌다. 방금 전까지는 늪의 가장자리에 있는 듯했는데, 지금은 이미 중심부로 들어온 것 같았다. 구양봉은 연달아 세 번이나 곽정의 함정에 빠졌다. 게다가 마지막에는 수십만 명 앞에서 벌거벗은 채로 큰 낭패를 당했다. 모두들 그의 무공이 대단하다 칭송해 마지않았지만 구양봉 자신은 오히려 평생 가장 큰 수치로 여기고 있었다. 그런데 지금 곽정과 단둘이 만나게 되었으니 반드시 그 원수를 갚아야겠다고 다짐했다. 아무리 큰 위험이 닥쳐도 이런 절호의 기회를 놓칠 수는 없었다. 더구나 황용의 생사를 알지 못하는 마당에 여기서 그만둘 수는 없는 노릇이었다. 구양봉은 경공을 펴서 숨을 모으고 곽정을 바짝 뒤쫓아갔다.

경공을 쓰자 실로 말을 타고 질주하는 듯 금세 수 리 길을 갈 수 있었다. 곽정은 뒤에서 눈 밟는 소리가 들려 고개를 돌려보았다. 구양봉이 말에서 불과 수 장 떨어진 곳에까지 다가와 있었다. 곽정은 더욱 박차를 가해 말을 몰았다.

한 사람은 말을 타고, 또 한 사람은 경공을 써서 질주하며 순식간에 10여 리를 지나갔다. 그동안 곽정은 줄곧 "용아!"하고 외쳐댔다. 그러나 하늘은 이미 어두워지고 있으니 황용과 만날 기회도 점점 사라지는 듯했다. 곽정의 목소리가 점차 쉬고 갈라지더니 오열과 울부짖음으로 변했다. 홍마는 위험을 알고 더욱 빨리 달렸다. 나중에는 네 발이 땅에 닿지 않고 공중에 떠 있는 것 같았다. 한혈보마가 이렇듯 바람을 가르며 번개처럼 빨리 달리자 제아무리 경공이 뛰어난 구양봉이라 할지라도 숨이 거칠어지고 다리에 힘이 풀리면서 걸음이 점차 느려졌다. 홍마의 몸에도 땀이 맺히고 피같이 붉은 땀이 한 방울씩 흰 눈 위로 떨어졌다. 너무나 선명한 붉은색 땀이 흰 눈 위의 말발굽 자국과 대조를 이루면서 마치 앵두꽃이 핀 것처럼 반짝거렸다.

이제 사방이 어둠 속에 잠겼다. 홍마는 이미 늪을 벗어났고 구양봉도 따돌렸다.

'용이가 탄 것은 보통 말이니 반 리도 가지 못해 늪에 빠졌을 거야. 난 죽어도 좋으니 용이의 목숨은 구해내고야 말겠어.'

곽정은 황용이 실종된 지 오래되었으니 만약 늪에 빠졌다면 빼낸다 한들 목숨을 구하지 못하리라는 걸 알고 있었다. 그러나 스스로를 위로하기 위해서라도 다시 한번 굳은 결심을 할 수밖에 없었다. 곽정은 말에서 내려 잠시 말을 쉬게 하고 말 잔등을 어루만졌다.

"홍마야, 오늘은 아무리 힘들더라도 한 번 더 힘껏 달려주렴."

곽정은 다시 말안장에 훌쩍 올라타서 말 머리를 돌렸다. 홍마는 겁이 나서 다시 늪으로 들어가려 하지 않았다. 그러나 곽정이 계속 몰아대니 결국 긴 울음을 내지르고는 먼지를 일으키며 힘차게 늪을 향해 달려나갔다. 홍마는 앞길이 멀다는 것을 알고 영험한 능력을 발휘해 빠르게 질주해나갔다. 한참을 달려가는데, 갑자기 구양봉의 외침이 들렸다.

"사람 살려! 사람 살려!"

곽정이 말을 몰아 다가가니 늪에 몸이 절반 정도 빠진 구양봉의 모습이 눈에 들어왔다. 구양봉은 두 손을 높이 들어 허우적대고 있었지만, 몸은 점점 더 빠져 진흙과 모래가 가슴까지 차올랐다. 코와 귀를 막으면 그대로 질식해 목숨을 잃을 상황이었다.

곽정은 그의 비참한 모습을 보니 황용도 죽기 전 이런 고통을 겪었겠구나 하는 생각이 들었다. 갑자기 가슴에서 울컥하며 뜨거운 피가 끓어오르는 것 같았다.

"어서 구해줘!"

구양봉이 소리쳤으나 곽정은 이를 갈며 말했다.

"당신은 내 은사를 해쳤고, 황 낭자도 죽였소. 내가 구해줄 거라고는 생각도 하지 마시오!"

"나를 세 번 용서해주기로 맹세하지 않았느냐? 이번이 세 번째다. 넌 약속을 저버릴 셈이냐?"

구양봉이 매섭게 쏘아붙였다. 곽정의 눈에서는 어느새 눈물이 뚝뚝 떨어졌다.

"용이가 이미 죽었는데, 우리의 맹세가 무슨 소용이오?"

구양봉은 마구 욕을 해대기 시작했다. 그러나 곽정은 그런 그를 내버려두고 말을 몰아 가버렸다. 수십 장을 갔으나 멀리서 들리는 참혹한 비명 소리를 차마 외면하지 못하고 한숨을 쉬며 말 머리를 돌렸다. 이미 모래는 그의 목까지 차올랐다.

"당신을 구해주지. 그러나 말에 두 사람이 타면 너무 무거워서 함께 늪에 빠지고 말 거요."

"밧줄로 나를 끌어내줘."

곽정은 밧줄이 없었기 때문에 급한 대로 옷을 찢어서 한쪽 끝을 잡고 구양봉 쪽으로 말을 몰아갔다. 구양봉은 손을 뻗어 옷의 다른 쪽 끝을 잡았다. 곽정이 두 다리로 말을 힘껏 차며 "으랏!" 하고 고함을 내지르자, 홍마가 전력을 다해 쏜살같이 앞으로 내달렸다. 그렇게 구양봉을 모래 늪에서 빼내어 눈밭까지 질질 끌고 나왔다. 만약 동쪽으로 질주한다면 곧 늪을 벗어날 수 있었으나 황용을 생각하니 그를 쉽게 구해주고 싶지 않았다.

곽정은 말을 서쪽으로 몰았다. 구양봉은 미친 듯이 눈밭을 끌려다니는 틈에도 숨을 고르고 운기를 조식할 수 있었다. 홍마는 말발굽을 힘차게 구르며 바람같이 내달려 날이 밝기 전에 늪을 빠져나올 수 있었다.

그때 눈 위에 찍힌 말발굽이 보였다. 바로 황용이 왔을 때 남긴 흔적이었다. 흔적은 남아 있으나 사람은 보이지 않았다. 곽정은 말에서 내려 하염없이 말발굽 자국을 바라보았다. 너무나 비통한 나머지 적이 뒤에 있다는 사실조차 잊어버리고 있었다.

곽정은 눈 위에 서서 왼손으로 말고삐를 끌고 오른손으로는 담비 가죽 옷을 주워 들고는 하염없이 먼 곳을 바라보며 생각에 잠겼다. 그때 등이 따끔한 느낌이 들었다. 깜짝 놀라 뒤를 바라보았으나 이미 구양봉의 손은 그의 등 뒤 도도혈을 찍은 뒤였다. 구양봉은 일전에 모래 함정에서 빠져나올 때 바로 이 방법으로 곽정에게 당했다. 그런데 지금 똑같은 수법으로 되돌려주니 말할 수 없이 통쾌해 웃음을 멈출 수 없었다. 곽정은 너무나 애통한 나머지 이제 목숨 같은 것은 아무래도 좋았다.

"나를 죽이겠거든 죽이시오. 어차피 살려주겠다는 약속 따위도 하지 않았으니 말이오."

곽정이 너무나 담담하게 말하자 구양봉은 갑자기 맥이 풀렸다. 원래 곽정에게 갖은 모욕을 준 뒤 죽일 참이었다.

'이 바보 놈과 계집은 정이 남달랐지. 이놈을 죽이면 오히려 이놈의 소원을 들어주는 셈이 되는군.'

구양봉은 곽정의 이런 태도를 이해할 수 있었다. 그러나 문득 다른 생각이 들었다.

'계집이 죽었으니 경문을 해석하는 것은 이놈이 해야겠군.'

구양봉은 곽정의 손을 끌고 말에 올라탄 뒤 함께 남쪽 산을 향해 달렸다. 사시巳時쯤 되자 길옆으로 촌락이 보이기 시작했다. 구양봉은 말에서 내려 마을로 들어갔다. 마을은 온통 시체만 쌓여 있었다. 마침 추운 겨울이라 시체들은 썩지 않고 죽을 당시 참혹한 모습 그대로였다. 몽고 대군에게 죽음을 당한 시체들이었다.

구양봉이 여러 차례 사람을 불러보았으나 온통 정적에 휩싸인 마을에는 사람은 그림자도 보이지 않고 그저 몇 마리의 소와 양만 울어댈 뿐이었다. 구양봉은 크게 기뻐하며 곽정을 끌고 돌집으로 들어갔다.

"이제 네놈이 나에게 잡혔구나. 하지만 너를 죽이지는 않겠다. 나를 이길 수 있다면 나가도 좋다."

구양봉은 양 한 마리를 잡아서 주방에서 음식을 만들었다. 곽정은 득의양양한 그의 모습을 보면서 증오심에 몸부림쳤다. 구양봉은 곽정에게 양 다리를 하나 휙 던져주었다.

"먼저 배불리 먹고 난 뒤에 싸우자."

"싸우려면 싸우지, 배를 채워서 무얼 하오!"

곽정은 대로해 소리치고는 면상을 향해 일장을 날렸다. 그러나 뜻밖에 구양봉은 전혀 상대하지 않고 웃기만 할 뿐이었다.

"오늘은 여기까지 하자. 네가 〈구음진경〉의 무공을 몇 가지 수련하면 내일 다시 겨루자."

"쳇!"

곽정은 코웃음을 치고 다시 의자에 앉아 양 다리를 뜯기 시작했다.

'〈구음진경〉의 무공을 배우고 싶은 모양이군. 내가 연마하면 옆에서 보고 있겠다는 속셈이렷다. 절대 네놈의 술수에 걸려들지 않겠다. 나를 죽이려 하면 죽어주면 그뿐이다. 그런데 아까 저놈이 찍은 혈도를 어떻게 푼담?'

배웠던 무공을 하나하나 떠올려보았지만 혈도를 풀 방법은 하나도 없었다. 그때 〈구음진경〉에 수록된 비서근飛絮筋이라는 비결이 생각났다. 이것으로 혈도를 풀 수 있을 것 같았다.

'내가 혼자 연공을 하면 배우고 싶어도 배우지 못할 것이다.'

곽정은 양 다리를 깨끗이 먹어치운 뒤 땅에 좌정하고 〈구음진경〉의 비결을 떠올리며 연공을 시작했다. 먼저 역근단골편을 연마하며 경전의 요지를 머릿속에 그렸다. 비서공飛絮功과 같은 무공은 그저 하급의 무공일 뿐이라 두 시진도 되지 않아 연마를 끝낼 수 있었다. 구양봉을 곁눈질로 보니 그 역시 앉아서 무공을 연마하고 있었다.

"받아랏!"

곽정은 갑자기 소리치며 몸을 세웠다. 이미 일장이 날아간 뒤였다. 구양봉도 장을 뻗어 대응했다. 싸우는 중에 구양봉은 그대로 곽정의 공격을 모방해 그의 겨드랑이를 잡았다. 그러나 손바닥이 옆으로 미끄러지더니 몸이 자신의 의지와는 상관없이 앞으로 기울어졌다. 곽정의 왼손 장은 이미 그 틈을 타서 구양봉의 목으로 다가왔다. 구양봉은 놀라는 가운데서도 기뻐하며 앞으로 내달려 곽정의 공격을 피하고 몸을 돌려 소리쳤다.

"훌륭하군. 이것은 경전에 있는 무공이냐? 이름이 무엇이냐?"

"사찰이추, 애말금아沙察以推 愛末琴兒!"

구양봉은 순간 멍해졌으나 곧 이것이 〈구음진경〉에 있던 이상한 글자라는 것을 생각해냈다.

'이 바보 녀석은 황소고집이라 강제로 털어놓게 하기는 힘들 것이다. 잘 구슬려서 말하게 만들어야지.'

구양봉은 장세를 변화시켜 다시 곽정과 엉겨 붙어 싸움을 시작했다. 곽정은 일단 수세에 몰리면 곧 손을 멈추고 새로운 초식을 연마했다. 그날 저녁 곽정은 태연히 잠자리에 들었으나 구양봉은 초조하기 그지없었다. 한밤중에 기습을 하면 어쩌나, 몰래 도망가면 어쩌나 하는 걱정으로 잠을 이룰 수 없었다.

두 사람은 이렇게 돌집에서 한 달가량을 머물면서 마을의 양과 소를 반이나 먹어치웠다. 이 한 달 동안 구양봉은 곽정에게 무공을 연마하도록 허락한 꼴이 되었다.

구양봉은 무공이 심오한 자라 곽정의 연공을 살펴보면서 경전 중 많은 요지를 깨닫게 되었다. 그러나 자신이 얻은 경전과 대조를 하니 전혀 연결이 되지 않았다. 생각할수록 이해가 되지 않아 더욱 곽정의 연공을 독촉해댔다. 그러니 곽정의 무공은 한 달이라는 시간 동안 오히려 비약적으로 발전하게 되었다. 구양봉은 이제 속으로 슬슬 걱정이 되었다.

'이렇게 가다가는 경전의 요지를 깨닫기도 전에 이 녀석에게 당하고 말겠는걸.'

곽정은 처음에는 온통 분노에 휩싸였으나 싸울수록 이겨야겠다는 승부욕에 불타게 되었다. 구양봉과 끝까지 싸워서 진정한 무공의 실력으로 그를 죽이고 싶었다. 아주 힘든 일이라는 것은 알지만 그의 의지를 꺾지는 못했다. 오히려 분노를 억누를수록 의지가 더욱 강해졌다.

어느 날 곽정은 마을의 시체 곁에서 철검 한 자루를 주워 칼을 다루는 방법을 연마했다. 칼로 구양봉의 나무 지팡이를 상대할 생각이었다. 구양봉은 원래 뱀 지팡이를 사용했으나 지난번 홍칠공과 배에서 결투를 벌이면서 바다에 빠뜨리는 바람에 다시 철 지팡이를 만들어 뱀을 휘감았다. 그러나 이마저 얼음 기둥에 갇히면서 노유각에게 빼앗기고 말았다. 지금 사용하는 것은 그냥 평범한 나무 막대기였고 뱀도 감겨 있지 않았다. 그러나 그 초술이 신묘하고 변화무쌍하기 그지없어 여러 차례 곽정의 철검을 날아가게 만들었다. 만약 뱀을 감아 놓았더라면 더욱 상대하기 힘들었을 것이다.

테무친의 대군이 동쪽에서 돌아오는 소리가 들렸다. 며칠 동안 사람이며 말 울음소리로 동네가 시끌벅적했지만, 한창 결투에 열중하고 있던 두 사람에게 이 소리가 들릴 리 없었다. 어느 날 저녁, 대군이 모두 지나가자 다시 마을에 고요가 찾아왔다. 곽정은 검을 곧게 들고 생각했다.

'오늘 저녁 너를 이기지 못하더라도 나무 지팡이가 내 칼을 내치지는 못할 것이다.'

곽정은 새로운 초식을 연마한 후, 구양봉이 먼저 공격해오기만 조용히 기다리고 있었다. 그때 집 밖에서 누군가 외치는 소리가 들렸다.

"이 간적 놈! 어디로 도망갔느냐?"

틀림없이 노완동 주백통의 목소리였다. 구양봉과 곽정은 깜짝 놀라 서로 마주 보았다.

'어떻게 이 이역만리 서역까지 왔을까?'

막 입을 열려고 하는 찰나, 발소리가 들렸다. 두 사람이 연달아 돌집

안으로 뛰어 들어오는 소리였다. 마을에는 집이 많았으나 이 돌집에만 불이 켜져 있었다. 구양봉이 왼손을 휘두르자 그 힘에 등불이 꺼졌다. 바로 그때 끼익 대문 열리는 소리가 나더니 한 사람이 뛰어 들어오고 누군가가 뒤쫓아오는 소리가 들렸다. 바로 주백통이었다. 두 사람의 발소리를 들어보니 앞에 있는 사람의 무공도 결코 주백통에게 뒤지지 않는 듯했다. 구양봉은 크게 놀랐다.

'이 사람은 어떻게 노완동의 손아귀를 피해 다닐까? 당대에 이런 무공을 지닌 자는 손에 꼽을 만하거늘. 만약 황약사나 홍칠공이라면 큰일이구나.'

구양봉은 어떻게 이곳을 빠져나갈 것인가를 궁리하기 시작했다. 앞서 들어온 사람이 몸을 날려 대들보에 앉는 소리가 들렸다.

"나랑 숨바꼭질하자고? 나야 아주 신나지. 하지만 절대 빠져나가지는 못할 거다."

주백통이 웃으며 말했다. 곧 대문이 닫히더니 문 옆의 큰 돌을 옮겨 문을 받치는 소리가 들렸다.

"야, 이놈아! 어디에 있느냐?"

주백통은 소리치며 여기저기 뛰어다녔다. 곽정은 적이 대들보 위에 있다고 말해주려고 했으나, 그때 주백통이 갑자기 높이 뛰어오르더니 하하, 웃음을 터뜨렸다. 대들보 위로 뛰어 들어가 그 사람을 잡아온 것이다. 주백통은 그 사람이 대들보 위에 올라간 것을 이미 알고 일부러 이리저리 뛰어다니며 찾으러 다니는 시늉을 하다가 갑자기 기습한 모양이었다.

그러나 대들보 위의 그 사람도 대단했다. 주백통의 손이 닿기도 전에 한 바퀴 구르더니 북쪽 끝에 웅크리고 앉았다. 주백통은 입으로는 호통을 쳐댔지만 속으로는 매우 두려워하는 듯했다. 정신을 바짝 차려 그 사람이 어디에 있는지 귀 기울이면서 감히 다가가지 못했다. 고요한 밤에 희미하게 세 사람의 호흡 소리가 들렸다.

주백통은 이 집에 불이 켜져 있다가 갑자기 꺼졌으니 사람이 있지만, 겁이 나서 소리를 내지 않는 것이라 생각했다.

"주인장, 너무 놀라지 마시오. 도적놈을 잡으면 바로 떠날 것이오."

주백통은 보통 사람은 숨소리가 거칠지만 내공이 깊은 사람은 호흡이 길고 느리며, 가볍고 깊으니 조금만 신경 쓰면 쉽게 구별할 수 있을 것이라고 생각했다. 귀를 기울여 자세히 들어보니 동쪽, 서쪽, 북쪽 삼면에 매우 느린 호흡이 들렸다. 주백통은 이만저만 놀란 것이 아니었다.

"이 도적놈아! 이곳에 고수를 매복시켜놓고 있었구나."

곽정은 주백통을 부르려다가 갑자기 이런 생각이 들었다.

'구양봉이 옆에서 지켜보고 있고, 주백통이 쫓고 있는 사람도 강적이다. 몰래 숨어 있다가 기회를 보아 도와주어야겠다.'

주백통은 한 걸음 한 걸음 문 가까이 다가오더니 소리 죽여 말했다.

"잡기는 틀린 것 같군. 오히려 내가 잡히겠는걸."

주백통은 계책은 있지만 상황이 좋지 못한 것 같아 바로 밖으로 나갔다. 이때 멀리서 함성 소리와 말발굽 소리가 어지러이 들렸다. 마치 파도가 밀려오는 것같이 천군만마가 달려오고 있었다.

"네놈의 동료가 점점 더 많아지니 노완동은 이만 실례해야겠군."

주백통은 서둘러 빠져나가려는 듯 문 뒤에 받쳐놓은 돌을 치우려고 했다. 순간, 그는 돌을 두 손으로 들어 올려 적을 향해 내던졌다. 돌의 무게는 실로 만만치 않았다. 구양봉은 그동안 만약 곽정이 돌을 옮기고 문을 열면 자다가도 반드시 깨어날 수 있도록, 매일 저녁 이 돌을 문 뒤로 옮겨놓았기 때문에 돌의 무게를 알고 있었다.

구양봉은 강한 바람 소리를 듣고 노완동이 돌을 던지느라 오른쪽이 비어 있을 것이라 생각했다. 이 틈을 타서 선제공격을 하면 그를 죽여 후환을 없앨 수 있을 듯했다. 그렇게 되면 제2차 화산논검대회에서 강적이 하나 없어지는 것이다. 이런 생각이 들자 이미 앉아 있는 자세에서 즉시 두 손을 동시에 뻗어 합마공을 전개했다.

구양봉은 서쪽 끝에 앉아 있었으므로 이 공력은 서에서 동으로 향했으며, 그 기세가 실로 무시무시했다. 곽정은 구양봉과 수십 일을 겨루면서 그의 일거수일투족을 훤히 알게 되었다. 비록 어두운 밤이었지만 이 바람 소리만으로도 그가 이미 주백통을 기습했음을 직감했다. 즉시 앞으로 성큼 나아가 항룡유회로 급하게 맞섰다. 북쪽에 서 있던 사람은 큰 돌이 날아오자 다리를 굽혀 기마 자세로 서서는 쌍장을 발했다. 장력으로 돌을 적에게 다시 던지려는 것이었다.

네 사람은 각각 다른 방위에 서서 진력을 발한 셈이었다. 비록 진력을 발할 때 시간 차는 있었지만 그 힘은 막상막하였다. 돌은 사방에서 날아오는 힘을 받아 동서남북으로 날아가다 결국 집의 가운데로 떨어졌다. 쿵, 하는 육중한 소리와 함께 탁자가 깔려 산산조각이 났다.

주백통은 귀를 찢는 굉음이 재미있었던지 큰 소리로 웃기 시작했다. 그러나 곧 자신의 웃음소리조차 들을 수 없게 되었다. 천군만마가 이미 마을에 들이닥친 것이다. 사방은 온통 말이 울부짖는 소리, 병기가 서로 부딪치는 소리, 군사들의 고함 소리로 가득했다.

곽정은 군사들의 소리를 듣고 호라즘 군대가 몽고군에게 패한 뒤 진지를 고수하기 위해 이곳으로 왔음을 알 수 있었다. 그러나 진세를 갖추기도 전에 몽고군이 바짝 뒤쫓아온 듯했다. 곧 말발굽 소리, 깃발이 펄럭이는 소리, "죽여라!" 하는 고함 소리, 화살이 허공을 뚫고 날아가는 소리가 점점 가까워졌다. 뒤이어 병사들이 서로 대적하며 육박전을 벌이는 소리가 들렸다. 사방에 얼마나 많은 군마가 싸우고 있는지 짐작조차 할 수 없었다. 그때 갑자기 문이 열리더니 누군가가 뛰어들어왔다. 주백통은 들어온 사람을 한 손으로 움켜쥐어 밖으로 내던져버리고는 다시 돌을 들어 문을 받쳤다. 구양봉은 자신의 일격이 빗나가자 주백통이 곧 자신을 발견할 것이라 예측하고 소리쳤다.

"노완동! 내가 누군지 아시오?"

주백통은 희미하게 사람 소리를 듣자 누구인지 알아듣지 못하고 왼손으로 몸을 보호하고 오른손으로 잡으려 들었다. 구양봉은 오른손으로 그의 팔목을 움켜쥐고 왼손으로 장을 날렸다. 주백통은 한 초식을 주고받더니 놀라 소리쳤다.

"노독물! 당신이 여기 있었소?"

주백통은 몸을 약간 굽혀 왼쪽으로 빠져나갔다. 이때 북쪽에 있던 사람이 그 틈을 타서 그의 등으로 맹렬한 일장을 날렸다. 주백통은 오른손으로 구양봉을 공격하고, 왼쪽 주먹으로는 등 뒤의 공격을 막았다. 주백통은 도화도에서 쌍수호박술을 익힌 뒤로 지금까지 고수 두 명을 동시에 상대할 기회가 없었는데, 오늘 비록 상황이 급박하긴 하지만 그래도 이 초식을 활용할 절호의 기회라는 생각이 들었다. 주먹으로 적의 장력에 맞서고 있는데 갑자기 곽정이 동쪽에서 뛰어나오더니 오른손으로 주백통의 주먹을 쳐내고 왼손으로 대신 일장을 받았다. 세 사람은 동시에 놀라 소리쳤다. 주백통은 "아우!" 하며 반가운 듯 외쳤고, 또 한 사람은 "곽정!" 하며 화들짝 놀라는 목소리로 외쳤다.

"구천인!"

곽정도 그제야 상대를 확인하고 놀라움을 금치 못했다.

주백통은 연우루 앞에서 무예 대결을 하면서 독사를 만났다. 독사를 제일 무서워하는 그는 피할 길이 없자 지붕 위로 올라가 누워서 지붕의 기와로 자신의 몸을 촘촘하게 덮었다. 그래서 관병의 화살도 그를 뚫지 못했고, 구양봉의 청사青蛇도 기둥을 타고 올라와서 그를 물지 못했던 것이다.

주백통은 해가 뜨고 안개가 걷힌 뒤에도 뱀이 모두 물러가기를 기다렸다. 그가 내려왔을 때는 모두 어디로 갔는지 아무도 보이지 않았다. 그는 아무 할 일 없이 여기저기 쏘다니며 며칠을 보냈는데, 개방의 제자 한 명이 편지를 전해왔다. 바로 황용이 쓴 것이었다.

제가 무슨 요구를 해도 다 따르겠다고 직접 말씀하셨지요? 그럼 철장방 방주인 구천인을 죽이세요. 그는 단황야의 유 귀비와 깊은 원한이 있습니다. 그를 죽이면 유 귀비가 다시는 선배님을 찾지 않을 겁니다. 그러지 않으면 하늘 끝, 땅끝이라도 쫓아가서 선배님께 시집가고야 말 거예요. 편지에 철장봉의 위치를 설명해놓았습니다.

'무슨 부탁이든 반드시 들어주겠다는 말을 분명 황용에게 한 적이 있지. 구천인 그 노인네는 금과 결탁한 나쁜 놈이니 죽이는 것이 당연하다.'

주백통은 유 귀비의 일로 평생 동안 근심을 가지고 살아왔다. 스스로도 유 귀비의 마음을 너무 몰라준 것 같아 미안하던 차에 구천인과 원한이 있다니, 자신이 대신 복수해주는 것도 괜찮겠다는 생각이 들었다. 게다가 그렇게만 하면 더 이상 자신을 찾지 않는다니 이보다 좋은 일은 없을 성싶었다.

주백통은 곧장 철장봉으로 찾아갔다. 처음 구천인과 싸울 때는 실력이 거의 비슷했다. 그러나 일단 쌍수호박술을 사용하자 구천인이 밀릴 수밖에 없었다. 고수 간의 대결에서는 한 사람이 패배를 인정해 승패가 결정 나면 그것으로 끝났다. 그러나 주백통은 계속 쫓아다니며 그를 괴롭혔다. 구천인은 수차례 무슨 일로 이러는지를 물었지만, 주백통은 벙어리처럼 아무 대답도 하지 않았다. 그로서는 목이 달아나는 한이 있어도 '유 귀비'라는 말만은 꺼낼 수가 없었다.

두 사람은 싸우다 멈추다를 반복하며 쫓고 쫓기면서 점점 멀리까지 오게 되었다. 주백통의 무공이 구천인보다 한 수 위이기는 하나 그의 목숨을 빼앗는 것은 쉽지 않았다. 구천인은 벗어나보려고 갖은 방법을 동원했지만 소용없었다. 거의 체념하는 가운데 이런 생각이 떠올랐다.

'서쪽 끝, 외지고 추운 곳까지 도망가보자. 설마 그래도 나를 따라올까?'

그러나 주백통도 그렇게 호락호락하지 않았다.

'네가 어디까지 도망가는지 끝까지 따라갔다가 돌아오겠다.'

변방의 사막에 도착하자 평지가 끝없이 펼쳐져 추격하기가 더욱 쉬웠고, 구천인은 몸을 숨길 곳이 없었다. 다행히 주백통은 신의를 중시하는 사람이라 구천인이 잠자고, 밥먹고, 대소변을 볼 때는 공격하지 않고 자신도 그대로 따라 했다. 그러나 구천인이 어떤 술수를 써도 주백통은 그림자처럼 딱 달라붙어 떨어지지 않았다. 주백통은 구천인과 함께 힘과 지혜를 겨루면서 갈수록 흥이 났다. 여러 번 그를 제압할 수 있었지만 차마 아까워서 죽일 수가 없었다. 그러다 공교롭게도 이 돌집까지 들어오게 된 것이다.

주백통과 곽정 두 사람은 각자 나머지 세 사람이 누구인지 알아보았지만 세 사람의 고함 소리가 문밖의 시끄러운 전투 소리에 묻히는 바람에 구양봉과 구천인은 서로를 알아보지 못했다. 구양봉은 상대가 주백통의 적이라 알고 있었고, 구천인은 집 안에 있던 두 사람이 한패라고 생각했다.

주백통, 구천인, 구양봉은 모두 절세의 무공을 지닌 고수들이고, 곽정도 십수 일 동안 각고의 노력을 기울여 연마한 끝에 어느새 세 고수와 어깨를 나란히 하는 실력으로 상승했다. 그러니 네 명의 천하 고수가 칠흑같이 어둡고 좁은 공간에 모여 있는 셈이었다. 아무것도 볼 수 없고, 아무것도 들을 수 없으며, 말도 통하지 않으니 네 사람은 일시에 장님, 귀머거리, 벙어리가 된 듯했다.

'내가 구양봉을 막고 있을 테니 주 대형에게 먼저 구천인을 결판내라고 해야겠다. 그 후 우리 두 사람이 힘을 합치면 구양봉을 죽이는 것쯤은 문제가 안 될 거야.'

곽정은 이미 마음속으로 계략을 다 짜두고 쌍장을 허로 발했다. 오른손 장은 허공을 쳤으나 왼손 장은 누군가의 손바닥과 만났다. 곽정은 도화도에서 주백통과 같이 무예를 연마했기 때문에 손바닥이 닿자 바로 주백통이라는 것을 알았다. 곧 앞으로 뛰어가 그의 팔을 잡고 작전을 말하려 했다. 그러나 주백통의 장난기가 또 발동하고 말았다. 그는 오른팔을 급히 빼고 오른손으로 권을 뻗어 곽정의 어깨를 쳤다. 비록 내공이 실려 있지는 않았지만 전혀 방비를 하지 않아 통증이 느껴졌다.

"아우, 이 형님의 무공을 시험해보고자 하는가? 조심하게!"

주백통은 오른손으로 즉시 일장을 날렸다. 곽정은 그의 말을 듣지는 못했지만 이미 방비를 하고 있던 터라 팔을 휘둘러 가볍게 뿌리쳤다.

이때 구양봉과 구천인도 이미 수 초식을 주고받으며 무공을 통해 상대를 확인했다. 두 사람은 아무 원한은 없었지만 후일 화산논검대회 때 죽기 살기로 싸워야 할 것을 생각하니 지금 만난 김에 상대를 다치게 하는 것이 좋겠다는 생각이 들었다. 그래서 전력을 다해 결투를 벌였다. 한창 싸우고 있는데 갑자기 등 뒤에서 웬 바람이 느껴졌다. 놀라서 돌아보니, 주백통과 곽정이 초식을 주고받고 있었다. 뭐 하는 짓인지 영문을 알 수 없었지만 어차피 주백통은 도무지 그 행동을 예측할 수 없는 제멋대로인 사람이라 두 사람은 약속이라도 한 듯 동시에 달려들었다. 주백통은 곽정과 수십 초식을 겨루면서 곽정의 무공이 옛날과 사뭇 다르다는 것을 느끼고 놀랍고 기쁜 마음을 감출 수가 없었다.

"아우, 어디서 그런 무공을 익혔는가?"

주백통이 연신 물었지만 문밖에서 한창 벌어지고 있는 살육전 소리에 묻혀 곽정에게는 들리지 않았다.

'좋다. 말을 안 하고 시치미를 떼겠다, 이거지?'

그때 정면에서 강한 바람이 몰아쳤다. 구천인과 구양봉이 동시에 공격한 것이다. 주백통은 발에 힘을 주어 곧장 대들보로 날아올랐다.

"너 혼자서 저 두 놈을 상대해봐라."

구양봉과 구천인은 주백통이 소매를 휘날리며 날아오르는 소리를 듣고 그가 대들보 위로 올라갔음을 알아챘다. 구양봉은 내심 쾌재를 불렀다.

'저 멍청한 녀석을 나와 구천인이 힘을 합쳐 없앨 수 있는 절호의 기회가 왔구나.'

두 사람은 좌우, 양쪽에서 동시에 공격했다.

곽정은 처음에는 주백통에게 잡혀서 온갖 권법을 구사해도 빠져나가지 못하고 있다가 겨우 그를 물리쳤다고 생각했는데, 다시 두 명의 고수가 한꺼번에 덤벼드니 정말 죽을 지경이었다. 그러나 이미 이렇게 된 이상 정신을 바짝 차리고 쌍수호박술로 두 강적을 상대하는 수밖에 없었다. 그렇게 잠시 대결이 벌어지자, 구양봉과 구천인은 속으로 놀라움을 금치 못했다. 곽정의 무공으로 보아 둘 중 한 사람만으로도 충분히 그를 이길 수 있으리라 생각했는데 왼손 장으로는 구양봉을, 오른손 권으로는 구천인을 대응하니 힘을 합쳐도 별다른 효과가 없었던 것이다.

그때 주백통은 대들보 위에 앉아서 구경을 하고 있다가 지금 내려가서 도와주지 않으면 곽정이 부상을 당할 것 같아 조용히 벽을 타고 내려왔다. 두 손을 갈고리처럼 만들어 사방으로 마구 휘두르자 구양봉의 뒷덜미가 잡혔다. 구양봉은 땅에 쭈그리고 앉아 합마공으로 곽정을 공격하려다 갑자기 등 뒤에 사람이 있는 것을 느끼고 급히 장을 돌려 막았다.

곽정은 이 기회를 틈타 구천인을 발로 공격하고 지붕 위로 날아가 숨을 몰아쉬었다. 주백통이 한 발만 늦었더라도 구양봉의 합마공에 당할 뻔한 상황이었다.

네 사람은 어둠 속에서 엉겨 붙고 떨어지기를 거듭했다. 한 번은 주백통과 구천인이, 또 한 번은 곽정과 구천인이, 다시 구양봉과 구천인, 주백통과 구양봉이 싸우고, 또다시 곽정과 주백통이 초식을 주고받았다.

네 사람이 이렇게 혼전을 벌이고 있을 때, 가장 신난 사람은 주백통이었다. 평생 크고 작은 싸움을 수없이 했지만 이렇게 신이 나기는 처음이었다. 한참을 이렇게 싸우는데 주백통이 갑자기 곽정을 붙잡고는 놓아주지 않았다.

"나의 이 두 손을 두 명의 적이라고 생각해라. 구양봉, 구천인 저 두 놈은 당연히 네 적이니까 너 혼자서 네 명의 적을 상대해보는 거야. 한 번 해보자. 이런 재미있는 놀이는 너도 처음 해보지?"

곽정은 주백통의 말을 전혀 듣지 못하다가 갑자기 세 사람이 동시에 자신에게 맹공을 퍼붓자 죽을힘을 다해 피할 수밖에 없었다. 주백통은 계속 격려를 아끼지 않았다.

"걱정 마, 걱정 말라고! 위험하면 내가 도와줄게."

그러나 칠흑 같은 어둠 속에서 주먹 한 방, 발 한 번의 공격으로도 생명을 잃을 수 있는 위험한 상황이었다. 다시 수십 초식을 겨루면서 곽정은 그야말로 기진맥진 힘이 빠졌다. 구양봉과 구천인의 공격이 점점 강해지니 그저 막고 도망다니기에 급급했다. 대들보 위로 올라가 잠시 쉬려고 해도 번번이 주백통의 장력에 막혀 옴짝달싹할 수 없었다. 곽정은 놀라움과 분노가 교차해 더 이상 화를 참을 수가 없었다.

"주 대형, 이 멍청한 늙은이! 왜 나를 붙잡아두는 거요?"

곽정은 마구 욕을 해댔다. 그러나 밖에서는 죽고 죽이는 소리가 하늘을 찌를 듯하니 그의 말은 한마디도 전해지지 않았다. 곽정은 다시 몇 걸음 물러나다가 그만 돌에 걸려서 넘어질 뻔했다. 몸을 곧추세우기도 전에 구천인의 철장이 다시 덮쳐왔다. 너무 황급한 터라 초식을 변화시키지도 못하고 그저 손에 닿는 대로 큰 돌을 하나 집어 가슴을 막았다. 구천인의 일장이 돌에 닿자 곽정은 양팔에 공력을 불어넣어 그의 일장을 받았다.

그때 좌측에서 바람 소리가 들리더니 구양봉의 장력이 또 닥쳐왔다. 곽정은 두 팔에 모든 힘을 불어넣어 "앗!" 기합을 넣고는 큰 돌을 머리 위를 향해 던지면서 옆으로 몸을 비켜 그의 일장을 피했다. 돌이 지붕을 뚫고 날아가자 돌 조각과 흙이 우수수 비처럼 떨어져 내리면서 그 틈으로 하늘의 어슴푸레한 별빛이 쏟아져 들어왔다.

주백통이 화가 나서 소리를 질렀다. 곽정은 이제 피로가 극에 달해 있는 상태에서 두 발에 마지막 힘을 주어 뚫린 지붕 틈으로 빠져나갔다. 구양봉이 급히 뒤를 쫓았다.

주백통이 가지 말라고 소리치면서 팔을 뻗어 구양봉의 발을 낚아챘다. 구양봉은 황급히 오른발을 차서 그의 손을 뿌리쳤으나 그 바람에 땅으로 떨어지고 말았다. 구천인은 그가 땅에 닿기도 전에 그의 가슴을 향해 발을 날렸다. 구양봉은 가슴을 약간 움츠리며 구천인의 복사뼈를 손가락으로 찍었다.

세 사람은 다시 엉겨 붙어 악전고투를 벌이기 시작했다. 그러나 이미 상대의 윤곽을 어렴풋이 파악할 수 있게 되었고, 문밖의 살육전 소리도 작아져서 방금 전보다는 훨씬 덜 위험한 상황이었다. 주백통은 흥이 깨져서 그 분풀이를 두 사람에게 해댔다. 권법이 변하면서 두 사람에게 강한 살수를 연거푸 퍼부었다.

그때 곽정은 이미 돌집을 빠져나왔다. 사방에는 사람과 말이 여기저기 뛰어다니고, 온통 쩽강쩽강, 병기 부딪치는 소리로 가득했다. 그런 와중에 칼과 화살에 맞은 병사들의 고통스러운 신음 소리가 섞여들었다.

곽정은 이 아수라장을 빠져나와 마을을 지나 내달리다가 작은 숲속에서 겨우 몸을 뉘었다. 밤새 악전고투를 벌인 끝이라 삭신이 무너져 내리는 듯 온몸이 쑤셔왔다. 돌집에서의 상황을 돌이켜보니 더욱 몸이 떨려왔다. 주백통의 안위가 걱정되기는 했지만 강한 무공을 지닌 사람이니 다급할 때 몸을 뺄 수 있을 것이라는 생각에 그냥 누워 있다가 혼곤히 잠에 빠져들었다.

다음 날 새벽녘, 갑자기 얼굴에 서늘한 기운이 느껴지면서 무언가 꿈틀거리며 지나가는 듯했다. 곽정은 눈을 뜨지도 못한 채 벌떡 일어났다. 그때 기뻐서 울부짖는 말 울음소리가 들렸다. 바로 홍마가 그의 얼굴을 핥고 있었던 것이다. 곽정은 너무 반가워서 홍마를 끌어안았다. 어려움을 뚫고 다시 만나니 그렇게 반가울 수가 없었다.

곽정이 구양봉 때문에 돌집에 갇혀 있는 동안 홍마는 초원에서 풀을 뜯고 있다가 어제저녁 대군이 격투를 벌이자 민첩한 머리와 빠른 발로 위험을 헤치고 나와 이렇게 주인을 다시 찾은 것이다.

곽정은 홍마를 끌고 마을로 돌아왔다. 사방에는 부러진 활과 화살로 가득했고, 사람과 말의 시체가 산처럼 쌓여 있었다. 간혹 부상을 입고 죽지 않은 병사들이 비참한 신음 소리를 내뱉었다. 오랫동안 전장을 떠돈 곽정이었지만, 자신의 신세를 생각하니 참으로 감회가 남달랐다.

곽정은 조용히 돌집에 돌아왔다. 밖에서 귀를 대고 집 안의 소리를 들어보았으나 인기척이 없었다. 다시 문틈으로 안을 살펴보니 아무도 없었다. 문을 열고 들어가 안팎을 살펴보았으나 주백통, 구양봉, 구천인은 이미 자취를 감춘 후였다. 곽정은 잠시 망연자실 서 있다가 말을 타고 동쪽으로 향했다. 홍마는 번개같이 내달렸고 잠시 뒤 테무친의 대군을 따라잡을 수 있었다.

대의를 위한 위대한 죽음

이미 호라즘의 각 성들은 투항하거나 함락당해 수십만의 대군이 뿔뿔이 흩어진 상태였다. 호라즘의 무함마드 국왕은 원래 오만하고 포악해 많은 신하가 모두 배반하고 떠나가서 일부 패잔병들만 이끌고 비참하게 서쪽으로 쫓겨갔다.

테무친은 대장군 속불태와 철별에게 각각 1만 대군을 주고 추격하라 명하고는 자신이 친히 대군을 통솔하고 있었다. 속불태와 철별은 오늘날 모스크바 서쪽 드네프르강 변에 있는 키예프 부근까지 추격해 러시아와 킵차크의 수십만 연합군을 대파하고, 투항한 키예프 대공과 열한 명의 러시아 왕족을 모두 수레바퀴로 깔아뭉개 죽였다. 전쟁사에서는 이 전쟁을 '칼카강의 전투'라고 부르며, 이때부터 러시아의 광활한 초원은 오랫동안 몽고군의 말발굽 아래 신음하게 되었다. 무함마드 왕은 점점 궁지로 몰려 훗날 카스피해의 한 섬에서 외롭게 병사하고 말았다.

테무친은 사마르칸트성에서 곽정이 갑자기 사라져 매우 걱정하고 있었다. 혹여 홀로 떠돌다가 적군에 잡혀 죽은 것은 아닌가 근심하던 차에 이렇게 돌아오니 여간 반가운 것이 아니었다. 화쟁 공주가 기뻐한 것은 두말할 나위도 없었다.

구처기는 몽고 대군을 따라 동쪽으로 돌아오면서 대칸에게 백성을 살생하지 말 것을 줄곧 권유했다. 테무친은 구처기와 뜻이 잘 맞지는 않았지만, 그가 지조 있는 인물이라는 것을 알아보고 그 말을 그냥 무시하지는 않았다. 전쟁 중 수많은 백성이 구처기의 진언 덕분에 목숨을 건질 수 있었다.

호라즘과 몽고는 수만 리 떨어진 곳이라 테무친 대군이 동쪽으로 귀환하는 데는 오랜 시간이 걸렸다. 수도 울란바토르에 도착하자 테무친은 병사들을 쉬게 하고 성대한 연회를 베풀었다.

구처기와 노유각 등 개방 무리들은 각각 작별을 고하고 남쪽으로 돌아갔다. 다시 수 개월이 지나 서늘한 가을바람이 불고 병사와 말이 배불리 먹고 휴식을 취하자, 다시 남방 정벌의 야욕이 테무친의 가슴 속에 꿈틀거리기 시작했다. 그는 장수들을 소집해 금나라 정벌에 관해 논의했다.

곽정은 황용이 모래 늪에 빠져 죽은 뒤로, 자주 넋 나간 사람처럼 홀로 홍마를 타고 수리 한 쌍과 함께 몽고 초원을 발길 닿는 대로 돌아다녔다. 며칠 동안 말 한마디 하지 않는 적도 많았다. 화쟁 공주가 부드럽게 위로하는 말도 그에게는 들리지 않았다. 모두들 사정을 알고 곽정의 심정이 얼마나 비통할까 짐작해 감히 혼사에 대한 이야기는 입 밖에 내지 못했다.

테무친도 금나라 정벌 계획에 바빠서 더욱 혼사에 신경 쓸 겨를이

대의를 위한 위대한 죽음

없었다. 이날도 대칸의 파오에서는 남방 정벌에 관한 의논이 한창 벌어지고 있었다. 모두들 각자 계책을 내놓는데, 곽정은 시종일관 침묵을 지켰다.

테무친은 여러 장수를 물리고 혼자 산에서 반나절을 심사숙고한 끝에, 다음 날 세 갈래로 나뉘어 금나라를 정벌하겠다는 명을 내렸다. 이때 대칸의 장자인 출적과 차남인 찰합태는 모두 서방에서 새로 정벌한 나라들을 통치하고 있었기 때문에 금나라 정벌의 중로군中路軍은 셋째 아들인 와활태가, 좌군左軍은 넷째 아들인 타뢰가 통솔하고, 우군右軍은 곽정이 통솔하기로 했다. 테무친은 삼군을 통솔하는 장수인 와활태, 타뢰, 곽정을 파오로 불러들이고 친위대를 물렸다.

"금나라의 정예부대는 모두 동관潼關에 있는데, 남쪽은 산으로, 북쪽은 큰 강으로 막혀 있어 뚫기가 쉽지 않다. 장수들마다 서로 의견이 다르겠으나, 정면으로 공격하면 시일이 너무 많이 걸릴 것이다. 그래서 우리 몽고와 송나라가 연합하는 것이 최선의 계책이라 판단했다. 그렇게 되면 송의 국경을 지나 당주唐州, 등주鄧州를 통해 병사를 몰아 직접 금의 수도인 대량大梁을 칠 수 있을 것이다."

와활태와 타뢰, 곽정은 이 말을 듣자 동시에 펄쩍 뛰며 서로를 부둥켜안고 환호성을 질렀다.

"좋은 계책입니다!"

테무친은 웃으며 곽정을 돌아보았다.

"너는 병사를 잘 부려 내 마음이 참으로 흡족하다. 너에게 묻겠다. 대량을 치고 어떻게 했으면 좋겠느냐?"

곽정은 한참 생각에 잠겨 있다가 고개를 내저었다.

"대량을 치시면 아니 됩니다."

와활태와 타뢰는 부왕이 대량을 치겠다는 말을 분명 들었는데, 곽정이 어째서 공격하면 안 된다고 하는지 알 수가 없어 곽정을 바라보았다. 그러나 테무친은 여전히 미소를 띤 채 물었다.

"대량을 치지 않고 어찌하겠다는 말이냐?"

"공격을 하는 것도 아니고, 공격을 하지 않는 것도 아닙니다. 공격을 하나 공격을 하지 않고, 공격을 하지 않으나 공격을 하는 것입니다."

이 말을 듣고 와활태와 타뢰는 더욱 이해할 수가 없었다.

"공격을 하나 공격을 하지 않고, 공격을 하지 않으나 공격을 한다. 참 좋은 말이로구나. 그 말의 뜻을 두 형제에게 설명해보거라."

"대칸께서는 금의 수도를 공격해 적의 성을 함락시키는 용병책을 쓰실 것으로 사료됩니다. 대량은 금나라 황제가 거주하는 곳이기는 하나 주둔하는 병사가 많지 않습니다. 우리 병사들이 몰려오는 것을 보면 필시 동관에서 급히 정예부대를 불러들일 것입니다. 중국의 병법에 이런 말이 있습니다. '갑옷을 접고 주야로 쉬지 않고 급히 내달리면 100리 길을 빨리 가게 되어 세 명의 장수를 사로잡을 수는 있다. 그러나 기운이 센 자는 먼저 도달하고 피곤한 자는 뒤를 따르니, 열 명 중 한 명만이 도착할 수 있다.' 아군을 구원하러 동관에서 대량까지 1천리 길을 달려오는 동안 정예부대는 지치게 되고, 100리 길을 가는 동안 장정 열 명 중 한 명도 도착하지 못할 수 있습니다. 게다가 인마가 지쳐 있는 상태라 도착한다 하더라도 잘 싸울 수 없게 됩니다. 그때 우리 군은 가만히 기다리고만 있으면 금병을 크게 무찌를 수 있습니다. 금국의 예봉이 크게 꺾이면 대량은 공격하지 않아도 저절로 무너지게 되어 있습니다. 만약 대량을 막무가내로 공격하면 위급할 때 군대를 빼내지 못해 오히려 앞뒤에서 적의 협공을 당할 수 있습니다."

대칸은 박수를 치며 크게 웃었다.

"좋은 지적이다. 참으로 좋은 지적이야!"

그는 곧 지도 하나를 꺼내 탁자에 올려놓았다. 그것은 대량 부근의 지도로서 그림에는 적군과 아군의 행군 노선이 그려져 있었다. 어떻게 적의 배후를 치고 적의 정면을 공격할지, 어떻게 동관에서 적병을 끌어낼지, 어떻게 적이 지친 틈을 타서 성 아래에서 적군을 섬멸할지 그 노선이 상세히 그려져 있었는데, 모두 곽정이 한 말과 조금도 틀리지 않았다. 와활태와 타뢰는 부왕을 한 번 보고, 곽정을 또 한 번 보면서 놀라움과 탄복을 금치 못했다. 곽정 또한 속으로 혀를 내둘렀다.

'〈무목유서〉에서 배운 용병의 병법 또한 별다를 것이 없구나. 대칸은 글자도 모르고 책도 읽지 않았는데 이미 이런 병법을 꿰뚫고 있으니, 정말 타고난 영명함을 지니셨구나.'

"이번의 남벌로 반드시 금나라를 멸망시키고야 말겠다. 여기에 비단 주머니 세 개가 있다. 각자 하나씩 가지고 있다가 대량을 멸망시킨 다음, 너희 세 사람이 대금국 황제의 어전에 모여 함께 이것을 풀어보고 여기에 적힌 대로 하거라."

대칸은 품에서 비단 주머니를 꺼내어 각각 하나씩 건네주었다. 주머니 입구는 옻을 불로 지져 밀봉되어 있었는데, 옻 위에는 대칸의 인장이 찍혀 있었다.

"대량에 도착하기 전에 함부로 풀어보아서는 안 된다. 또한 주머니를 열기 전에 서로 주머니 입구에 손상된 흔적이 있는지 살펴보아라."

세 사람은 일제히 대답했다.

"대칸의 명을 어찌 감히 어기겠습니까?"

"너는 평소 행실이 아주 우둔한데, 용병에 대해서는 어찌 그리 영민한가?"

곽정은 〈무목유서〉를 숙독한 일을 고했다. 테무친이 악비의 이야기를 묻자, 곽정은 악비가 어떻게 주선진朱仙鎭에서 금병을 대파하고, 금병이 왜 그를 '악 어르신'이라고 부르는지, 왜 "산을 움직이는 것은 쉬우나 악비의 군대를 움직이는 것은 어렵다"라고 말하는지 등을 설명했다. 테무친은 묵묵히 뒷짐을 지고 왔다 갔다 하면서 한탄했다.

"내가 100년만 일찍 태어났어도 그 영웅의 손을 잡을 수 있었을 텐데……. 당대에 또 누가 나의 적수가 될 수 있단 말이냐?"

참으로 고적함이 묻어나는 말투였다.

곽정은 파오에서 나왔다. 연일 군무로 바빠서 어머니를 찾아뵙지 못했다는 생각이 났다. 내일 군사를 이끌고 남벌을 시작해 대송의 역대 치욕을 갚기 위해 출정하게 되니, 오늘 하루 동안은 어머니 곁에 있어야겠다는 생각이 들었다. 그는 어머니의 파오로 발걸음을 옮겼다. 그러나 파오의 모든 물건은 깨끗이 치워져 있고, 늙은 병사만이 지키고 있었다. 어찌 된 영문인지 물어보니, 모친인 이씨는 대칸의 명을 받아 이미 다른 파오로 옮겼다고 했다.

곽정은 소재를 물어 그곳으로 향했다. 그곳의 파오는 평소 기거하던 곳보다 몇 배는 더 컸다. 휘장을 걷고 안으로 들어간 곽정은 눈이 휘둥그레졌다. 파오 안은 금빛과 비단으로 휘황찬란했으며, 각지에서 약탈해온 진귀한 보물들로 가득했다. 마침 화쟁이 이씨 부인을 모시고 곽정이 어릴 때의 이야기를 재미있게 나누고 있었다. 이씨 부인은 곽정이 들어오자 일어나 웃음으로 맞았다.

"어머니, 이 많은 물건은 다 어디서 난 겁니까?"

"대칸께서 네가 서방 토벌에 큰 공을 세웠다고 하시면서 너에게 하사하신 거란다. 사실 우리는 가난이 더 익숙하니 이런 많은 물건이 다 무슨 소용이겠냐?"

곽정은 고개를 끄덕였다. 파오 안에는 여덟 명의 시녀가 어머니를 모시고 있었다. 모두 몽고군이 잡아온 노예들이었다. 세 사람은 함께 환담을 나누다가 화쟁이 먼저 작별을 고하고 나갔다. 화쟁은 곽정이 내일 또 원정을 떠나니 필시 자신과 할 말이 많을 것이라 생각하고 파오 밖에서 반나절을 기다렸지만 곽정은 나오지 않았다.

"정아, 공주가 밖에서 널 기다릴 거다. 나가서 이야기 좀 나누거라."

곽정은 건성으로 대답만 할 뿐 꼼짝도 않고 앉아 있었다.

"우리 모자는 북국北國에서 20년을 살았다. 비록 대칸의 보살핌을 받고 있지만 난 항상 고향 생각이 간절하단다. 네가 이번에 금을 정벌하면 우리 모자가 고향으로 다시 돌아갔으면 하는 바람뿐이란다. 우리 두 사람이 우가촌 아버지의 옛집에서 살자꾸나. 너 역시 부귀영화를 탐하는 사람이 아니니 이제 북쪽으로는 다시 오지 말자. 그저 공주와의 일은…… 참, 어찌해야 좋을지 모르겠다. 어려움이 많을 거야."

"전 이미 공주에게 분명히 말해두었습니다. 용이가 죽었으니 전 누구와도 혼인하지 않을 것입니다."

"공주는 허락할지 모르지만, 대칸을 생각하면 참으로 걱정스럽구나."

"대칸께서 왜요?"

"요 며칠, 대칸께서는 우리 모자를 각별히 챙겨주시고 수많은 금은 보화를 하사하셨지. 비록 서쪽 정벌에 대한 공로로 주신 것이라고는 하나, 난 이곳에 20여 년을 머물면서 대칸의 성품을 잘 알고 있다. 분명 다른 뜻이 있으신 거야."

"어머니, 무슨 말씀이세요?"

"한낱 아낙네가 무슨 생각이 있겠느냐? 그저 곰곰이 생각해보니 대칸은 우리에게 무슨 일을 시키시려는 것 같구나."

"아, 분명 저와 공주를 혼인시키시려는 의도일 겁니다."

"혼인이라면 좋은 일이지. 대칸은 네가 원치 않는다는 것을 모르시고, 게다가 재촉할 생각도 없으시다. 이 어미가 보기에는, 네가 대군을 이끌고 남벌에 나섰다가 딴마음을 먹고 배반할까 봐 걱정하시는 것 같구나."

곽정은 고개를 내저었다.

"부귀에 뜻이 없다는 것은 대칸께서도 알고 계십니다. 제가 대칸을 배반해서 무엇 하겠습니까?"

"이 방법대로 하면 혹 대칸의 뜻을 알 수 있을지 모르겠다. 너는 지금 가서 어머니가 고향을 그리워해 함께 남쪽으로 내려가겠다고 대칸께 말씀을 올려라. 대칸께서 어떻게 말하는지 보자꾸나."

곽정은 기뻐하며 말했다.

"어머니, 왜 진작 말씀하시지 않으셨어요? 우리 모자가 함께 고향에 돌아가는 것이 얼마나 좋은 일입니까? 대칸께서는 당연히 윤허하실 겁니다."

곽정은 파오에서 나왔다. 화쟁이 보이지 않는 것으로 보아 기다리다 지쳐서 이미 돌아간 모양이었다. 곽정은 잠시 후 풀이 죽어서 돌아왔다.

"대칸께서 허락하지 않으셨지. 그렇지?"

"정말 모르겠어요. 굳이 어머니를 이곳에 남겨두어서 뭘 하겠다는 거죠?"

이평은 묵묵히 말이 없었다.

"대칸께서는 금을 정벌한 후에 어머니를 모시고 고향에 가라고 하셨어요. 그때 금의환향하면 더 좋지 않겠냐면서요. 그래서 어머니께서 고향 생각이 간절하셔서 하루빨리 돌아가고 싶어 한다고 하니까, 약간 노기를 띠면서 허락할 수 없다고 고개를 흔드셨어요."

이평은 낮은 한숨을 내뱉었다.

"대칸께서 네게 또 무슨 말씀을 하시더냐?"

곽정은 대칸이 파오에서 책략을 설명하고 비단 주머니를 준 일 등을 말씀드렸다.

"아, 만약 네 둘째 사부와 용이가 살아 있었다면 분명 알았을 텐데. 그저 우둔한 시골 아낙네라 생각할수록 불안하기만 할 뿐 어떻게 해야 할지 모르겠구나."

곽정은 비단 주머니를 손에 들고 만지작거리며 말했다.

"대칸께서는 이 비단 주머니를 저에게 주실 때 얼굴빛이 아주 이상했어요. 아마 이것과 관련이 있지 않은가 싶네요."

이평은 비단 주머니를 건네받고 자세히 살펴보더니 시종들을 다 내보냈다.

"풀어서 보자꾸나."

"안 돼요! 옷 위에 찍힌 옥새를 훼손하는 것은 대역죄입니다."

곽정이 놀라 소리쳤으나 이평은 웃으며 말했다.

"임안부의 비단 바느질 솜씨는 천하제일이란다. 네 어미는 임안 사람이라 어릴 때부터 배워두었다. 비단 주머니를 살짝 뜯어본 후 꿰매놓으면 감쪽같이 표시가 안 날 거야."

곽정은 크게 기뻐하며 허락했다. 이평은 가느다란 바늘을 들고 살짝 주머니 단의 실밥을 뜯어서 그 틈으로 종이 한 장을 꺼냈다. 모자는 함께 펴보고 서로 얼굴을 쳐다보았다. 온몸에 소름이 쫙 돋았다.

종이에 쓰인 것은 바로 와활태와 타뢰, 곽정에게 전하는 테무친의 밀령으로 금을 멸하고 곧장 남하해 수단 방법을 가리지 말고 임안을 공격하여 송조를 멸망시키고, 천하를 몽고 통치하에 두자는 내용이었다. 밀령에는 곽정이 여기서 큰 공을 세우면 무너진 송의 왕으로 봉하고 후한 상을 아끼지 않을 것이나, 다른 마음을 품을 시에는 와활태와 타뢰가 영을 받들어 즉시 그를 참수하고 그의 모친도 죽이라고 적혀 있었다.

곽정은 한동안 넋이 나가 있다가 입을 열었다.

"어머니, 이 밀령을 보지 않았다면 우리 두 모자의 목숨이 붙어 있지 않았겠군요. 저는 대송 사람인데, 어찌 나라를 팔아 부귀를 누리겠습니까?"

"그럼 앞으로 어찌해야 하느냐?"

"어머니, 조금 고생스러우시더라도 밤을 타서 남쪽으로 도망가요."

"그래, 어서 가서 짐을 챙겨라. 들켜서는 안 된다."

곽정은 고개를 끄덕이고 자신의 파오로 돌아와서 옷가지를 챙겼다.

곽정과 이평은 송나라를 멸망시키라는 밀령이 담긴 비단 주머니를 뜯어보고 깜짝 놀랐다.

또 홍마 외에 여덟 필의 준마를 골랐다. 대칸이 병사를 보내 쫓는다면 어머니와 말을 바꿔 타면서 빨리 도망칠 생각이었다.

그는 대칸이 하사한 금은보화는 하나도 챙기지 않고 호랑이 손잡이의 금도도 파오에 남겨두었다. 또 장수의 복장을 벗어버리고 평범한 모피 옷을 입었다. 어릴 때부터 사막에서 자란 곽정은 이번에 가면 영영 다시 돌아오지 못한다는 생각에 슬픔이 복받쳐 올랐다. 곽정은 오랫동안 묵었던 파오를 한참 동안 넋을 잃고 바라보다가 날이 어두워져서야 다시 어머니의 파오로 돌아왔다.

파오 문을 들치자 가슴이 쿵, 하고 내려앉았다. 바닥에는 보따리 두 개만 덩그러니 놓여 있고, 어머니가 보이지 않았다. "어머니!" 하고 소리쳐 불러보았지만 아무 대답도 들리지 않았다. 사태가 심상치 않다고 느끼고 파오를 나가서 찾아보려 하는데, 갑자기 문 앞으로 눈부신 불빛이 몰려들더니 대장군 적노온이 파오 밖에 서서 소리쳤다.

"대칸께서 금도부마를 부르십니다!"

곽정은 적노온을 따라 파오를 나갔다. 파오 밖에는 대칸의 수천 명 화살 호위병이 손에 긴 창을 들고 저 멀리까지 줄지어 서 있었다. 곽정은 어젯밤 걱정하던 어머니의 모습이 떠올랐다.

'어머니는 이미 대칸에게 잡혀가셨구나. 어찌 나 혼자 살기를 바란단 말인가?'

"대칸께서 묶으라고 명하셨으니 부마께서는 너무 탓하지 마십시오."

곽정이 고개를 끄덕이자 두 손을 뒤로 묶고 파오 안으로 끌고 들어갔다. 파오 안에는 수십 개의 소기름 화촉이 밝혀져 있어 대낮같이 환했다. 테무친은 험상궂은 얼굴을 하고 있다가 곽정이 나타나자 탁자를 힘껏 내리치며 소리쳤다.

"내 너를 박대하지 않고 어릴 때부터 키워주고, 또 내 사랑하는 딸까지 주려 했거늘……. 이놈, 감히 나를 배반해?"

곽정은 대칸의 탁자 위에 풀어 젖힌 비단 주머니를 보고 이제 죽은 목숨이라는 생각이 들어 결연히 말했다.

"저는 대송의 신민입니다. 어찌 대칸의 명령을 받들어 조국을 배신할 수 있겠습니까?"

테무친은 곽정이 오히려 당당하게 맞받아치자 더욱 대로하여 소리쳤다.

"끌어내서 목을 쳐라!"

곽정은 두 손이 굵은 밧줄에 묶인 데다 칼을 든 여덟 명의 망나니가 지키고 있는 터라 반항할 수가 없었다.

"대송과 연합해 금을 멸하기로 약조하고서 어찌 맹약을 저버리십니까? 신의가 없는 사람을 어찌 영웅이라 할 수 있겠습니까?"

테무친은 대로하여 발로 탁자를 걷어차며 소리쳤다.

"금을 멸한 것으로 송과의 맹약도 끝난 것이다. 다시 남하해 송을 공격하는 것이 어찌 맹약을 저버리는 것이냐?"

뭇 장수들이 곽정과 사이가 아무리 좋다 한들 대칸의 진노 앞에서는 감히 구해달라는 청을 할 수 없었다. 곽정은 두말 없이 파오 밖으로 순순히 끌려나왔다. 그때 타뢰가 말을 타고 초원을 가로질러 뛰어 들어왔다.

"칼을 멈추시오!"

그는 상반신은 벗고 하반신에 모피 바지 하나만 걸친 차림이었다.

자다가 이 소식을 듣고 황급히 달려 나온 모양이었다. 타뢰는 곧장 파오로 들어와서 말했다.

"부왕, 곽정 안답은 큰 공을 세웠고 아버지와 저의 목숨을 구해주었습니다. 죽을죄를 지었다고는 하나, 참수하시면 안 됩니다!"

테무친은 곽정의 공을 떠올리자 마음이 약해졌다.

"데리고 들어오너라."

망나니들은 곽정을 끌고 들어왔다. 테무친은 잠시 생각에 잠기더니 입을 열었다.

"조씨의 송을 생각해봤자 뭐 좋은 게 있느냐? 네가 악비의 일을 말해주지 않았더냐? 그는 나라를 위해 충성을 바쳤지만 결국은 참수당했다. 나를 위해 송을 정벌해주면 너를 송왕으로 책봉해서 남쪽 땅을 지배하도록 지금 모두의 앞에서 약조하겠다."

"제가 어찌 감히 대칸을 배반하겠습니까? 그러나 만약 조국을 팔아 영화를 꾀하라 하시면 수천 개의 칼과 수만 개의 화살이 저를 위협한다 해도 명을 받들 수 없습니다."

"어미를 데려오너라."

대칸의 명이 떨어지자 두 명의 친위대가 파오 뒤에서 이평을 끌고 왔다.

"어머니!"

곽정은 어머니를 보자 소리치며 두 걸음 앞으로 뛰어나가다가 곧 망나니들의 칼에 저지당했다.

'이 일은 어머니와 나, 둘만이 아는데 어떻게 새어나갔을까?'

"내 말을 따르면 너희 두 모자는 부귀영화를 누릴 것이고, 그러지 않을 시에는 먼저 네 어미를 베겠다. 이는 모두 네 탓이다. 네가 모친을 죽인 셈이니 불효자가 되는 것이다."

곽정은 대칸의 말을 듣고 낯빛이 파랗게 질렸다. 고개를 숙이고 숙고해보았으나 도무지 어떻게 해야 좋을지 판단이 서지 않았다.

"안답, 자넨 어릴 때부터 몽고에서 자라 몽고인과 다를 바가 없어. 송의 부패한 관리들은 금나라와 결탁하고 있고, 자네 부친을 죽이고, 모친마저도 고향으로 돌아가지 못하는 신세로 만들어버렸어. 부왕께서 자네를 거두어주시지 않으셨다면 어찌 오늘이 있겠나? 거의 형제지간이나 다름없는 자네를 불효자로 만들고 싶지 않아. 제발 마음을 돌려서 대칸의 명을 받들도록 하게나."

타뢰가 간곡히 권했다. 곽정은 어머니의 모습을 보니 그렇게 하겠다는 대답이 입안에서 맴돌았다. 그러나 평상시 어머니의 가르침과 몽고에 정복된 서역 각국 백성들의 참상이 떠오르자 차마 승낙할 수가 없었다. 실로 난감할 따름이었다.

테무친은 호랑이같이 매서운 눈으로 곽정을 주시하며 그의 대답을 기다렸다. 파오 안의 수백 명 사람도 침묵을 지키며 모두 곽정에게 시선이 박혔다.

"저는……."

곽정은 한 걸음 나서며 입을 열다 더 이상 말을 잇지 못했다.

"대칸, 이 아이가 생각을 정하지 못하니 제가 타일러보겠습니다."

"좋다, 어서 타일러보거라."

이평의 말에 테무친은 크게 기뻐하며 승낙했다. 이평은 앞으로 다가가 곽정의 팔을 잡고 파오 한쪽으로 끌고 간 뒤 자리에 앉았다. 이평은 아들을 안고 조용조용 말했다.

"20여 년 전, 임안부 우가촌에서 너를 가졌지. 큰 눈이 내리던 날 장춘자 구 도장께서 네 아버지를 알게 되고 비수 두 자루를 주셨단다. 하나는 네 아버지에게, 또 하나는 양 숙부에게 주셨지."

이평은 말을 하면서 곽정의 품에서 그 비수를 꺼내 손잡이에 새겨진 '곽정'이라는 글자를 가리키며 말했다.

"구 도장은 네 이름을 곽정이라 짓고, 양 숙부 아이의 이름을 양강이라 지어주셨단다. 그게 무슨 뜻인지 알지?"

"구 도장께서는 저희들에게 '정강靖康의 치욕'을 잊지 말라는 뜻에서 그렇게 지어주셨습니다."

"맞다. 양가의 아이가 도적을 아비로 삼고 타락한 것은 더 말하고 싶지 않구나. 양 숙부는 당대의 영웅호걸이셨는데, 그의 자식이 명예를 더럽히게 되다니……."

이평은 깊은 한숨을 쉬고 말을 이었다.

"당시의 치욕을 견디고 이 추운 북쪽 땅에서 너를 키운 것은 다 무엇 때문이었겠느냐? 설마 너를 매국노로 키우기 위함이었더냐? 네 아버지가 황천에서 얼마나 땅을 치시겠느냐?"

"어머니!"

곽정의 눈에서 눈물이 주르륵 흘러내렸다. 이평은 한어로 말하고 있었기 때문에 테무친과 타뢰, 여러 장수는 그 말을 알아듣지 못했다. 그저 곽정이 눈물을 흘리자 이평이 살고 싶은 마음에 아들을 설득하는 것이라 생각하고 속으로 기뻐하고 있었다.

"인생 100년은 눈 깜짝할 사이에 지나가니, 죽고 사는 것이 뭐 그리

대수겠느냐? 그저 일평생 하늘을 우러러 부끄러움이 없으면 헛되이 살지 않은 것이지. 만약 다른 사람이 우리를 업신여기더라도 너무 잘못을 따지지는 말거라. 내 말을 꼭 명심해라!"

이평은 곽정을 한참 동안 묵묵히 바라보았다. 아들을 바라보는 표정이 그렇게 부드러울 수가 없었다.

"얘야, 너 자신을 잘 보살펴야 한다!"

이평은 말을 마치고 비수로 곽정의 손에 묶인 밧줄을 끊은 다음, 순식간에 칼날을 돌려 자신의 가슴을 찔렀다. 곽정은 손이 풀리자마자 급히 막으려 했지만 비수는 예리하기 그지없어 이미 손잡이만 남기고 가슴에 깊이 꽂혀 있었다. 테무친은 깜짝 놀라 소리쳤다.

"어서 잡아라!"

여덟 명의 망나니는 감히 부마를 다치게 할까 봐 칼을 내려놓고 급히 달려들었다. 곽정은 가슴이 찢어질 듯 아팠다. 어머니를 안고 발을 휘두르니 망나니 두 명이 저만치 날아갔다. 다시 왼쪽 팔꿈치를 뒤로 치니 한 망나니의 늑골이 부러졌다. 이제 여러 장수가 고함을 치며 한꺼번에 달려들었다. 아수라장이 된 가운데 곽정은 어머니를 안고 번개같이 내달려 빠져나왔다. 그때 화급한 호각 소리를 듣고 장병들이 속속 모여들었다.

"어머니!"

곽정은 비통하게 수차례 외쳤지만 아무 대답도 들리지 않았다. 코밑에 손을 대어보니 이미 숨이 끊겼다. 그는 어머니의 시신을 안고 어둠 속을 뚫고 앞으로 질주하기 시작했다. 사방에는 사람의 고함 소리와 말 울음소리로 가득하고, 횃불은 낮처럼 사방을 밝혀주고 있었다.

곽정은 방향을 정하지 않고 그저 내달렸다. 동서남북 모두 몽고의 병사들로 가득했다. 아무리 용맹한 곽정이라도 혼자서 수십만의 몽고 정예병들을 상대하기에는 무리였다. 홍마를 탔더라면 신마의 민첩함에 기대어 멀리 도망갈 수도 있으련만, 어머니의 시신을 안고 뛰어가고 있으니 이곳을 뚫고 지나가는 것은 불가능해 보였다.

곽정은 한마디도 하지 않고 그저 묵묵히 달리기만 했다. 절벽 아래로 갈 수만 있다면 경공으로 절벽을 올라갈 수 있을 것이었다. 그렇게 되면 몽고 병사들이 아무리 많아도 쫓아올 수 없을 것이니 잠시 피신해 있다가 탈출할 계책을 찾아보면 될 듯했다. 이런 생각으로 마구 달리고 있는데, 앞에서 고함 소리가 귀를 찌를 듯하더니 군마 한 무리가 가로막았다. 횃불에 얼굴이 똑똑히 보였다. 선두에 있는 사람은 붉은 얼굴에 허연 수염을 기른 장군으로, 바로 4대 개국 공신 중 한 사람인 적노온이었다.

곽정은 적노온이 내리치는 칼을 피한 뒤, 방향을 바꾸지 않고 그대로 군마 속으로 뚫고 들어갔다. 몽고 병사들이 일제히 고함을 질렀다. 곽정은 왼손을 앞으로 뻗어 십부장 한 명의 오른쪽 다리를 잡고 오른발을 굴러 날아올랐다. 사뿐히 말에 올라탄 곽정은 어머니의 시신을 올려놓은 뒤 십부장을 말 아래로 떨어뜨리고 긴 창을 빼앗았다. 이런 동작이 단숨에 끝나자, 마치 호랑이가 날개를 단 듯 두 다리로 말의 옆구리를 박차고 창을 흔들며 적진의 후미에서 앞으로 뚫고 나갔다. 적노온이 호령을 내리자 군사들이 황급히 뒤를 쫓았다.

적진을 뚫긴 했지만 말은 절벽과 반대 방향으로 내달리며 점점 절벽과 멀어지고 있었다. 말을 타고 남쪽으로 도주해야 할까, 아니면 일단 절벽으로 올라가야 할까? 결정을 내리지 못하고 있는 사이, 대장군 박이홀이 이미 군대를 이끌고 앞을 막고 있었다.

테무친이 불같이 화를 내며 장수들에게 반드시 곽정을 생포하라고 명령을 내린 것이다. 수많은 병사와 말들이 겹겹이 곽정을 둘러쌌으며, 더 많은 군마가 멀리 남쪽까지 뻗어 진세를 갖추고 곽정의 도주에 대비하고 있었다.

곽정은 박이출이 이끄는 천인대를 뚫고 오는 사이, 의복이며 말이 온통 피투성이가 되었다. 대칸이 생포하라는 명을 내려 병사들이 화살을 쏘지 못하고, 추격할 때도 어느 정도 봐준 결과였다. 어머니의 시신은 이미 싸늘하게 식어 있었다. 곽정은 억지로 눈물을 참으며 말을 달려 남쪽으로 향했다.

뒤에서 추격해오는 병사들이 점점 멀어졌고, 하늘도 이미 밝아 있었다. 이곳 몽고는 중원과는 수만 리 떨어진 곳이었다. 곽정은 말 한 필, 창 하나에 의지해 어찌 추격병을 따돌리고 고향으로 돌아갈 수 있을지 그저 막막하기만 했다.

얼마 가지 않아 앞에서 흙먼지가 뿌옇게 일더니 군마 한 무리가 달려 나왔다. 곽정은 급히 고삐를 당겨 말 머리를 동쪽으로 돌렸다. 그러나 밤새 죽기 살기로 달린 말은 이미 기력이 다해 앞다리가 푹 꺾이더니 그대로 주저앉아 다시는 일어나지 못했다. 이미 상황은 매우 위급해져 있었다. 곽정은 차마 어머니의 시신을 버리지 못하고 왼손으로는 어머니의 시신을 안고, 오른손으로는 창을 들고 몸을 돌려 적을 맞섰다.

군마는 점점 가까이 달려왔다. 뿌연 먼지 속으로 획획, 소리가 들리더니 화살 하나가 날아와 창날을 적중시켰다. 화살의 힘은 매우 맹렬했다. 손에 든 창이 떨리는 것을 느끼자 곧 화살촉이 뚝 부러져버리고 말았다. 또 다른 화살이 곽정의 가슴을 향해 날아왔다. 곽정은 황급히 창을 버리고 화살을 손으로 붙잡았다. 그러나 뜻밖에도 화살촉은 이미 부러져 있었다. 어안이 벙벙해 고개를 들어보니 한 장수가 부하들을 멈추게 하고 혼자서 말을 타고 오는 것이 보였다. 바로 그에게 활쏘기를 가르쳐준 신전수 철별이었다.

"사부님, 저를 잡아가려고 오셨습니까?"

"그렇다."

'어차피 포위를 뚫고 가기는 틀린 것 같으니, 다른 사람에게 잡히는 것보다 사부님께서 공을 세우시는 것이 낫겠지.'

"좋습니다. 먼저 어머니를 묻게 해주십시오."

사방을 둘러보니 왼쪽에 나지막한 흙 언덕이 눈에 띄었다. 곽정은 어머니를 안고 언덕으로 가서 부러진 창으로 구덩이를 파고 어머니의 시신을 눕혔다. 가슴 깊이 박힌 비수를 보았으나 차마 빼내지 못하고 꿇어앉아 절을 몇 번 한 뒤 모래를 덮었다. 일평생 고생하며 자신을 키워준 어머니를 이런 곳에 묻다니, 곽정은 너무나 비통한 나머지 눈물조차 나오지 않았다.

철별도 말에서 내려 이평의 묘 앞에 꿇어앉아 절을 네 번 올렸다. 그리고 지니고 있던 화살통, 철궁, 장검을 모두 곽정에게 주고 자신의 말을 끌고 와 고삐를 손에 쥐여주었다.

"가거라. 다시는 못 보게 될 것 같구나."

"사부님!"

"예전에 네가 나의 목숨을 구해준 적이 있지. 사내대장부로서 내가 너를 그냥 둘 줄 알았더냐?"

"사부, 대칸의 군령을 어기면 큰 화를 입을 것입니다."

"나는 동쪽과 서쪽 토벌에 많은 공을 세웠으니 기껏해야 곤장은 치시겠지만, 목을 베지는 않으실 거다. 어서 가거라."

곽정이 여전히 머뭇거리자 철별은 다시 말했다.

"부하들이 명령을 듣지 않을까 봐 네가 서쪽 정벌에 나섰을 때의 옛 수하들을 데려왔다. 가서 부귀영화를 위해 너를 잡아갈지 물어보아라."

곽정이 말을 끌고 다가가자 군사들은 일제히 말에서 내려 땅에 엎드렸다.

"소인, 장군을 남쪽으로 모시겠습니다."

곽정은 이들을 찬찬히 살펴보았다. 과연 모두 생사고락을 함께한 옛 전우들이었다. 감동이 물결처럼 밀려왔다.

"나는 대칸을 노하게 했으니 엄벌을 받아 마땅하나, 너희들이 나를 놓아준 것을 대칸이 알면 필시 중벌을 면치 못할 것이다."

"장군의 은혜가 태산 같은데 어찌 장군을 저버릴 수 있겠습니까?"

곽정은 한숨을 쉬더니 손을 들어 작별을 고하고는 창을 들고 말에 올랐다. 말을 타고 가려는데 갑자기 앞에서 희뿌연 흙먼지가 피어오르면서 또 한 무리의 군마가 달려왔다.

철별과 곽정, 뭇 군사들은 안색이 하얗게 질렸다. 철별은 몰려오는 군마를 보며 고민에 빠졌다.

'곽정을 놓아주고 중벌을 받는 것은 괜찮으나, 같은 군사들끼리 싸우게 된다면 모반이 된다.'

"곽정, 어서 가거라!"

그때 달려오는 군사들 속에서 외침이 들렸다.

"부마를 다치게 하지 마시오!"

모두들 어안이 벙벙한 가운데 넷째 왕자 타뢰의 깃발이 휘날리는 것을 보았다. 먼지를 뚫고 타뢰가 순식간에 당도했다. 그가 탄 것은 곽정의 홍마였던 것이다. 타뢰는 말을 몰아 앞으로 다가간 뒤 말에서 내렸다.

"안답, 다치지는 않았는가?"

"괜찮네. 철별 사부님이 막 대칸에게 데려가려던 참이었어."

곽정은 철별을 대칸으로부터 보호하기 위해 일부러 거짓말을 했다. 타뢰는 철별에게 눈을 부라리며 말했다.

"안답, 이 홍마를 타고 어서 가게나."

또 보따리 하나를 손수 안장에 매어주었다.

"황금 천 냥일세. 우리 형제, 훗날 만날 날을 기약하세."

영웅호걸들은 이런 상황에서는 더 말이 필요 없는 법이다. 곽정은 홍마에 올라탔다.

"화쟁 누이를 잘 부탁하네. 나는 그만 잊고 다른 사람에게 시집갔으면 하네."

타뢰는 긴 한숨을 내뱉었다.

"화쟁은 영원히 다른 사람에게 시집가지 않을 걸세. 분명 남쪽으로 내려가 자네를 찾을 거야. 그럼 내가 사람을 보내 호송하도록 하겠네."

"아니야, 나를 찾지 말게나. 이 넓은 세상에서 찾는 것도 쉽지 않을 뿐더러 만나봤자 근심만 늘 뿐이야."

두 사람은 서로를 바라보며 묵묵히 말이 없었다. 잠시 뒤, 타뢰가 먼저 입을 열었다.

"가게나. 10리를 배웅해주겠네."

두 사람은 나란히 말 머리를 남쪽으로 향해 30여 리를 갔다.

"타뢰, 천 리를 배웅한들 결국은 헤어지게 될 것을……. 그만 돌아가게나."

"다시 10리만 배웅하겠네."

두 사람은 다시 10리를 나란히 간 뒤, 말에서 내려 뜨거운 눈물로 작별의 정을 나누었다. 타뢰는 멀어져가는 곽정의 뒷모습을 바라보았다. 곽정의 뒷모습은 점점 작아지다가 드넓은 사막에서 작은 점이 되어 결국은 사라졌다. 타뢰는 하염없이 남쪽을 바라보며 서 있다가 쓸쓸히 발길을 돌렸다.

내가 사랑하는 단 한 사람

곽정은 며칠 동안 말을 몰아 내달렸다. 이미 위험한 상황은 벗어난 듯싶어 천천히 남쪽으로 향했다. 날씨가 갈수록 따뜻해졌다. 초목은 푸르렀지만 도처에 전쟁이 할퀴고 간 흔적이 남아 불에 타다 만 가옥이며, 널브러진 시체의 해골 등이 끔찍하게 이어져 있었다. 어느 날 곽정은 한 무너진 정자에서 잠시 쉬다가 벽에 쓰인 글자를 보았다.

당나라 시인이 '물은 흐르고 해는 기우는데, 닭 우는 소리, 개 짖는 소리 하나 없으니 한식날*이라도 되는 양 온 마을에 연기조차 보이지 않네'라 노래했지, 중원의 금수강산이 오랑캐에 짓밟혀 백성들이 도탄에 빠지니 바로 이 시와 같구나.

곽정은 넋이 나간 듯 이 글을 바라보았다. 문득 슬픔과 설움이 복받

---

* 한식날에는 사흘 동안 밥 짓는 것을 금하는 풍습이 있었다.

처 눈물이 솟구쳤다. 이 넓은 세상에 어디로 가서 누구에게 의지한단 말인가? 1년 사이에 어머니, 용이, 사부님 등 가까운 사람들이 모두 죽고 말았다. 구양봉이 용이를 죽였으니 반드시 그를 찾아 복수를 해야 할 테지만, 복수란 말을 떠올리면 몽고군이 호라즘의 성을 공략해 백성들을 도살한 광경이 떠올랐다. 비록 그 기회에 아버님의 원한을 갚을 수 있었지만, 무고한 백성이 얼마나 많이 희생되었던가? 복수를 한다는 것이 때로는 옳지 않은 일일 수도 있다는 생각이 들었다. 마음속에 온갖 상념이 떠올랐다.

'평생 동안 무술을 익히려 애써왔는데, 도대체 무엇을 위해 애쓴 거란 말인가? 어머니와 용이도 지켜주지 못했는데 무술을 익혀 무엇에 쓴단 말인가? 어머니와 용이는 나 때문에 죽었고, 화쟁도 나 때문에 평생 고통 속에 살게 되었다……. 그리고 나 때문에 다친 사람이 어디 한둘인가.

완안홍열, 무함마드는 나쁜 놈이 틀림없지만 그렇다면 대칸은? 완안홍열을 죽였으니 착한 사람인가? 그러나 내게 송나라를 치라고 명하고, 20여 년 동안 보살펴주던 어머니를 죽게 만들지 않았는가?

나와 양강은 비록 의형제이지만 서로 너무나 달랐지. 목염자는 좋은 사람이었는데 어째서 양강 같은 사람을 그토록 사랑했을까? 타뢰는 나와 마음도 잘 맞고 친형제 같은 사이지만, 만약 그가 군대를 이끌고 남쪽으로 공격해온다면 결국 전쟁터에서 나와 적이 되어 서로 죽여야 하겠지. 아, 안 돼. 그도 한 어머니의 소중한 아들인데 내가 어찌 다른 사람의 아들을 함부로 죽일 수 있단 말인가? 내가 그를 죽이면 그의 어머니가 얼마나 상심할까? 그도 날 죽이지 못할 테고, 나 역시 그를 죽일 수 없어. 그렇다면 그가 우리 송나라 백성을 죽이는 것을 눈 뜨고 지켜봐야 한단 말인가?

무술을 배우는 것은 남과 싸워 이기기 위해서겠지. 난 지난 20년 동안 헛살았던 모양이야. 힘들게 무술을 배워 결국 남을 해치기만 했으니……. 진작 알았다면 차라리 무술을 배우지 않았을 텐데. 만약 무술을 배우지 않았다면 난 어떤 사람이 되었을까? 대체 난 왜 이 세상에 태어난 걸까? 앞으로 난 무엇을 하며 어떻게 살아가야 할까? 그래도 살아보는 게 좋을까, 차라리 죽는 게 나을까? 만약 계속 살아야 한다면 지금도 이토록 번뇌가 많은데 앞으로는 더 많아지겠지. 만약 지금 죽을 거라면 어머니는 왜 날 낳으셨을까? 왜 그토록 고생해가며 날 키우셨을까?'

이런저런 생각에 머릿속은 점점 혼란스럽기만 했다. 며칠 동안 곽정은 밥도 잘 먹지 못하고 잠도 잘 자지 못했다. 광야를 헤매고 다니며 온갖 상념과 회의에 빠져들곤 했다.

'어머니와 사부님들은 항상 나에게 의리를 지키는 사람이 되어야 한다고 말씀하셨지. 그래서 난 용이를 사랑하면서도 대칸과의 약속을 저버리지 못한 거야. 그런데 그 결과가 뭔가? 결국 어머니와 용이를 죽게 만들지 않았나? 대칸과 타뢰, 화쟁인들 마음이 편하겠는가? 강남 칠협 사부님들, 그리고 홍칠공 사부님은 모두 의협심이 강한 분들이시지만 그분들의 마지막 역시 비참하지 않았나? 구양봉과 구천인은 어떤가? 온갖 나쁜 짓을 일삼고도 아직도 멀쩡하게 살아 있는데. 세상에 이런 법이 어디 있단 말인가? 하늘은 눈도 없단 말인가?'

어느 날, 곽정은 산동 제남濟南의 작은 마을에 도착했다. 한 작은 주막에서 술을 시켜 막 석 잔을 마셨는데, 갑자기 웬 남자가 뛰어 들어오며 곽정을 향해 욕을 퍼부어댔다.

"더러운 몽고 놈! 내 사랑하는 식구들을 모두 죽이다니, 오늘 내 손에 죽어봐라!"

그 남자는 주먹을 휘둘러대며 곽정을 향해 달려들었다. 곽정은 깜짝 놀라 왼손을 휘둘러 그의 손목을 낚아챘다. 살짝 힘을 주니 그 남자는 힘없이 주저앉았다. 전혀 무공을 할 줄 모르는 사람이었다. 곽정은 남자의 머리에서 피가 나는 것을 보고 미안한 마음에 얼른 손을 뻗어 부축해주었다.

"사람을 잘못 보신 모양입니다."

"더러운 놈!"

갑자기 문밖에서 10여 명의 장정이 우르르 뛰어들더니 다짜고짜 주먹과 발을 휘둘러대며 곽정을 공격했다. 곽정은 요 며칠 다시는 무공을 써서 사람을 다치게 하지 않겠다고 결심한 터라 피하기만 할 뿐 공격하지 않았다. 무공을 할 줄 모르는 사람들인지라 곽정을 해칠 수는 없었지만, 워낙 무식하게 휘둘러대는 통에 곽정은 그만 몇 대 얻어맞고 말았다. 곽정이 막 기를 모아 장정들을 제치고 주막을 빠져나가려는데, 큰 소리로 자신을 부르는 소리가 들렸다.

"정아, 여기 있느냐?"

곽정이 고개를 돌려보니 어떤 남자가 도포를 걸치고 긴 수염을 휘날리며 서 있었다. 바로 장춘자 구처기였다. 곽정은 말할 수 없이 반가웠다.

"구 도장님, 이 사람들이 갑자기 몰려와 저를 공격하는데 도대체 영문을 모르겠습니다."

구처기가 양팔로 장정들을 밀어젖히면서 곽정의 손을 잡아끌고 밖으로 데리고 나갔다. 장정들이 고함을 치며 뒤쫓았으나 두 사람을 따라잡을 수는 없었다. 곽정은 휘파람을 불어 홍마를 불렀다. 잠시 후, 두 사람은 홍마를 타고 광야로 나갔다. 더 이상 뒤쫓던 사람들도 보이지 않았다. 곽정은 구처기에게 방금 당한 일을 들려주며 그들이 왜 자기를 공격했는지 모르겠다고 했다.

"네가 몽고 복장을 하고 있으니 몽고군이라고 생각한 거지."

구처기는 이어 몽고병과 금병이 산동 일대에서 맞붙은 상황을 전해주었다. 산동 지역의 백성은 처음에는 금병의 약탈과 학살에 치를 떨며 몽고군을 도왔으나, 나중에 보니 몽고군 역시 금병과 다를 바가 없었다. 폭력, 약탈, 방화를 일삼으며 백성들을 괴롭혔다. 그러다 보니 몽고군이 무리 지어 지나갈 때면 주민들이 쥐 죽은 듯 피해 다니지만, 무리에서 이탈한 병사가 혼자 다니면 주민들에게 몰매를 맞아 죽는 경우가 많았다.

"그런데 너는 왜 이렇게 멍이 들도록 얻어맞으면서도 그들을 공격하지 않았느냐?"

곽정은 긴 한숨을 내쉬며 대칸이 남공南攻을 명한 사실이며, 어머니를 죽게 만든 일 등을 이야기했다. 구처기는 깜짝 놀랐다.

"대칸이 우리 송나라를 공격하려 하다니, 어서 남으로 내려가 조정에 알려야겠다."

그러나 곽정은 고개를 저었다.

"그게 무슨 소용이 있습니까? 결국 수없이 많은 무고한 백성만 죽고 다치게 될 텐데요?"

"만약 송이 몽고에 패하면 백성들이 당할 고초는 그보다 훨씬 더할 것 아니냐?"

"구 도장님, 도저히 이해할 수 없는 일들이 있어요, 도장님께서 설명해주실 수 없을까요?"

구처기는 곽정의 손을 잡아끌고 나무 밑으로 가 앉았다.

"말해보아라."

곽정은 오래도록 머릿속에서 떠나지 않는 여러 가지 생각을 모두 털어놓았다.

"저는 앞으로 다시는 무공을 사용하지 않기로 했습니다. 차라리 무공을 다 잊어버리면 좋겠는데, 이미 익힌 무공을 잊어버릴 수도 없고……. 조금 전에도 저 때문에 장정 하나가 머리에서 피를 흘리지 않았습니까?"

구처기는 곽정의 말을 끝까지 들은 뒤 고개를 가로저었다.

"정아, 네 생각은 옳지 않은 것 같구나. 수십 년 전, 무림의 비서인 〈구음진경〉이 발견되자 강호의 수많은 사람이 그 책을 손에 넣고자 얼마나 많은 피를 흘렸는지 모른다. 후에 화산논검대회에서 내 사부이신 중양 진인이 승리를 거두어 그 책을 손에 넣었지. 사부님께서는 원래 그 책을 없애버릴 계획이셨으나, '물은 배를 뜨게 할 수도, 뒤집을 수도 있는 법. 복이 될지, 화가 될지는 사람이 하기 나름'이라며 책을 없애지 않고 보관하셨다. 천하의 모든 문재文才와 무공, 무기, 도구들 또한 인간에게 복이 될 수도 있고, 화가 될 수도 있는 법 아니겠느냐? 네가 선한 마음을 품고 선한 일에 쓰고자 노력한다면 무공이 강할

수록 좋은 법이거늘, 어찌 무공을 폐하고자 한단 말이냐?"

곽정은 한동안 생각에 잠겼다가 다시 입을 열었다.

"도장님의 말씀이 맞습니다만, 당대에 무공이 가장 높은 사람이라면 동사, 서독, 남제, 북개를 들 수 있을 텐데…… 아무리 생각해도 그분들만큼 강한 무공을 쌓는다는 건 거의 불가능한 일인 듯싶습니다. 그러나 설령 그분들만큼 무공이 높다고 한들 남에게든 자신에게든 무슨 도움이 된다 할 수 있겠습니까?"

구처기는 잠시 아무 말도 하지 못했다.

"황약사는 성정이 괴팍하고 완고해서……. 비록 심중에 남모르는 고통이 있다고는 하나, 항상 스스로만 옳다고 여기고 다른 사람을 위해 생각할 줄 모르니 우리가 본받을 인물이 아니야. 구양봉이야 나쁜 짓을 일삼는 사람이니 말할 것도 없고, 단황야께서는 성정이 온화하시고 후덕해서서 만약 계속 제위에 계셨다면 온 백성의 복이라 할 수 있겠지만, 개인의 사사로운 일 때문에 세상을 등지고 은둔해 계시니 이 또한 진정으로 용기 있고 인仁을 아는 사람이라 할 수 없겠지. 홍칠공 방주는 의협심이 강해 어렵고 힘든 자를 돕기를 즐겨 하시니 그분만큼은 우리가 진심으로 존경하고 따를 만하다 하지 않겠느냐? 머지않아 제2차 화산논검대회가 열릴 터인데, 설사 누군가 무공으로 홍 방주를 이길 수 있다 하더라도 천하의 영웅호걸들이 결국은 홍 방주를 무림의 일인자로 받들게 될 것이다."

곽정은 구처기의 말에 사부님 생각이 나 급히 물었다.

"사부님의 부상은 다 나으셨답니까? 사부님께서도 화산논검대회에 참석하실 모양이지요?"

"글쎄, 서역에서 돌아온 뒤로 아직 홍 방주를 뵙지는 못했다만 대회에서 무공을 겨루시지는 않더라도 참석이야 하시겠지. 나도 지금 화산으로 가는 길인데, 어떠냐? 같이 가서 구경하자꾸나."

그러나 곽정은 요 며칠 무공이나 승패를 겨루는 일 따위에 염증을 느끼고 있던 터라 고개를 가로저었다.

"외람됩니다만, 저는 가기 싫습니다."

"그럼 넌 이제 어디로 갈 테냐?"

"저도 모르겠습니다. 발길 닿는 대로 가보지요."

구처기는 마치 큰 병이라도 앓고 난 듯 기운 없고 초췌해 보이는 곽정의 모습에 은근히 걱정이 되었다. 이런저런 이야기로 곽정의 기분을 돌려놓으려 했으나, 곽정은 여전히 아무 말도 하지 않고 고개만 가로저을 뿐이었다.

'정이는 평소 홍 방주의 말을 잘 따르니 정이를 데리고 화산에 가서 홍 방주를 뵈면 뭔가 방법이 있을 거야. 어떻게 해야 이 녀석이 화산에 간다고 할까?'

문득 좋은 생각이 떠올랐다.

"정아, 무공을 잊어버릴 수 있으면 좋겠다 했지? 방법이 하나 있긴 하다."

"정말요?"

"그런 사람이 딱 한 사람 있었지. 뜻하지 않게 〈구음진경〉의 상승 무공을 배웠다가 이것이 자기가 한 맹세를 어기는 짓이라는 걸 알고 억지로 자기가 배운 무공을 모두 잊어버린 사람이 있으니, 그 사람에게 그 방법을 물어보면 될 것 아니냐?"

"맞아요, 주백통 형님이 계셨죠."

곽정은 문득 주백통이 구처기의 사숙이라는 것을 생각해내고 당황해 얼른 입을 다물었다. 구처기의 사숙을 형님이라고 부르면 구처기의 윗사람이 되는 셈이기 때문이었다. 구처기는 미소를 지었다.

"주 사숙께서는 원래 나이나 서열을 따지지 않는 분이시지. 부르고 싶은 대로 부르려무나. 난 상관없으니."

"그분은 지금 어디 계십니까?"

"주 사숙께서도 화산으로 가고 계시지 않겠느냐?"

"좋습니다. 그렇다면 저도 도장님을 따라 화산으로 가지요."

두 사람은 지나는 길에 한 마을에 들러 말을 한 필 샀다. 두 사람이 함께 말을 몰아 달리니 하루가 되지 않아 화산 기슭에 도착했다.

화산은 오악五岳 중 서악西岳이라 불렸다. 선인들은 오악을 오경五經에 비유하곤 했는데 그중 화산은 《춘추春秋》에 비유했다. 천하 명산 중 가장 험준한 산이라 해도 과언이 아니었다. 두 사람은 화산 남쪽 기슭의 산손정山孫亭에 도착했다. 정자 옆에 열두 그루의 대룡등大龍藤이 무성하게 자라 있었는데, 굵은 가지가 얼기설기 얽혀 있고 중간 부분이 텅 비어 있는 것이 마치 하늘을 나는 거대한 용과 같았다. 곽정은 이를 보자 불현듯 비룡재천 초식이 생각났다. 〈구음진경〉의 내용을 기초로 열두 그루의 가지가 서로 얽혀 있는 모습을 따라 12로의 새로운 권법 초식을 고안해낼 수 있을 것 같았다. 한참 넋을 놓고 새로운 초식을 생각하고 있다가 문득 깜짝 놀라고 말았다.

'무공을 잊고 싶다던 내가 새로운 초식을 만들어 사람 죽이는 방법을 연구하고 있다니! 난 정말 한심한 놈이구나.'

옆에 있던 구처기가 갑자기 입을 열었다.

"화산은 우리 도가의 영지靈地다. 이 열두 그루의 대룡등은 희이希夷 선생 진단陳摶께서 심으신 것이라고 전해진단다."

"희이 선생 진단이라면 어느 날 잠드신 후 몇 년 동안 깨어나지 않으셨다는 그 선장仙長 말씀이십니까?"

"그렇단다. 당나라 말기에 태어나셨지. 그분께서는 조정이 바뀔 때마다 근심에 싸여 눈을 감고 누워 계시곤 했지. 그분이 잠드신 후 몇 년 동안 깨어나지 않았다는 건 단지 그분이 천하가 어지럽고 백성들이 도탄에 빠지는 것을 근심하시느라 바깥출입을 하지 않았기 때문에 나온 말일 뿐, 정말 몇 년 동안 잠에서 깨어나지 않았던 건 아니란다. 송 태조께서 등극하셨다는 말을 듣고는 크게 웃으시며 이제 천하가 태평하겠다고 말씀하셨다지. 어찌나 즐겁게 웃으셨는지 나귀 등에서 떨어질 뻔했다는구나. 과연 송 태조께서는 덕이 높으시고 백성들을 사랑하셔서 태평성대를 이루었지."

"진단 선조께서 지금 살아 계신다면 역시나 눈을 감고 주무시고 계시겠군요?"

구처기는 긴 한숨을 내쉬었다.

"몽고가 송을 치려 하는데 조정의 군신들은 이토록 안일하고 나약하니, 이를 어쩐단 말이냐? 우리가 나서서 이 세상을 바꿔야 하지 않겠느냐? 희이 선생께서는 비록 고인高人이시기는 하나, 암울한 세태를 탄식만 할 뿐 수수방관하셨으니 정말 나라를 위하는 길은 그게 아니지 않느냐?"

곽정은 묵묵히 듣고만 있었다. 두 사람은 천천히 말을 몰아 산을 올랐다. 위로 올라갈수록 산세가 점점 험준해졌다. 상현문上玄門에 오를 때는 철로 만든 난간을 잡고 올라야만 했다. 두 사람은 모두 경공술이 뛰어난지라 가볍게 오를 수 있었다. 한참을 더 가니 깎아지른 듯한 바위가 길을 가로막고 있었다.

"이 바위는 회심석回心石이라 부른단다. 더 이상 올라가면 산세가 험해 위험하니, 등산객은 이쯤에서 돌아가라는 뜻이지."

저 멀리 작은 석정石亭이 보였다.

"저곳이 바로 유명한 도기정賭棋亭이란다. 송 태조와 희이 선생이 저기서 화산을 두고 내기 장기를 두었다지. 결국 송 태조가 져서 그때부터 화산 위의 토지는 세금을 내지 않아도 되었다는구나."

"테무친, 무함마드, 금나라와 송나라 황제들 모두 천하를 두고 내기를 하는 것 같아요."

구처기가 고개를 끄덕였다.

"정아, 요즘 네가 깊이 사색에 잠기곤 하더니 많은 생각을 했구나. 옛날에는 아무것도 모르는 어린애 같더니……. 황제들이 천하를 걸고 내기를 해서 지는 날이면 나라의 영토나 자기 생명을 뺏기게 될 뿐 아니라 백성들까지 고통을 당하는 법이다."

산세가 점점 험해져 한쪽은 가파른 절벽이고, 다른 한쪽은 깊은 낭떠러지였다. 길은 옆으로 걸어도 한 사람이 겨우 다닐 수 있을 만큼 좁았다.

'이런 길에서 적을 만나면 막아내기 힘들겠구나.'

곽정이 막 이런 생각을 하는 찰나 누군가가 소리를 질렀다.

"구처기! 연우루에서 죽이지 않고 살려줬더니, 화산에는 또 무엇 하러 왔느냐?"

구처기는 급히 바위틈에 움푹 파인 곳으로 들어가 고개를 들어 누군지 살펴보았다. 사통천, 팽련호, 영지상인, 후통해 네 사람이 길을 가로막고 서 있었다.

구처기는 산에 오를 때 구양봉, 구천인 등을 만날지도 모른다고 우려하면서도 주백통, 홍칠공, 곽정 등이 모두 모이면 걱정할 것이 없다고 생각했다. 그러나 사통천 등이 감히 화산논검대회에 오리라고는 생각지도 못했다.

구처기가 서 있는 곳은 비록 다소 넓기는 했지만 지세가 워낙 험했다. 적이 살짝만 밀어도 천길만길 낭떠러지로 떨어질 위험이 있었다. 상황이 위급한지라 구처기는 깊이 생각할 겨를도 없이 장검을 빼 들고 백홍경천白虹經天 초식으로 후통해를 공격했다. 네 사람 중 후통해의 무공이 가장 약한 데다 황약사에게 당해 한쪽 팔밖에 없기 때문에 적의 약점을 노려 공격을 전개했다. 구처기의 초식은 매우 날카로웠다. 후통해는 몸을 살짝 옆으로 피하고 한 손으로 삼고차를 들어 구처기의 공격을 막았다. 팽련호의 판관필과 영지상인의 동발이 좌우 양측에서 공격해 들어왔다.

구처기의 장검과 후통해의 삼고차가 맞부딪쳤다. 구처기는 검이 삼고차와 맞부딪치는 힘을 빌려 몸을 날려 후통해의 머리를 뛰어넘었다. 팽련호와 영지상인의 무기가 바위에 부딪쳐 불꽃이 튀었다. 사통천은 철창묘에서 한쪽 팔을 잃었지만 지금은 상처가 다 회복된 상태였다.

사통천은 사제인 후통해가 구처기를 막지 못하자 이형환위술로 구처기를 가로막으려 했다. 그러나 구처기의 번뜩이는 검이 어찌나 맹렬하게 공격을 해대는지 사통천은 몸을 휘청거리며 급히 뒤로 물러났다. 그사이 구처기는 멀찍이 멀어져갔다. 그러자 사통천과 팽련호가 고함을 지르며 뒤를 쫓았다. 구처기는 검을 휘둘러 사통천과 팽련호를 물리치려 했으나, 영지상인까지 합세해 공격해오자 점차 버티기가 힘들었다.

이런 상황에서 곽정이 나서서 구처기를 도와줘야 마땅했으나 곽정은 정말이지 싸우고 싶지가 않았다. 다섯 사람이 싸우는 모습을 보는 것조차도 역겨워 고개를 돌린 채 보지 않고 있다가 급기야는 다른 길로 산을 내려오고 말았다. 그러나 역시 마음속에서는 끊임없이 갈등이 생겼다.

'가서 도와줘야 하는 게 아닐까? 아니야, 다시는 무공을 쓰지 않겠다고 결심했는걸……'

생각할수록 어떻게 하는 것이 옳은지 알 수가 없었다.

'만약 구 도장이 팽련호 등에게 죽는다면 결국 내 책임이 아닌가? 그러나 구 도장을 도와 팽련호 등을 공격하는 건 과연 옳은 일이란 말인가?'

이제 더 이상 싸우는 소리가 들리지 않았다. 곽정은 바위 위에 앉아 깊은 상념에 잠겼다.

얼마나 지났을까, 갑자기 바로 옆 소나무 뒤에서 인기척이 들리더니 누군가가 걸어 나왔다. 곽정이 몸을 돌려 바라보니 백발에 붉은 얼굴을 한 양자옹이었다.

곽정은 전혀 상대하지 않고 다시 생각 속으로 빠져들었다. 양자옹은 그러나 곽정을 보고 깜짝 놀랐다. 그는 자신이 이미 곽정의 적수가 아님을 잘 알고 있었다. 그는 얼른 소나무 뒤로 다시 몸을 숨겼다. 그러나 한참을 숨어 있어도 아무런 기척이 없었다. 고개를 내밀어 살펴보니 곽정은 넋 나간 사람처럼 망연히 앉아 무언가 혼자 중얼거리고 있었다. 마치 무엇에 홀린 것 같았다.

'뭔가 이상한데? 한번 건드려볼까?'

양자옹은 감히 가까이 다가가지는 못하고 돌멩이를 하나 집어 곽정의 등을 향해 던졌다. 곽정은 바람을 가르는 소리에 몸을 비켜 피하기는 했으나 여전히 상대하지 않았다. 양자옹은 조금 용기가 생겨 나무 뒤에서 몇 발짝 걸어 나왔다.

"곽정, 여기서 뭐 하는 거냐?"

"생각하고 있어요. 무공으로 다른 사람을 다치게 해도 되는 걸까요?"

양자옹은 뜻밖의 말에 주춤했으나 곧 교활한 미소를 띠었다.

'멍청한 놈.'

"사람을 다치게 하면 쓰나, 절대 안 되지."

"그렇게 생각하세요? 정말이지 지금까지 익힌 무공을 모두 잊어버릴 수 있다면 좋겠어요."

양자옹은 먼 산을 바라보는 곽정의 멍한 표정을 보며 천천히 곽정의 등 뒤로 다가가 부드러운 목소리로 말했다.

"나도 지금 내 무공을 잊어버리기 위해 노력하고 있는데, 내가 좀 도와줄까?"

"좋죠. 어떻게 하면 되는데요?"

"응, 내게 좋은 방법이 있단다."

양자옹은 갑자기 곽정에게 두 손을 뻗어 목뒤의 천주天柱와 신당神堂 두 곳의 혈을 찍었다. 곽정은 깜짝 놀랐으나 순식간에 몸이 마비되는 느낌이 들어서 움직일 수가 없었다. 양자옹은 교활하게 웃어댔다.

"내가 네 몸의 피를 모두 빨아 먹어버리면 넌 무공을 할 수 없게 될 것 아니냐?"

양자옹은 입을 벌려 곽정의 목을 물고 피를 빨기 시작했다.

'그토록 고생해가며 길러온 뱀을 이 녀석이 죽였지. 이 녀석은 내 뱀의 피를 먹고 무공이 강해졌는데, 난 이게 뭐야? 그러니 이 녀석의 피라도 빨아 먹어야지. 뭐, 세월이 많이 흘러 효과가 있을는지는 모르지만, 없으면 또 어때?'

곽정은 예상치도 못한 기습을 당하자 기겁을 했다. 목에 통증을 느끼면서 점차 어지러워졌다. 몸부림을 쳐봤지만 적에게 혈을 잡힌 상태인지라 전혀 힘을 쓸 수가 없었다. 눈에 핏발이 선 양자옹의 얼굴은 그야말로 흉측했다. 양자옹은 점점 더 힘주어 목을 물어뜯었다. 이대로 가면 곽정은 곧 죽을 것이었다.

곽정은 다급한 나머지 깊이 생각지도 않고 역근단골편 가운데 무공 단전에서 기를 불러 모아 천주, 신당혈을 뚫으려 했다.

양자옹은 있는 힘을 다해 곽정의 혈을 누르고 있었는데, 갑자기 혈도에서 엄청난 기가 터져 나오자 손이 마비되면서 그만 곽정의 몸을 놓치고 말았다. 곽정이 고개를 숙인 채 어깨를 들썩하며 허리와 등에 힘을 주자 양자옹의 몸은 사정없이 뒤로 밀려났다. 양자옹은 결국 처참한 비명을 지르며 깊은 낭떠러지로 떨어지고 말았다. 양자옹의 비명 소리가 한참 동안 메아리가 되어 울려 퍼졌다. 곽정은 그 끔찍한 소리에 소름이 끼쳤다. 한참이 지나서야 겨우 정신을 차린 곽정은 목의 상처를 어루만졌다. 그때 문득 자신이 방금 사람을 죽였다는 사실을 깨달았다.

'내가 죽이지 않았다면 그가 나를 죽였겠지. 내가 그를 죽이지 않았어야 했다면, 그는 나를 죽여도 괜찮다는 말인가?'

곽정은 낭떠러지 밑을 바라보았지만, 계곡이 워낙 깊어 아무것도 보이지 않았다.

곽정은 바위 위에 앉아 옷자락을 찢어 목의 상처를 싸맸다. 문득 탁, 탁, 탁, 하는 이상한 소리가 들리더니 산모퉁이에서 웬 괴물이 다가왔다. 깜짝 놀라 자세히 보니, 어떤 사람이 손에 둥근 돌을 들고 물구나무를 선 채 걸어오고 있었다. 탁, 탁, 탁, 하는 소리는 손에 들고 있는 돌이 길바닥에 부딪쳐 나는 소리였다. 그 꼴이 하도 기괴해 쭈그리고 앉아 그 사람 얼굴을 살펴본 순간, 곽정은 대경실색했다. 그는 바로 서독 구양봉이었다.

곽정은 조금 전 양자옹에게 뜻밖의 공격을 받은지라 구양봉의 기괴한 모습에 부쩍 경계심이 생겨 얼른 뒤로 물러나 방어 태세를 취했다. 구양봉은 팔꿈치를 굽혔다가 펴면서 힘을 받아 펄쩍 뛰어 평평한 돌 위로 올라가더니 머리를 땅에 대고 양팔을 몸 양쪽에 붙인 채 마치 굳은 시체처럼 꼿꼿하게 몸을 세웠다. 곽정은 호기심이 일었다.

"구양 선배, 대체 뭘 하시는 겁니까?"

구양봉은 들은 척도 하지 않았다. 곽정은 또다시 몇 발짝 뒤로 물러나 구양봉의 기습에 대비하면서 그의 동정을 살폈다. 그러나 구양봉은 한참이 지나도록 물구나무선 채 꼼짝도 하지 않았다. 곽정은 구양봉의 표정을 살피고 싶었으나 그가 거꾸로 서 있는 탓에 표정을 읽기가 쉽지 않았다. 곽정은 뒤로 돌아 두 다리를 벌리고 허리를 굽혀 구양봉을 바라보았다. 구양봉은 온 얼굴에 땀을 뻘뻘 흘리고 있었는데, 여간 고통스러운 표정이 아니었다. 아마도 뭔가 괴이한 내공을 수련하고 있는 듯했다. 그때 갑자기 구양봉이 양팔을 벌리더니 머리를 땅에 댄 채 빙빙 돌기 시작했다. 속도가 점점 빨라져 옷자락이 바람을 가르는 소리가 크게 울려 퍼졌다.

'틀림없이 무공을 수련하고 있나 본데……. 거참, 괴상한 무공도 다 있군.'

이런 상승 무공을 수련할 때는 모든 기와 정력을 무공 수련에 쏟기 때문에 적의 방해나 공격을 받으면 저항할 수가 없었다. 그래서 무공이 강한 사형이나 사제, 또는 친구 등이 옆에서 도와주거나 아무도 없는 조용한 곳에서 연습을 해야 한다. 그런데 웬일로 구양봉은 이런 곳에서 혼자 무공을 수련하고 있는지 이상한 일이 아닐 수 없었다. 만약 지금처럼 무방비 상태라면 고수가 아니라 무공을 모르는 평범한 장정의 발길질 한 방에도 구양봉은 중상을 입게 될 것이 뻔했다. 그야말로 도마 위에 놓인 생선 꼴이었다. 곽정은 지금이 복수하기 가장 좋은 기회라는 생각이 들었다. 그러나 한편으론 방금 양자옹을 죽인 일로 마음이 편치 않던 터라 차마 구양봉까지 죽일 수가 없어 머뭇거렸다.

구양봉은 한참을 돌다가 점점 속도가 느려지더니 마침내 멈추어 선 채 움직이지 않았다. 잠시 후, 다시 돌을 집어 들고 탁, 탁, 탁, 소리를 내며 오던 길로 사라졌다. 곽정은 대체 어디로 가서 무슨 이상한 무공을 익히는지 호기심이 일어 천천히 뒤를 따라갔다.

구양봉은 물구나무선 채 손으로 걷고 있는데도 발로 걷는 것보다 느리지 않았다. 곽정은 구양봉을 따라 산을 올랐다. 한참을 가니 신록이 푸른 봉우리 앞에 웬 동굴이 나타났다. 구양봉은 동굴 앞에 멈춰 서서 또 움직이지 않았다. 곽정은 큰 돌 뒤에 몸을 숨겼다. 갑자기 구양봉이 독한 음성으로 소리를 질렀다.

"합호문발영哈虎文鉢英, 성이길근星爾吉近, 사고이斯古耳. 네가 잘못 해석해서 내가 잘못 익히게 되었잖아!"

구양봉이 읊은 구절은 〈구음진경〉 중 범어로 적혀 있는 부분이었다. 그런데 〈구음진경〉에 적혀 있는 것과 조금씩 다른 것 같았다. 곽정은 문득 당시 배에서 자기가 홍칠공의 지시대로 〈구음진경〉의 내용을 틀리게 가르쳐준 것이 생각났다. 구양봉은 틀림없이 그때 자기가 일부러 틀리게 적어준 구절을 그대로 외우고 있는 듯했다. 그러나 그건 그렇다 치고, 구양봉은 대체 누구에게 이야기를 하고 있는 것일까? 그때 동굴 안에서 맑은 여자의 음성이 들렸다.

"아직 제대로 수련하지 않은 탓이지, 그게 어찌 내가 잘못 해석한 탓이라는 거예요?"

곽정은 그 목소리를 듣는 순간, 하마터면 소리를 지를 뻔했다. 그 목소리는 바로 곽정이 밤낮으로 그리워하던 황용의 목소리였다. 이게 꿈일까, 생시일까? 귀신에 홀려 잘못 들은 듯 곽정은 한동안 정신을 차리지 못했다.

"분명히 네가 시킨 대로 했는데 대체 왜 임맥任脈과 양유맥陽維脈이 바뀌지 않는단 말이냐?"

"아직 수련이 부족한 거지요. 억지로 이루려 하시면 도리어 해가 됩니다."

분명히 황용의 목소리였다. 곽정은 흥분한 나머지 몸이 휘청거리는 걸 억지로 버티고 있는데, 갑자기 목의 상처가 터지면서 피가 뿜어져 나왔다. 그러나 곽정은 아무것도 느끼지 못했다. 구양봉은 버럭 화를 내며 말했다.

"내일 정오가 화산논검대회인데 더 이상 뭘 기다리란 말이냐? 더 이상 꾸물대지 말고 경문 전체를 들려주지 못할까!"

곽정은 그제야 구양봉이 위험을 무릅쓰고 무공을 익히려 한 까닭을 알 수 있었다. 바로 화산논검대회 전에 무공을 익히려는 욕심 때문이었다.

황용이 웃는 소리가 들렸다.

"우리 곽정 오빠와 약속한 걸로 아는데요. 오빠가 당신을 세 차례 살려주면 날 귀찮게 조르지 않고 내가 원할 때 당신에게 가르쳐줘도 좋다고 약속했잖아요?"

곽정은 황용이 자기를 '우리 곽정 오빠'라고 부르는 것을 듣자 가슴이 두근거렸다. 당장이라도 일어나 소리 지르며 황용에게 달려가고 싶었다. 구양봉이 비웃듯이 말했다.

"상황이 급해 죽겠는데 약속은 무슨 약속!"

구양봉은 몸을 훌쩍 한 바퀴 돌려 똑바로 서더니 손에 들고 있던 돌을 던져버리고 동굴 안으로 들어갔다.

"파렴치한 같으니! 절대 가르쳐줄 수 없어요."

구양봉은 기괴한 목소리로 웃어댔다.

"글쎄, 그렇게 될지 두고 볼까?"

"아악!"

황용의 비명 소리가 들리더니 찌직, 하고 옷이 찢기는 소리가 들렸다. 이런 위급한 순간에 무공을 쓰는 게 옳은지 그른지 따질 여유가 없었다. 곽정은 큰 소리로 황용을 부르며 동굴을 향해 뛰어갔다.

"용아! 나 여기 있어!"

구양봉은 왼손으로 황용의 죽봉을 잡고 오른손으로 황용의 왼팔을 붙잡으려 했다. 황용은 도화라견桃花癩犬 초식으로 구양봉의 손에서 죽봉을 빼앗았다. 막 반격을 하려던 구양봉은 갑자기 들려온 곽정의 목소리에 움찔 놀랐다. 사실 무학 대종사의 신분인 구양봉이 자기보다 훨씬 어린 여자아이를 공격한다는 것은 있을 수 없는 일이고, 또 평소의 구양봉이라면 그럴 리도 없었다. 상황이 워낙 급하다 보니 하는 수 없이 황용에게 무력을 쓰려 한 것인데 뜻밖에 곽정이 나타나자 그만 자기도 모르게 얼굴이 벌게지고 말았다. 게다가 곽정이 왜 약속을 지키지 않느냐고 추궁할 것이 뻔했다. 구양봉은 옷자락을 휘둘러 얼굴을 가리고 곽정 곁을 바람처럼 스치며 도망가버렸다. 곽정은 얼른 달려가 황용의 손을 꼭 잡았다.

"용아, 정말 너무 보고 싶었어."

곽정은 감정이 북받쳐 온몸이 부들부들 떨렸다. 그런데 황용은 도리어 곽정의 손을 뿌리치더니 냉정한 태도로 말했다.

"누구세요? 왜 내 손을 잡는 거죠?"

곽정은 순간 어리둥절해졌다.

"나…… 나, 곽정이야. 난 네가 죽은 줄…… 죽은 줄만……."

"난 댁이 누구신지 모르겠는데요."

황용은 찬 바람을 일으키며 동굴 밖으로 나가버렸다. 곽정은 급히 뒤를 따라나갔다.

"용아, 용아! 내 말 좀 들어봐!"

"흥! 댁이 누군데 감히 내 이름을 함부로 부르는 거예요?"

곽정은 아무 대꾸도 하지 못했다. 황용은 곽정의 마르고 초췌해진 모습을 보자 안쓰러운 생각이 들었다. 그러나 곽정이 여러 차례 자신을 버린 일이 떠올라 다시 화가 났다. 황용은 곽정을 거들떠보지도 않고 걸음을 재촉했다. 곽정은 뒤를 쫓아 그녀의 옷자락을 붙잡고 애걸했다.

"한마디만 할게. 좀 들어봐."

"무슨 말을요?"

"난 유사流沙에서 네 장신구와 옷을 보고 네가 죽은 줄만……."

"한마디만 들어달랬죠? 다 들었으니 됐군요."

황용은 곽정의 손을 뿌리치고 다시 걸음을 옮겼다. 곽정은 몸 둘 바를 몰랐다. 황용의 태도가 너무 강경해 앞으로 정말 다시는 못 보게 되는 것은 아닌지 두려웠다. 그러나 어떻게 자기 마음을 표현해야 할지, 어떻게 해야 그녀의 마음을 풀어줄 수 있을지 도무지 알 수가 없었다. 하는 수 없이 곽정은 황용의 뒷모습을 바라보며 묵묵히 그녀의 뒤를 따랐다.

황용은 곽정 때문에 마음이 어지러웠다. 옛일들이 주마등처럼 뇌리를 스쳐갔다. 구양봉의 추적을 따돌리기 위해 유사에서 금장식과 담비 가죽옷을 버린 일, 혼자 서역에서 동쪽으로 가던 중 절망과 외로움으로 떨었던 일, 도화도의 아버지에게로 돌아가려 했으나 산동에서 큰

병을 앓은 일, 돌보아주는 이 없이 혼자 고열에 시달리며 곽정에 대한 배신감으로 몸부림친 일, 병이 나은 뒤 구양봉에게 잡혀 화산까지 쫓겨와 경문을 해석해주게 된 일 등이 하나하나 떠올랐다. 돌이켜 생각해보면 원망스러운 일들뿐이었다. 그러자 뒤따르고 있는 곽정의 발소리가 갑자기 몸서리치게 싫어졌다. 그러나 황용이 발걸음을 빨리하면 할수록 곽정은 더 가까이 따라붙었다. 황용은 길을 걷다 갑자기 뒤를 돌아 큰 소리로 화를 냈다.

"대체 왜 날 따라오는 거예요?"

"난 영원히 널 따라다닐 거야. 평생 널 떠나지 않을 거야."

황용이 냉소를 지었다.

"테무친의 부마 나리께서 저 같은 미천한 계집을 따라다니다니요?"

"테무친이 어머니를 죽였는데, 내 어찌 그의 부마가 될 수 있겠니?"

곽정의 말에 황용은 더 화가 치밀어, 얼굴을 붉힌 채 소리를 질렀다.

"역시 그렇군요. 난 또 나에 대한 정이 조금은 남아 있어서 그러는 줄 알았지. 테무친에게 버림받고 나니까 갈 데가 없어서 날 찾아오셨다? 내가 그렇게 함부로 해도 될 만큼 만만해 보여요?"

황용은 분을 참지 못하고 그만 눈물을 흘리고 말았다.

'그게 아닌데, 그런 뜻이 아니었는데……'

곽정은 당황해 어쩔 줄 몰랐다. 변명을 하고 싶었으나 역시 무슨 말을 해야 할지 머릿속에 떠오르지 않았다.

"용아! 날 때리든지, 죽이든지 네가 하고 싶은 대로 하렴."

황용은 눈물을 흘리며 처량하게 말했다.

"당신을 죽여 무엇 하겠어요? 제발 부탁이니 그냥 우리 서로 모르는 사이로 살아요. 다시는 날 따라오지 마세요."

곽정은 황용의 단호한 태도에 안색이 창백해졌다.

"어떻게 하면 내 진심을 믿어주겠니?"

"오늘 날 사랑한다고 했다가도 화쟁인지, 공주인지 그녀가 오기만 하면 또 날 버리고 갈 텐데 내가 어떻게 오빠를 믿어요? 오빠가 이 자리에서 죽기라도 한다면 혹시 믿을는지도 모르죠."

곽정은 뜨거운 피가 솟구쳐 오르는 것 같았다. 그는 고개를 끄덕이 더니 몸을 돌려 절벽을 향해 걸어갔다. 조금만 더 가면 천 길 낭떠러지 였다. 여기서 뛰어내린다면 뼈도 못 추릴 게 뻔했다. 황용은 곽정의 성 정을 잘 아는지라 깜짝 놀라 급히 다가가 손으로 곽정의 옷을 잡아 힘 껏 당기고 벼랑 끝을 막고 섰다.

"좋아요. 오빤 정말 내 생각은 전혀 안 하는군요! 화가 나서 한마디 했다고 시위하는 거예요? 이럴 바에야 차라리 영원히 서로 보지 말자 고요."

황용은 창백한 얼굴로 부들부들 떨며 벼랑 끝에 서 있었다. 마치 한 송이 흰 꽃이 바람에 휘날리고 있는 것 같았다. 곽정은 북받쳐 오르는 감정을 이기지 못하고 정말이지 뛰어내리려 했다. 뛰어내려 자기의 진 심을 증명해 보이고 싶었다. 그러나 지금 보니 자칫 잘못하면 황용이 떨어지게 될 것만 같았다.

"용아, 안쪽으로 좀 들어와."

혹시 황용이 떨어지지나 않을까 하는 걱정으로 곽정의 목소리가 미 세하게 떨렸다. 황용은 곽정의 떨리는 음성에 콧날이 시큰해졌다.

"누가 내 걱정 해달랬어요? 산동에서 아파 죽을 지경이 되었을 때

내 곁에 있었나요? 구양봉에게 쫓겨 공포와 두려움에 떨고 있을 때, 내 곁에서 나를 지켜주었나요? 우리 엄만 날 버리고 먼저 저승으로 가 버렸지요. 아버지도 내가 필요할 때 내 곁에 없었어요. 오빤 더 말할 것도 없죠. 이 세상에 날 사랑해주는 사람은 아무도 없어요."

황용은 목 놓아 울었다. 그동안의 고독과 외로움, 공포와 두려움이 한꺼번에 터져 나오는 것 같았다. 곽정은 가슴이 터질 것만 같았다. 황용을 품에 안고 위로해주고 싶었지만, 자신이 용서받지 못할 죄를 지었다는 생각에 선뜻 용기가 나지 않았다. 찬 바람이 불어닥쳤다. 황용은 추위에 몸을 웅크렸다. 곽정은 얼른 겉옷을 벗어 황용의 어깨에 걸쳐주려 했다. 그때 누군가 큰 소리로 외치는 소리가 들렸다.

"누가 감히 우리 황 낭자를 울리는 거야?"

흰 수염과 머리를 휘날리며 산모퉁이를 돌아 내려오는 사람은 바로 주백통이었다. 그러나 곽정은 황용에게 신경 쓰느라 누가 왔는지 돌아보지도 않았다. 황용이 먼저 주백통을 보고 입을 뗐다.

"구천인을 죽이라고 했는데, 죽였나요?"

주백통은 할 말이 없어 히죽히죽 웃기만 했다. 속으로는 황용이 화를 내기 전에 뭔가 재미있는 말로 그녀를 웃겨주어야겠다고 생각했다.

"황 낭자, 누가 우리 황 낭자를 울렸지? 내가 대신 혼내줄 테다."

황용이 곽정을 가리켰다.

"바로 이 사람이에요."

주백통은 어떻게든 황용에게 잘 보여야 하는 처지라 더 묻지도 않고 냅다 팔을 휘둘러 곽정의 따귀를 두 대나 올려붙였다. 곽정은 전혀 예상치 못한 일이라 손쓸 틈도 없이 얻어맞았다. 주백통이 어찌나 힘주어 때렸는지, 곽정은 눈앞이 아득해지며 양 볼이 금세 빨갛게 부어올랐다. 주백통은 황용을 돌아보았다.

"황 낭자, 이제 됐지? 아직 분이 안 풀린다면 더 때려주지."

곽정의 양 볼에 손가락 자국이 다섯 줄로 선명히 찍힌 것을 본 황용은 그에 대한 미움이 어느새 연민으로 바뀌었다. 그리고 그 감정은 다시 주백통에 대한 분노로 폭발했다.

"내가 저 사람한테 화를 내는데 왜 끼어드는 거예요? 누가 때려달라고 했어요? 가서 구천인이나 죽이라니까 왜 이러고 계시는 거죠?"

주백통은 움찔하며 혀를 내밀었다.

'비위 좀 맞추려고 했는데, 또 뭔가 잘못됐구먼.'

낭패한 표정으로 어찌할 바 모르고 있는데, 갑자기 뒤에서 무기가 서로 부딪치는 소리와 시끄러운 함성이 들려왔다. 주백통은 이때다 싶어 얼른 표정을 고치고 짐짓 부산을 떨었다.

"아마도 구천인, 그 영감이 나타난 모양인데? 내 이번엔 아주 요절을 내줘야지."

그는 말을 마치고 연기처럼 사라져버렸다. 그러나 구천인을 만난다고 해도 주백통은 직접 맞설 용기가 나지 않았다. 얼마 전 구천인, 구양봉, 곽정 세 사람과 서역의 어두운 돌집에서 싸울 때 곽정과 구양봉이 빠져나간 후 구천인도 기회를 틈타 도망쳤다. 주백통은 그래도 끈질기게 그를 쫓았다. 쫓기던 구천인은 기진맥진한 나머지 슬슬 분노가 치솟았다. 그래도 명색이 무림 대방의 방주인데, 이런 치욕을 당한다는 것은 참을 수 없는 일이었다. 적의 수중에 떨어져 모욕을 당하느니 차라리 깨끗이 스스로 죽어버리는 것이 낫겠다는 생각이 들었다.

주위를 둘러보니 바위 주변을 기어다니는 독사 몇 마리가 눈에 띄었다. 한번 물리면 즉시 전신이 마비되어 고통을 느낄 새도 없이 죽을 수 있을 듯했다. 그는 당장 독사 한 마리를 잡아 그 머리 부분을 잡고 주백통을 기다렸다.

"주백통 이놈아, 잘 왔다!"

막 독사의 입을 제 팔에 갖다 대려는데 생각지도 못한 일이 벌어졌다. 주백통이 비명을 지르며 몸을 돌려 도망을 친 것이다. 주백통이 뱀을 제일 무서워한다는 사실을 모르는 구천인은 영문을 몰라 어리둥절할 수밖에 없었다. 잠시 후 그가 어찌 된 연유인지 눈치를 챈 다음에는 상황이 역전되었다. 구천인은 왼손에도 독사를 한 마리 더 잡고 고함을 치며 주백통을 쫓기 시작했다. 주백통은 가슴이 철렁 내려앉아 걸음아 날 살려라 도망치기에 급급했다. 구천인은 철장수상표라 불릴 정도로 경신술이 주백통보다 한 수 위였으므로 마음만 먹으면 따라잡을 수도 있었지만, 주백통의 무공을 두려워하는지라 너무 바짝 쫓지는 않았다.

그렇게 쫓고 쫓기다가 해가 저물어서야 주백통은 숨을 돌릴 수 있었다. 구천인은 주백통을 쫓으면서도 달아날 궁리를 하고 있었다. 속으로 슬그머니 우스운 생각이 들면서도 끝내 주백통을 따라잡지는 않았다. 다음 날, 주백통은 준마 한 필을 손에 넣어 구천인을 피해 서둘러 동쪽으로 말을 몰아 여기까지 오게 된 것이다.

주백통이 자리를 뜨자 황용은 잠시 곽정을 바라보다 한숨을 내쉬고는 고개를 숙인 채 말이 없었다.

"용아."

곽정이 이름을 불러보았지만 황용은 "네" 하고 짧게 대답할 뿐이었다. 곽정은 뭐라고 사죄를 하고 싶었지만 스스로 말주변이 없음을 한탄하며 혹 한마디라도 잘못 내뱉었다가 오히려 황용의 화를 돋울까 싶어 입을 다물었다. 두 사람은 바람을 마주한 채 서 있었다. 갑자기 황용이 재채기를 했다. 곽정은 이미 옷을 벗어 들고 있던 참이어서 얼른 황용의 어깨에 걸쳐주었다. 황용은 고개를 파묻은 채 가만히 있었다. 갑자기 주백통이 크게 웃는 소리가 들렸다.

"거참, 꼴 좋구나, 좋아!"

황용은 손을 뻗어 곽정의 손을 잡고 낮게 속삭였다.

"오빠, 우리 가서 구경해요."

곽정은 너무나 기쁜 나머지 눈물이 왈칵 쏟아져 아무 말도 할 수가 없었다. 황용은 소맷부리를 당겨 그의 눈물을 닦아주며 빙그레 웃었다.

"눈물 자국에 손자국에……. 누가 보면 내가 오빠를 때려 울린 줄 알겠어요."

그렇게 웃고 두 사람은 비로소 전처럼 화기애애해졌다. 서로 마음고생을 겪고 나니 정이 한층 더 깊어진 듯했다. 두 사람은 손을 잡고 바위 뒤를 돌아가보았다. 그곳에는 주백통이 배를 움켜쥐고 득의양양한 얼굴로 웃음을 터뜨리고 있었고, 그 옆에서 구처기가 검으로 땅을 짚고 서 있었다. 사통천, 팽련호, 영지상인, 후통해 네 사람은 무기를 내려치려는 자세, 혹은 몸을 웅크려 달아나려는 자세로 멈춰 있었다. 그들의 모습은 제각기 달랐지만 하나같이 진흙이나 나무로 깎아놓은 인형처럼 꼼짝도 못 하고 그 자리에 굳어 있었다. 주백통이 혈도를 찍어놓은 것이었다.

"전에 내가 몸에 때를 벗겨 환약을 만들어 먹였지. 네놈들이 독이 없다는 것을 귀신같이 눈치채고 내 말을 안 들었겠다? 헤헤…… 오늘은 어떠냐?"

네 사람을 꼼짝 못 하게 만들기는 했지만, 주백통은 이들을 어찌 처리할지 아직 결정을 내리지 못했다. 그러던 차에 마침 곽정과 황용이 다가오는 것을 보고 반색했다.

"황 낭자, 내 이 네 녀석을 낭자에게 주지."

"데려다 어디에 쓰게요? 흥! 죽이지도 못하고, 놓아주지도 못하고, 잡아둔 채 쩔쩔매고 계시는군요. 저를 누나라고 세 번 부르면 좋은 방법을 가르쳐드릴게요."

주백통은 표정이 환해지더니 황용을 누나라고 세 번 부르며 부를 때마다 고개를 숙여 절까지 했다. 황용은 피식 웃으며 먼저 팽련호를 가리켰다.

"저자의 몸을 수색해보세요."

주백통은 황용의 말대로 팽련호의 몸을 뒤져 독침이 달린 반지와 해독약 두 병을 찾아냈다.

"저 독침으로 사질 되시는 마옥을 찌른 적이 있으니, 저자들도 몇 번 찔러주세요."

팽련호와 나머지 세 사람은 소리는 똑똑히 들을 수 있었기 때문에 황용의 말에 깜짝 놀라 정신이 나갈 지경이었지만, 혈도를 찍힌 처지라 꼼짝도 할 수 없었다. 몇 번 따끔거리는 아픔과 함께 모두들 독침에 몇 차례씩 찔리고 말았다.

"해독약이 우리에게 있으니 앞으로는 말을 잘 듣겠죠?"

황용의 말에 주백통은 좋아라 손뼉을 치더니 고개를 모로 꼬고 잠시 생각에 잠겼다. 그러고는 몸에서 또 때를 긁어내 해독약과 섞고는 잘 뭉쳐 작은 환약을 몇 개 만들었다. 그것을 구처기에게 건네주며 말했다.

"자네가 이 네 녀석을 종남산 중양궁重陽宮으로 데려가 20년간 가두어두게. 가는 길에 착하게 말을 잘 들으면 이 약을 먹이고, 그러지 않으면 독이 퍼지게 그냥 둬. 놈들이 제 무덤을 판 것이니 불쌍하게 생각할 필요 없네!"

구처기는 지시대로 하겠다는 뜻으로 허리를 굽혔다. 그 모습을 보고 황용이 미소를 지었다.

"말씀이 그럴듯하시네요. 1년간 못 뵌 사이에 많이 발전하셨어요."

주백통은 의기양양해져 팽련호 등의 혈도를 풀어주었다.

"너희들은 중양궁에 가 20년간 얌전히 지내거라. 진심으로 잘못을 뉘우치면 좋은 사람이 될 수 있을 거다. 그러지 않으면, 헤헤…… 우리 전진교 어르신들은 눈 하나 깜짝하지 않고 사람을 죽일 수 있으니 네 놈들을 갈아 고깃덩어리로 만들어 먹어버릴 테다. 그래도 말썽을 부릴 수 있겠느냐?"

팽련호 등은 더 말하지 못하고 그저 굽실거릴 뿐이었다. 구처기는 웃음을 참으며 주백통에게 하직 인사를 올리고 네 사람을 데리고 산을 내려갔다.

"언제 훈계하는 것도 배우셨어요? 그런데 처음 말씀은 그럴듯했는데, 뒤로 갈수록 엉망이던걸요."

황용의 말에 주백통은 파안대소했다. 그때 왼쪽 봉우리에서 뭔가 번뜩이는 것이 눈에 띄었다.

"응? 저게 뭐지?"

곽정과 황용이 고개를 들어 살폈을 때는 이미 빛이 사라진 뒤였다. 주백통은 황용이 구천인의 일을 물을까 봐 염려되어 자리를 피하려고 얼른 얼버무렸다.

"내가 가서 살펴보마."

그러고는 봉우리 쪽으로 달려갔다.

악이 선을 이길 수는 없는 법

오랜만에 만난 곽정과 황용은 동굴을 찾아 들어가 그간의 일들을 이야기했다. 서산으로 해가 진 뒤에도 이야기는 끝날 줄 몰랐다. 곽정은 가지고 있던 식량을 꺼내 황용에게 나누어주었다. 황용의 이야기는 먹는 중에도 계속되었다.

"구양봉, 그 늙은이가 〈구음진경〉을 가르쳐달라고 조르더군요. 오빠가 엉터리로 써준 경문에 제가 멋대로 해석해주었죠. 그런데도 그 영감은 그것을 그대로 믿고 벌써 몇 개월째 수련하고 있어요. 제가 이런 상승 무공은 거꾸로 연마해야 한다고 했더니 정말로 물구나무를 선 채 수련을 하는 거예요. 자기 몸의 경맥도 거꾸로 흐르게 했는걸요. 정말 재주가 대단해요. 이미 음유陰維, 양유陽維, 음교陰蹻, 양교陽蹻 맥의 흐름을 제 마음대로 역류시키기도 해요. 만일 전신의 경맥을 모두 역행시키면 어떻게 될지 정말 궁금하다니까요."

황용이 깔깔거리며 웃는 모습을 보고 곽정도 미소를 지었다.

"어쩐지 물구나무를 선 채 다니는 게 이상하다 했지. 그렇게 하기도 정말 쉽지 않을 텐데 말이야."

"그런데 오빠는 천하제일의 명성을 다투려고 화산에 온 건가요?"

"지금 날 놀리는 거야? 난 주 대형께 무공을 없애는 방법을 여쭤보려고 온 거야."

곽정은 그간 자신이 고민해온 문제를 털어놓았다. 황용도 가만히 생각에 잠겼다가 고개를 끄덕였다.

"잊는 것도 좋겠군요. 오빠나 나나 지금까지 무공을 연마하며 점점 강해졌지만, 동시에 마음은 전처럼 편치가 않으니까요. 아무것도 할 줄 모르던 어린 시절이 좋았던 것 같아요. 거칠 것도 없고, 근심도 없었잖아요."

사람이 나이가 들면 근심과 고민만 늘 뿐, 무공이 늘었다고 행복해지는 건 아니라는 생각이 들었다.

"구양봉 말이, 내일이 대결하는 날이라던데요. 우리 아버지도 오실 텐데, 어차피 오빠가 천하제일을 다툴 생각이 없다면 아버지가 이길 수 있도록 도와드려야 하지 않겠어요?"

"용아, 네 말을 듣지 않으려는 건 아닌데……. 사실 사부님이 네 아버님보다 훌륭하신 것 같아."

그때까지 곽정에게 기대고 있던 황용은 곽정이 제 아버지를 좋지 않게 이야기하는 것을 듣고는 화가 나 그를 밀쳐냈다. 곽정이 영문을 모르고 어리둥절해하자 황용은 그냥 깔깔 웃고 말았다.

"그래요, 사부님은 우리에게도 잘해주셨죠. 그럼 아무도 도와주지 않는 게 어때요?"

"용이 아버지나 사부님 모두 공명정대한 군자시니까 우리가 몰래 도와드리려고 하는 걸 아시면 도리어 불쾌하게 여기실 거야."

"그래요, 무슨 꿍꿍이를 꾸미는 건 못된 소인배나 할 짓이란 말이죠?"

황용이 고개를 쳐들었다.

"아차, 이런 멍청이! 내가 또 말을 잘못해서 용이를 화나게 했구나."

곽정은 정말로 당황한 얼굴이었다. 황용은 어쩔 줄 모르는 곽정을 보고는 풋, 웃음을 터뜨렸다.

"앞으로 내가 오빠에게 얼마나 더 화를 낼지 모르겠네요."

곽정은 무슨 말인지 얼른 알아듣지 못하고 황용을 멀뚱히 바라보았다.

"이제 오빠가 정말 나를 버리지 않는다면 우리가 함께 지낼 세월이 길어지겠죠. 그럼 오빠가 하는 바보 같은 소리도 얼마나 더 들어야 하는지 모르는 거잖아요?"

곽정은 뛸 듯이 기뻐하며 황용의 두 손을 꼭 잡았다.

"내가 왜 용이를 버리겠어? 그럴 리 없어."

"이제 공주도 싫다고 했으니 당연히 별것 없는 계집이지만 저밖에 없는 거겠죠."

황용의 말을 들으며 마음이 설레던 곽정은 갑자기 사막에서 비참하게 돌아가신 어머니가 떠올라 할 말을 잃었다. 은은한 달빛이 물결처럼 퍼지며 두 사람을 비춰주었다. 황용은 곽정의 안색이 갑자기 바뀌는 것을 보고 자기가 무슨 말을 잘못했나 싶어 얼른 말머리를 돌렸다.

"오빠, 지나간 이야기는 서로 꺼내지 말기로 해요. 같이 있으니까 이렇게 좋은걸요. 그러니까 제 볼에 입맞춰줄래요?"

순간, 곽정은 얼굴이 붉게 달아올라 더 가까이 다가가지 못하고 머

악이 선을 이길 수는 없는 법

뭇거렸다. 황용은 피식 웃더니 자기도 무안한 듯 또 다른 화제를 꺼냈다.

"내일이 대결하는 날인데, 누가 이길까요?"

"그야 모르지. 일등대사님은 오실지 모르겠네?"

"대사님은 출가해서 속세의 일을 등지셨으니까 그런 허명을 위해 나오지는 않으실 거예요."

곽정도 고개를 끄덕였다.

"나도 그렇게 생각해. 용이 아버님, 사부님, 주 대형, 구천인, 구양봉 다섯 분이 모두 나름대로 장기를 지니고 계시잖아. 그런데 사부님은 완전히 회복하셨을까? 무공이 전만 못하면 어쩌지?"

말을 하고 보니 더욱 걱정이 되었다.

"원래는 노완동의 무공이 가장 강하죠. 하지만 그분이 〈구음진경〉의 무공을 쓰지 않는다면 다른 네 분보다 뒤질 거예요."

이런저런 이야기를 나누다 보니 황용은 피로가 몰려와 곽정의 품에 기댄 채 곤히 잠이 들었다. 곽정도 까무룩 잠이 들려는데, 갑자기 밖에서 발소리가 들려오더니 검은 그림자 두 개가 앞서거니 뒤서거니 절벽 뒤에서 튀어나왔다.

두 사람은 옷자락으로 바람을 일으키며 굉장히 빠른 속도로 달리고 있었다. 그 모습을 보니 앞에 있는 사람은 노완동 주백통이요, 뒤에서 쫓는 자는 구천인이었다. 곽정은 구천인이 독사로 주백통을 위협하는 줄은 모르고 깜짝 놀라 잠에서 깼다. 서역에서는 구천인이 주백통에게 쫓겨다니기 바빴는데, 어쩌다 상황이 바뀌었는지 알다가도 모를 일이었다. 곽정은 황용을 가만히 흔들어 깨웠다.

"저것 좀 봐."

황용은 눈을 비비며 고개를 들었다. 달빛 아래서 주백통이 잠시도 쉬지 않고 이리저리 뛰어다니고 있었다. 황급히 외치는 목소리도 들려왔다.

"이놈 구가야! 내 여기 뱀 잡는 사람을 숨겨놓았거늘, 그래도 도망가지 않느냐?"

구천인은 가볍게 웃어넘겼다.

"내가 세 살배기 어린애로 보이느냐?"

"정아, 황 낭자! 나 좀 도와줘!"

곽정이 얼른 뛰어나가려는 순간, 여전히 그의 품에 안겨 있던 황용이 나직이 속삭였다.

"움직이지 말아요."

주백통이 몇 바퀴를 돌았건만, 곽정과 황용의 모습은 나타나지 않았다.

"이런 연놈들, 그래도 나오지 않으면 너희 18대 조상까지 욕을 퍼부어줄 테다!"

황용이 몸을 일으켜 소리 내어 웃었다.

"나는 안 나갈 거예요. 욕하려면 해보세요."

주백통은 구천인이 두 손에 고개를 바짝 세우고 혀를 날름거리는 독사를 들고 오는 것을 보고 너무 놀라 다리가 풀릴 지경이었다.

"황 낭자, 어서 와 도와줘. 빨리! 내가 우리 집안 18대 조상님까지 욕하면 도와줄래?"

구천인은 곽정과 황용이 한편에 숨어 있다는 것을 알고 내심 깜짝

악이 선을 이길 수는 없는 법

놀랐다. 아무래도 기회를 봐서 빠져나가야 할 듯싶었다. 괜히 꾸물대다 세 사람이 힘을 합쳐 덤비기라도 하면 자신은 꼼짝없이 당할 수밖에 없다는 생각이 들었다. 내일 정오만 되면 일대일로 대결해야 하니 지금의 이 위기만 넘기면 될 듯했다. 구천인은 두 발을 땅에 찍고 몸을 날렸다. 그리고 손에 들고 있던 독사로 주백통의 얼굴을 내리쳤다.

주백통은 소매로 공격을 막아내며 옆으로 재빨리 피했다. 그러나 머리 위로 무슨 소리가 나는가 싶더니 목덜미로 뭔가 차가운 것이 들어와 등 뒤로 미끄러져 들어가며 팔딱거렸다. 주백통은 이제 거의 졸도할 지경이 되었다.

"아, 나 죽네, 나 죽어!"

그러면서 옷 안으로 손을 넣어 독사를 꺼낼 엄두도 내지 못하고 미친 듯 뛰어다닐 뿐이었다. 그러다 갑자기 독사가 등을 무는 듯한 느낌이 들었다. 이렇게 죽는구나……. 주백통은 온몸이 굳어지며 땅바닥에 풀썩 쓰러지고 말았다. 곽정과 황용은 얼른 달려가 주백통을 데리고 왔다.

구천인은 주백통이 어찌할 바를 모르고 날뛰는 틈을 타 산을 내려갈 길을 찾고 있었다. 이때 수풀 속에서 검은 그림자가 불쑥 튀어나오더니 차가운 목소리로 말을 걸었다.

"구가 놈, 오늘은 도망 못 갈 줄 알아라!"

구천인은 달빛을 등지고 있어 그의 얼굴을 뚜렷이 볼 수가 없었다. 하지만 너무나 서늘한 목소리에 구천인은 저도 모르게 등골이 오싹해졌다.

"누구요?"

주백통은 정신이 혼미한 상태로 땅바닥에 웅크리고 있었다. 이제 지옥으로 떨어지는구나 체념하고 있는데, 누군가 자신을 일으켜주는 것이 느껴졌다.

"어르신, 걱정 마십시오. 그건 뱀이 아닙니다."

주백통은 넋이 나간 듯 펄쩍 뛰며 몸을 일으켰다. 등 뒤에 있는 축축하고 차가운 그 무엇이 또 날뛰기 시작했다. 주백통은 저도 모르게 비명을 질러댔다.

"또 나를 문다! 뱀이야, 뱀!"

"뱀이 아니라 와와어입니다."

곽정과 황용은 이미 그들을 알아보았다. 일등대사 밑에 있는 어초경독 네 제자 중 하나인 어부였다. 그는 와와어를 잡아서 가지고 다녔는데, 한 마리가 빠져나가 나무 위에 기어올라가 있다가 그만 공교롭게도 주백통의 옷 속으로 들어간 것이다. 와와어는 원래 사람을 물지 않는데, 주백통의 머릿속이 온통 독사 생각뿐이었던지라 축축하고 미끄러운 것이 등에 닿자 독사가 등을 물려는 것으로 알고 날뛰었던 것이다. 어부가 조금만 늦었더라면 그는 놀라 정신을 잃고 말았을 것이다.

주백통은 눈을 뜨고 어부를 보았다. 아직 놀란 가슴이 진정되지 않아 그저 전에 본 적이 있다는 기억만 어렴풋이 떠오를 뿐, 누구인지 알 수가 없었다. 고개를 돌려보니 구천인이 주춤주춤 뒷걸음질 치는 모습이 보였다. 그리고 검은 그림자 하나가 천천히 자신에게 다가오고 있었다. 주백통은 조금 정신을 차리는가 싶더니 또다시 혼비백산했다. 그 그림자는 대리국 황궁의 유 귀비 영고가 아닌가!

악이 선을 이길 수는 없는 법

구천인은 스스로 지금이라면 자신의 무공을 능가하는 사람은 주백통뿐이라고 여기고 있었다. 독사로 주백통을 쫓아버릴 수만 있다면 내일 열릴 대회에서 남들을 누르고 천하제일의 이름을 얻을 가망이 있다는 데 생각이 미쳤다. 그런데 대회 전날 영고가 갑자기 나타난 것이다. 일전에 청룡탄에서 미쳐 날뛰는 그녀에게 붙잡혀 곤욕을 치른 구천인은 만일 여기서 또 저 미친 여자에게 잡힌다면 적들마저 사방에 깔려 있어 목숨을 부지하기 어려울 것이라는 생각이 들었다.

　"내 아들의 목숨을 내놓아라!"

　영고의 쉰 듯 갈라진 목소리에 구천인은 가슴이 서늘해졌다. 당시 자신이 변장을 하고 황궁에 들어가 그녀의 아들을 해친 것은 단황야가 아이를 치료하느라 공력을 소모하게 할 목적이었다. 그러나 단황야가 그 아이를 치료해주지 않을 줄은 꿈에도 생각지 못했다. 게다가 영고가 어떻게 자신이 한 짓임을 알고 있는지 신기할 따름이었다. 구천인은 일단 천연덕스럽게 웃어넘겼다.

　"아니, 왜 나를 붙들고 늘어지는 거요?"

　"내 아들의 목숨을 내놓으라는데도!"

　"무슨 말이오? 당신 아들 죽은 것과 내가 무슨 상관이 있소?"

　"흥! 그날 밤 네 얼굴은 보지 못했지만 네가 웃는 소리는 똑똑히 기억하고 있다. 어디 다시 한번 웃어봐라. 웃어! 웃어!"

　두 손을 앞으로 뻗고 다가오는 영고는 금방이라도 몸을 날려 구천인을 덮칠 것 같았다. 구천인은 두어 걸음 물러서다가 갑자기 몸을 틀며 왼손을 오른손과 마주치며 오른손 장력을 비스듬히 날려 영고의 복부를 공격했다. 그의 철장공 13절초 가운데 하나로 음양귀일 陰陽歸

—이라는 초식이었다. 그 위력은 절초 중에서도 단연 으뜸이었다. 영고도 위협을 느끼며 니추공으로 공격을 풀어보려 했지만 그의 공격이 워낙 빠른지라 미처 발을 떼기도 전에 구천인의 손이 이미 깊숙이 공격해 들어오고 말았다.

영고는 마음이 아팠다. 이미 복수는 글렀고, 구천인의 손에 덧없이 죽느니 그를 껴안고 계곡 아래로 굴러 함께 죽을까 하는 생각이 들었다. 그때 한 가닥 권풍이 귀 옆을 스치는 것 같았다. 예리하기가 칼날 같은 바람이었다. 구천인으로서는 생각지 못한 공격이라 얼른 손을 거두고 먼저 옆에서 덮쳐오는 공격을 막았다.

"노완동, 또 시작이구나!"

주백통은 영고가 위험한 것을 보고 〈구음진경〉 중 상승 무공을 펼쳐 구천인의 철장절초를 무위로 돌아가게 했다. 주백통은 영고를 똑바로 쳐다보지 못하고 등을 진 채 웅얼거렸다.

"영고, 당신은 구천인의 적수가 되지 못하니 어서 가시오. 난 그만 가보겠소."

주백통이 막 산 아래로 뛰어내려가려는 순간, 영고의 외침이 뒤통수를 때렸다.

"주백통, 당신은 아들의 원수도 갚지 않으려는 건가요?"

주백통은 뭔가에 얻어맞은 듯 갑자기 머리가 멍해지더니 그 자리에 멈추어 섰다.

"뭐? 내 아들?"

"그래요, 당신 아들을 죽인 자가 바로 구천인이에요."

주백통은 자기와 영고가 며칠을 함께 지내고 나서 영고가 아들을 낳았을 줄은 꿈에도 생각지 못했다. 도대체 뭐가 뭔지 알 수 없어 머릿속이 텅 비는 것 같았다. 어찌할 바를 모르고 주춤주춤 고개를 돌리니 영고 옆에 몇 사람이 서 있었다. 곽정과 황용 외에도 일등대사와 그의 네 제자가 자신의 등 뒤에 있었다.

이제 구천인의 뒤로는 절벽이요, 눈앞에 나타난 사람들은 하나같이 무공이 뛰어난 강적이었다. 살면서 이렇게 위험한 순간은 처음이었다. 그래도 힘을 주어 쌍장을 날리며 호기롭게 외쳤다.

"나는 화산에 올라가 천하제일의 무공을 다투기 위해 온 것이오. 흥! 모두 힘을 합쳐 나를 상대하겠다니, 그렇게 하면 호적수를 하나 없애는 것일 테지만 그런 비겁한 짓을 하겠다는 말이오?"

주백통이 듣고 보니 그 말에 일리가 있었다.

"좋다! 그럼 내일 대회가 끝나고 네 구차한 목숨을 거두어주마."

주백통의 말에 영고의 외침이 터져 나왔다.

"이렇게 억울할 데가! 내일까지 어떻게 기다리라고……."

"신의는 신의를 지키는 사람에게나 통하는 법이에요. 비열한 자에게는 비열한 방법을 써야 한다고요. 그냥 힘을 합쳐 흠씬 두들겨주고 어떻게 나오는지 구경이나 해요."

황용의 말에 구천인의 얼굴에 핏기가 가셨다. 분위기가 심상치 않음을 느낀 구천인은 안절부절못했다. 순간 그의 머릿속에 반짝하고 떠오르는 생각이 있었다.

"당신들이 뭘 믿고 나를 죽이겠다는 거요?"

"당신은 나쁜 짓을 너무 많이 저질렀소. 우리 모두가 그것을 알기에 당신을 죽이려는 거요."

차분히 내뱉는 서생의 말에 구천인은 고개를 쳐들고 크게 웃어젖혔다.

"무공으로 하겠다면 당신들은 여럿이고 나는 혼자이니 상대가 되지 않을 거요. 하지만 시비나 선악을 따진다면, 헤헤…… 나 혼자 이 자리에 있을 테니 평생 사람을 죽여본 일 없고, 죄를 저질러본 적도 없는 자가 있다면 한번 나서보시오. 그런 사람의 손에 죽는다면 곱게 죽어드리리다. 눈썹 하나라도 찡그린다면 내 사내대장부가 아니올시다."

일등대사가 장탄식을 내뱉으며 뒤로 물러나 고개를 숙이고 앉았다. 구천인의 이 말에 다른 이들도 할 말을 잊고 지난날 저지른 잘못을 생각하는 표정이었다. 일등대사의 제자 어초경독 네 사람도 대리국의 대신으로 있을 때 모두 사람을 죽인 적이 있었다. 비록 정사政事를 위한 것이었다고는 하지만 어떤 실수도 없었다고 말할 수는 없었다. 주백통은 영고와 서로 마주 보며 평생의 한으로 남은 일을 떠올리고는 부끄러움에 고개를 떨구었다.

곽정은 서쪽을 정벌할 때 전쟁터에서 죽인 수많은 사람이 떠올랐다. 그러잖아도 그때의 일들로 자책하고 고민하던 곽정이기에 무거운 심정은 더 말할 나위가 없었다. 황용은 몇 해 동안 아버지를 크게 걱정시켰으니 불효를 저질렀다 할 수 있고, 다른 사람들을 골탕 먹이고 괴롭힌 일은 더더욱 헤아릴 수가 없을 지경이었다.

마구 지껄인 말 몇 마디에 사람들이 꿀 먹은 벙어리가 되는 것을 보고 구천인은 이때다 싶어 곽정 앞으로 성큼성큼 걸어갔다. 곽정은 한쪽으로 물러서며 길을 터주었고, 구천인은 더욱 의기양양하게 자리를 뜨려고 했다. 순간, 바위 뒤에서 죽봉이 날아들더니 얼굴을 스치고 지

악이 선을 이길 수는 없는 법

나갔다.

죽봉의 공격이 워낙 빨라 구천인이 왼손을 들어 죽봉 끝을 잡으려 했지만, 연달아 세 차례 공격이 이어지며 구천인의 가슴 혈도를 세 군데나 찔렀다. 구천인은 깜짝 놀라면서도 바람과 같은 죽봉의 공격 앞에 손쓸 틈도 없이 다시 절벽 쪽으로 밀리고 말았다. 바위 뒤에서 죽봉과 함께 그림자가 나타나더니 모두의 앞에 섰다.

"사부님!"

곽정과 황용의 외침과 함께 모습을 나타낸 그림자는 바로 구지신개 홍칠공이었다.

"늙은 거지까지 나타나셨군. 아직 대회 날이 아닌데……."

"나는 더러운 간적을 없애러 왔다. 누가 너와 대결을 하겠다더냐?"

"오호라! 당신은 영웅에 대협이시고, 나는 간적이라 이건가? 당신은 나쁜 일이라고는 해본 적이 없는 대단한 인물이시란 말이지?"

"그렇다! 나는 평생을 살아오면서 231명을 죽였다. 그들은 모두가 악당이었지. 탐관오리 아니면 악독한 토호土豪, 역적 무리이거나 의를 저버린 불한당 놈들이었다. 내 거지로 살아오면서 먹을 것은 탐냈지만 착한 사람은 한 명도 죽여본 적이 없어. 구천인, 네가 바로 오늘 내 손에 죽을 232번째 악당이다!"

홍칠공의 쩌렁쩌렁 울리는 목소리에 구천인은 완전히 기가 눌리고 말았다.

"구천인, 너희 철장방의 방주이셨던 상관검남은 영웅이셨다. 평생 진충보국의 정신으로 나라를 위해 일하다 돌아가셨지. 네 사부님 역시 그야말로 굳센 의지를 지닌 대장부이셨단 말이다. 사부님의 뒤를 이어 방주가 된 네가 금나라 개들과 결탁해 나라를 팔아먹으려 하다니……. 그러고도 저승에서 상관 방주와 네 사부님을 뵐 면목이 있겠느냐? 네 녀석이 감히 천하제일 무공이라는 이름을 탐내어 화산에 오른 모양인데, 네 무공은 남들보다 뛰어나지도 않을뿐더러 설사 천하무적의 무공을 지녔다고 해도 천하의 영웅들이 너 따위 매국노에게 굴복할 성싶으냐?"

홍칠공의 호통에 구천인은 넋이 나간 듯 눈에 초점이 흐려졌다. 수십 년간의 일이 하나하나 떠올랐다. 사부님께서 평소에 들려주시던 가르침이며, 철장방 방주를 이어받은 일, 병석의 사부님께서 전해주신 방규와 유훈, 어찌 애국할 것인지, 어찌 백성을 도울지 하나하나 일러주시던 모습이 주마등처럼 스쳐갔다. 그런데 나이가 먹고 무공이 늘어갈수록 철장의 방규와 충의는 잊어버리고 말았다. 이제 철장방은 점차 나쁜 길로 빠져들어 충의지사는 하나씩 떠나고, 간악한 도적 떼만 모여들어 더럽고 썩어빠진 도적 소굴이 되었다. 구천인은 고개를 들어 고요히 하늘에 떠 있는 밝은 달을 쳐다보았다. 다시 고개를 떨구고 보니 홍칠공의 서슬 퍼런 눈이 자신을 쏘아보고 있었다. 가만히 돌이켜보건대, 자신이 저지른 일들 가운데 하늘의 이치와 도에 어긋나지 않은 것이 하나도 없었다. 구천인은 갑자기 온몸에서 땀이 비 오듯 흘러내리기 시작했다.

"홍 방주 말씀이 옳습니다."

구천인은 몸을 돌리더니 앞으로 내달려 절벽에서 뛰어내리려 했다. 홍칠공은 손에 죽봉을 들고 구천인이 절초를 쓸까 봐 주의하고 있었는데, 뜻밖에도 그는 부끄러움을 이기지 못해 스스로 목숨을 끊으려

악이 선을 이길 수는 없는 법

한 것이다. 모두가 놀라는 사이, 웬 그림자가 번쩍 스치는가 싶더니 일등대사가 어느새 절벽에까지 와 있었다. 책상다리를 하고 앉아 있던 그는 그 자세 그대로 왼팔을 뻗어 구천인의 두 다리를 잡고 다시 위로 끌어 올렸다.

"고뇌는 끝이 없으나 고개를 돌리면 바로 극락이라오. 이미 과거의 잘못을 뉘우쳤으니 이제 새사람이 되어도 늦지 않소."

구천인은 목 놓아 울며 일등대사 앞에 무릎을 꿇고 앉았다. 마음속에는 하고 싶은 말이 천 마디 만 마디가 있건만, 입 밖으로는 하나도 나오지 않았다. 영고는 그가 등을 보이고 서 있는 것을 보고 복수할 기회라는 생각에 품속에서 예리한 칼을 꺼내 구천인의 등을 겨누고 달려들려 했다.

"잠깐!"

주백통이 그녀의 손목을 잡고 막았다.

"뭐 하는 거예요?"

영고의 목소리가 찢어질 듯했다. 주백통은 그녀가 나타나면서부터 줄곧 안절부절못하며 그녀의 얼굴도 똑바로 쳐다보지 못했다. 그런데 그녀가 화를 내자 더 이상 자리에 있을 수가 없었다.

"아이고!"

주백통은 몸을 돌리더니 냅다 산 아래로 뛰기 시작했다.

"어딜 가는 거예요?"

영고가 그의 뒤를 쫓았다.

"배가 아파서 대변을 좀 봐야겠소."

영고는 그가 갑자기 왜 그러는지 알 수가 없었다. 그러면서도 발은

계속 주백통을 쫓아갔다. 주백통은 깜짝 놀라 더욱 목청을 키워 외쳐
댔다.

"아이고야! 큰일이네. 바지가 온통 똥투성이로구나. 냄새가 지독하
네. 오지 말아요."

20년간 주백통을 찾았던 영고였다. 이번에도 그를 놓친다면 앞으로
다시는 기회가 없을 거라는 생각에 그의 말에는 아랑곳하지 않고 계
속 주백통을 쫓았다.

주백통은 발소리가 점점 가까이 들려오자 크게 당황해 정신을 차릴
수가 없었다. 그가 똥을 쌌네, 어쨌네 떠들어댄 것은 영고가 가까이 오
지 못하도록 하기 위해서였다. 그 틈에 자기는 자리를 빠져나갈 속셈
이었다. 그런데 뜻대로 되지 않고 영고가 계속 쫓아오니 너무 당황한
나머지 고래고래 소리를 지르다가 그만 정말로 똥오줌을 흘리고 말
았다.

곽정과 황용은 두 사람이 멀어지다가 마침내 산을 돌아 사라지는
뒷모습을 바라보며 미소를 지었다. 고개를 돌려보니 일등대사는 무슨
이야기인지 구천인의 귓가에 속삭이고 있었고, 구천인은 연방 고개를
끄덕였다. 일등대사가 한참 이야기를 한 후 몸을 일으켰다.

"그만 갑시다!"

곽정과 황용은 얼른 앞으로 가 인사를 올리고 어초경독 네 사람에
게도 고개를 숙여 인사했다. 일등대사는 손으로 두 사람의 머리를 쓰
다듬었다. 얼굴 가득 온화한 미소를 띤 인자하기 그지없는 모습이었다.

"홍 형, 그간 별고 없으셨습니까? 이렇게 훌륭한 제자를 둘이나 두
셨으니 참으로 축하드립니다."

"대사께서도 평안하셨습니까?"

홍칠공도 허리를 굽혀 정중히 인사했다.

"자…… 세월이 유장하니 다음에 또 뵐 날이 있겠지요."

일등대사는 미소를 띤 채 두 손을 모아 합장하고 떠나려 했다.

"내일이 논검대회인데, 대사께서는 그냥 가십니까?"

일등대사가 고개를 돌렸다.

"속세를 떠나 출가한 사람이올시다. 어찌 천하 영웅들과 어깨를 나란히 하겠습니까? 노승이 오늘 온 것은 20년간의 원한을 풀기 위해서였습니다. 다행히 잘 풀렸으니 모두가 공덕이올시다. 홍 형, 지금 세상의 호걸이라면 홍 형 말고 누가 있겠습니까? 겸양하실 것 없습니다."

일등대사는 다시 합장을 하고는 구천인의 손을 잡고 산을 내려갔다. 대리국 네 제자도 일제히 홍칠공에게 허리를 굽혀 하직 인사를 올리고 사부를 따라갔다.

"뻘에 있는 쐐기풀은 그 가지가 아름답기도 하구나隰有萇楚 猗儺有枝."

서생이 황용 옆을 지나며 나직이 중얼거렸다. 황용은 자기를 놀리는 말을 듣고는 즉시 화답했다.

"닭이 횃대를 찾아드니 날이 저물었구나鷄棲於塒 日之夕矣."

서생은 너털웃음을 터뜨리고는 인사를 하고 떠났다. 곽정은 두 사람이 하는 이야기를 전혀 이해할 수 없었다.

"용아, 그건 무슨 범어야?"

"아니에요, 이건《시경》에 나오는 말이에요."

곽정은 두 사람이 시문을 주고받았다는 이야기를 듣고 더 이상 묻지 않았다. 황용은 빙그레 미소를 띤 채 멀어져가는 서생의 뒷모습을 바라보았다.

'장원을 하셨다더니 정말 대단하신걸. 내 걱정을 꿰뚫고 있잖아. 저분이 인용한 두 구절의 다음 부분은 '네가 무지하여 기쁘구나. 네가 집이 없어 기쁘구나. 네가 가족이 없어 기쁘구나'였지, 아마? 어린 처녀가 결혼하지 않은 남자를 그리워하는 연가니까 오빠를 넣어 이해하면 딱 맞는구나. 실수투성이 바보 총각이 아직 결혼하지 않았으니 나에게는 다행이라는 의미겠지.'

"아이고!"

가만히 생각에 잠겼던 황용이 갑자기 큰일 난 듯 외쳤다.

"왜 그래?"

"내가 아까 인용한 《시경》 구절은 그다음이 '양과 소도 내려와 집을 찾아드는구나 羊牛下來 羊牛下括'예요. 이제 늦었으니 양과 소도 산을 내려와 우리로 들어간다는 말이죠. 서생을 가축에 빗대 놀려주려던 것이었는데 그만 일등대사까지 가축에 비유한 꼴이 되었잖아요."

곽정은 지금 황용의 이런 말장난은 하나도 머릿속에 들어오지 않았다. 오히려 아까 홍칠공이 구천인을 꾸짖으면서 한 말이 자꾸만 마음속에서 맴돌았다. 그간 그를 괴롭히던 무거운 짐을 벗어버린 것 같았다.

'사부님은 평생 231명을 죽였다고 하셨지. 하지만 그들은 모두 악인이었어. 선량한 사람을 실수로 죽이지만 않는다면 마음에 거리낄 것도 없겠지. 구천인을 꾸짖을 때 사부님은 정말 당당한 모습이셨어. 구천인의 무공도 사부님보다 크게 떨어질 것 없지만, 악이 선을 이길 수는 없는 법이지. 사부님의 당당한 기세에 눌릴 수밖에 없는 거야. 나의

무공을 의롭고 선한 일에 쓸 수 있다면 굳이 잊으려 할 필요는 없지 않을까?'

이러한 이치는 구처기가 곽정에게 이미 이야기한 것이기도 했다. 그러나 당시에는 그 말에 공감하지 못했다. 테무친의 서정에 참가해 끔찍한 학살 현장과 백성의 괴로움을 목격하고, 게다가 어머니의 죽음까지 겪고 난 뒤라 마음속에는 군사와 전쟁에 대한 증오심만 가득했던 까닭이다. 그러나 홍칠공과 구처기를 통해 이치를 반복해 깨닫고 나니 의와 선을 지키겠다는 생각이 한층 더 굳어졌다.

곽정과 황용은 홍칠공에게 달려가 인사하고 오랜만에 만난 기쁨을 나누었다. 홍칠공은 그동안 황약사를 따라 도화도에 가 요양을 했다. 〈구음진경〉의 총강總綱에 쓰인 상승 내공으로 경맥을 뚫고 반년간 내상 치료에 전념했다. 그 후 반년간은 공력을 회복했다. 황약사는 딸이 마음에 걸려 홍칠공의 치료가 끝나자 딸을 찾기 위해 북쪽으로 떠났다. 홍칠공은 조금 늦게 출발하기는 했지만 도중에 노유각을 만나 그간 곽정과 황용에게 있었던 일을 대충 들어 알고 있었다. 세 사람은 시간 가는 줄 모르고 도란도란 이야기를 나누었다. 이윽고 곽정이 자리를 털고 일어났다.

"사부님, 그만 쉬시지요. 날이 곧 새겠습니다. 대회에서 겨루려면 힘이 많이 드실 텐데요."

"내 나이가 들수록 이기고 싶은 마음이 더 생기는구나. 곧 동사, 서독과 겨룰 생각을 하면 은근히 설레고 불안한 것이, 내가 생각해도 우스운 생각이 든다. 용아, 네 아버지는 근래 무공이 크게 진보하셨다. 네가볼 때, 네 아버지와 이 사부와 대결하면 둘 중 누가 더 강할 것 같으냐?"

"사부님과 우리 아버지의 무공이야 막상막하지요. 하지만 이제 사부님은 구음신공을 쓰실 수 있으니 우리 아버지가 어디 적수가 되겠어요? 이따가 아버지가 오시면 아예 겨루지 마시라고 말씀드릴 거예요. 일찌감치 도화도로 돌아가는 것이 백 번 천 번 낫죠."

홍칠공은 황용의 말투가 아무래도 이상한 것 같아 얼른 대답하지 못했다. 잠시 생각에 잠겼던 홍칠공이 갑자기 웃음을 터뜨렸다.

"너 이 녀석, 그렇게 빙빙 돌려서 말할 것 없다. 구음신공은 너희 둘의 것이 아니냐? 네가 그렇게 일깨우지 않아도 뻔뻔스럽게 구음신공을 쓸 늙은 거지가 아니다. 이따가 황 노사와 겨루면 내가 원래 지니고 있던 무공만 쓸 생각이야."

바로 황용이 듣고 싶은 말이었다.

"사부님, 사부님이 우리 아버지에게 지시면 제가 100가지 요리를 해드릴게요. 사부님이 이기셔도 좋고, 지더라도 기쁠 수 있게요."

홍칠공은 군침을 삼키면서도 콧방귀를 뀌었다.

"이 녀석, 나쁜 것만 배워서 사람을 은근히 찌르더니 이제 뇌물을 먹이려는구나. 그래도 제 아버지가 이기길 바라는가 보구나?"

황용이 웃으며 막 대답하려는데, 홍칠공이 벌떡 일어나 황용의 등 뒤를 가리키며 외쳤다.

"노독물, 일찍 왔구려!"

곽정과 황용도 얼른 일어나 홍칠공 옆에 나란히 섰다. 홍칠공이 가리킨 곳에는 키가 훌쩍 큰 구양봉이 서 있었다. 두 사람이 전혀 느끼지 못하는 사이 아무런 기척도 없이 나타난 구양봉의 무공이 참으로 놀라웠다.

화산논검대회

"언제 오든 오는 대로 대결하면 그만이지. 그런데 홍 형, 오늘 나와 무공을 겨루려는 것이오? 아니면 사생결단을 내보려는 것이오?"

구양봉의 목소리가 차가웠다.

"승부도 가리고 사생결단도 내봅시다. 어디, 인정사정 볼 것 없이 마음껏 해보시구려."

"좋소!"

구양봉은 갑자기 등 뒤로 돌리고 있던 왼손을 쑥 내뻗었다. 그러고는 손에 쥐고 있던 뱀 지팡이로 옆에 있던 바위를 쿵, 하고 힘차게 내리찍었다.

"여기서 하시겠소, 아니면 넓은 곳으로 가시겠소?"

홍칠공이 미처 대답하기도 전에 황용이 불쑥 끼어들었다.

"화산에서 대결하기보다는 배 위로 가는 게 좋겠어요."

황용의 엉뚱한 말에 홍칠공은 어리둥절했다.

"뭐라고?"

"구양 선생께 은혜를 원수로 갚을 기회를 한 번 더 드리자는 거죠."

그제야 홍칠공은 알았다는 듯 너털웃음을 터뜨렸다.

"한 번 속지, 두 번 속을까? 이 늙은 거지, 다시는 용서치 않을 거요."

황용의 빈정대는 말을 듣고도 구양봉은 얼굴빛 하나 바꾸지 않은 채 두 다리를 살짝 구부리고 지팡이를 오른손으로 옮겨 쥐며 왼손을 천천히 움직여 합마공 자세를 취했다. 황용은 타구봉을 홍칠공에게 건네주었다.

"사부님, 타구봉과 구음신공을 쓰세요. 저 간적을 상대하시면서 인의 도덕 같은 것은 신경 쓰지 마시고요."

'내 무공만으로는 노독물을 이기기가 쉽지 않을 거야. 게다가 황약사도 상대해야 하니 지금 노독물과의 대결에서 힘을 다 쏟아버리면 동사를 감당하기 힘들겠지.'

홍칠공은 말없이 고개를 끄덕이며 타구봉을 받아 들었다. 그리고 곧장 왼손은 타초경사打草驚蛇, 오른손은 발초심사撥草尋蛇를 써 양쪽으로 각각 공격해 들어갔다.

구양봉은 홍칠공과 여러 차례 대적했지만 그가 타구봉을 쓰는 것은 본 적이 없었다. 이전 불타는 배 위에서 싸웠을 때는 상황이 워낙 긴박해 홍칠공도 타구봉을 쓸 수 없었다. 구양봉은 황용이 이 타구봉을 쓰는 재주를 본 적이 있는지라 이를 우습게 여기지 않았다. 이제 홍칠공이 두 초식을 쓰며 공격하는 것을 보니 과연 봉의 움직임이 예사롭지 않았다.

구양봉은 뱀 지팡이를 흔들어 왼쪽을 막고, 오른쪽으로 피하며 곧장 중궁中宮을 공격해 들어갔다. 이번에 새로 만든 지팡이 위에는 사람

真英雄也 〔印〕

홍칠공은 황용에게 타구봉을 받아 구양봉을 공격하기 시작했다.

의 머리가 예전보다 훨씬 더 기괴한 모습으로 조각되어 있었다. 그리고 맹독을 지닌 뱀 두 마리가 지팡이를 감고 있는 것은 변함이 없었지만, 이 뱀들은 아직 충분히 길들이지 못해 적을 상대할 때 예전처럼 능숙하게 부리기가 힘들었다.

과거 홍칠공은 구양봉의 뱀에 등을 물리고 구양봉의 장력에 당해 하마터면 목숨을 잃을 뻔했다. 그리고 꼬박 2년을 요양하고서야 회복할 수 있었다. 그의 일생에서 당해본 적 없는 대패요, 겪어본 적 없는 위기였다. 홍칠공이 휘두르는 죽봉은 거센 바람을 일으키며 한 치의 흔들림도 없었다.

두 사람이 처음으로 화산에서 대결했을 때는 천하제일이라는 명예와 〈구음진경〉을 얻기 위해서였다. 두 번째로 도화도에서 겨룬 것은 곽정과 구양극의 혼사를 위해서였다. 두 차례 모두 승부를 가리기 위한 대결이었지, 생사가 걸린 것은 아니었다. 세 번째 바다 위에서는 생사가 걸리기는 했으나, 홍칠공이 사정을 봐주며 겨뤘다. 지금 네 번째 대결은 그야말로 한 치의 양보도 없는 싸움이었다. 두 사람 모두 나이가 많이 들기는 했지만 무공은 전보다 강해졌으므로 조금이라도 허술한 틈을 보일 경우 목숨을 부지하기 힘들다는 것을 잘 알고 있었다.

홍칠공과 구양봉은 이리저리 몸을 날리며 200여 초식을 주고받았다. 그때 갑자기 달빛이 사라지더니 사방이 온통 어두워졌다. 동트기 전에 깔리는 칠흑 같은 어둠이었다. 이제 잠시 후면 해가 뜰 것이다. 두 사람은 어둠 속에서 자칫 상대의 독수에 당할까 봐 방어에만 온 신경을 집중할 뿐, 섣불리 공격에 나서지 못했다.

곽정과 황용은 걱정이 된 나머지 저도 모르게 몇 걸음 앞으로 나섰다. 홍칠공이 조금이라도 실수를 하면 즉각 나서서 도와줄 생각이었다. 곽정은 두 사람의 악전고투를 지켜보며 온갖 상념에 빠졌다.

'두 사람 모두 당대 제일의 고수이지만 한 사람은 의를 행해왔고, 한 사람은 자신의 힘만 믿고 악행을 저질러왔다. 무공이란 쓰는 사람에 따라 달라지는 법. 선을 행하고자 한다면 무공이 강할수록 선할 것이요, 악인 역시 무공이 높을수록 나쁜 짓을 더 많이 저지를 것이다.'

사방이 너무 캄캄해 두 사람의 움직임을 제대로 볼 수가 없었다. 그들의 가쁜 숨소리를 듣고 있자니 가슴이 더욱 요동쳤다.

'사부님은 부상을 치유하기 위해 2년간 무공을 연마하지 못하셨다. 고수의 무공에는 추호의 오차도 있어서는 안 되는데, 2년간의 공백이 큰 결함으로 나타나는 건 아닌지……. 내가 구양봉을 세 차례나 살려주었으니…….'

곽정은 문득 구처기가 신의信義 두 글자를 풀어주던 일이 생각났다. 즉, 신의는 대신大信과 대의大義, 소신小信과 소의小義로 구분하며 소신과 소의를 위해 대의를 그르친다면 이는 신의라 할 수 없다고 했다. 생각이 여기에 미치자 곽정은 뜨거운 피가 거꾸로 솟구치는 듯했다.

'분명 사부님은 일대일로 맞서겠다 하셨지만, 만일 구양봉이 사부님을 해치고 천하를 어지럽게 한다면 또 얼마나 많은 사람이 그의 손에 희생될지 알 수 없는 일이다. 나는 예전에는 신의라는 이 두 글자의 뜻을 잘 알지 못해 어리석은 짓도 참 많이 했지…….'

마음을 다잡은 곽정은 쌍장을 교차시키며 앞으로 나서 홍칠공을 도우려 했다. 그때 황용의 목소리가 터져 나왔다.

"구양봉, 우리 곽정 오빠는 당신을 세 번 살려주겠다고 약속했죠. 그런데도 당신은 힘만 믿고 저를 윽박질렀어요. 그렇게 신의가 없으니 당신은 무림의 이름 없는 필부만도 못한 사람이라고요. 그런데 도대체 무슨 염치로 천하제일 명성을 다투겠다는 거죠?"

구양봉은 살아오면서 수없이 많은 악행을 저질렀지만 제 입으로 한 말만은 그대로 지켜왔다. 이 점만은 일생의 자랑으로 삼고 있던 터였다. 황용의 일만 해도 만일 상황이 그렇게 급박하지만 않았다면 약속을 어기면서까지 그녀를 윽박지르지는 않았을 것이다. 그런데 한창 홍칠공과의 대결에 몰두하고 있는 지금, 황용이 그 일을 들추어내니 갑자기 귀 언저리가 화끈해지면서 집중력이 흐트러지고 말았다. 지팡이의 움직임도 흔들리며 하마터면 홍칠공의 타구봉에 맞을 뻔했다.

황용은 계속해서 말을 이어갔다.

"애당초 서독이라고 불리는 사람이었으니 나쁜 짓을 저지르고 다니는 것은 더 뭐랄 것도 없겠죠. 하지만 어린 후배가 세 번이나 목숨을 구해준 것만으로도 이미 선배 체면이 땅에 떨어진 것인데, 후배와 한 약속까지도 저버리다니…… 정말 강호의 영웅들이 들으면 웃다가 턱이 빠질 일이요. 구양 선생, 세상 누구도 선생에게는 미치지 못할 일이 하나 있으니 바로 뻔뻔스러움이랍니다. 당신은 뻔뻔스럽기로는 그야말로 천하제일이지요."

구양봉은 화가 머리끝까지 뻗쳤다. 그러나 자신의 화를 돋우어 정신을 혼란시키려는 황용의 계략이라는 것을 잘 아는지라 황용의 말은 못 들은 척했다.

그러나 황용은 오히려 점점 더 심한 욕을 퍼부었다. 무림에서 일어난 나쁜 일을 모두 구양봉에게 뒤집어씌웠다. 황용이 떠들어대는 소리를 들어보니 마치 세상에 자기 혼자만 나쁜 놈이요, 세간에 일어난 온 갖 못된 짓은 모조리 자기 혼자서 저지른 것 같았다. 게다가 자기가 영지상인에게 애걸했다는 둥, 사통천을 '숙부'라 불렀다는 둥, 독약을 만드는 비방을 얻기 위해 팽련호를 양아버지로 삼으려 했다는 둥 황용의 입에서 쏟아져 나오는 말들은 도무지 생각해낼 수조차 없는 것들이었다. 거기에 한술 더 떠, 매일 밤 조왕부를 지키는 천병대장이 되고 싶다고 완안홍열에게 부탁했다는 이야기까지 꾸며냈다.

그 밖에 곽정이 서역에서 자신을 어떻게 세 번 살려주었는지, 어떻게 사막 모래 속에서 꺼내주었는지 등을 이야기할 때는 수십 배로 부풀려 과장을 하니 도저히 들어줄 수가 없었다. 처음에는 그래도 참을 만했으나 듣자 하니 너무 과장이 심해 구양봉은 더 이상 참지 못하고 몇 마디 대꾸를 했다. 그러나 황용의 속셈이 구양봉으로 하여금 대거리를 하게 만드는 것이라, 황용은 더욱 신이 나 떠들어댔다.

이렇게 되니, 구양봉은 홍칠공과 악전고투하는 동시에 황용과는 설전까지 벌어야 하는 격이 되었다. 오히려 홍칠공과의 대결보다 황용과의 말다툼에 더욱 신경이 쓰였다. 시간이 흐를수록 구양봉은 더욱 집중력이 흐트러졌다.

'〈구음진경〉을 사용하지 않으면 이기기 어렵겠다.'

아직 황용이 말한 대로 전신의 경맥을 거꾸로 돌게 하지는 못했지만, 어찌 됐든 반년간 수련한 데다 기본적으로 무학의 뿌리가 깊고 내공이 강한 사람이고 보니 조금은 성과를 볼 수 있었다. 구양봉은 뱀 지팡이를 휘둘러 이상한 초식을 전개했다. 홍칠공은 깜짝 놀라 더욱 정신을 바짝 차리고 공격을 받았다.

"원사영아源思英兒, 파파서락착巴巴西洛着, 설륙문병雪陸文兵!"

갑자기 터져 나온 황용의 외침에 구양봉은 순간 어리둥절했다.

"저건 또 무슨 소리인가?"

황용이 아무렇게나 지껄이고 있다는 것을 구양봉이 알 리 없었다. 황용은 혀를 말아 올리고는 아무런 뜻도 없는 말을 나오는 대로 떠들어댔다. 그러나 어조를 다양하게 바꾸어가며 떠들다 보니 화가 나 꾸짖는 것 같기도 하고, 공손히 권고하는 것 같기도 했다. 다시 어조를 바꾸어 뭔가 황급히 묻는 듯 연달아 몇 마디를 내뱉었다. 모르는 척하려고 애쓰던 구양봉도 마침내 참지 못하고 황용을 돌아보았다.

"도대체 무슨 소리를 하는 거냐?"

황용은 역시 가짜 범어로 몇 마디를 대답했다. 구양봉은 무슨 소리인지 도무지 알 수가 없어 곽정이 써준 경문을 떠올렸다. 그와 동시에 그의 머릿속에는 각종 잡다한 소리, 형상, 초식, 비결 등이 뒤섞여버렸다. 갑자기 하늘과 땅이 빙빙 도는 듯하더니 자기 몸이 어디 있는지조차 알 수가 없었다. 홍칠공은 구양봉의 장법 가운데 갑자기 허점이 보이자 외마디 기합과 함께 그의 천령개天靈蓋를 힘껏 내리쳤다.

그 일격의 위력이 얼마나 대단했는지, 그러잖아도 어지러워 미칠 지경이던 구양봉은 엄청난 충격을 받았다. 그러고는 알 수 없는 소리를 내지르며 뱀 지팡이를 거꾸로 들더니 몸을 돌려 달아나기 시작했다.

"어딜 달아나려고?"

곽정이 냉큼 뒤쫓아가자 구양봉은 갑자기 몸을 날려 허공에서 세 번 곤두박질치더니 눈 깜짝할 사이에 이리저리 구르며 절벽 뒤로 사라졌다. 홍칠공, 곽정, 황용 세 사람은 어안이 벙벙해 서로 바라보며 피식 웃고 말았다.

"용아, 오늘 노독물을 물리친 데는 네 공이 컸다. 하나 사제가 합심해 2대1로 대결한 셈이니 아무래도 무공을 겨루었다고 하기는 어렵겠구나."

홍칠공의 말에 황용은 미소를 지었다.

"사부님, 이 재주는 사부님께서 가르쳐주신 것 아닌가요?"

홍칠공도 황용을 마주 보며 너털웃음을 지었다.

"네 재주는 타고난 것이다. 네 아버지가 똑똑하고 특이한 영감이니 너 같은 꾀 많은 딸을 두었겠지."

"오호라! 사람 없는 데서 그렇게 이러쿵저러쿵 험담을 하시다니 부끄럽지도 않으시오?"

산 뒤에서 갑자기 누군가의 목소리가 들려오자 황용은 반색을 하며 펄쩍 뛰어올랐다.

"아버지!"

어느새 날이 밝아 아침 해가 떠오르고 있었다. 황용은 냉큼 달려들어 아버지를 얼싸안았다. 황약사는 앳된 표정은 간곳없고 이미 장성해 여인이 된 딸의 얼굴을 들여다보며 불현듯 먼저 세상을 떠난 아내가 떠올라 기쁘면서도 명치끝이 저려오는 아픔을 느꼈다.

"황 노사, 내 도화도에서 당신 딸은 똑똑하고 꾀가 많으니 걱정 말라고 하지 않았소? 자, 내 말이 틀렸소?"

홍칠공의 말에 황약사는 미소를 지으며 딸의 손을 잡고 다가왔다.

"노독물을 물리친 것을 축하드립니다. 노독물이 패했으니 홍 형과 내겐 큰 근심을 하나 덜어낸 셈입니다."

"천하의 영웅으로 황 노사와 늙은 거지만 남았나 보오. 그런데 황 형의 딸을 보니 배 속의 회충이 날뛰며 이렇게 군침을 질질 흘리는구려. 우리 얼른 대결을 시작합시다. 황 형이 천하제일이든, 내가 천하제일이든 얼른 끝내고 용이가 해주는 음식을 먹고 싶어 죽을 지경이오."

"안 돼요. 사부님이 지셔야 음식을 해드릴 거예요."

황용이 웃으며 대꾸하자, 홍칠공은 입을 삐죽거렸다.

"쳇, 염치도 없이 협공을 하는 거냐?"

황약사가 웃으며 홍칠공을 만류했다.

"홍 형, 일전에 부상을 당하고 2년간 치료하느라 무공을 수련하지 못하셨으니 지금은 내 적수가 되지 못할 거요. 용아, 누가 이기든 무조건 사부님께 음식을 대접해야 한다."

"그렇지, 그래야 대종사다운 거지요. 위풍당당한 도화도주께서 계집애처럼 속 좁게 나오시면 안 되지. 자, 그럼 우리 정오까지 기다릴 것 없이 지금 당장 시작합니다!"

홍칠공은 죽봉을 휘두르며 공격을 시작하려 했다. 그러나 황약사는 가만히 고개를 저었다.

"홍 형은 아까 노독물과 오랜 시간 겨루시었소. 진력을 다하지는 않았다 해도 상당히 힘든 싸움이었을 거요. 내 어찌 그 틈을 타 대결을 하겠소? 우리 정오에 겨루기로 하고 홍 형은 좀 쉬시구려."

홍칠공도 황약사의 말에 일리가 있다고 생각하면서도 더 기다리기 지루해 당장 대결을 시작하자고 우겨댔다. 그러나 황약사는 바위 위에 앉아 그런 홍칠공을 거들떠보지도 않았다. 두 사람의 말다툼이 계속되자 황용이 나섰다.

"아버지, 사부님! 제게 묘안이 하나 있어요. 지금 즉시 대결을 시작하면서도 아버지에게는 유리하지 않은 방법이에요."

"그래, 무슨 방법이냐?"

홍칠공과 황약사가 동시에 외쳤다.

"두 분은 오랜 세월 좋은 친구로 지내오셨지만 누가 이기든 이번 승부로 우정이 상할 거예요. 하지만 오늘 화산논검대회에서 승부는 가려야 하지 않겠어요?"

홍칠공과 황약사도 이미 그런 생각을 하고 있었다. 그런데 황용의 말투를 들어보니 황약사에게만 유리하지도 않으면서 두 사람의 우정도 상하게 하지 않을 묘안이 정말 있는 것 같았다.

"도대체 무슨 방법이기에 그러느냐?"

"이렇게 하는 거예요. 아버지가 먼저 오빠와 대결을 하세요. 몇 초식 만에 오빠를 이기는지 보는 거죠. 그러고 나서 사부님께서 오빠와 대결을 하는 거예요. 만일 아버지가 99초식 만에 이기시고, 사부님은 100초식을 썼다면 아버지가 이기는 셈이 되죠. 만일 사부님이 98초식만 쓰셨다면 사부님이 이기시는 거고요."

"거참, 좋은 생각이로구나!"

홍칠공이 웃으며 찬성하고 나섰다.

"오빠가 먼저 아버지와 대결하면 두 사람 모두 힘이 왕성한 상태에서 싸우는 것이지만, 사부님과 대결할 때는 두 사람 모두 한바탕 대결을 하고 난 다음이니 공평하지 않겠어요?"

황약사도 고개를 끄덕였다.

"그 방법이 괜찮겠구나. 정아, 시작하자꾸나. 무기를 쓸 테냐?"

"쓰지 않겠습니다."

곽정이 대답하며 앞으로 나서는 순간, 황용이 또다시 끼어들었다.

"잠깐만요. 한 가지 분명히 해둘 것이 있어요. 두 분께서 300초식 안에 오빠를 이기지 못하면 그때는 어떻게 하시겠어요?"

홍칠공은 황용의 맹랑한 말에 어이가 없는 듯 웃음을 터뜨렸다.

"황 노사, 내 애초에 똑똑한 딸을 둔 황 형을 부러워했소이다. 아버지를 돕기 위해 저리도 애를 쓰니 말이오. 헛, 그런데 딸은 출가외인이라는 말이 참으로 맞구려. 저 멍청한 놈에게 천하제일 무공이라는 이름을 달아주겠다는 속셈 아니오?"

황약사가 성정이 괴팍하기는 하지만 딸을 사랑하는 마음 또한 지극한 사람이었다.

'그렇다면 그 기대를 이루어줘야겠지.'

"용이 말이 맞는 것 같구려. 우리 두 늙은이가 300초식 내에 정이를 이기지 못한대서야 어찌 스스로 천하제일이라고 자처할 수 있겠소?"

말을 하고 보니 또 다른 생각도 들었다.

'내가 양보를 해서 정이가 300초식을 막아내게 한다고 해도, 만일 늙은 거지가 양보하지 않는다면 300초식 안에 녀석을 이길 수 있을 텐데……. 그러면 나는 정이에게 양보한 것이 아니라 늙은 거지에게 양보한 꼴이 되지 않는가?'

황약사는 아무래도 결정을 내릴 수가 없었다.

"어서 시작하거라. 뭘 기다리는 거냐?"

홍칠공이 재촉하며 곽정의 등을 떠밀자, 곽정은 비틀거리며 황약사 면전으로 다가왔다.

'그래, 우선 이 녀석 실력을 시험해보고 마음을 정하자.'

황약사는 냉큼 좌장을 뒤집어 곽정의 어깨를 비스듬히 내리치며 외쳤다.

"제1초식!"

황약사가 주저하는 사이, 곽정도 마음을 정하지 못하고 망설이던 참이었다.

'내가 천하제일 칭호를 가질 수야 없는 일이지. 하지만 도주님이 이기게 해야 하는 걸까, 사부님이 이기게 해야 하는 걸까?'

우물쭈물하는 사이, 황약사의 일장이 이미 다가오고 있었다. 곽정은 오른팔을 들어 막았으나 몸이 흔들려 하마터면 넘어질 뻔했다.

'나도 참 멍청하구나. 내 어찌 이길 사람을 정할 수 있단 말인가! 전력을 다해도 300초식을 막아낼 수 없을 텐데.'

곽정은 황약사의 두 번째 초식이 공격해오는 것을 보며 정신을 집중해 받아냈다. 이제 곽정은 완전히 마음을 정했다. 두 사람이 힘을 다해 자신을 이기고자 한다면 상대가 누구든 한쪽 편만 들지 않고 최선을 다하기로 한 것이다. 몇 가지 초식으로 공격을 하면서 황약사는 내심 크게 놀랐다.

'이 녀석의 무공이 어떻게 이런 경지에까지 도달할 수 있었을까? 내가 조금만 방심해도 300초식을 모두 막아내는 것은 물론이고, 나를 이길 수도 있겠구나.'

고수 사이의 대결에서 양보란 있을 수 없었다. 황약사는 처음에는 힘을 조금 남겨두며 공격했지만, 곽정이 온 힘을 다해 덤비니 오히려 밀릴 판이었다. 황약사는 마음이 다급해져 얼른 낙영신검장법을 펼쳤

곽정은 황약사의 공격을 진력을 다해 막아냈다.

다. 그는 몸놀림을 빨리하며 우위를 점하기 위해 전력을 다했다.

그러나 곽정도 과거의 곽정이 아니었다. 황약사는 10여 가지의 장법을 바꾸어가며 공격했지만 우위를 점할 수가 없었다. 100여 초식을 쓰고 나서 황약사는 꾀를 내어 변칙적인 초식을 전개했다. 곽정은 황약사의 속셈을 모르고 응전하다 하마터면 황약사의 왼쪽 다리에 차일 뻔하고 얼른 뒤로 몇 걸음 물러났다. 그제야 전세는 팽팽한 백중지세를 이루며 황약사도 한숨 돌릴 수가 있었다.

'이런 창피할 데가 있나. 저 녀석 무공이 만만치 않은걸.'

이제 황약사는 완전한 우위를 차지하기 위해 매섭게 공격해 들어갔다. 하지만 곽정의 방어도 빈틈이 없는지라 아무리 질풍처럼 공격해도 뚫을 수가 없었다. 이제는 공격이 성공하기를 바라는 것이 아니라 실수가 없기만 바랄 정도로 곽정의 움직임에는 한 치의 허점도 보이지 않았다.

"203초식, 204초식……."

딸이 초식 수를 세는 소리가 들리자 황약사는 더욱 조급해졌다.

'늙은 거지가 있는 힘을 다해 100초식 안에 정이를 이긴다면, 나는 어떻게 얼굴을 들고 다닌단 말인가?'

황약사는 다시 초식을 바꾸어 바람처럼 장을 뻗으며 맹렬히 공격을 퍼부었다. 이렇게 되자 곽정은 완전히 열세로 몰리며 숨을 헐떡거리기 시작했다. 마치 커다란 산이 육중한 무게로 덮쳐 누르는 듯, 눈앞이 어질어질해 더 이상 버텨낼 도리가 없을 듯했다. 황약사는 손놀림을 더욱 빨리하여 공격을 맹렬하게 이어갔고, 황용이 소리 내어 세는 초식의 수도 덩달아 빨라졌다. 곽정은 입술이 바짝바짝 마르고 손발이 저려 점점 참기 힘들어졌다. 마지막 남은 힘을 다해 간신히 버텨내고 있던 곽정이 더 이상 견디지 못하고 쓰러지려는 찰나, 황용의 외마디 외침이 들려왔다.

"300초식!"

황약사는 얼굴빛이 변하며 뒤로 물러섰다. 곽정은 이미 머리가 어지럽고 눈앞이 빙빙 돌 지경이었다. 자기 뜻과 상관없이 몸이 흔들리며 왼쪽으로 돌고 있었다. 10여 바퀴를 정신없이 도는 모습으로 보아 몇 바퀴만 더 돌면 땅바닥에 쓰러질 것 같았다.

그런 와중에도 곽정은 왼발로 천근추千斤墜를 쓰며 몸을 바로잡으려 했다. 그러나 황약사의 내공은 공격을 받은 뒤 그 위력이 더 커졌다. 황약사 본인은 이미 뒤로 물러났지만 공격의 여세가 아직 남아 있었다. 곽정은 여전히 몸을 똑바로 세우지 못한 채 허리를 굽혀 몸을 숙이고 오른손으로 땅을 짚고 항룡십팔장의 힘을 빌려 천천히 오른쪽으로 10여 바퀴를 돌고 나서야 조금 정신이 맑아지는 것 같았다. 한참 동안 넋이 나간 듯 눈만 끔뻑이던 곽정은 황약사를 바라보며 예를 갖추었다.

"황 도주님, 몇 초식만 더 쓰셨다면 저는 쓰러지고 말았을 겁니다."

황약사는 자신이 십수 년간 갈고닦은 기문오전奇門五轉에 곽정이 쓰러지지 않고 견뎌내는 것을 보고 화를 내기는커녕 오히려 기꺼워했다.

"홍 형, 나는 안 되겠소. 천하제일 칭호는 홍 형 것인가 보오."

황약사는 두 손을 모아 읍하고는 몸을 돌려 가려고 했다.

"잠깐, 기다리시오. 나라고 꼭 이기란 법 있겠소. 황 형의 쇠퉁소를 정이에게 좀 빌려주시오."

황약사의 옥퉁소는 이미 부러지고, 지금 그가 허리에 차고 다니는 것은 쇠퉁소였다. 황약사는 그것을 뽑아 곽정에게 건네주었다. 홍칠공이 곽정을 돌아보았다.

"너는 무기를 쓰고 나는 빈손으로 상대하겠다."

곽정은 잠시 할 말을 잃었다.

"저……"

"너의 장법은 내가 가르친 것이 아니냐? 그것을 서로 겨룰 수가 있겠느냐! 자, 오너라."

홍칠공은 말을 마치자마자 왼손의 다섯 손가락을 낚싯바늘처럼 구부려 곽정의 손목을 잡고 쇠퉁소를 빼앗았다. 곽정은 홍칠공이 무엇을 하는 것인지 알지도 못하고 그대로 퉁소를 빼앗긴 채 멍하니 서 있었다. 홍칠공의 호통이 떨어졌다.

"이런, 멍청한 녀석! 우리는 지금 대결을 하고 있는 것이다!"

왼손으로 퉁소를 곽정에게 돌려주며 오른손으로 다시 빼앗으려 했다. 곽정은 그제야 몸을 움직여 슬쩍 피했다.

"제1초식!"

황용이 초식 수를 세기 시작했다. 홍칠공이 항룡십팔장을 쓰자 장풍이 1장 정도의 거리까지 미치며 바람을 일으켰다. 곽정은 쇠퉁소를 들고 있으면서도 도저히 홍칠공 가까이 근접할 수가 없었다. 곽정은 사실 무기를 잘 다루지 못했다. 그나마 서역의 절벽에서 구양봉 때문에 억지로 무기를 들고 겨룬 적이 있어 검법만 조금 나아진 정도였다. 원래 무공이란 공수攻守를 함께 연마해야 하는 것인데, 곽정의 무기 다루는 재주는 8할이 방어이고 나머지 2할 정도가 공격이었다. 강남육괴가 그에게 가르친 무기 다루는 법은 상승 무공이라 할 수 없는 수준이었다. 곽정이 서역에서 대결할 때까지만 해도 방어에만 급급할 뿐 적을 공격할 엄두는 내지 못했다. 그나마 장검을 가지고 구양봉의 지팡이를 막아내며 방어 기술을 적잖이 터득한 터라 이번에는 통소를 장검 삼아 홍칠공의 날카로운 장풍 공격을 막아낼 수 있었다. 홍칠공은 곽정의 방어가 견고한 것을 보고 내심 흐뭇했다.

'이 녀석, 많이 발전했구나. 가르친 보람이 있는걸. 하지만 내가 200초식 안에 쓰러뜨린다면 황 노사의 체면이 말이 아니겠지. 일단 200초식을 넘기고 나서 진수를 보여주지.'

홍칠공은 항룡십팔장의 초식에 따라 1부터 9까지 아홉 가지 변초變招를 차례로 전개했다. 쉭, 쉭, 거센 바람 소리가 일며 홍칠공의 장풍이 곽정의 전신을 엄습해왔다.

홍칠공이 지금 힘을 다해 공격한다면 곽정이 무기 다루는 실력이 뛰어나지 못하므로 막아내기 어려울 것이었다. 그러나 200초식을 다 쓴 다음 겨루겠다는 홍칠공의 생각은 실착失着이었다. 곽정은 혈기 왕성한 젊은이로 역근단골편을 익힌 후 내공이 전과 달리 심후해진 반면, 이미 젊지 않은 나이의 홍칠공은 구양봉의 뱀 지팡이에 등을 다친 탓에 많이 쇠약해져 있었다. 게다가 항룡십팔장은 힘을 많이 소모하는 초식이었다. 아홉 가지 변초를 사용하면 이미 162장이 되므로 맹렬한 공격을 펼치면서도 그 뒤에 오는 여세가 점차 미약해지는 게 눈에 띌 정도였다.

200여 초식을 겨루는 사이, 곽정이 쇠통소를 들고 사용하는 왼손의 기세가 점차 강해졌다. 홍칠공은 속으로 아차 싶었다. 힘으로 상대하면 곽정에게 질 것 같았다. 홍칠공은 쌍장을 각각 바깥쪽으로 넓히며 방어에 허점을 드러냈다.

곽정은 놀라 잠시 멀뚱히 바라보았다.

'이 장법은 사부님께서 가르쳐주신 적이 없는데…….'

적을 상대하는 것이었다면 곧장 공격해 들어가 중궁을 노려 앞가슴을 가격했겠으나, 상대가 자신의 사부이니만큼 살수를 사용할 수는 없었다. 곽정이 엉거주춤하는 사이, 홍칠공의 얼굴에 웃음이 번졌다.

"네가 속았다."

홍칠공은 왼쪽 다리를 들어 곽정의 손에 들린 쇠퉁소를 걷어찼다. 동시에 오른손을 비스듬히 뒤집으며 곽정의 어깨를 내리쳤다. 그래도 곽정이 다칠까 봐 전력을 싣지 않고 적당한 힘으로 공격했다. 그 정도면 곽정이 쓰러지고 자신이 이길 것이라고 생각한 것이다. 그러나 홍칠공은 곽정이 최근 몇 년간 온갖 풍상을 겪으며 몸이 강철처럼 단단해진 것을 알지 못했다. 이번 공격으로 곽정은 잠시 비틀거렸다. 어깨에 통증이 상당했지만 쓰러지지는 않았다. 홍칠공은 곽정이 버티고 서 있는 것을 보고 대단하다는 생각이 들었다.

"세 번 심호흡한 후 호흡을 조절하거라. 그지 않으면 내상을 입는다."

곽정은 홍칠공의 말대로 심호흡을 하며 가슴을 곧추세웠다.

"제자가 졌습니다."

"아니다. 아까 내가 먼저 공격했으니, 네가 졌다고 한들 황 노사가 인정할 수 있겠느냐? 받아라!"

말이 끝나기가 무섭게 홍칠공의 공격이 이어졌다. 곽정은 이제 손에 무기도 없었다. 홍칠공의 예리한 공격에 맞서 곽정은 주백통에게 배운 공명권을 전개했다. 공명권은 천하에 가장 부드러운 권법으로, 주백통이《도덕경》에서 만들어낸 것이다.

《도덕경》에 이르기를, "군대가 강하면 멸망하고 나무가 강하면 꺾인다. 단단한 것은 아래에 있고 부드러운 것이 위에 있게 된다兵强則滅 木强則折 堅强處下 柔弱處上"라고 했다. 또 "하늘 아래 물보다 더 부드럽고 연약한 것은 없다. 단단하고 강한 것을 치는 데 물을 이기지 못하고, 물의 쓰임을 대신할 게 없는 것이다. 약함이 강함을 이기고, 부드러움이 딱딱함을 이기는 것은 천하에 모르는 이 없건만, 그것을 능히 행하지 못함이라天下莫柔弱於水 而攻堅强者莫之能勝 其無以易之 弱之勝强 柔之勝剛 天下莫不知 莫能行"라고도 했다.

이 항룡십팔장은 무학에서도 대단히 강한 권법이었다. 옛말에는 "유약한 것이 단단한 것을 제압할 수 있다柔能克剛"고 했으나 이것은 겨뤄봐야 알 수 있는 일이다.

홍칠공의 공격에 곽정은 주백통에게 배운 유약한 권법으로 맞서고 있지만 반드시 이기리라는 보장은 없었다. 그러나 곽정은 쌍수호박술을 익힌 상태였다. 오른손으로는 공명권을 쓰면서 왼손으로는 항룡권을 쓰니, 단단한 것과 유약한 것이 한데 섞여 음양이 서로를 보완해주었다. 홍칠공의 맹렬한 공격도 조화를 무너뜨릴 수는 없었다.

황용은 옆에서 초식 수를 세고 있었다. 이제 곧 300초식이 다 되어가는데 곽정이 전혀 밀리지 않으니 그녀는 내심 기뻐하며 한 초식 한 초식을 세어나갔다. 홍칠공은 황용이 299초식을 세는 것을 듣자 반드시 이겨야겠다는 승부욕이 일어나며 항룡유회를 발했다. 이 일장은 산을 밀어내고 바다를 뒤엎을 기세로 곽정을 향해 곧장 다가갔다. 순간,

홍칠공은 곽정이 이를 막지 못하고 중상을 입지나 않을까 걱정이 되었다.

"조심하거라!"

곽정이 홍칠공의 외침을 들었을 때는 이미 장풍이 얼굴 바로 앞까지 밀려온 뒤였다. 그 위력이 워낙 강력해 공명권으로는 막을 수 없을 것 같았다. 일촉즉발의 위기에서 곽정은 오른팔로 원을 그리며 바람 소리와 함께 항룡유회를 발했다.

펑! 쌍장이 교차하며 두 사람은 모두 온몸이 흔들리는 것을 느꼈다. 황약사와 황용은 외마디 소리를 지르며 얼른 달려들었다. 두 사람은 쌍장을 서로 맞댄 채 그대로 붙어 있었다. 곽정은 자기 쪽에서 물러나고 싶었으나 사부의 장력이 워낙 강력해 지금 팔을 거두었다가는 그 기세에 밀려 중상을 입을 것 같았다. 잠시 이대로 막고 있다가 장력이 점차 수그러들면 물러서서 패배를 인정하리라고 다짐했다.

홍칠공은 곽정이 자신의 필생 비기를 막아내자 크게 놀라면서도 흐뭇한 마음이 들었다. 제자에 대한 사랑이 새삼 애틋해지며 이겨야겠다는 생각이 온데간데없이 사라져버렸다. 홍칠공은 곽정을 이기게 해주어야겠다고 마음을 굳히고 남은 힘을 발하지 않고 천천히 거두어들였다. 이렇게 양측이 이기지도 지지도 않은 채 싸움은 끝났다. 그때 갑자기 절벽 뒤에서 누군가 버럭 고함을 지르며 나타났다. 바로 서독 구양봉이었다. 홍칠공과 곽정은 동시에 손을 거두어들이며 뒤로 물러났다. 구양봉은 옷이 온통 갈기갈기 찢어지고 얼굴은 피범벅이 되어 있었다.

"내가 〈구음진경〉의 신공을 모두 익혔으니, 나의 무공이 천하제일이다!"

구양봉은 뱀 지팡이를 쳐들고 네 사람이 있는 쪽으로 휘둘렀다. 홍칠공은 타구봉을 들어 구양봉의 뱀 지팡이를 막고 섰다. 몇 차례 공수가 오간 다음 네 사람은 어리둥절해 할 말을 잃고 말았다. 구양봉의 초술招術이 원래 특이하긴 했지만, 이처럼 괴상한 모습은 본 적이 없었다. 갑자기 손을 뻗어 제 얼굴을 후려치는가 싶더니 또 발을 뒤로 돌려 제 엉덩이를 걷어차기도 했다. 지팡이를 뻗었다가도 갑자기 방향을 바꾸는 통에 도대체 어디를 공격하려는 것인지 알 수가 없었다. 홍칠공은 의아한 생각이 들어 타구봉을 들어 단단히 방어하며 수비 태세를 갖추었다.

이때 갑자기 구양봉이 손을 들어서는 제 따귀를 세 차례 갈기더니 괴상한 소리를 지르며 두 손으로 땅을 짚고 기어서 다가왔다. 홍칠공은 크게 놀라면서도 웃음이 나왔다.

'내가 지금 쓰려는 봉법은 개를 때리기 가장 좋은데, 저렇게 개의 형상을 하고 다가오니 스스로 죽을 길을 찾는 꼴이로구나.'

홍칠공은 구양봉의 허리 부분을 노리고 죽봉을 쭉 뻗었다. 순간, 구양봉은 갑자기 몸을 휙 뒤집어 데구루루 굴렀다. 그 서슬에 홍칠공의 죽봉 반가량이 구양봉의 몸 아래 깔렸다. 구양봉이 계속 몸을 구르자 홍칠공은 죽봉을 계속 붙잡고 있지 못하고 그만 놓쳐버리고 말았다. 구양봉은 순식간에 몸을 날려 두 다리를 휘둘러 원을 그리며 공격했다. 홍칠공은 깜짝 놀라 얼른 뒤로 물러섰다. 황용은 바닥에 떨어진 쇠통소를 주워 아버지에게 건네주었다. 황약사는 받아 든 통소를 똑바로 겨누고 구양봉 앞으로 나섰다.

"단황야, 나는 당신의 일양지도 두렵지 않아!"

구양봉이 고함을 치며 달려들었다. 황약사가 살펴보니 구양봉은 이미 제정신이 아니었다. 그러나 미친 중에도 손놀림은 오히려 멀쩡했을 때보다 더 날카로웠다. 원래 보통 사람보다 머리가 비상한 황약사도 구양봉이 어찌 된 것인지 도무지 영문을 알 수 없었다.

　사실 구양봉은 곽정이 써준 가짜 경문을 탐독하는 데 너무 열중한 나머지 머릿속이 혼란스러운 상태였다. 또 황용의 지시대로 이상한 방법으로 수련을 쌓아온 데다 이겨야 한다는 심리적 강박까지 더해져 무공이 서로 충돌을 일으켜 더욱 악화된 상태였다.

　그래도 무공이 원래 강한 사람이다 보니 잘못된 방향으로 연마를 하고도 틀리면 틀린 대로 변화무쌍한 공격을 펼쳤다. 구양봉의 공격이 워낙 종잡을 수 없는지라 홍칠공, 황약사 두 사람의 대종사도 정확히 파악하지 못하고 쩔쩔맸다.

　수십 초식을 겨룬 후, 황약사도 밀려나고 말았다. 뒤이어 곽정이 구양봉 앞으로 나섰다. 그런데 구양봉은 곽정을 보더니 갑자기 눈물을 흘리며 목 놓아 울기 시작했다.

　"내 아들아, 불쌍하게 죽은 내 아들아!"

　구양봉은 아예 뱀 지팡이까지 던져버리고 두 팔을 벌리며 달려들어 곽정을 부둥켜안았다. 곽정은 구양봉이 자신을 조카 구양극으로 착각하고 있다는 생각이 들었지만, 처절하게 울부짖는 소리를 듣자 무섭기도 하고 더 참을 수 없어 구양봉을 밀어내려 했다. 그러나 구양봉은 왼팔을 뒤집어 곽정의 팔을 붙잡고, 오른팔로는 곽정을 더욱 꽉 껴안았다. 곽정은 마음이 조급해져 몸부림을 쳐보았지만 구양봉의 힘이 어찌나 센지 꼼짝도 할 수가 없었다.

홍칠공과 황약사 부녀는 깜짝 놀라 곽정을 빼내기 위해 우르르 달려들었다. 홍칠공은 황급히 구양봉의 등으로 손가락을 뻗어 봉미혈鳳尾穴을 찍으려 했다. 그러나 구양봉은 전신의 경맥이 거꾸로 흐르는 상태였기 때문에 혈도의 위치가 모조리 바뀌어 있었다.

홍칠공이 손가락으로 혈도를 찍어도 구양봉은 전혀 느끼지 못하는 듯 돌아보지도 않았다. 황용은 몸을 돌려 돌을 주워서는 구양봉의 머리를 내리쳤다. 구양봉이 오른손으로 주먹을 불끈 쥐고 위로 휘두르자 돌은 황용의 손에서 벗어나 계곡으로 날아갔다. 곽정은 구양봉이 오른손을 놓은 틈을 타 힘껏 몸부림쳐 뒤로 빠져나왔다. 잠시 정신을 차리고 고개를 들어보니, 구양봉과 황약사가 한창 정신없이 싸우고 있었다. 황약사는 통소를 허리춤에 차고 빈손으로 그의 공격을 막아내고 있었다.

구양봉이 사용하는 초식은 참으로 기묘한 것이었다. 몸을 거꾸로 세우는가 하면 바로 서기도 하고, 심지어는 한 손으로 땅을 짚고 몸을 곧추세운 채 한 손으로만 싸우기도 했다. 황약사가 온 신경을 집중해 구양봉을 상대하는데도 성과가 보이지 않자 홍칠공과 곽정, 황용 세 사람은 애가 타며 마음이 급해지기 시작했다. 황용은 아버지가 연달아 위험한 공격을 받자 홍칠공을 돌아보았다.

"사부님, 미친 사람에게 무림의 규칙을 지켜야 하나요? 모두 함께 상대하지요!"

"평소라면 힘을 합쳐도 무방하겠지만, 오늘은 화산논검대회 날이다. 천하 영웅들이 모두 혼자서 싸워야 하는 날이지. 우리가 함께 구양봉 한 사람을 상대했다는 사실이 알려지면 강호의 영웅호걸들이 우릴 비웃을 거다."

이제 구양봉은 정신이 더욱 이상해진 것 같았다. 입에는 하얀 거품을 문 채 머리를 쳐들고 돌진해왔다. 황약사는 더 이상 막아내지 못하고 뒤로 물러서고 말았다. 갑자기 구양봉이 몸을 숙이고 공격해오는데, 상체가 훤히 비어 있었다. 황약사의 얼굴이 활짝 펴졌다.

'정말 제정신이 아니구나.'

황약사는 탄지신통을 사용해 코 옆의 영향혈迎香穴을 찌르려 했다. 그야말로 전광석화 같은 공격이었다. 그러나 손가락이 막 구양봉의 얼굴에 닿으려는 순간, 구양봉은 얼굴을 살짝 옆으로 돌리며 황약사의 식지를 꽉 물어버렸다. 황약사는 화들짝 놀라 왼손으로 구양봉의 태양혈을 찍어 입을 벌리려 했다. 그러나 이와 동시에 구양봉의 오른손이 튀어나와 초식을 전개하자, 입은 더욱 단단하게 닫혀버렸다.

곽정과 황용이 양쪽에서 달려들자 구양봉은 그제야 황약사의 손가락을 놓아주었다. 그러고는 곧 손가락을 펴서 황용의 얼굴을 할퀴려 했다. 내리쬐는 햇빛 아래 구양봉의 얼굴은 징그럽게 일그러지고 온통 피투성이였다. 곽정은 옆에서 장력을 발하며 황용이 피하도록 도왔다. 구양봉이 손을 거두어 곽정을 상대하는 동안 황용은 무사히 빠져나올 수 있었다. 그녀는 간담이 서늘해져 비명을 지르며 도망쳤다. 10여 합을 겨루는 동안 곽정은 어깨며 다리 등에 여러 차례 공격을 허용했다.

"정아, 물러서거라. 내가 다시 상대해보마."

홍칠공이 빈손으로 나섰다. 두 사람은 즉시 맞붙었고, 아까보다 훨씬 격렬한 싸움을 벌였다. 홍칠공은 구양봉이 황약사, 곽정과 대결하는 사이 옆에서 그 모습을 유심히 지켜보았다. 그의 관찰에 따르면, 구양봉의 초술이 비록 이상하기 짝이 없기는 했지만 나름대로 규칙이 있었다. 즉, 주로 합마공을 거꾸로 운용하며 위는 아래로, 왼쪽은 오른쪽으로 바꾸어 쓰는 것이었다. 어느 정도 법칙을 파악하고 나니 여전히 열세에 몰리기는 했지만 한결 싸우기가 편했다.

황용은 손수건을 꺼내 아버지의 손가락 상처를 싸매주었다. 황약사도 이제 구양봉의 움직임이 보이는 듯 연신 홍칠공에게 수를 알려주었다.

"홍 형, 발로 환도環跳를 공격하시오."

"위로 거궐巨闕을 치시오."

"손바닥으로 천주天柱를 내리치시오."

홍칠공은 황약사의 말대로 공격하며 백중지세를 이룰 수 있었다. 그러면서도 두 사람 모두 부끄러운 마음을 감출 수 없었다.

'동사, 북개 두 사람이 서독 하나를 치는 꼴이 아닌가……'

이제 승리가 눈앞에 보이는 듯했다. 순간, 구양봉이 갑자기 입을 쫙 벌리더니 홍칠공의 얼굴에 침을 뱉었다. 홍칠공은 얼른 옆으로 몸을 돌려 피했으나 구양봉은 이미 그의 움직임을 예상하고 있었던 듯, 홍칠공이 피하는 방향으로 일장을 날리며 동시에 또 걸쭉한 가래침을 뱉었다. 구양봉이 침을 뱉는 기세가 매우 강해 눈에라도 맞는다면 부상은 입지 않는다고 해도 궁지에 몰릴 게 뻔했다. 구양봉이 그 틈을 타 맹공을 퍼붓기라도 한다면 막아내기 어려울 것 같았다. 그래서 홍칠공은 정신없는 와중에도 오른손을 뻗어 가래침을 받아내고, 왼손으로 반격을 가했다. 그 후로도 수합을 겨루는 동안 구양봉은 침을 뱉었다. 구양봉은 이제 침을 아예 무기로 삼는 듯했다. 상대로서는 시야가 혼란스럽고 기분도 좋지 않을 수밖에 없었다.

홍칠공은 구양봉이 자신을 무시하는 것이 분명하므로 화가 나는 한편, 오른손으로 받아낸 가래침이 미끈거려 참을 수가 없었다. 그렇다고 자기 옷에 닦을 수는 없는 일. 싸우는 도중 홍칠공은 갑자기 오른손을 펼치며 구양봉의 얼굴에 침을 닦기 위해 달려들었다.

구양봉이 비록 정신이 나가기는 했지만, 감각과 몸의 움직임은 오히려 평소보다 훨씬 예민했다. 그는 홍칠공이 손바닥을 펼치며 달려드는 것을 보고 즉시 얼굴을 옆으로 돌려 피했다. 홍칠공이 손바닥을 뒤집으며 눈을 찌르려 하자 구양봉은 입을 벌려 그 손가락을 물어버렸다.

"조심하세요!"

그러나 저도 모르게 외마디 소리를 지르는 세 사람과 구양봉이 잊고 있는 사실이 하나 있었다. 그것은 홍칠공의 별호가 구지신개라는 사실이었다. 홍칠공은 과거 강호 영웅의 목숨을 구해야 하는데 먹을 것에 정신을 빼앗겨 놓쳐버린 일이 있었다. 그는 자책하는 심정으로 자신의 식지를 칼로 잘라버린 것이다. 구양봉의 공격이 매우 빠르고 정확했으므로 다른 사람이었다면 분명 식지를 물리고 말았을 테지만, 홍칠공은 식지가 없으니 구양봉은 헛물만 켠 셈이 되었다.

고수 사이의 대결에서 이길 수 있는 유일한 기회는 상대가 작은 실수를 저지르는 순간이다. 지금 구양봉이 허공을 물어 흐트러진 찰나를 홍칠공이 그대로 놓칠 리가 없었다. 홍칠공은 즉시 소구아아笑口啞啞를 써 중지로 구양봉 입 주위의 지창혈地倉穴을 찍었다.

옆에서 지켜보던 세 사람은 홍칠공의 공격이 성공하는 것을 보고 탄성을 내지르려 했다. 그러나 입이 채 떨어지기도 전에 홍칠공이 곤두박질치며 나가떨어졌고, 구양봉은 비틀거리며 몇 걸음 뒤로 물러설 뿐이었다. 마치 술에 취한 듯한 모습이었지만, 결국 몸을 바로잡고 의기양양하게 앙천대소했다. 그는 지금 경맥이 거꾸로 돌고 있어 홍칠공이 찍은 것은 족양명위경足陽明胃經의 대혈이었다. 구양봉은 전신이 잠시 마비되었다가 즉시 원래대로 돌아와 그 틈에 홍칠공의 어깨를 공격한 것이다. 다행히 그가 중지로 공격해 힘이 그다지 강력하지 않았고, 홍칠공은 넘어지면서도 현룡재전으로 반격해 구양봉을 물러나게 했다.

다행히 홍칠공이 재빨리 피해 부상이 크지 않았지만, 반신이 마비되어 한동안 몸을 가눌 수가 없었다. 이렇게까지 되었는데 대종사의 신분으로 패배를 인정하지 않는 것은 무례한 행위였다. 그리고 홍칠공 스스로도 상대의 무공에 깊이 탄복하고 있었다. 그는 두 손을 모아 포권의 예를 취했다.

"구양 형, 이 늙은 거지가 졌소. 구양 형의 무공이 천하제일이오."

구양봉은 한껏 허리를 젖혀 길게 웃음을 터뜨렸다. 그는 팔까지 휘두르며 웃어대다 황약사를 돌아보았다.

"단황야, 당신도 인정하겠소?"

황약사는 아무래도 내키지가 않았다.

'천하제일의 무공 칭호를 이런 미치광이에게 빼앗기다니……. 나와 홍 형이 세상 사람들의 웃음거리가 되지 않겠는가?'

그렇다고 나서서 겨룬다고 해도 이기기는 힘들 것 같으니 그저 고개를 끄덕일 수밖에 별도리가 없었다. 구양봉은 이번에는 곽정을 돌아보았다.

"아들아, 네 아비의 무예가 온 세상을 뒤덮었다. 네 아비가 천하무적이란다. 기쁘지 않으냐?"

정신이 바르지 못한 구양봉은 그간 조카라고 불렀던 자신의 진짜 아들 구양극을 이제라도 실컷 아들이라고 불러보고 싶은 모양이었다. 곽정을 자신의 아들 구양극이라 여기고 수십 년간 가슴에 묻어둔 비밀을 제 입으로 떠벌리는 꼴이 되었다.

곽정은 모두 구양봉의 상대가 되지 못하니 그가 천하제일의 칭호를 가져도 손색이 없다는 생각이 들었다.

"우리는 당신을 이길 수 없습니다."

구양봉은 킥킥거리고 웃으며 황용에게 물었다.

"우리 며느리야, 너도 기쁘지?"

황용은 아버지와 사부, 곽정, 세 사람이 잇따라 패하는 것을 보며 이 미치광이를 상대할 방법을 생각해보았다. 그러나 아무리 궁리하고 머리를 짜내보아도 묘안이 떠오르지 않았다. 그러던 차에 갑자기 구양봉이 묻는 소리를 듣고 고개를 돌려보니 그는 손발을 휘두르며 괴상한 꼴을 하고 있었다. 햇빛에 비친 그의 그림자도 마찬가지로 흔들리고 있었다. 황용은 번뜩 떠오르는 생각이 있었다.

"누가 당신이 천하제일이라던가요? 한 사람은 이길 수 없을걸요."

구양봉은 버럭 성을 내며 제 가슴을 펑펑 쳐댔다.

"누구냐? 누구야? 어디 한번 겨뤄보자!"

"그 사람은 무공이 대단해서 당신이 이길 수 없을 거예요."

"누구냐니까? 어서 와서 겨루어보자!"

"그 사람은 바로 구양봉이라는 사람이에요."

구양봉은 머리를 긁적이며 느릿느릿 물었다.

"구양봉?"

"맞아요. 당신의 무공도 뛰어나지만, 구양봉은 이길 수 없을 거예요."

구양봉은 점점 어지러워졌다. 구양봉이라는 이름이 매우 익숙한 것으로 보아 자기와 가까운 사람인 것이 분명했다.

"나는 누구지?"

구양봉의 질문에 황용은 차갑게 웃으며 말했다.

"당신은 당신이죠. 자기가 누군지도 모르면서 왜 나한테 물어요?"

구양봉은 가슴이 서늘해졌다. 고개를 모로 꼰 채 곰곰이 생각해보았다. 그러나 머릿속은 온통 뒤죽박죽 혼란스러울 뿐이었다. 자기가 누구인지 생각하면 할수록 뭐가 뭔지 알 수가 없었다.

"나, 나는 누구지? 여기가 어디야? 나는 어떻게 되는 거지?"

황용이 계속 그를 들쑤셨다.

"구양봉이 당신과 겨루기 위해 찾아왔어요. 당신의 〈구음진경〉을 빼앗으려고 해요."

"지금 어디 있는데?"

황용은 구양봉의 뒤에 있는 그의 그림자를 가리켰다.

"바로 당신 뒤에 있네요."

구양봉은 화들짝 놀라 뒤를 돌아보았다. 황용의 손가락이 가리키는 대로 시선을 옮긴 그는 멀거니 그림자를 바라보았다.

"이, 이건…… 그가……."

"당신을 때리려고 해요!"

구양봉은 몸을 숙이고 장력을 발해 그림자를 내리쳤다. 그림자도 동시에 팔을 뻗는 모습이었다. 구양봉이 크게 놀라 왼손, 오른손을 번 갈아가며 공격하자 그림자도 똑같이 두 손을 움직였다. 구양봉은 상대 가 강하다는 것을 알고 몸을 돌려 일단 자리를 피했다. 그가 햇빛을 마 주 보고 뛰었으므로 그림자도 그의 뒤에 와 있었다.

"어딜 갔느냐?"

구양봉은 갑자기 적이 보이지 않자 놀라 왼쪽으로 몇 걸음 떼며 외 쳤다. 왼쪽은 풀 한 포기 없는 절벽이었고, 햇빛은 그림자를 절벽 위에 비추었다. 구양봉은 오른손을 휘둘러 절벽을 때렸다. 손뼈가 으스러지 는 듯 아팠다.

"대단하구나!"

구양봉은 감탄을 내뱉으며 왼쪽 다리로 공격했다. 절벽의 그림자도 다리를 들어서 차니 두 다리가 서로 부딪쳤다. 구양봉은 아픔을 참기 힘들어 더 싸울 생각을 못 하고 몸을 돌려 도망치기 시작했다. 이번에 도 태양을 마주하고 달리니 적이 보이지 않았다. 한참을 달리다 뒤를 돌아보는데, 적이 그의 뒤를 바짝 쫓아오고 있었다. 구양봉은 놀라 펄 쩍 뛰어올랐다.

"당신이 천하제일이오. 내가 졌소!"

구양봉의 외침에도 그림자는 꿈쩍도 하지 않았다. 구양봉은 다시 돌아서 달리기 시작했다. 한참을 내달리다 살짝 돌아보니 그림자는 여 전히 그를 따라오고 있었다. 이제 도망칠 길도 없고 싸울 수도 없었다. 그야말로 진퇴양난이었다. 게다가 너무나 놀란 나머지 가슴이 쉴 없이 요동치며 숨이 막힐 지경이었다. 결국 구양봉은 알 수 없는 소리를 내 지르며 산 아래로 뛰어내려갔다. 잠시 후, 그의 찢어질 듯한 외침 소리가 산등성이 위에서 메아리치며 울려왔다.

"쫓아오지 마시오. 쫓아오지 말란 말이오!"

한 시대의 무학 대종사가 맞이한 어이없는 최후에 황약사와 홍칠공은 절로 한숨이 나왔다. 구양봉의 외침 소리는 끊어질 듯 이어지며 수리 밖으로 멀어져갔다. 그러나 계속 이어지는 메아리 소리는 마치 귀신이나 짐승이 울부짖는 소리 같아 네 사람은 밝은 햇빛 아래 있으면서도 오싹한 기운을 느꼈다. 홍칠공이 깊은 한숨을 내쉬었다.

"저 사람, 오래 못 가겠군."

"나는…… 나는 누구인가?"

곽정의 혼잣말에 황용은 소스라치게 놀랐다. 워낙 성격이 단순한 곽정이고 보니 한 가지 생각에 몰두하다 정신이 혼란해질까 봐 걱정이 된 것이다.

"오빠야 곽정이죠. 오빠, 자기 생각은 그만하고 다른 사람들 일이나 생각해주세요."

곽정은 그제야 정신이 번쩍 들었다.

"그렇구나. 사부님, 황 도주님! 그만 하산하시지요."

"이 녀석아, 아직도 황 도주라고 부르느냐? 따귀를 몇 대나 맞아야 정신을 차리겠느냐?"

홍칠공의 꾸짖음에 곽정은 영문을 몰라 우두커니 서 있었다. 고개를 돌려 웃을 듯 말 듯 홍조 띤 황용의 얼굴을 보고서야 퍼뜩 정신이 들었다.

"장인어른."

겸연쩍은 표정으로 고개 숙이는 곽정을 바라보며 황약사는 큰 소리로 웃음을 터뜨렸다. 그리고 양손에 각각 딸과 곽정의 손을 잡고는 홍칠공을 돌아보았다.

"홍 형, 무학의 도가 끝이 없으니……. 오늘 노독물의 무공을 보고 참으로 놀라면서도 부끄러웠소. 중앙 진인이 세상을 떠나고 이제 천하제일 무공이라 할 만한 인물은 없는 듯하오."

"그래도 용이의 요리 솜씨는 천하제일이라오. 내 그 점만은 자신 있게 말할 수 있소."

황용이 입을 삐죽이며 미소를 지었다.

"그렇게 칭찬하실 것 없어요. 어서 내려가요. 제가 맛있는 요리를 만들어드릴게요."

영웅의 길

홍칠공, 황약사, 곽정, 황용 네 사람은 화산을 내려왔다. 황용은 자신 있는 요리를 정성껏 준비해 홍칠공이 실컷 먹을 수 있도록 대접했다.

그날 밤, 네 사람은 객점에서 묵었다. 황약사 부녀가 한방에서 묵고, 곽정과 홍칠공이 다른 방을 썼다. 다음 날 새벽, 곽정이 깨어보니 홍칠 공은 보이지 않고 탁자에 기름이 번들거리는 글자가 적혀 있었다.

'나도 간다.'

닭발로 쓴 것인지 돼지족발로 쓴 것인지 알 수가 없었다. 곽정은 허둥지둥 황약사 부녀에게 이 사실을 알렸다. 황약사는 곽정의 말을 듣고 깊은 한숨을 내쉬었다.

"홍 형은 평생 신룡이 머리만 보이고 꼬리는 보이지 않는 것처럼 살아오셨다."

황약사는 고개를 들어 곽정과 황용을 번갈아 쳐다보았다.

"정아, 너는 어머니를 잃었으니 이제 세상에서 가장 가까운 사람은 대사부인 가진악 한 분이시다. 나와 도화도로 돌아가 네 사부님께 혼례를 맡아주십사 부탁드려 용이와 혼사를 치르는 것이 어떠냐?"

곽정은 만감이 교차해 아무 말도 할 수 없었다. 그저 말없이 고개만 끄덕일 뿐이었다. 황용은 빙긋이 웃으며 바보라고 놀려주고 싶었지만, 아버지 쪽을 흘깃 보고는 하려던 말을 꿀꺽 삼켜버렸다. 황약사는 쓸데없는 말을 하기 싫어 묵묵히 아무 말도 하지 않았다. 그렇게 하루 이틀 함께 보낸 후, 황약사는 두 사람과 헤어졌다.

곽정은 황용을 홍마에 태우고 자기는 백마 한 마리를 사서 그 위에 올라탔다. 두 사람은 천천히 여행을 즐겼다.

"아버지가 정말 고맙지 뭐예요. 둘이서 실컷 돌아다니라고 그냥 모른 척해주시잖아요."

두 사람은 앞으로의 여정에 대해 상의했다. 황용은 여유를 두고 산수를 두루 구경하고 싶어 했다. 서쪽에서 동쪽으로, 즉 경조부京兆府에서 남경南京을 지나 낙양洛陽, 개봉開封을 거쳐 남하해 회남淮南, 강남江南에서 절서浙西까지 가자는 것이었다.

"오랜만에 아무 일도 없고 마음이 이렇게 가뿐한데, 이번 기회에 오빠와 여기저기 돌아보는 것도 좋을 것 같아요. 오빠 생각은 어때요?"

곽정도 당연히 고개를 크게 끄덕였다. 황용의 생각대로 가자면 금나라 경계로 들어가야 했지만, 금나라는 근래 몽고군에게 연전연패하는 터라 동관潼關 동쪽 땅에 대해서는 전혀 관리하지 못하고 있었다. 두 사람이 말을 몰아 여행을 즐기는 동안 금나라 병사의 모습은 찾아볼 수조차 없었다.

하루도 지나지 않아 두 사람은 강남동로江南東路의 광덕廣德을 지나고 있었다. 갑자기 어디선가 새 울음소리가 들려오더니 흰 수리 두 마리가 북쪽에서 쏜살같이 날아왔다. 곽정이 반가운 마음에 휘파람을 불자 수리들은 그의 어깨 위에 내려와 앉았다. 수리들은 옆에 있는 황용을 보더니 더 반가웠는지 두 사람의 어깨를 번갈아가며 가볍게 쪼았다. 마치 헤어진 가족이 다시 만나기라도 한 듯 무척 정겨운 모습이었다.

곽정은 경황없이 몽고를 떠나는 통에 수리들을 데려오지 못했는데, 이렇게 만나게 되니 기쁘기 그지없었다. 그는 손을 뻗어 수리의 등을 가만히 쓰다듬어주었다. 그때 수컷 다리에 묶인 작은 가죽 두루마리를 발견했다. 곽정은 얼른 떼어 펼쳐보았다. 두루마리에는 칼로 새긴 몽고 글자가 쓰여 있었다.

우리 군대가 남쪽으로 내려가 송나라를 공격하려고 합니다. 아버지는 오라버니께서 남쪽으로 가신 것을 알고는 계시나, 송을 공격하겠다는 결심을 바꾸지 않으십니다. 나라를 위해 진충보국하실 분임을 잘 알기에 죽음을 무릅쓰고 이 소식을 전합니다. 제 잘못으로 어머니까지 세상을 떠나셨으니 다시 뵐 면목이 없습니다. 저는 지금 서역으로 와 큰오라버니께 의탁하고 있으며, 평생 다시는 고향 땅을 밟지 않을 것입니다. 옛말에 낙타가 아무리 건장해도 천 사람을 태우지는 못한다고 했습니다. 너무 무거운 짐을 맡으면 죽기를 각오해도 어찌할 수 없는 일입니다. 부디 스스로 몸을 아끼시고 내내 평안하시기를 바랍니다.

두루마리에 이름이 쓰여 있지는 않았지만, 곽정은 화쟁의 필적임을 한눈에 알아볼 수 있었다. 곽정은 두루마리 내용을 황용에게 읽어 주었다.

"용아, 나는 어쩌면 좋지?"

"그런데 낙타가 천 사람을 태우지는 못한다는 말은 무슨 뜻이죠?"

"그건 몽고인의 속담이야. 그러니까…… 나무 기둥 하나로는 큰 누각을 지탱하지 못한다는 뜻이지."

"몽고가 송을 공격하려 한다는 거야 이미 알고 있었지만, 화쟁 공주가 이렇게 일부러 수리를 보내 알린 건 오빠에 대한 호의겠지요."

이날 두 사람은 양절서로兩浙西路로 들어가 장흥長興 가까이까지 갔다. 그 일대는 태호 남쪽으로 매우 비옥한 땅이었으나 강회江淮 전쟁터와 멀지 않아 백성들이 모두 피란을 떠난 탓에 황무지로 버려진 땅이 되고 말았다. 다니는 사람이 없으니 자연히 산길의 풀은 말의 배 높이까지 자라 있었다. 사람 모습을 찾을 수조차 없고 눈앞에 펼쳐진 것이라고는 시커먼 숲밖에 없었다.

한참을 나아가는데, 수리 두 마리가 하늘에서 성난 듯 소리 높이 울더니 곤두박질치듯 순식간에 숲 뒤로 모습을 감추었다. 두 사람은 뭔가 이상하다는 생각이 들어 얼른 뒤를 따라가보았다. 숲을 돌아가보니 수리 두 마리가 공중을 빙빙 선회하며 어떤 사람과 정신없이 싸우고 있는 모습이 보였다. 자세히 살펴보니 그는 바로 개방의 팽 장로였다. 팽 장로는 칼을 휘두르며 방어에 열중하고 있었다. 그 칼놀림이 워낙 날카롭고 민첩해 그렇게 용감한 수리들도 주춤할 정도였다.

한참을 겨루던 중 암컷이 갑자기 위험을 무릅쓰고 날아들어 팽 장로의 두건을 잡아채고는 머리를 쪼아댔다. 그러나 팽 장로가 칼을 휘둘러대는 통에 수리의 깃털도 적잖이 잘려 나갔다.

황용은 팽 장로의 머리가 번들번들 벗겨져 있는 것을 보고 지난 일이 떠올랐다.

'전에 수리가 화살에 맞았던 것이 바로 이자의 짓이었군. 그리고 나중에 수리가 청룡탄 부근에서 누군가와 싸운 뒤 움켜쥐고 왔던 머리가죽도 이 못된 거지 영감의 것이었겠군.'

"팽 장로, 누가 왔는지 보시오!"

순간 팽 장로는 두 사람을 발견하고는 혼비백산해 그대로 도망치기 시작했다. 수컷이 그런 그를 그냥 두지 않고 쏜살같이 내려와 머리를 쪼아댔다. 그러나 팽 장로는 칼을 휘둘러 자신의 머리를 보호했다. 그러자 이번에는 옆에 있던 암컷까지 가세해 긴 주둥이로 팽 장로의 왼쪽 눈을 쪼아버렸다. 팽 장로는 외마디 비명을 지르며 칼을 내던지고는 옆에 있는 가시덤불로 뛰어들었다. 빽빽한 가시덤불이 위험해 보였으나 팽 장로는 제 목숨 건지기에 급급해 가시덤불 깊숙한 곳까지 굴러 들어갔다. 더 이상 공격하지 못하게 된 수리들은 아직 성이 덜 풀렸는지 가시덤불 위를 떠나지 않고 계속 맴돌았다.

"눈 하나를 쪼았으니 이제 그만해!"

곽정이 수리들을 불러들이는 순간, 뒤쪽 풀숲에서 어린아이의 울음소리가 들려왔다.

"무슨 소리지?"

곽정은 백마에서 풀쩍 뛰어내려 풀숲을 헤쳐보았다. 그곳에는 웬 어린아이가 바닥에 앉아 있었고, 그 옆 풀숲 사이로 여자의 발이 비죽 나와 있었다. 황급히 풀숲을 좀 더 헤쳐보니 푸른 옷을 입은 여자가 바닥에 쓰러져 있었는데, 그녀는 다름 아닌 목염자였다.

"언니!"

황용은 놀랍고 반가운 마음에 목염자를 부르며 달려들어 그녀를 부축해 일으켰다. 곽정은 아이를 안아 들었다. 아이는 낯을 가리지 않는 듯 유난히 반짝이는 눈으로 곽정을 빤히 바라보았다. 황용은 목염자의 몸을 주무르고 코 아래 인중을 힘껏 꼬집었다. 목염자는 점차 정신이 드는 듯 눈을 가늘게 뜨기 시작했다. 그녀는 두 사람을 발견하고도 꿈을 꾸는 것처럼 힘없이 떨리는 목소리로 말했다.

"아…… 곽, 곽정 오라버니…… 용아."

"누이, 어찌 이런 곳에 있는 거요? 다친 데는 없소?"

목염자는 몸을 일으키려 안간힘을 썼지만 똑바로 일어서지 못하고 다시 쓰러졌다. 그녀의 두 손과 발은 모두 밧줄에 꽁꽁 묶여 있었다. 황용은 얼른 밧줄을 잘라주었고, 목염자는 허둥지둥 곽정의 손에서 아이부터 받아 들었다. 그녀는 아이를 품에 안고 잠시 안정을 취하자 정신이 들었는지 부끄러운 얼굴로 그간 겪은 일들을 천천히 털어놓기 시작했다.

목염자는 철장봉에서 양강과 부부의 연을 맺고 아이를 갖게 되었다. 그러나 그녀는 줄곧 임안 옛집으로 돌아가고 싶어 했고 결국 길을 떠나 천신만고 끝에 장흥 근처까지 오게 되었다. 그러나 더 이상 걸음을 옮길 힘조차 남아 있지 않아 그녀는 숲속 아무도 살지 않는 버려진 집에 짐을 풀었고, 얼마 후 그곳에서 아기를 낳았다. 그 뒤 아예 그곳에 자리를 잡고 살면서 짐승을 잡거나 나무 열매를 따 생계를 꾸려갔다. 다행히 아이가 영리해 고단한 생활 중에도 큰 위안이 되었다.

이날도 아이를 데리고 숲속에서 땔감을 줍고 있었는데, 공교롭게도 팽 장로와 마주치고 말았다. 팽 장로는 그녀의 자색을 탐내어 그녀를 범하려 들었다. 목염자도 무공이 상당했지만, 팽 장로의 상대가 되지는 못했다. 팽 장로는 개방 4대 장로 중 한 사람이요, 노유각 등과 어깨를 나란히 하며 개방에서는 홍칠공 외에 적수가 없던 사람이었다.

결국, 목염자는 팽 장로에게 손발을 묶이고 놀란 마음에 분노까지 겹쳐 혼절하고 말았다. 만일 곽정과 황용이 마침 이곳에 오지 않았다면, 그리고 수리가 공중에서 적을 발견하지 못했다면 목염자는 악당에게 욕을 당하고 말았을 것이다.

그날 밤, 곽정과 황용은 목염자의 집에 묵었다. 양강이 가흥 철창묘에서 죽었다는 소식을 전해주자 목염자의 눈에서는 눈물이 비 오듯 쏟아졌다. 옛정이 아직 애틋한 것 같아 황용은 차마 상세한 전말을 이야기해주지는 못하고, 그저 구양봉의 독에 중독되어 죽었다고만 해두었다.

'이렇게 말해도 거짓말은 아니지. 뭐, 노독물의 뱀독에 중독되어 죽은 건 사실이니까.'

곽정은 아이의 얼굴을 가만히 들여다보았다. 아이의 반듯한 용모를 보니 양강과 의형제를 맺은 일이 생각나 한숨이 절로 나왔다.

"오라버니께서 이 아이에게 이름을 지어주세요."

목염자의 눈물 어린 부탁에 곽정은 한참 동안 곰곰 생각해보았다.

"나는 이 아이의 아버지와 의형제를 맺었소. 끝이 좋지 않았으니, 나도 도리를 다하지 못한 것이 평생 한으로 남을 거요. 이 아이는 커서 잘못이 있으면 고치고, 인의를 실천하는 사람이 되었으면 하오. 용아, 나는 글을 잘 모르니 네가 이름을 지어줘."

황용은 그래도 될지 목염자를 쳐다보았다.

"그래, 오라버니의 기대를 넣어서 네가 아이의 이름을 지어줘."

"그러면 이름은 양과楊過라 하고, 자는 개지改之라고 하는 것이 어떨까요?"

"좋아요. 아이가 오라버니와 용이가 바라는 것처럼 자랐으면 좋겠어요."

황용은 목염자에게 함께 도화도로 가자고 권했고, 곽정은 한술 더 떠 양과를 제자로 삼아 무공을 전수해주겠다고 했다. 목염자는 그 두 사람의 진실한 호의를 잘 알면서도 자신의 처지를 생각하니 가슴이 아려와 사양할 수밖에 없었다.

"오라버니께서 이 아이를 받아주신다면, 정말 아이에게는 그보다 더한 복이 없지요. 먼저 사부님께 절을 올릴게요."

목염자는 양과를 안은 채 곽정에게 여러 차례 절을 올렸다.

"하지만 아이가 너무 어려 지금 도화도로 들어가는 것은 힘들 것 같아요. 후일 사부님께 의탁할 날이 오겠지요."

다음 날 새벽, 곽정과 황용은 다시 한번 목염자에게 도화도로 함께 가자고 권했다. 그러나 목염자는 임안 옛집으로 가겠다는 말만 되풀이할 뿐이었다. 하는 수 없이 곽정은 더 이상 권유하지 않고 타뢰에게 받은 황금 1천 냥 중 한몫을 떼어 목염자에게 주었다. 목염자는 고마움에 깊이 고개를 숙이며 목이 멘 듯 속삭였다.

"저희 모자는 먼저 가흥 철창묘로 가서 아이 아버지의 무덤을 좀 둘러봐야겠어요."

세 사람은 서로 잘 지낼 것을 당부하며 헤어졌다. 이날 저녁 곽정과 황용은 숙소에 들어 식사를 하고 이야기를 나누었다.

곽정은 화쟁이 보낸 두루마리를 가슴에 품은 채 어린 시절을 떠올렸다. 화쟁, 타뢰와 사막에서 뛰놀던 일들이 눈앞을 스쳐갔다. 화쟁에 대해 다른 마음을 품어본 적은 없으나, 곱고 여린 화쟁이 서역에서 외롭게 지낼 것을 생각하니 마음이 무거웠다. 게다가 몽고의 대군이 남쪽으로 침략해온다니, 곽정의 마음은 더욱 답답해졌다. 간신들이 어리석은 임금의 눈을 가려 병력이 크게 약화된 송 왕조로서는 속수무책일 것이고, 결국 그 고통은 고스란히 죄 없는 백성들의 몫이 될 판이었다.

사정이 이러하니, 몽고의 남침을 조정에 알린다고 해도 조정에서는 아무런 대책도 없이 그저 몽고에 투항하고 말 것이 뻔했다. 차라리 알리지 않는 편이 나을 듯싶었다. 황용은 곽정이 깊은 생각에 잠긴 것을 보고 등불 아래서 말없이 옷을 깁고 있었다.

"용아, 화쟁이 자기 잘못으로 어머니가 세상을 떠나 다시 볼 면목이 없다고 했는데, 그건 무슨 뜻일까?"

곽정이 불현듯 입을 열었다.

"자기 아버지가 오빠 어머니를 괴롭혀 죽게 했으니 마음이 괴롭기도 하겠지요."

"음……."

곽정은 낮은 신음 소리를 내며 고개를 숙이고 어머니가 죽던 날의 상황을 떠올렸다. 그러더니 갑자기 뛰어오르며 탁자를 내리쳤다.

"알았다. 그랬던 거야!"

황용은 화들짝 놀라 그만 바늘에 손가락을 찔리고 말았다.

"아유, 깜짝이야. 뭘 알았다는 거예요?"

"내가 어머니와 대칸의 밀령을 몰래 뜯어보고 몽고를 떠나기로 했을 때 파오 안에는 아무도 없었어. 그런데 어찌된 일인지 대칸은 그 사실을 금세 알아채고는 나와 어머니를 잡아갔거든. 그래서 어머니는 스스로 목숨을 끊으신 거고. 그 일이 어떻게 새어나갔는지 도무지 알 수가 없었는데, 바로 화쟁의 짓이었군."

황용은 고개를 가로저었다.

"화쟁 공주는 오빠를 진심으로 사랑하는걸요. 그런 걸 밀고했을 리가 없어요."

"나를 해치려 한 게 아니라 붙잡아두려 했겠지. 파오 밖에서 어머니가 밀령을 뜯어보고 또 나와 함께 짐 싸는 것을 보고는 화쟁이 제 아버지에게 알린 거야. 그러면 대칸이 내가 떠나지 못하게 붙잡아줄 줄 알았겠지. 화쟁은 밀령을 뜯어보는 것이 큰 죄가 되리라고는 생각지도 못했을 거야. 그런데 일이 이렇게 틀어진 거지."

곽정은 연신 한숨을 내쉬었다.

"화쟁이 일부러 잘못을 저지른 게 아니라니, 서역으로 가 찾아보지 그러세요!"

"그녀와 나는 친남매나 다름없어. 큰오라버니와 함께 있다고 하니 서역에서 편안하게 잘 지내고 있겠지. 그런데 내가 찾아가 뭘 하겠어?"

황용은 한결 마음이 놓이는 듯 빙그레 웃었다.

다음 날 새벽, 곽정과 황용은 남쪽으로 말을 달려 호주湖州의 초상안우招商安寓라는 큰 객잔에 머물렀다. 날이 저물자 두 사람은 객잔 식당에서 식사를 하면서 옆자리에 앉은 예닐곱 명의 사내가 술을 마시며 하는 이야기를 듣게 되었다.

모두가 산동 지역 말씨를 썼는데 그들의 이야기인즉, 산동 익도부益
都府 청주青州에서 충의군忠義軍이 일어나 금나라에 맞서 싸우고 있다는
것이었다. 곽정은 그들 이야기에 관심이 생겨 술과 음식을 더 시켜 아
예 자리를 옮겨서는 이것저것 자세히 물어보았다.

이 사내들은 청주에서 남으로 피란 온 상인들이었다. 그간 남쪽의
비단을 팔았는데 근래 청주의 상황이 풍전등화라 절서浙西 지역으로
전란을 피해 왔다고 했다. 그들은 곽정이 음식을 시켜 청하자 이내 태
도가 부드러워져 산동 청주 지역 상황에 대해 자세히 일러주었다.

익도부 청주는 전략의 요충지였다. 금나라가 몽고에 잇따라 패해
세력이 약화되자 지방 한인漢人들이 들고일어나 적지 않은 지역을 차
지하니, 이들을 일컬어 충의군이라 했다. 유주濰州 사람인 이전李田이
그들의 우두머리였다. 이전이라는 인물은 상당히 유능했고 그 부인 양
묘진楊妙眞 또한 범상치 않았다. "20년 이화창梨花槍 앞에 천하에 적수
가 없구나"라는 말이 떠돌 정도였다.

거기에 이전의 형 이복李福까지 가세해 금나라 병사들은 그들 앞에
속수무책으로 당했다. 그들의 명성을 듣고 산동 의병들이 속속 합류하
니 그 기세가 하늘을 찌를 듯했다. 근 몇 개월간 잇따라 승리를 거두고
회남과 산동의 금군을 서쪽으로 패퇴시키니 악비, 유기劉錡, 우윤문虞允
文 이후 송나라가 그런 대승을 거둔 적이 없었다.

임안 조정에서는 그 소식을 듣고 크게 기뻐했다. 당시 정사를 맡고
있던 승상 사미원은 이전을 경동로총관京東路總官(경동동서로는 이미 금나
라 관할이 되었으나 송나라 조정에서 그를 경동로의 관리로 임명한 것이다)으
로 임명하고 수하 군대를 정식으로 충의군으로 부르게 한 후, 초주楚州

(회안淮安)를 총부로 삼게 했다.

이들의 승전 소식에 강북에 있던 송나라 군대도 덩달아 사기가 높아졌다. 그러나 조정에서는 충의군에 약간의 양곡을 보내면서도 그들을 완전히 신뢰하지는 않았다. 후에 금군이 회강을 건너 장강 변을 공격할 때 이전이 군을 이끌고 크게 쳐부수니 금군은 일패도지했다. 조정에서는 보녕군절도사保寧軍節度使 겸 경동로진무부사京東路鎭撫副使로 이전의 벼슬을 높여주었고, 이제 그는 엄연한 고관대작이 되었다. 그러나 조정에서는 이전의 상관으로 허국許國을 회동제치사淮東制置使로 임명해 그를 견제하게 했다.

허국은 과거 일찍이 양번襄樊과 조양棗陽에서 적을 물리치는 등 전공이 대단했으나, 인물됨이 어리석고 거칠어 이전과 양묘진 부부에 비해 무례하기 짝이 없었다. 그리고 충의군과 정규군인 송군 사이에 마찰이 생기면 허국은 언제나 충의군을 처벌했으니 그 처사가 매우 불공평했다. 그래서 이전이 산동 청주 전선에서 전쟁 중이었을 때 후방에 있던 충의군이 분을 참지 못해 난을 일으키고 허국의 가족을 모두 죽여버렸다. 이에 허국은 스스로를 비관하며 목숨을 끊었다.

한편 몽고군은 금군을 무찌르고 산동을 공격하기 시작했고, 가장 먼저 청주를 향해 밀려와 지금 한창 전쟁 중이었다. 이 일대 백성들은 충의군에 참가하거나, 충의군의 친구 또는 친척이 되는 사람이 많았다.

그 상인들은 이전과 양묘진 부부에 대해 과장해 말하기도 했다. 황용은 특히 양묘진이 대단하다는 평가를 받자 호기심이 생기는 모양이었다.

"오빠, 그 천하무적이라는 이화창이 도대체 얼마나 대단한지 보고 싶어지네요."

"그래! 그들이 되찾은 땅이 비록 강북 땅이기는 하지만, 한 뼘 한 뼘이 모두 우리 송나라 땅이잖아. 이왕 이렇게 인연이 닿았으니 가서 이전 부부를 도와줘야겠다."

두 사람은 잠시 상의를 한 뒤 북쪽으로 방향을 잡아 산동 익도부로 향했다.

어느덧 이전과 양묘진 부부를 만난 두 사람은 이곳까지 오게 된 경위를 설명했다. 이전은 조정 관리가 되더니 이미 관리의 냄새를 풍겼고, 게다가 금군과의 싸움에서 연승을 거둔 뒤라 거만한 기색이 표정에 역력히 드러났다. 또한 내란 때문에 마음이 분주해 갑자기 찾아온 두 젊은이에게 큰 관심을 두지 않는 듯했다. 다만 순박해 보이는 남자에 비해 여자는 어울리지 않게 용모가 뛰어나 조금 의아하게 생각하는 것 같았다.

이전은 둘에게 몇 마디 감사의 인사를 하고, 부하에게 지시해 술과 음식을 대접하며, 나중에 적이 쳐들어와 힘이 부치면 도와달라는 말을 했다.

곽정과 황용이 지켜보니 이전은 부하들에게 성을 방비하기 위한 지시가 아니라, 반란을 일으킨 충의군을 붙잡고 병참고를 장악한 송군을 성 밖으로 내쫓으라는 지시를 내리고 있었다. 두 사람이 보기에 이전은 영웅의 풍모를 갖추기는 했으나 병사를 다루는 것이 서툴고 어지러워 부하들이 서로 다투고 사분오열로 찢어질 수밖에 없을 듯했다. 그러니 다른 부대에서도 혼란이 일어날 가능성은 충분히 있었다.

곽정은 이미 전쟁을 오랫동안 겪은 몸이라 전쟁할 때는 가장 먼저 적의 동태를 파악해야 한다는 것을 잘 알고 있었다. 그래서 그는 이전에게 몇 가지 궁금한 점을 물었다.

"적병은 얼마나 되며, 지금 싸우고 있는 적은 몽고군입니까, 금군입니까? 몽고군은 아닐 듯한데, 적의 선봉은 어디까지 와 있는지요?"

부하 장수가 몇 마디 대답을 해주었지만, 정확한 정보인지는 알 수가 없었다. 곽정과 황용은 이미 술과 음식을 먹고 싶은 마음이 사라졌다. 그들은 서로 몇 마디 상의한 후, 황용이 직접 홍마를 타고 적진을 염탐하러 나섰다.

저녁 무렵, 곽정은 북문 밖에서 먼 곳을 바라보다가 먼지를 일으키며 달려오는 홍마를 발견하고는 달려 나가 맞았다. 말고삐를 당기는 황용의 얼굴에는 놀란 기색이 역력했고 목소리는 떨리고 있었다.

"몽고 대군이 10만여 명은 족히 될 것 같아요. 우리가 막을 수 있을까요?"

곽정도 놀라움을 금치 못했다.

"그렇게 많아?"

"지난번 대칸이 병사를 셋으로 나누어 송을 무너뜨리겠다고 했을 때, 오빠가 하지 않겠다고 해서 다른 사람이 나섰나 봐요."

"제갈량이 묘책을 생각내야지."

곽정의 말에 황용은 고개를 저었다.

"저도 한참을 생각해봤어요. 일대일로 싸우자면 천하에 오빠를 이길 사람은 손가락으로 꼽을 거예요. 열 명, 백 명이라도 우리 둘이서 상대할 수 있겠지요. 하지만 지금 눈앞의 적이 천 명, 만 명, 10만 명이에요. 그러니 대체 무슨 방법이 있겠어요?"

곽정은 깊은 한숨을 내쉬며 말했다.

"우리 송의 군사와 백성이 몽고인보다 수십 배는 많을 거야. 모두가 합심할 수 있다면 몽고군이 뭐 그리 무섭겠어? 관리 놈들이 약해빠진 데다 어리석어 백성을 괴롭히고 나라를 망치는 것이 그저 한스러울 뿐이야. 게다가 충의군은 내란이 일어나 적을 눈앞에 두고도 자기들끼리 서로 죽이고 있으니……."

"몽고군이 안 오면 그만이지만, 만일 온다면 우리가 죽일 수 있는 데까지 죽여야죠. 위급한 상황이 되면 도망치죠, 뭐. 그럴 때 홍마가 있으니 다행이에요. 세상일이라는 게, 그렇게 근심만 한다고 해결되는 건 아니잖아요."

황용의 말에 곽정은 정색을 하고 바라보았다.

"용아, 도망가서는 안 돼. 우리는 〈무목유서〉의 병법을 배웠잖아. 악무목이 당부한 진충보국의 정신을 되새겨야지. 악무목이 금을 치라고 한 건, 바꿔 말하면 적을 쳐부수라는 이야기야. 그렇다면 결국 몽고를 쳐서 이기라는 뜻이기도 해. 우리 두 사람의 힘이 미약하기는 하지만 그래도 있는 힘을 다해 나라를 위험에서 지켜야지. 내 몸을 던져서라도 부모님과 사부님의 가르침을 저버리지 않을 거야."

황용은 한숨을 내쉬었다.

"언젠가 이런 날이 올 줄 알았어요. 그래요, 오빠가 살면 나도 살고, 오빠가 죽으면 나도 죽으면 되죠, 뭐."

그렇게 마음을 정하자 두 사람은 오히려 편안해지는 것을 느꼈다. 둘은 성으로 돌아와 술을 마시며 이야기를 나누었다. 적군이 국경으로 밀고 들어오는 위급한 상황, 생사의 갈림길에 둘이 함께 있으니 상대가 더욱 가깝게 느껴졌다. 어느덧 밤이 깊어 2경이 되었다. 갑자기 성 밖에서 비명 소리와 울음소리가 들려왔다. 멀리서 울려 퍼지는 소리는 유난히 처절하게 들렸다.

"왔군요!"

황용의 말과 함께 두 사람은 튕기듯 일어나 성을 뛰어나갔다. 이미 성 밖에는 난민이 몰려와 있었다. 노인을 부축하고 아이를 끌고 오는 난민 무리는 도무지 끝이 보이지 않았다. 충의군이 청주를 수복하기는 했지만, 송군이 오히려 충의군을 공격하고 충의군의 군사들이 반란을 일으켜 이전의 형 이복을 죽이자 이전 부부는 군사를 보내 난을 평정 했다. 이런 와중에 백성들은 난이 일어난 성으로 들어가지 못하고 산 야에 흩어져 지내다가 몽고군이 밀려오자 할 수 없이 성으로 피해온 것이었다.

그러나 성문을 지키는 병사는 성문을 굳게 닫아걸고 난민이 들어오 지 못하게 막았다. 얼마 후, 이전이 병사를 더 보내왔다. 이들은 활시 위에 화살을 걸고 난민을 겨냥하고는 돌아가라고 소리 질렀다.

"몽고군이 쳐들어옵니다!"

성 아래 난민들이 외쳤지만 병사들은 여전히 성문을 열지 않았다. 난민들이 울부짖는 소리가 먼 하늘에까지 울리며 끊이지 않았다.

곽정과 황용은 성 위에 서서 눈을 들어 먼 곳을 바라보았다. 저 멀리 지평선에서 불빛이 일렬로 늘어선 채 다가오고 있었다. 몽고군의 선봉 이 도착한 것이다.

곽정은 오랫동안 테무친 막하에 있었으므로 몽고군이 공성전攻城戰 을 벌일 때 쓰는 전법을 잘 알고 있었다. 그들은 적의 포로를 앞세워서 오는 것이 분명했다. 수만 명의 난민이 성 아래 몰려와 있으니 몽고군의 선봉이 이곳까지 밀려오면 청주성 안팎의 병사와 백성들은 서로 죽일 수밖에 없을 터였다.

촌각을 다투는 화급한 상황에서 더 이상 망설일 여유가 없었다. 곽정은 성 위에 서서 팔을 들고 힘껏 외쳤다.

"몽고군이 청주성을 치고 들어오면 살아남을 자는 없소이다! 사내라면 나와 함께 적을 무찌릅시다!"

마침 북문을 지키던 수문장은 이전의 심복이었다. 그는 곽정의 말을 듣고 벌컥 화를 냈다.

"민심을 어지럽히는 저자를 끌어내라!"

곽정은 성에서 뛰어내리며 오른팔을 뻗어 수문장의 앞가슴을 움켜잡고 불끈 들어 올린 뒤 그의 말을 빼앗아 탔다. 병사들 중에는 의로운 자도 적지 않았다. 그들은 자신의 친구와 친지가 섞인 난민 무리가 성 아래에서 울부짖는 것을 보고 울분이 치솟던 참이었다. 그런데 곽정이 나서서 수문장을 잡아채니 오히려 반가워하며 아무도 곽정의 손에 잡힌 수문장을 도우려 하지 않았다.

"어서 문을 열라고 해라!"

수문장은 제 목숨을 건지기 위해 곽정의 말을 들을 수밖에 없었다. 북문이 활짝 열리고, 난민들이 파도처럼 밀려 들어왔다.

곽정은 수문장을 황용에게 넘기고 창을 들고 말을 몰아 성 밖으로 나가려 했다.

"기다려요!"

황용이 나서더니 수문장에게 갑옷을 벗게 하고 그것을 곽정에게 건네주며 입으라고 했다.

"가짜 성지聖旨를 전해 병사들을 이끌고 나가세요."

그러고는 손을 뒤집어 수문장의 혈도를 찍은 후 성문 밖으로 던져 버렸다. 곽정은 역시 묘안이라는 생각이 들어 성안 사람들을 향해 목청껏 외쳤다.

"성지를 받드시오. 임안의 황제께서 나를 보내 성을 지키고 적에 맞서 백성들을 지키라 명하셨소! 제군은 나를 따라 성을 사수하시오!"

곽정은 내공이 깊어 이 몇 마디를 단전에서부터 끌어올려 외치니 성 안팎이 시끄러운 중에도 사람들에게 똑똑히 전해졌다. 삽시간에 사람들은 쥐 죽은 듯 조용해졌다. 위급한 상황에서 이 말의 진위를 따질 경황 따위는 없었다.

게다가 근래 들어 충의군은 서로 싸움을 일삼고, 조정 관병들과도 대치하니 군령은 혼란스럽기 이를 데 없었다. 그러나 강력한 적이 국경을 압박해 허둥대던 차에 누군가 나서서 군을 이끌고 적에 맞서겠다고 하니 사방에서 환호성이 터져 나왔다.

곽정은 6천~7천의 인마를 이끌고 성을 나섰다. 군대의 진용은 어지러웠고, 군사들 또한 산만하기 짝이 없었다. 아무래도 몽고의 정예군을 대적하기에는 역부족이었다.

그는 〈무목유서〉에 쓰여 있던 글귀가 생각났다. 위기에 처했을 때는 변칙적인 계략을 써야 한다는 말이었다. 곽정은 군령을 내려 3천 명은 동쪽 산 뒤에 매복해 있다가 포성이 한 번 울리면 일제히 함성을 지르고 깃발을 휘둘러 기세를 올리되 나오지는 말라고 했다. 또 3천 명에게는 서쪽 산 뒤에 매복해 있다가 포성이 두 번 울리면 역시 소리를 지르고 깃발을 흔들어 허장성세하라고 명령했다. 그리고 대포를 준비하도록 지시했다. 두 부대의 장수들은 곽정의 늠름한 모습과 절도 있는 지시에 탄복하며 명령에 따랐다.

난민들이 모두 성안으로 들어왔을 때는 이미 날이 훤하게 밝아오고 있었다. 북소리와 함께 철기가 덜그럭거리며 부딪치는 소리가 들려왔다. 모래 먼지가 뭉게뭉게 일어나는 것으로 보아 몽고군의 선봉이 이미 성 가까이에까지 접근한 듯했다.

황용은 한 병사의 창과 말을 빼앗아 곽정의 뒤를 따랐다. 곽정이 소리 높여 군령을 내렸다.

"사대문을 활짝 열어라! 성안의 군민은 모두 집 안으로 들어가 꼼짝 말고 있으라. 밖으로 나오는 자는 그 자리에서 참수하리라!"

사실 곽정이 이런 명령을 내리지 않아도 성안의 군사들과 백성들은 이미 집 안으로 숨어 들어가 그림자도 보이지 않았다. 그리고 용감하게 싸우려는 자들은 이미 동쪽과 서쪽 산 뒤로 가 매복해 있었다.

이때 뒤에서 병기가 부딪치는 소리가 나더니 두 사람이 말을 타고 다가왔다. 이전 부부였다. 두 사람은 무장을 하고 나타나 곽정과 황용 옆에 섰다. 황용은 양묘진이 갑옷을 두르고 한 손에는 이화창을 날카롭게 세워 쥐고 나타나자 그 당당한 모습에 내심 감탄했다.

몽고군의 철기 수백이 질풍처럼 달려왔다. 청주 성문이 모두 열려 있고, 웬 어린 남녀가 창을 들고 말 위에 올라 성을 지키기 위해 파놓은 해자 다리 위에 서 있는 것이 그들의 눈에 들어왔다. 그리고 그 옆에 또 다른 남녀 두 사람이 그들을 호위하고 있는 것을 발견했다. 선봉을 이끌던 천부장은 이상한 생각이 들어 오히려 더 나아가지 못하고 빠른 말을 보내 이를 만부장에게 알렸다.

오랜 세월 전쟁터를 누비던 만부장 역시 소식을 듣고는 고개를 갸우뚱했다. 그는 어찌 그런 일이 있을까 싶은 생각에 말을 달려 직접 성 앞으로 달려왔다. 멀리서 곽정을 본 만부장은 깜짝 놀라 말에서 떨어질 뻔했다. 그는 서정에 참가했을 때 곽정의 귀신 같은 책략을 여러 차례 본 적이 있었다. 당시 곽정은 성을 무너뜨리고 백전백승의 전과를 올리는가 하면, 심지어는 하늘을 날아 사마르칸트성을 무너뜨리기도 했다. 이러한 곽정에 대해 군사들은 진심으로 탄복하며 복종했고, 지금까지도 몽고군들의 입에 자주 오르내리는 전설로 남아 있었다.

그런 곽정이 성 앞을 가로막고 있는 데다 성안은 텅 비어 사람 그림자도 보이지 않으니 분명 뭔가 계략이 숨어 있을 거라는 생각에 감히 공격할 수가 없었다. 만부장은 당장 말 위에서 손을 모으고 포권의 예를 취했다.

"소인, 금도부마께 문안 인사 올립니다."

곽정은 말없이 답례를 했다. 만부장은 잠시 군사를 물리고 원수에게 이 사실을 급히 알렸다. 한 시진쯤 지나자, 커다란 깃발을 앞세우고 철갑 부대가 달려왔다. 이들 호위에 둘러싸여 한 소년 장군이 성 가까이까지 다가왔다. 바로 몽고의 넷째 왕자 타뢰였다.

"곽정 안답, 그간 안녕하셨소?"

타뢰가 군사들 사이에서 뛰어나와 큰 소리로 인사했다.

"타뢰 안답이 이끄는 군사였소?"

곽정은 말 위에서 답례를 했다. 예전 같으면 서로 뛰어나가 부둥켜안고 반가워했으련만, 지금은 서로 거리를 둔 채 약속이나 한 듯 고삐를 당겨 말을 멈추었다.

"타뢰 안답, 군사를 이끌고 우리 대송을 치려는 것이오?"

"부왕의 명을 받드는 몸이오. 내 뜻대로 할 수 없는 일이니 양해하시오."

곽정은 고개를 들어 먼 곳을 바라보았다. 수많은 깃발이 구름처럼 땅을 뒤덮고 칼들이 햇빛에 반짝이고 있었다. 도대체 얼마나 많은 군사가 몰려온 것인지 가늠조차 할 수 없었다.

'군사들로 공격한다면 나는 오늘 여기서 죽게 되겠구나.'

"좋소, 그럼 내 목숨을 가져가시구려."

타뢰는 흠칫 놀라 얼른 대답할 수가 없었다.

'곽정 안답은 용병술이 뛰어나 내가 상대할 수 있는 사람이 아니다. 게다가 혈육과 같은 정을 나눈 사이에 어찌 의리를 저버린단 말인가.'

타뢰는 어찌할 바를 모르고 망설이고 있었다. 이때 황용이 고개를 돌리고 오른손을 흔들었다. 성안에 있던 군사들은 신호에 맞춰 대포에 점화를 했고 펑, 하는 포성이 사방을 울렸다. 갑자기 동쪽 뒤에 있던 군사들이 일제히 함성을 올리며 깃발을 흔들었다. 순간, 타뢰는 얼굴빛이 변하며 주위를 둘러보았다. 뒤이어 포성이 또 울리더니 이번에는 서쪽 산 뒤에서 군사들의 함성이 울렸다.

'아뿔싸, 복병이 있었구나!'

그는 테무친을 따라 수많은 정벌에 참가했다. 이미 크고 작은 전투를 통해 전쟁터의 온갖 풍상을 겪은 몸이라 병사 수천의 매복쯤에는 눈 하나 깜짝하지 않았다. 그러나 곽정이 서정을 하면서 보여준 능력에 진심으로 감탄했던 타뢰이기에 뭔가 이상한 조짐을 느끼고는 지레

겁을 먹었다. 그는 즉시 군령을 내려 말 머리를 돌리고 30리쯤 후퇴하고, 진을 치게 했다. 퇴각하는 몽고군을 바라보며 곽정은 황용과 마주보고 웃었다.

"오빠, 공성계空城計의 성공을 축하드려요."

빙그레 웃던 곽정의 얼굴에 문득 근심스러운 기색이 떠오르며 고개를 가로저었다.

"타뢰는 강인하고 용감한 사람이야. 오늘은 퇴각했지만, 내일 반드시 다시 올 거야. 그땐 어떻게 상대한다지?"

황용도 한참 동안 고개를 숙이고 궁리해보았다.

"계책이 하나 있기는 한데, 오빠는 정에 끌려 할 수가 없을 거예요."

곽정의 얼굴이 굳어졌다.

"나더러 타뢰를 죽이라는 건가?"

"그는 대칸이 가장 총애하는 막내아들이에요. 다른 장군들과는 다른 귀한 몸이라는 거죠. 그런 그가 죽는다면 대군도 물러날 수밖에 없을 거예요."

곽정은 고개를 숙인 채 말없이 성으로 돌아갔다.

몽고군이 퇴각하자, 성안은 다시 소란스러워졌다. 충의군 원수 이전 부부는 곽정이 순식간에 몽고군을 물러나게 하는 것을 보고 그에게 범상치 않은 능력이 있음을 알아챘다. 그리고 몽고군의 엄청난 병력에 새삼 놀라고 있었다. 이전 부부는 곽정과 황용을 관아에서 베푸는 축하연에 초대했다. 곽정은 그와 성을 지킬 방도를 상의했다. 이전은 몽고군이 내일 다시 올 것이라는 곽정의 말에 조심스레 입을 열었다.

"보아하니 몽고군 원수와 친구이신 것 같던데, 투항을 해서 성의 백성들을 살리는 것이 어떻겠소?"

"투항을 하려거든 혼자서 하시오. 그렇지만 투항을 해도 백성들의 목숨을 살리지는 못할 거요."

곽정의 단호한 말에 이전 부부는 머쓱해져 고개를 떨구고 돌아갔다. 곽정은 오랜 세월 몽고군에 몸담고 있었기 때문에 몽고군이 투항한 적에게 관대하지 않다는 것을 너무도 잘 알고 있었다. 그는 마음이 답답해 술도 음식도 목구멍으로 넘길 수가 없었다.

날은 어두워지고 주위는 백성들의 울부짖는 소리, 신음 소리로 가득했다. 이제 내일이면 청주 성안에는 관리고 백성이고 살아남은 자가 하나도 없을 터였다. 몽고군이 도륙하고 지나간 자리의 처참함을 곽정은 이미 여러 차례 목도한 바 있다. 과거 사마르칸트성 백성들을 학살하던 참상은 아직도 곽정의 뇌리에 끊임없이 떠올랐다.

쾅! 곽정은 탁자를 주먹으로 있는 힘껏 내리쳤다.

"용아, 옛사람들은 대의를 위해 자신의 핏줄도 희생시켰는데, 내 어찌 사사로운 우정에 연연하겠느냐!"

"하지만 어려운 일이에요."

황용은 한숨을 내쉬었지만, 곽정은 이미 마음을 굳혔다. 그는 옷을 갈아입고 황용과 홍마를 몰아 북쪽을 향해 내달렸다. 두 사람은 몽고 군영 근처에서 홍마를 산에 놓아준 후 타뢰의 군영을 찾아 걷기 시작했다. 도중에 순라를 돌던 정찰병 둘을 잡아서는 혈도를 찍고 몽고군 복장을 빼앗아 입었다. 곽정은 어려서부터 몽고말을 능숙하게 했고, 군율도 세세히 알고 있어 쉽게 군영에 잠입할 수 있었다. 주위는 이미 칠흑 같은 어둠으로 휩싸였다. 두 사람은 뒤에 숨어 파오 틈새로 안을 들여다보았다. 안에서는 타뢰가 왔다 갔다 하며 불안한 기색으로 혼잣말을 하고 있었다.

"곽정 안답! 아…… 안답."

곽정은 그가 자기를 발견해 부르는 줄 알고 하마터면 대답을 할 뻔했다. 그러나 황용이 미리 눈치를 채고 손을 뻗어 곽정의 입을 틀어막았다. 곽정은 그제야 자신의 멍청함을 깨닫고 슬며시 웃음이 나왔다. 그러나 금세 마음이 답답해졌다. 이때 황용의 속삭임이 들려왔다.

"손을 쓰세요. 사내가 결단을 내렸으면 망설여서는 안 돼요."

순간, 멀리서 말발굽 소리가 들려오더니 말 한 필이 파오 앞에 멈춰 섰다. 곽정은 뭔가 급한 일이 있음을 눈치채고 황용의 귓가에 낮은 목소리로 소곤거렸다.

"일단 상황을 들어본 뒤에 죽여도 늦지 않아."

노란 옷을 입은 사자는 말에서 뛰어내려 곧장 파오로 뛰어 들어가 타뢰 앞에 고개를 숙였다.

"왕자님, 대칸의 명령을 가지고 왔습니다."

"무슨 명령인가?"

사자는 무릎을 꿇고 앉아 노래를 부르기 시작했다. 몽고인은 아직 개화되지 않아 문자가 있기는 했지만 테무친조차 읽고 쓸 줄을 몰랐다. 그리하여 지시를 내릴 때는 사자에게 입으로 전하게 했으며, 혹시 잘못 전달하는 일이 있을까 봐 아예 지시를 노래로 만들어 사자가 익숙하게 부를 수 있을 때까지 연습을 시키곤 했다. 충분히 연습을 시킨 후 잘못된 점이 없으면 그제야 사자를 보냈다.

사자가 세 마디 정도 노래를 부르자 타뢰와 곽정의 안색이 바뀌었다. 타뢰는 눈물을 흘리기까지 했다. 테무친은 서하를 정벌한 후 병을 얻어 점차 병세가 악화되고 있었다. 그는 자신이 이제 일어나지 못할 것을 직감하고 타뢰를 급히 불러들인 것이었다. 그리고 마지막으로 곽정이 몹시 보고 싶으니 타뢰가 혹시 곽정의 행방을 알거든 데리고 와서 함께 만나자고 했다. 또한 곽정이 지은 죄는 모두 용서하겠다는 전갈도 덧붙였다. 여기까지 들은 곽정은 더 이상 참지 못하고 비수로 파오를 찢고는 안으로 뛰어 들어갔다.

"타뢰 안답, 함께 가겠소!"

타뢰는 깜짝 놀라 곽정을 돌아보았다. 두 사람은 그제야 기쁨에 넘쳐 진심으로 서로를 끌어안을 수 있었다. 사자는 곽정을 알아보고 그의 앞에 무릎을 꿇었다.

"금도부마, 대칸께서 꼭 모셔오라고 신신당부를 하셨습니다."

곽정은 금도부마라는 말을 듣고 가슴이 철렁 내려앉았다. 황용이 혹 오해하지 않을까 걱정이 된 것이었다. 그는 얼른 파오 밖으로 뛰어가 황용의 손을 잡았다.

"용아, 함께 갔다 오자."

황용이 아무런 대답이 없자 곽정은 마음이 급해졌다.

"나를 못 믿겠어?"

황용은 그제야 환하게 웃어 보였다.

"만일 또 부마니 뭐니 하면 나도 대의를 위해 핏줄을 희생하는 심정으로 오빠를 죽여버릴 거예요. 오빠의 다리를 잘라 설봉 위에 버려두고 나는 뛰어내릴 거라고요."

그날 밤, 타뢰는 퇴군 명령을 내렸고 몽고 대군은 다음 날 아침 출발했다. 곽정과 황용은 홍마와 수리를 찾아 몽고군과 함께 북쪽으로 향했다.

"이전은 강단이 없어 몽고군이 다시 오면 투항할 거야."

과연 곽정의 예상이 맞았다. 이전은 후에 몽고군에게 포위를 당해 빠져나갈 방도가 없자 그대로 투항하고 말았다.

타뢰는 혹 부왕을 만나지 못할까 봐 부원수에게 군사를 이끌고 돌아오라는 명을 내리고 자신은 곽정, 황용과 한발 앞서 말을 달렸다. 곧 그들은 서하에 있는 테무친 파오에 닿았다. 타뢰는 멀리 테무친의 금빛 파오 앞에 아홉 개 깃발이 우뚝 서 있는 것으로 부왕이 무사하다는 것을 확인하고는 기쁨에 넘쳐 환호성을 지르며 말을 재촉해 파오 앞에 도착했다.

곽정은 말고삐를 잡은 채 테무친이 자신을 키워준 은혜, 어머니를 죽인 원한, 백성들을 도륙하던 모습 등을 떠올리며 만감이 교차해 말없이 고개를 숙이고 있었다. 그때 갑자기 호각 소리가 울리더니 호위병들이 금빛 파오 앞에 두 줄로 정렬했다. 테무친이 표범 가죽을 걸치고 타뢰의 오른쪽 어깨에 팔을 짚은 채 파오에서 성큼성큼 걸어 나왔다. 걸음걸이는 여전히 당당했지만, 발이 땅에 닿을 때마다 조금씩 떨리며 이에 따라 몸도 흔들리는 것이 눈에 띄었다. 곽정은 얼른 앞으로 나아가 땅바닥에 엎드렸다. 테무친의 눈에 뜨거운 눈물이 고였다.

"일어나라, 일어나. 내 날마다 너희들을 그리워했느니라."

그의 목소리는 떨리고 있었다. 곽정은 자리에서 일어나 고개를 들었다. 테무친의 얼굴은 온통 주름투성이였고, 두 볼은 홀쭉해져 있었다. 살날이 얼마 남지 않은 것 같은 노인의 얼굴을 보며 곽정은 원한이 눈 녹듯 사라지는 것을 느꼈다.

테무친은 한 손으로 곽정의 왼쪽 어깨를 짚고 타뢰와 곽정을 번갈아 바라보며 한숨을 내쉬었다. 그리고 끝없이 펼쳐진 사막을 멀리 내다보며 멍하니 서 있었다. 곽정과 타뢰는 그가 무슨 생각을 하는지 알 수 없어 아무 말도 꺼낼 수가 없었다.

한참 후, 테무친이 탄식하며 입을 열었다.

"과거 내가 찰목합과 의형제를 맺었을 때 나중에 내가 그를 죽이게 될 줄 누가 알았겠느냐. 나는 대칸이 되었고 그는 내 손에 죽었다. 이제 얼마 후면 어찌 되겠느냐? 나도 그와 마찬가지로 땅으로 돌아가지 않겠느냐. 누가 이기고 지든 간에 결국에는 다 똑같은 것이로구나."

그는 두 사람의 어깨를 두드렸다.

"너희들은 죽는 날까지 사이좋게 지내야 한다. 서로 죽이는 일은 절대 있어서는 안 된다. 정이가 화쟁과 결혼하지 못하겠다고 하니 그것도 그만두자. 결국 너는 한인이니 몽고인이 될 수는 없는 일, 누구도 억지로 강요할 수는 없다. 나도 그간 많이 생각했느니라. 우리가 몽고인과 한인으로 서로 다르기는 하나, 죽을 때까지 한 가족처럼 사이좋게 지내야 할 것이다. 찰목합 안답은 그렇게 죽고 모든 게 끝났지만, 살아 있는 나는 의형제의 정을 생각하며 수없는 밤을 뜬눈으로 지새웠단다."

타뢰와 곽정은 청주성에서 서로 목숨 걸고 싸울 뻔했던 일이 떠올라 얼굴이 붉어졌다. 테무친은 밖에 나와 서 있으려니 전신이 피로해지는 것을 느꼈다. 파오로 막 돌아가려는데, 한 무리의 인마가 달려오는 것이 보였다. 앞에서 이끄는 사람의 모습을 보니 흰옷에 금빛 요대를 두른 금나라 관리의 복장을 하고 있었다. 테무친은 적이 오는 것을 보더니 긴장하며 얼굴이 굳어졌다.

금나라 관리는 멀리서 말에서 내려 파오 쪽으로 걸어왔다. 그리고 멀찍이서 땅에 엎드려서는 더 이상 가까이 오지를 못했다.

"금나라 사자가 대칸을 뵙고자 합니다."

호위병의 보고에 테무친은 벌컥 화를 냈다.

"금나라는 투항은 하지 않고 뭐 하러 사람은 보낸단 말이냐?"

사자는 땅에 엎드린 채 찾아온 이유를 고했다.

"저희가 대칸의 위엄에 대항했으니 그 죄는 만 번 죽어 마땅합니다. 하여 대대로 전해오던 구슬 천 개를 바침으로써 대칸의 노여움을 풀고 용서를 구하고자 합니다. 이 구슬 천 개는 저희의 보물이오니 받아주시기 바랍니다."

사자는 말을 마치고는 등에서 보따리를 풀어 옥쟁반을 꺼냈다. 그리고 비단 주머니에서 꺼낸 수많은 구슬을 쟁반에 쏟아 두 손으로 테무친에게 바쳤다. 테무친이 곁눈질로 흘깃 보니 새끼손가락만 한 크기의 구슬들과 유난히 큰 구슬 하나가 옥쟁반 위에 놓여 있었다. 이런 구슬 하나만 가져도 큰 부자가 될 텐데, 그것이 천 개나 있으니 얼마나 값이 나가는지 가늠조차 할 수 없었다. 게다가 그 구슬들은 광채가 부드럽고 영롱해 마치 옥쟁반 위에 작은 무지개가 떠 있는 듯했다. 평소 같으면 테무친도 무척 마음에 들어 했을 테지만, 이번에는 미간을 찌푸리며 호위병에게 짧게 명령했다.

"받아라."

호위병이 옥쟁반을 받아 들었다. 사자는 대칸이 예물을 받자 무척 기쁜 모양이었다.

"대칸께서 받아주시니 저희 국왕부터 백성까지 모두가 영광으로 여길 것이옵니다."

사자의 말에 대칸은 버럭 성을 냈다.

"누가 받아주겠다더냐! 곧 군사를 보내 금나라 개들을 토벌할 것이다. 놈을 묶어라!"

테무친은 한숨을 내쉬었다.

"구슬 천 개가 생긴다고 내 목숨이 길어지는 것도 아니지 않느냐."

그는 호위병에게서 옥쟁반을 빼앗아 힘껏 내동댕이쳤다. 구슬들은 옥쟁반과 함께 날아가 흩어져버렸고, 옥쟁반은 바위에 부딪쳐 산산조각이 났다. 금나라 사자는 놀라 혼이 나간 듯한 표정이 되었다.

호위병들이 우르르 몰려들어 사자를 결박해 끌고 갔다.

이후, 사방에 흩어진 구슬은 몽고 군사들이 모두 주워 갔다. 그리고 풀숲에 숨어 끝내 찾지 못한 구슬들은 수백 년 후 초원의 목동들이 하나씩 발견했다.

테무친은 울적한 마음으로 파오에 돌아왔다. 해가 지는 황혼 녘, 테무친은 곽정과 단둘이서 초원으로 나갔다. 두 사람은 말을 몰아 10여 리를 달렸다. 머리 위에서 수리의 울음소리가 들려 고개를 들어보니 흰 수리들이 높이서 맴돌며 날고 있었다. 테무친은 철궁을 뽑아 들고 화살을 재어 암수리를 겨냥했다.

"대칸, 안 됩니다!"

테무친이 노쇠하기는 했지만 손놀림은 여전히 민첩했다. 곽정이 외쳤을 때는 이미 화살이 활시위를 떠난 후였다. 곽정은 속으로 비명을 지르며 눈을 감았다. 그는 테무친의 힘이 보통이 아니며 활 솜씨도 대단하다는 것을 잘 알고 있었다. 화살이 날아간 이상, 그가 아끼던 수리는 죽은 목숨이나 마찬가지였다.

그러나 뜻밖에 암수리는 몸을 틀며 왼쪽 날개를 휘둘러 화살을 떨어뜨렸다. 테무친은 노쇠해 이미 예전의 힘 있는 활 솜씨가 아니었던 것이다. 수컷은 화가 난 듯, 길게 한 번 울더니 테무친에게 날아와 그의 머리를 쪼려 했다.

"이놈, 무슨 짓이냐?"

곽정이 채찍을 들어 수리를 후려쳤다. 수리는 주인이 나서자 다시 날아올라 몇 차례 울어젖히고는 암컷과 나란히 멀어져갔다. 테무친은 침울한 얼굴로 활을 땅바닥에 내던졌다.

"수십 년 동안 화살을 쏘았지만 내 화살이 빗나가기는 처음이로구나. 정말 죽을 때가 된 모양이다."

곽정은 위로를 하고 싶었지만 아무 말도 나오지 않았다. 테무친은 갑자기 말의 배를 차며 발을 구르더니 북쪽으로 내달렸다. 곽정은 행여 그가 잘못될까 바짝 뒤를 쫓았다. 홍마가 바람처럼 달려 순식간에 테무친의 말과 어깨를 나란히 했다. 테무친은 말고삐를 잡고 사방을 둘러보았다.

"정아, 역사상 내가 세운 대국보다 큰 나라는 없었다. 국토의 중앙에서 변경까지 가려면 동서남북 모두 1년이 걸리는 나라가 되었다. 고금을 통해 어느 영웅이 나만 하겠느냐?"

곽정은 잠시 생각한 후 입을 열었다.

"고금을 통해 대칸의 무공은 참으로 따를 자가 없습니다. 그러나 대칸 한 분의 위세를 위해 천하에 얼마나 많은 백골이 쌓이고, 얼마나 많은 고아와 과부가 눈물을 흘렸는지 모릅니다."

순간 테무친의 눈썹이 꿈틀거리더니 그는 말채찍을 들어 곽정의 머리를 내려치려 했다. 그러나 곽정은 전혀 두려워하지 않는 듯 똑바로 그를 쳐다보았다. 테무친이 채찍을 든 손을 멈추고 외쳤다.

"무어라 했느냐?"

'이제 다시는 대칸을 만나지 못할 수도 있다. 대칸의 노여움을 사는 한이 있더라도 하고 싶은 말을 분명히 할 것이다.'

곽정은 단단히 마음먹고 고개를 들었다.

"대칸, 대칸께서는 저를 길러주시고 가르쳐주셨습니다. 또한 저희 어머니를 돌아가시게도 하셨지요. 이런 옛일은 더 이상 말씀드리지 않겠습니다. 그간 저를 가족처럼 여기시어 아껴주시고 중히 써주셨습니다. 저도 대칸을 가족처럼 생각하고 존경합니다. 다만 한 가지 여쭙고 싶은 게 있습니다. 사람이 죽어 묻히려면 땅이 얼마나 필요할지요?"

테무친은 잠시 어리둥절해하다가 채찍을 들어 허공에 원을 그려 보였다.

"이 정도면 충분하겠지."

"그렇습니다. 그렇다면 대칸이 그렇게 많은 사람을 죽이고 그 많은 피를 흘리게 하면서 이 넓은 땅을 차지하셨지만, 그런 것이 다 무슨 소용입니까?"

테무친은 할 말을 잃었다.

"자고로 영웅이란 그 행동이 당대 사람들의 찬사를 받고 후세의 귀감이 되는 사람을 일컫는 것입니다. 또한 백성을 위해 공을 세운 분들이요, 백성을 사랑하고 아낀 분들입니다. 제가 보기에 사람을 많이 죽였다 하여 영웅이 되는 것은 아닌 듯합니다."

"나는 평생 좋은 일은 하나도 하지 않았단 말이냐?"

"물론 좋은 일도 하셨지요. 게다가 큰일을 하셨고요. 대칸께서 몽고 사람들에게 서로 죽이지 말라고 하셨기 때문에 모두가 잘 살 수 있었습니다. 대칸께서는 수십 개 국가를 정벌하셨고 수많은 부족을 정복하셨습니다. 모두가 대칸의 통치 아래 태평하게 잘 지낼 수 있었습니다. 싸움도 없이 평화로운 세월이었지요. 사람들은 모두 대칸께 감사한 마음을 갖고 있습니다. 다만, 대칸의 남정, 서벌에 백성들의 시체가 산처럼 쌓였으니 그 공과를 가릴 수가 없겠습니다."

곽정은 워낙 강직한 성품이어서 마음에 있는 말을 모두 다 했다. 남다른 자부심으로 평생을 살아온 테무친은 곽정의 말을 듣고도 뭐라 반박할 수가 없었다. 지나온 세월을 생각하니 그저 할 말을 잊고 망연자실할 뿐이었다. 잠시 후, 갑자기 테무친이 울컥 선혈을 토해냈다. 곽정은 깜짝 놀라 그제야 자신의 말이 너무 지나쳤음을 깨닫고는 얼른 테무친을 부축했다.

"대칸, 돌아가 쉬시지요. 제가 외람되이 떠들어댔습니다. 용서하십시오."

테무친은 담담하게 웃어 보였다. 그러나 얼굴빛은 혈색을 잃고 누렇게 변해 있었다.

"내 주위에는 너처럼 대담하게 진실된 말을 하는 자가 없었구나."

그는 눈썹을 치켜세우며 다시 오만한 표정을 되찾고는 목소리를 높였다.

"나는 평생 천하를 누비며 수많은 나라를 정복하고 적들을 무찔렀

곽정과 테무친은 '영웅'이란 말을 다시 한번 되새기며 드넓은 초원을 바라보았다.

다. 그런데도 영웅이 되지 못한다? 흥, 철없는 녀석!"

테무친은 힘껏 채찍을 휘둘러 말을 재촉해 오던 길로 돌아갔다.

그날 밤 테무친은 금빛 파오에서 세상을 떠났다. 임종 무렵 그는 웅얼거리며 같은 말을 반복했다.

"영웅, 영웅……."

아마도 줄곧 곽정이 한 말을 되새긴 듯했다.

곽정과 황용은 대칸의 시신에 예를 올리고 타뢰에게 작별을 고한 뒤 그길로 남쪽으로 떠났다. 돌아오는 길에 둘러보니 시체와 백골이 여기저기 흩어져 그 위로 풀만 무성하게 자라 있었다. 두 사람은 앞날을 축복하면서도 세상에 근심이 너무도 깊으니 언제쯤 태평한 세월이 돌아올지 가슴이 답답해졌다.

> 전쟁의 불길은 아직 꺼지지 않고
> 폐허가 된 마을에는 몇 집만 남았구나.
> 새벽을 맞는 이 없이
> 이지러진 달빛만이 싸늘한 사막을 비추네.

兵火有餘燼 貧村纔數家

無人爭曉渡 殘月下寒沙

- 곽정과 황용, 양과의 이야기는《신조협려》에서 계속됩니다.

〈사조영웅전 끝〉

역자 후기
거부할 수 없는 마력과 재미

무림의 세계를 판타지적 몽상의 세계로 이해하는 사람들이 간혹 있다. 굳이 그들이 틀렸다고 말하고 싶지는 않다. 다만 그들에게 무협소설을 역사적·문학적·철학적인 동양의 고전으로 승화시킨 신필 김용의 작품을 권하고 싶다. 이 소설을 탐독하면 무협소설이 단순히 대중적 오락을 근본으로 한 저급한 장르가 아님을 깨달을 수 있을 것이다.

김용의 《사조영웅전》은 이미 오래전에 국내에 소개되었고, 수백만 명의 독자가 이에 열광했다. 그러나 당시의 번역은 삭제된 부분이 상당히 많았고 오역 또한 적지 않았다. 이것은 김용 소설의 팬으로서뿐만 아니라 무협소설을 창작하는 작가로서도 매우 안타까운 일이었다.

다행스럽게도 국내에서 김용의 수정판 소설을 정식으로 판권 계약해 번역 출간하게 되었다. 이제는 중국 문학사에서 일대 거장으로 칭송받는 김용의 대표적 소설을 완역판본으로 접할 수 있다는 기쁨과 함께 무협 문학의 진수를 독자에게 고스란히 전달할 수 있다는 감회에 젖어 낮과 밤을 가리지 않고 작품 번역에 매달렸다. 그리고 무엇보다 김용의 해박한 지식과 학문적 깊이, 호소력 있는 문장과 무궁무진한 상상력을 국내 독자에게 잘 전달할 수 있도록 노력했다. 원작을 한 장 한 장 넘기면서 몰아의 경지에 이르게 하는 서사와 특정 인물에 대한 생생한 묘사 및 상징적 표현, 정감 가득한 인간애, 그리고 탁월한 학식을 독자에게 좀 더 쉽고 박진감 넘치게 전달하려고 많은 노력을 기울였다.

김용의 《사조영웅전》을 접하는 내내 진심으로 행복했다는 말을 하고 싶다. 그리고 이 소설을 마주하게 될 독자도 충분히 행복해지리라고 확신한다.

마지막으로 김용에 대한 자료를 제공하고 분석해준 김영수 선생과 번역 문장을 다시 한번 꼼꼼히 감수해준 김홍중 교수에게 감사하다는 말을 전하고 싶다.

대표 역자 유광남